BASTEI
LÜBBE

Bisher sind im BASTEI-LÜBBE Taschenbuchprogramm von RANDALL GARRETT nachstehende Bände erschienen:

20 033 Komplott der Zauberer
20 041 Mord und Magie

FANTASY

Randall Garrett

Des Königs Detektiv

SCHWERT UND MAGIE

BASTEI LÜBBE

BASTEI-LÜBBE-TASCHENBUCH
Fantasy
Band 20 082

Deutsche Lizenzausgabe 1986
Bastei-Verlag Gustav H. Lübbe GmbH & Co., Bergisch Gladbach
Originaltitel: Lord Darcy Investigates
Ins Deutsche übertragen von Ralph Tegtmeier
Titelillustration: Rowena Morrill
Umschlaggestaltung: Quadro-Grafik, Bensberg
Satz: Fotosatz Schell, Bad Iburg
Druck und Verarbeitung:
Elsnerdruck, Berlin
Printed in Western Germany
ISBN 3–404–20082–9

Der Preis dieses Bandes versteht sich einschließlich
der gesetzlichen Mehrwertsteuer.

Für Jerry Pournelle und James Baen,
die es möglich machten.

Eine Sache der Schwerkraft

Der Tod von My Lord Jillbert, Conte de la Vexin, war außerordentlich spektakulär.

Seine Lordschaft lebte und arbeitete auf Schloß Gisors, das über der Stadt gleichen Namens steht, der Hauptstadt der Grafschaft Vexin im östlichen Teil des Herzogtums Normandie. Die Grundmauern der alten Festung standen schon seit dem elften Jahrhundert, wenngleich das Gebäude seitdem erweitert und teilweise neuerbaut worden war.

De la Vexin hatte das gräfliche Herrschaftsamt im Jahre 1951 geerbt und hatte Vexin gut und weise regiert. Er besaß einen Sohn, eine Tochter und ein Hobby.

Es war die Kombination dieser drei, die ihm den Tod brachte.

Am Abend des 11. April 1974 stieg My Lord von Vexin, nachdem er die Gründonnerstagsmesse besucht hatte, die gewundene Treppe empor, die den Roten Turm hinaufführte, gefolgt von zwei vertrauenswürdigen Sergeanten der Gräflichen Leibwache – denen wiederum ein Viermanntrupp gemeiner Wachmänner folgte.

Dies war die übliche Vorgehensweise, wenn My Lord Graf sich in sein Allerheiligstes im oberen Stockwerk des Roten Turms zu begeben pflegte. Wenn er dort hinaufstieg, in achtzig Meter Höhe oberhalb des mit Steinplatten ausgelegten Hofs, wünschte er keinerlei Störung bei seiner Passion.

Eine Minute vor zehn betrat er seine Privatgemächer. Die Wachmänner blieben vor der Tür zurück. Seit zwanzig Jahren war er der einzige gewesen, dem es gestattet war, das oberste Zimmer des Roten Turms zu betreten.

Nachdem er die Tür abgeschlossen hatte, legte er noch den schweren Balken vor.

Danach gab es nur zwei Menschen, die ihn noch lebend wiedersahen, und auch diese nur für wenige Sekunden.

Auf der anderen Seite des breiten, gepflasterten Hofs stand, dem Roten Turm gegenüber, St. Martin's Hall, ein Neuanbau aus dem frühen sechzehnten Jahrhundert, wovon sein ricardianischer Stil zeugte. Die großen gerahmten Fenster warfen ein warmes gelbes Licht auf den Außenhof; die Halle war in ihrem Inneren hell erleuchtet, und so würde es die ganze Nacht bleiben, denn am Sakramentsaltar der Ruhe der Damenkapelle wurden Vigilien abgehalten.

Drinnen knisterte ein kleines Feuer in dem gewaltigen Kamin – gerade groß genug, um der angenehmen Frühlingsluft des Abends die leise Kühle zu nehmen. Auf dem Kaminsims ließ eine große Uhr ihr Pendel schwingen, während der Minutenzeiger sich unaufhaltsam auf die Zehn-Uhr-Marke zubewegte.

Lord Gisors, der einzige Sohn des de la Vexin, schenkte sich ein frisches Glas Xerez ein. Er war von mittlerer Größe, und sein etwas kantiges, nicht unattraktives Gesicht wirkte beinahe wie ein jüngeres Abbild des Antlitzes seines Vaters, doch besaß er die fast schwarzen Haare und dunkelbraunen Augen seiner Mutter, wogegen seinem Vater die Kombination braun und blau eignete. Er wandte sich von der Kredenz ab, die geöffnete Karaffe noch immer in der Hand. »Auch noch ein Gläschen, meine Liebe?«

Das Mädchen, das vor ihm in dem großen bequemen Sessel vor dem Feuer saß, lächelte. »Ja bitte.« Mit der Rechten streckte sie ihr Glas vor, während sie sich mit der Linken das helle lange Haar aus der Stirn strich. *Sie ist schön,* dachte Seine Lordschaft.

Lord Gisors füllte das Glas, dann schritt er mit der Karaffe zurück zur Kredenz. Als er den Glasstöpsel wieder in die Öffnung schob, begann er: »Du darfst nicht schlecht von My Lord Vater denken, Madelaine, auch wenn er gelegentlich ein wenig gereizt ist. Er ...«

»Ich weiß«, unterbrach sie ihn. »Ich weiß. Er denkt immer nur an die Grafschaft, nicht an den einzelnen Menschen.«

Mit leise gefurchter Stirn kehrte Seine Lordschaft mit dem Glas zurück und nahm neben ihr in einem zweiten Sessel Platz. »Aber er denkt sehr wohl auch an den Einzelmenschen, meine Liebe. Er muß an jeden einzelnen Bewohner im Vexin denken – genau wie ich selbst es auch tun muß, wenn ich das Grafschaftsamt einmal übernehme. Natürlich muß er in großen Zusammenhängen denken und die große Linie beachten, aber er macht sich durchaus auch Gedanken über den Einzelnen.«

Sie nippte an ihrem Weinglas, dann blickte sie mit ernsten grauen Augen zu ihm empor. »Schließt diese Sorge um den Einzelnen dich auch ein? Oder mich? Er weiß, daß wir uns lieben, aber er verbietet unsere Heirat und besteht darauf, daß du Lady Evelynne de Saint-Brieuc ehelichst – obwohl du sie ebensowenig liebst wie sie dich. Ist das nun die Sorge um den Einzelmenschen oder vielleicht eher der schlichte Wunsch, für dich eine politisch gute Partie zu finden?«

Lord Gisors schloß die Augen und zügelte für eine Weile seine Zunge. Diese Auseinandersetzung hatten sie schon zahllose Male gehabt, daran war nichts Neues mehr. Er hatte ihr schon oft erklärt, daß My Lord der Graf eine Ehe zwar verbieten, aber keine erzwingen konnte. Gisors hatte sogar immer wieder ausgeführt, daß er sein Heiratsbegehren Seiner Königlichen Hoheit der Normandie vorbringen und, sollte er damit scheitern, sich sogar an Seine Kaiserliche Hoheit persönlich wenden könnte – doch daß er dies aus Respekt gegenüber seinem Vater nicht tun würde. Dieses »immer wieder« dröhnte ihm mittlerweile mit seiner ganzen Monotonie durch den Schädel.

Natürlich hatte er seine eigenen Pläne, Madelaine ohne großes Drum und Dran einfach zu heiraten, nicht verlautbaren lassen. Es war durchaus wahrscheinlich, daß sie selbst etwas gegen einen solchen Vorschlag haben würde.

Er öffnete wieder die Augen. »Hab Geduld, Liebling. Ich kann dir versichern, daß er …«

»Daß er auf deine Linie einschwenken wird?« unterbrach sie ihn. »Niemals! Der Graf de la Vexin wird erst dann unserer Heirat zustimmen, wenn *du selbst* der Graf de la Vexin sein wirst! Dein Vater …«

»Still!« sagte Lord Gisors mit befehlendem Unterton. *»Meine Schwester.«*

Am gegenüberliegenden Ende des Saals war die Tür zur Damenkapelle aufgegangen und wieder geschlossen worden. Die Frau, die nun mit einem recht feierlichen Lächeln auf sie zukam, nahm mit sorgfältigen Bewegungen ihren Gebetsschleier ab, während sie über den breiten Teppich zum Kamin schritt. Sie nickte den beiden stumm zu und sagte: »Deine Stunde, My Lord Bruder. Von zehn bis elf, erinnerst du dich?«

Lord Gisors trank seinen Wein aus und erhob sich lächelnd. »Selbstverständlich, My Lady Beverly. *›Bleibet hier und wachet eine Stunde mit mir.‹* Das Evangelium nach Matthäus.« Morgen war Karfreitag, der Tag der Kreuzigung; diese, die Vornacht, wurde symbolisch zusammen mit Unserem Heiland im Garten Gethsemane verbracht. Lord Gisors blickte auf die Uhr. Es war eine Sekunde vor zehn.

»›Vater, meine Stunde ist gekommen,‹ Johannes …«, begann Gisors.

Das Pendel schwang hinab.

Die Uhr schlug zum ersten Mal.

»Was, zum Teufel, war das?« gellte Lord Gisors.

Draußen war ein entsetzlicher Schrei erschollen.

Etwa eine Minute zuvor hatten zwei Milizmänner der Gräflichen Leibwache nahe der Mauer von St. Martin's Hall gestanden. Der eine stand auf seinem Posten, der andere war der Wachsergeant, der seinen Abendrundgang machte. Sie salutierten militärisch. Der Wachmann machte Meldung, daß keine besonderen Vorkommnisse zu beobachten gewesen seien. Der Sergeant dankte ihm nach militärischer Art. Dann fügte er mit einem Grinsen hinzu: »Ist besser, im April Nachtwache zu schieben als im März, was, Jaime?«

Wachmann Jaime erwiderte das Grinsen. »Wenigstens frier' ich mir dabei nicht die Nase ab, Sergeant Andray.« Er hob den Kopf, als er im Augenwinkel ein Licht aufleuchten sah. «Da kommt My Lord Graf.«

Der Sergeant wandte ebenfalls den Blick. Er wußte, daß Jaime mit seiner Bemerkung nicht hatte sagen wollen, daß My Lord der Graf sich persönlich dem Posten näherte, sondern lediglich, daß Seine Lordschaft sein Privatgemach oben im Roten Turm aufsuchte. Das war etwas, woran sie gewöhnt waren. Der Graf besuchte seine private Werkkammer nur in unregelmäßigen Abständen, doch wenn er es tat, war sein Verhalten jedesmal vorhersehbar. Er kündigte den Leuten unten im Hof sein Kommen durch den Schein seiner flackernden Fackel an, die durch die Butzenscheiben seines Laborfensters zu erkennen war, wenn er sich ihm näherte.

Dann, wenn er sich auf das Pult stellte, um das Gaslicht unmittelbar oberhalb des Oberbalkens zu entzünden, hob er die Fackel außer Sichtweite über das Fenster, so daß darunter nur ein Halbkreis aus Licht zu erkennen war.

Da änderte sich plötzlich und drastisch etwas an der Routine.

Anstelle des warm schimmernden Gaslichts leuchtete mit einemmal ein merkwürdiges, bewegliches weißes Gleißen auf, das einen kurzen Augenblick hinter sich selbst durch das Zimmer herzujagen schien.

Dann barst völlig unerwartet und mit gewaltiger Wucht die verbleite, facettierte Scheibe, und Glassplitter schossen durch die Luft. Durch das zerschmetterte Fenster flog die zuckende, sich windende Gestalt von My Lord de la Vexin, und ein Schrei entrang sich ihrer Kehle, als sie sich im achtzig Fuß tiefen Sturz auf den steingepflasterten Hof überschlug, wobei die kleine Fackel, die sie noch immer in einer Hand hielt, einen Funkenschweif wie ein Komet hinter sich herzog.

Mit tödlicher Wucht trafen Graf und Hof aufeinander, und die darauffolgende Stille wurde nur von dem Klirren der Scherben unterbrochen, die noch immer von dem zerborstenen Fenster herabregneten.

Um 0.44 Uhr in derselben Nacht stand Jaque Toile, Chief der Wachmannschaften der Stadt Gisors, mit zwei Wachsergeanten am Bahnhof und erwartete den einlaufenden Zug aus Rouen.

Chief Jaques harte Augen musterten die Spätpassagiere, die aus den Abteilen der ersten Klasse stiegen. Es waren nur wenige, und der Chief entdeckte schnell das gesuchte Trio. »Gehen wir«, sagte er, »das sind sie.«

Die drei Offiziere der Königlichen Friedenstruppe traten vor.

Die drei Männer, auf die sie es abgesehen hatten, traten aus ihrem Abteil und warteten. Der erste war ein hochgewachsener, braunhaariger und attraktiver Mann von hagerer Statur in der Abendkleidung des Aristokraten; der zweite war kleiner und auf muskulöse Weise untersetzt und klobig, er trug das Arbeitsgewand eines Hexers; der dritte schließlich war ein etwas ältlicher, vertrocknet wirkender Mann mit gräuem Haar, der einen Kneifer und die Abendkleidung eines Edelmanns trug. Er und der kleinere Mann trugen das eingestickte Wappen des Herzogs der Normandie an den Schultern.

Chief Jaque trat zu dem aristokratisch wirkenden Herrn hinüber. »My Lord Darcy?«

Lord Darcy, Oberermittlungsrichter Seiner Königlichen Hoheit, des Herzogs der Normandie, nickte. »Der bin ich. Chief Jaque Toile, nehme ich an?«

»Jawohl, My Lord.«

»Meine Kollegen«, stellte Lord Darcy seine Begleiter vor. »Master Sean O Lochlainn, Oberster Gerichtshexer Seiner Königlichen Hoheit; Doktor James Pateley, Oberster Gerichtschirurg.«

Der Chief der Wachmannschaftsbehörden nahm die

Namen zur Kenntnis und sagte seinerseits: »Die Sergeanten Paul und Bertram, My Lord. Wir haben eine Dienstdroschke, die auf uns wartet, My Lord.«

Vier Minuten später rollte die Droschke in Richtung Schloß Gisors. Ihre Spiralfederung und die pneumatischen Reifen sorgten trotz der unebenen Pflasterstraßen für eine bequeme Fahrt. Nach einem langen Schweigen erscholl Lord Darcys höfliche Stimme.

»Ihr wirkt nachdenklich, mein lieber Chief.«

»Wie bitte? Ach so, ja. Verzeihung, My Lord. Ich dachte nur nach.«

»Das war mehr als offensichtlich. Darf ich vielleicht nach dem Gegenstand Eurer Überlegungen fragen?«

»Mag solche Fälle nicht«, sagte Chief Jaque. »Bin ich nicht für ausgerüstet. Gespenster, Dämonen, schwarze Magie, dieses ganze Zeug. Ich bin kein Wissenschaftler, ich bin nur ein Sicherheitsbeamter.«

Master Seans blaue Augen leuchteten interessiert auf. »Gespenster? Dämonen? Schwarze Magie?«

»Einen Augenblick«, warf Lord Darcy ein. »Wir wollen doch lieber systematisch vorgehen. Alles, was man uns in Rouen mitteilte, war, daß de la Vexin bei einem Sturz zu Tode gekommen ist. Einzelheiten wurden uns über Teleklang nicht mitgeteilt. Was ist denn nun genau geschehen, Chief Jaque?«

Der Chief schilderte den Vorfall, wie er ihn aus den Berichten der beiden Wachmänner rekonstruiert hatte, die unmittelbar vor My Lord de la Vexins Tod Dienst getan hatten.

»Tot war er jedenfalls zweifellos«, sagte der Chief. »Gebrochener Schädel, gebrochenes Genick. Wachsergeant Andray ließ eine ausziehbare Feuerleiter bringen. War die einzige Möglichkeit, in dieses Turmzimmer hinaufzugelangen. Hat den Wachposten im Hof die Treppe hinaufgeschickt, um die beiden Männer, die vor Seiner Lordschaft Tür Wache standen, zu verständigen.«

»Die wußten nichts davon?« fragte Lord Darcy.

Chief Jaque schüttelte den Kopf. »Die Tür ist zu dick.

Sogar zu dick, um sie jederzeit aufzubrechen. Braucht man eine Axt für. Deshalb ist Andray auch die Leiter emporgestiegen. Durchs Fenster und dann rein, um die Tür zu entriegeln. Inzwischen waren die Türwachen alarmiert. Und ab da wird die Sache komisch.«

»Ach ja?« murmelte Lord Darcy. »Inwiefern komisch?«

»Niemand im Zimmer. Ergibt einfach keinen Sinn.«

Master Sean strich sich nachdenklich mit dem Daumen über das Kinn. »Wenn dem so war, Chief Jaque, dann hat ihn wohl auch keiner durchs Fenster gestoßen, eh? Könnte es sein, daß es bloß ein Unfall war? Vielleicht ist er ja ausgerutscht, als er die Gaslampe anzünden wollte, und ist vom Pult aus durchs Fenster in den Tod gestürzt?«

Der Chief schüttelte den Kopf. »Ziemlich unwahrscheinlich, Hexenmeister. Die Leiche lag achtzehn Fuß von der Wand entfernt. Die Glassplitter sogar noch weiter.« Wieder schüttelte er den Kopf. »Der ist nicht einfach nur gestürzt. Unmöglich. Gestoßen hat man ihn.«

Dr. Pateley nahm seinen Kneifer von der dünnen Nasenbrücke und musterte ihn, während er ihn mit einem feinen Leinentaschentuch polierte. »Vielleicht ist er auch *gesprungen?«* fragte er mit seiner typischen schüchternen Stimme.

Chief Jaque musterte ihn scharf. *»Gesprungen?* Meint Ihr etwa Selbstmord?«

»Nicht unbedingt«, erwiderte der Chirurg. Er blickte zu Lord Darcy auf. »Es kann viele Gründe geben, weshalb ein Mann springen könnte – eh, My Lord?«

Lord Darcy unterdrückte ein Lächeln. »In der Tat, Doktor. Sehr scharfsinnig von Euch.« Er sah Chief Jaque an. »Könnte er gesprungen sein, Chief?«

»Möglich. Ergibt aber keinen Sinn. Man begeht keinen Selbstmord, indem man durch eine geschlossene Scheibe springt. Ein Selbstmörder, der springen will, macht erst einmal das Fenster auf. Der hüpft nicht einfach durch eine Glasscheibe.«

»Darauf wollte ich gar nicht hinaus«, meinte Dr. Pateley und setzte behutsam wieder seinen Kneifer auf. »Was, wenn er vor irgend etwas fliehen wollte?«

Die Augen des Chiefs weiteten sich. »Wußte ich's doch! Dämonen!«

Fünfundzwanzig Minuten später sagte Master Sean: »Nun, My Lord, was immer My Lord de la Vexin umgebracht haben mag, Chief Jaques ›Dämonen‹ waren es jedenfalls nicht, und auch keine andere Form von psychischen Elementalen.«

Dr. Pateley legte die Stirn in Falten. «Keine andere Form von *was?*«

»Elementale, mein lieber Doktor. Eine psychische Projektion, die von den vier Aggregatzuständen der Materie symbolisiert wird: feste Materie, Flüssigkeit, Gas und Plasma. Oder Erde, Wasser, Luft und Feuer, wie man es früher nannte.«

Master Sean stand zusammen mit Lord Darcy und dem Chirurgen in dem Turmzimmer, aus dem der verblichene Graf mit solcher Wucht geschleudert worden war. Master Sean hatte den Raum mit halbgeschlossenen Augen durchschritten, in der Rechten sein goldenes Henkelkreuz, und hatte alles untersucht. Die anderen hatten schweigend zugesehen, denn es gilt als unklug, einen Magier bei seinem Werk zu stören. Dann hatte der rundliche irische Hexer sein Urteil abgegeben.

Lord Darcy hatte allerdings keine Zeit verschwendet, während er Master Sean zusah; er hatte das Vorgehen des Hexers zu oft beobachtet, um davon noch fasziniert zu sein. Statt dessen hatte er mit seinen scharfen grauen Augen sorgfältig den Raum gemustert.

Es war ein ziemlich großes Zimmer, das den gesamten oberen Teil des Turms aus dem vierzehnten Jahrhundert einnahm, wenn man von dem kleinen Treppenabsatz einmal absah. Dieser Treppenabsatz war durch eine dicke, gepolsterte Tür aus Walnußholz vom Raum getrennt.

Nachdem er dies festgestellt hatte, machte sich Lord Darcy daran, das übrige Zimmer einer genaueren Betrachtung zu unterziehen.

Der Raum war etwa zwanzig Fuß breit und ebenso lang, denn der Turm war im alten normannischen Stil erbaut worden. Es gab nur ein Fenster. Die übrigen Wände waren mit Regalen und Schränken bedeckt. Entlang der Westwand verlief in drei Fuß Abstand vom Fußboden ein Wandbrett von etwa zweiunddreißig Zoll Tiefe. Es diente offensichtlich als Werkbank; denn es war übersät mit zahlreichen Glasbehältern, merkwürdig geformten Stücken Holz und Metall, ein paar Waagen und anderem Zubehör. Auf den darüber befindlichen Brettern standen Reihen von Flaschen und Kruken, alle säuberlich beschriftet, die Flüssigkeiten, Pulver und Kristalle verschiedenster Art enthielten.

An der Südmauer, von dem zerborstenen Fenster flankiert, standen zwei Regalelemente voller Bücher. Die halbe Ostmauer war ebenfalls mit Büchern bedeckt, die andere Hälfte mit Schränken. Auch an der Nordmauer waren Regale und Schränke zu sehen.

Wegen der leisen Brise, die eiskalt durch die zerbrochene Scheibe wehte, tänzelte und flackerte die Gasflamme in dem darüber hängenden Wandleuchter umher, warf gespenstische Schatten durchs Zimmer und brachte die Glasbehälter mit glitzernden Lichtstrahlen zum Funkeln.

Das Schreibpult des Grafen stand unmittelbar unter dem großen Fenster und schloß genau mit dem Sims ab. Lord Darcy trat darauf zu, beugte sich vor und spähte durch das zerstörte Fenster nach unten. Dort hatte man keinerlei ungewöhnliche Indizien gefunden. My Lord der Graf war allen Anzeichen zufolge an einem Genick- und Schädelbasisbruch gestorben, wenngleich die Autopsie vielleicht noch weitere Informationen würde liefern können. Die Durchsuchung des Leichnams hatte ebenfalls nichts von Bedeutung ergeben – nur daß Lord Darcy jetzt den Schlüssel zu dem allerheiligsten Privatzimmer des Grafen in der Tasche trug.

Unten im Hof waren Chief Jaque und seine Männer gerade dabei, den Leichnam vorsichtig aus einem glitzernden Feld von Glasscherben zu heben und ihn in die Spezialkutsche des örtlichen Chirurgen zu befördern. Am Morgen würden Master Sean und Dr. Pateley dann die Autopsie durchführen.

Lord Darcy lehnte sich wieder zurück und blickte zu der Gasflamme über dem Fenster hinauf. Der Conte de la Vexin war wie üblich mit seiner Fackel in die Kammer getreten. War wie üblich auf sein Pult gestiegen. Hatte wie üblich das Gas angedreht. Hatte wie üblich das Gas entzündet. Und dann …

Und dann was?

»Ziemlich gespenstisch sieht das hier aus, eh, My Lord?« fragte Master Sean.

Seine Lordschaft drehte sich zu ihm um, kehrte dem Fenster den Rücken zu.

»Zumindest düster, mein lieber Sean. Gibt es hier eigentlich keine anderen Gasdüsen? Ach ja, doch, ich sehe sie schon. Zwei Stück auf jeder der anderen Wände. Anscheinend hat man die Rohre verlängert, als die Regale eingebaut wurden.« Er holte sein Pfeifenfeuerzeug hervor. »Mal sehen, ob wir nicht etwas mehr Licht auf die Sache werfen können.« Er schritt vorsichtig durch den Raum und entzündete die anderen sechs Lampen. Sogar in ihren Glaszylindern flackerten sie noch; nun war der Raum zwar heller geworden, doch die Schatten tänzelten immer noch umher.

»Aha! Und noch ein altmodischer Ölleuchter«, sagte Lord Darcy, emporblickend. Es handelte sich um eine Messingkugel von etwa fünfzehn Zoll Durchmesser, mit einem Ring am Unterteil und auf der oberen Seite einem Docht mit einem Glaszylinder, die von einem Kettennetz herabhing. Das daran befindliche Zugsystem gestattete es, die Lampe zum Auffüllen herabzulassen und zu entzünden. Doch nicht einmal auf Zehenspitzen konnte Lord Darcy den Ring erreichen.

Er warf einen schnellen Blick durch den Raum, dann schritt er zur Tür zurück und öffnete sie.

»Korporal, gibt es hier einen Haken, um die Öllampe dort herunterzuziehen?«

»Das weiß ich wirklich nicht, My Lord«, sagte der Wachkorporal. »Seine Lordschaft hat sie nie benutzt, die Lampe, meine ich. Ist nie benutzt worden, solange ich mich zurückerinnern kann. Bezweifle sogar, daß da überhaupt noch Öl drin ist, My Lord.«

»Ich verstehe. Danke.« Er schloß wieder die Tür. »Schön, soweit also zum Thema zusätzliche Beleuchtung. Hmmm. Dr. Pateley, Ihr habt den Leichnam gemessen. Wie groß war My Lord Graf?«

»Fünf Fuß sechs, My Lord.«

»Aha, das erklärt es also.«

»Erklärt was, My Lord?«

»In diesem Zimmer gibt es sieben Gasdüsen. Sechs davon befinden sich etwa siebeneinhalb Fuß über dem Boden. Die siebte, dort über dem Fenster, hängt neun Fuß über dem Boden. Warum hat er gewohnheitsmäßig diese als erste entzündet? Weil sie nur sechseinhalb Fuß über der Pultplatte hängt und er sie erreichen konnte.«

»Wie ist er denn dann an die anderen gekommen, wenn er mehr Licht brauchte?« fragte Dr. Pateley und rückte seinen Kneifer zurecht.

Master Sean grinste, sagte jedoch nichts.

Lord Darcy seufzte. »Mein lieber Chirurg, ich glaube, Ihr seht Euch wohl nie etwas anderes an als menschliche Körper, kranke, sterbende oder tote, wie? Was seht Ihr denn dort drüben stehen?« Er zeigte in die Nordostecke des Raums.

Dr. Pateley drehte sich um. »Oh. Eine Leiter.« Er sah etwas verlegen aus. »Ach so, natürlich. Gewiß doch.«

»Wäre die nicht dagewesen«, sagte Lord Darcy, «dann hätte ich mich wirklich sehr gewundert. Wie hätte er sonst seine Bücher benutzen sollen und ...«

Er verstummte, den Blick noch immer auf die Leiter geheftet. »Hmmm. Interessant.« Er schritt zu der Leiter hinüber, prüfte sie und kletterte auf ihr die Wand empor. Er beugte den Kopf zurück, um sorgfältig die Zimmerdecke zu inspizieren. »Aha. Das war der alte Wachturm.« Er drückte zunächst mit einer Hand, dann mit beiden gegen die Decke. Ein zweieinhalb Fuß großes Paneel schwang sich über ihm auf protestierenden Scharnieren zurück.

Lord Darcy kletterte hinauf und hievte sich durch die Dachluke.

Er blickte sich auf dem Turmdach um, das von Zinnen umrahmt wurde. Schließlich kam er wieder zurück und schloß die Luke hinter sich.

»Dort oben gibt es anscheinend nichts zu sehen, aber ich muß mir die Sache erst mal bei Tageslicht genauer anschauen.«

Dann schritt er ohne ein weiteres Wort durch den Raum und begutachtete alles sehr gründlich, ohne jedoch etwas zu berühren. Er blickte zur Decke empor. »Schwere Messinghaken«, murmelte er. »Wozu? Ach ja, natürlich! Um verschiedene Apparaturen daran aufzuhängen. Sehr gut.«

Fast hatte er bereits den ganzen Raum untersucht, als er schließlich auf etwas stieß, das sein Interesse wirklich fesselte. Er stand gerade neben der Tür, die Augen suchend auf den Boden gerichtet, als er plötzlich sagte: »Aha! Und was ist das wohl?«

Er kniete nieder, betrachtete den Gegenstand sorgfältig und hob ihn schließlich mit Daumen und Zeigefinger auf.

»Sieht aus«, sagte Master Sean, »wie ein Vierzollstück eines halbzolldicken Baumwollseils, My Lord. Und sehr schmutzig obendrein.«

Seine Lordschaft lächelte trocken. »Genau das scheint der Fall zu sein, mein guter Sean. Interessant.« Er musterte es genauer.

»Ich wäre Euch sehr verbunden, My Lord«, sagte Master Sean etwas steif und förmlich, »wenn Ihr mir erklären würdet, was daran so interessant sein soll.«

»Es ist Euch bereits aufgefallen, mein guter Sean«, sagte Lord Darcy, »wie makellos sauber dieses Labor ist. Hier ist sorgfältig Staub gewischt worden, und alles ist säuberlich geputzt. Alles scheint an seinem Platz zu liegen, nirgendwo liegt Papier herum, und es ist kein unordentlicher Fleck zu sehen. Der ganze Raum ist so sauber und blitzblank wie der Säbel eines Kavallerieoffiziers.« Er wies mit einer ausladenden Gebärde auf das Zimmer.

»Das stimmt, My Lord, aber ...« fing Master Sean an.

»Dann möchte ich aber gerne wissen«, fuhr Seine Lordschaft fort, »was ein Stück schmutziges Seil auf dem Boden zu suchen hat?«

»Ich weiß es nicht, My Lord.« Master Sean war nun ehrlich verwirrt. »Was hat das zu bedeuten?«

Lord Darcys Lächeln wurde immer breiter. »Ich habe nicht die leiseste Ahnung, Master Sean. Aber ich hege nicht den geringsten Zweifel daran, *daß* es *eine* Bedeutung haben muß. Um dies herauszufinden, bedarf es allerdings noch weiterer Informationen.«

Die nächste knappe Viertelstunde verging, ohne daß Lord Darcys Inspektion zu neuen Ergebnissen geführt hätte. »Also gut«, sagte er, »dann erledigen wir den Rest morgen, wenn die Lichtverhältnisse besser sind. Gehen wir jetzt hinunter und besprechen wir die Sache mit den Betroffenen. Ich fürchte allerdings, daß wir heute nicht sehr viel Schlaf bekommen werden.«

Master Sean räusperte sich entschuldigend. »My Lord, da der gute Chirurg und ich nicht dafür qualifiziert sind, Zeugenbefragungen durchzuführen, sollten wir unsere Zeit wohl besser dazu nutzen, uns an die Autopsie zu machen. Eh?«

»Eh? Ach so, ja, gewiß doch, wenn Ihr wünscht. Ja, natürlich.« Das kommt davon, dachte Lord Darcy, wenn man glaubt, daß andere, und seien es auch die engsten Gefährten, dieselben Interessen haben wie man selbst.

Feierlich schlug die Uhr auf der Kredenz in St. Martin's Hall die Viertelstunde. Es war fünfzehn Minuten nach zwei am Karfreitagmorgen, dem 12. April 1974.

Der Hochwürdige Father Villiers stand neben dem Kamin und blickte zu Lord Darcy empor. Er war nicht sehr groß – ungefähr fünf Fuß sechs –, aber sein sehniger, kompakter Körper war von einer Aura der Kraft umgeben. Seine Bewegungen waren schnell und präzise, wirkten aber nie abgehackt oder nervös. Es eignete ihm eine gelassene Wachsamkeit, die auch von spiritueller Kraft kündete. Er war, schätzte Lord Darcy, in den Vierzigern, wobei Haupt- und Schnurrbarthaare nur einen ganz leisen Grauschimmer aufwiesen. Die feinen Charakterzüge in seinem ansprechenden Gesicht zeugten von Stärke, Güte und Humor. Doch im Augenblick lächelte er nicht: Ein Gefühl der Tragik verdunkelte seinen Blick.

»Sie sind alle in der Kapelle, My Lord«, sagte er gerade in seinem forschen, angenehmen und leisen Tenor. »Lord Gisors, Lady Beverley, die Demoselle Madelaine und Sir Roderique MacKenzie.«

»Wer sind diese letzten beiden, Hochwürden?« fragte Lord Darcy.

»Sir Roderique ist Hauptmann der Gräflichen Leibwache. Die Demoselle Madelaine ist seine Tochter.«

»Ich werde sie nicht stören, Hochwürdiger Father«, sagte Lord Darcy. »In dieser Nacht vor dem Sakramentsaltar unseres Heilands Trost zu suchen, ist das allerheiligste Recht eines jeden Christen, und man darf es nur in äußersten Notfällen beschneiden.«

»Ist Mord Eurer Meinung nach kein äußerster Notfall?«

»Vor seiner Durchführung durchaus, Hochwürden. Doch danach nicht mehr. Was läßt Euch glauben, daß es ein Mord war, Ehrwürdiger Vater?«

Der Priester lächelte schwach. »Selbstmord war es jedenfalls nicht. Ich habe noch kurz, bevor er zum Roten Turm hinüber ging, mit ihm gesprochen. Als Sensitiver hätte ich jeden Selbstmordgedanken sofort und mühelos aufgefangen. Und ein Unfall kann es auch kaum sein. Denn wenn er lediglich das Gleichgewicht verloren hätte, um durch das Fenster zu stürzen, wäre er am Fuß der Mauer aufgeprallt und nicht achtzehn oder zwanzig Fuß davon entfernt.«

»Achtzehn«, murmelte Lord Darcy.

»*Ergo* – Mord!« sagte Vater Villiers.

»Dem stimme ich zu, Ehrwürdiger Vater«, sagte Lord Darcy. «Es wurde auch die Theorie vorgebracht, daß My Lord Graf eine Art Erscheinung wahrgenommen hat, die ihn derartig erschreckte, daß er lieber durch ein geschlossenes Fenster gesprungen ist, als sich ihr zu stellen. Was haltet Ihr davon?«

»Das war wohl Chief Jaque.« Der Priester schüttelte den

Kopf. »Kaum. Seine verblichene Lordschaft hätte eine wirkliche parapsychische Erscheinung nicht einmal andeutungsweise erahnt, und eine falsche, irgendeine Gaukelei, hätte ihn weder genarrt noch erschreckt.«

»Er hätte eine echte Erscheinung nicht wahrnehmen können?«

Vater Villiers schüttelte erneut den Kopf. »Er war ein Musterbeispiel jener wahrhaft seltenen Gattung, den parapsychisch Blinden.«

Seit der Zeit, da der heilige Hilary von Walsingham im späten dreizehnten Jahrhundert seine Analogiegleichungen der Magischen Gesetze formuliert hatte, waren die wissenschaftlichen Hexer auch der Überzeugung gewesen, daß diese Gesetze nicht von jedermann angewandt werden konnten. Manche Menschen besaßen eben das Talent, und andere nicht. Man konnte ebensowenig erwarten, daß jeder ein Hexer oder Heiler oder Sensitiver werden konnte, wie man es bei den Berufen des Musikers, des Bildhauers oder des Chirurgen tat.

Doch die Unfähigkeit, Geige zu spielen, bedeutete noch nicht, daß man auch unfähig war, das Geigenspiel eines anderen zu genießen – oder eben auch *nicht* zu genießen. Man mußte kein Musiker sein, um zu erkennen, daß es so etwas wie Musik gab.

Es sei denn, man war ohne musikalisches Gehör.

Mit einer anderen Analogie beschrieben: Es gibt nur wenige – sehr wenige – Menschen, die *völlig* farbenblind sind. Diese sind nicht nur leicht behindert wie jene, die nicht zwischen Rot und Grün unterscheiden können, sie sehen vielmehr alles ausschließlich in Grautönen. Für sie ist die Welt völlig farblos. Für einen solchen Menschen ist es nur schwer verständlich, wieso drei völlig identische Gegenstände vom selben Grauton von einem anderen als »rot«, »blau« und »grün« unterschieden werden können. Dem absolut farbenblinden Menschen erscheinen solche Worte als sinnlos, weil er über kein entsprechendes Bezugssystem verfügt.

»Seine verstorbene Lordschaft«, fuhr der Priester fort,

»verspürte in jungen Jahren das Bedürfnis, das Priesteramt anzustreben. Er hätte seine Herrschaftsnachfolge in der Grafschaft an seinen jüngeren Bruder abgetreten. Doch das ging natürlich nicht. Ein untalentierter, parapsychisch blinder Mensch nützt der Kirche ebensowenig wie ein Farbenblinder der Künstlergilde.«

Natürlich hatte dies den verstorbenen de la Vexin nicht daran gehindert, dachte Lord Darcy, eine herrschaftliche Position in der Regierung Seiner Kaiserlichen Majestät anzutreten. Denn um eine Grafschaft zu regieren, bedurfte es keines magischen Talents.

Seit mehr als achthundert Jahren, seit der Zeit von Heinrich II, hatte das Anglo-Französische Reich sich behaupten und ausdehnen können. Heinrichs Sohn Richard, der im Jahre 1199 knapp dem Tod durch einen Armbrustbolzen entgangen war, hatte das Reich mit fester Hand regiert und erweitert. Nach seinem Tode im Jahre 1219 hatte sein Neffe Arthur das Königreich noch weiter gestärkt. Die Große Reform im späten fünfzehnten Jahrhundert unter Richard dem Großen hatte dem Reich eine solide Arbeitsgrundlage verschafft, indem mit Hilfe der Parawissenschaft eine Gesellschaft aufgebaut worden war, die sich seit fast einem halben Jahrtausend als zugleich stabil, fortschrittlich und entwicklungsfähig erwiesen hatte.

»Wo ist My Lords jüngerer Bruder?« fragte Lord Darcy.

»Kapitän Lord Louis dient bei der Neuengland Flotte«, erwiderte Vater Villiers. »Im Augenblick ist er in Port Holy Cross an der Küste von Mechicoe stationiert, glaube ich.«

Na, das schließt ihn jedenfalls schon mal als Verdächtigen aus, dachte sich Lord Darcy. Laut sagte er: »Sagt mir doch bitte eins, Ehrwürdiger Vater, wißt Ihr irgend etwas über das Labor, das seine verstorbene Lordschaft oben im Roten Turm unterhielt?«

»Ein Labor ist es also? Nein, davon wußte ich nichts. Er ist regelmäßig dort hinaufgegangen, ja, aber ich hatte nicht die leiseste Vorstellung davon, was er dort tat. Ich glaubte, es handele sich um irgendein harmloses Steckenpferd. War das falsch gedacht?«

»Vielleicht war es wirklich nur ein harmloses Hobby«, gab Lord Darcy zu. »Zumindest habe ich keinen Grund, etwas anderes anzunehmen. Seid Ihr nie in dem Raum gewesen?«

»Nein, nie. Und soweit ich weiß, war auch sonst niemand jemals dort, mit Ausnahme des Grafen. Warum?«

»Weil es«, meinte Lord Darcy nachdenklich, »ein sehr seltsames Labor ist. Und doch gibt es keinen Zweifel daran, daß es sich dabei tatsächlich um eine Art wissenschaftliches Forschungslabor handelt.«

Father Villiers berührte das Kreuz, das an seiner Brust hing. »Seltsam? Inwiefern?« Dann ließ er die Hand sinken und lachte leise. »Nein. Keine schwarze Magie, natürlich nicht. Er hat überhaupt nicht an irgendeine Magie geglaubt, weder an schwarze, an weiße, purpurne, grüne, rote oder an regenbogenfarbene. Er war Materialist.«

»Ach ja?«

»Ein Auswuchs seiner Blindheit für alles Paranormale, Ihr versteht«, erklärte der Priester. »Er wollte Priester werden. Er wurde abgewiesen. Folglich lehnte er seinerseits ab, was die Ursache für seine Ablehnung gewesen ist. Er weigerte sich, an irgend etwas zu glauben, dessen Existenz ihm nicht von seinen eigenen Sinnesorganen bestätigt wurde. Er wollte die Grundprämisse des Materialismus beweisen: ›Alle Erscheinungen im Weltall lassen sich als Ergebnis des Aufeinanderwirkens nichtlebender Kräfte mit nichtlebender Materie erklären.‹«

»Ja«, sagte Lord Darcy. »Eine Philosophie, die ich als Lebewesen nur schwer verstehen kann, ganz zu schweigen davon, daß ich sie nicht annehmen kann. Das ist also der Zweck seines Labors gewesen – mit wissenschaftlichen Methoden den Materialismus zu beweisen.«

»So scheint es wohl, My Lord«, sagte Father Villiers. »Natürlich habe ich das Labor seiner verstorbenen Lordschaft nicht selbst gesehen, aber ...«

»Wer denn?« fragte Lord Darcy.

Der Priester schüttelte den Kopf. »Soweit ich weiß, niemand den ich kenne. Niemand.«

Lord Darcy blickte auf die Uhr. »Ist außer der Familie sonst noch jemand in der Kapelle, Ehrwürdiger Vater?«

»Einige Leute. Es gibt einen Außeneingang, durch den alle, die innerhalb der Festungsmauern leben, direkt vom Hof hineingelangen können. Und dann sind da noch vier Schwestern aus dem Konvent.«

»Dann könnte ich also unbemerkt hineingelangen, um mir eine Stunde der Andacht vor dem Heiligen Sakrament am Altar der Ruhe zu gönnen?«

»Selbstverständlich, My Lord. Die ganze Zeit kommen dort Menschen hinein und verlassen die Kapelle auch wieder. Ich würde jedoch empfehlen, den öffentlichen Eingang zu nehmen, denn wenn Ihr durch den Familieneingang einträtet, würde man Euch bestimmt bemerken.«

»Vielen Dank, Hochwürden. Zu welcher Stunde werdet Ihr die Karfreitagsmesse der Seligen lesen?«

»Der Gottesdienst beginnt um acht Uhr.«

»Und wie komme ich zu diesem Außeneingang? Wahrscheinlich durch diese Tür dort und dann nach links, nicht wahr?«

»Ganz genau, My Lord.«

Drei Minuten später kniete Lord Darcy im hinteren Trakt der Kapelle mit dem Gesicht zu dem prachtvoll mit Blumen geschmückten Sakramentsaltar, die Augen auf das verhüllte Ziborium gerichtet, das in seiner Mitte stand. Eineinviertel Stunden darauf lag er friedlich schlummernd in dem Zimmer, welches ihm vom Seneschall zugewiesen worden war.

Nach dem abrupten liturgischen Schluß der Karfreitagsmesse der Seligen kurz nach zehn Uhr morgens standen Lord Darcy und Master Sean wartend draußen vor dem Familieneingang zur Kapelle. Dr. Pateley hatte sich sofort entschuldigen lassen; er hatte sich erboten, einem der örtlichen Leute dabei zu helfen, den Leichnam des Grafen für die Beerdigung vorzubereiten. »Wir wollen alles wieder so herrichten, wie es vorher war, My Lord«, lauteten seine Worte.

Darcy und der stämmige kleine irische Hexer hatten sich einen Platz im hinteren Teil der Kapelle ausgesucht und das Gotteshaus vor der Familie des Verstorbenen verlassen, die sich in ihrem reservierten Gestühl im vorderen Teil der Kapelle versammelt hatte.

»Ich vertraue darauf«, murmelte Seine Lordschaft sehr leise, »daß der Allmächtige einen besonderen Ort der Bestrafung für Menschen vorbereitet hat, die während der Karwoche einen Mord begehen.«

»Aye, My Lord, ich weiß, was Ihr meint«, flüsterte Master Sean. »Ich selbst genieße auch die Dreistundenpredigt am Karfreitag – vor allem, wenn es sich dabei um einen wirklich guten Prediger handelt, was man sich ja von Father Villiers erzählt. Aber der Dienst geht bekanntlich vor.« Er hielt inne und fuhr schließlich in ebenso leisem Ton fort: »Meint Ihr, daß Ihr den Fall schon bald werdet lösen können?«

»Noch vor Ende des Tages, schätze ich.«

Master Sean sah ihn verblüfft an. »Dann wißt Ihr also, wer es getan hat?« Er achtete darauf, weiterhin leise zu sprechen.

»*Wer* es getan hat? Natürlich, das ist doch ziemlich offensichtlich. Aber ich brauche mehr Informationen darüber, *warum* und *wie* es geschah.«

Master Sean blinzelte. »Aber Ihr habt doch noch überhaupt niemanden verhört, My Lord.«

»Das war auch nicht nötig. Doch der Fall ist noch nicht gänzlich abgeschlossen.«

Master Sean schüttelte leise lachend den Kopf. »Das ist Euer Hauch von einem Talent, My Lord.«

»Wißt Ihr, mein guter Sean, fast habt Ihr mich davon überzeugt, daß ich tatsächlich eine Spur Talent habe. Wie habt Ihr es noch ausgedrückt?«

»Wie alle großen Detektive, My Lord, besitzt Ihr die Fähigkeit, von einer unbewiesenen Annahme zu einer vorzeitigen Schlußfolgerung zu springen, ohne den Raum dazwischen zu durchqueren. Danach kehrt Ihr dann zurück und füllt ihn aus.« Wieder machte er eine Pause. »Na schön, wer war es denn ...«

»Psst! Da kommen sie!«

Drei Personen waren aus der Kapelle gekommen: Lord Gisors, Lady Beverly und die Demoselle Madelaine MacKenzie.

Master Seans Lippen bewegten sich kaum, und seine Stimme war fast unhörbar, als er sagte: »Frage mich, wo der Rest des MacKenzie-Clans hingegangen ist, My Lord.«

»Danach werden wir fragen.« Sie wußten beide, daß Hauptmann Sir Roderique und sein Sohn, Sergeant Andray, zusammen mit den anderen im Kirchstuhl der Familie gesessen hatten.

Die drei kamen den Saal entlang auf den großen Kamin von St. Martin's Hall zu, wo Lord Darcy und Master Sean sie inzwischen erwarteten.

Lord Darcy trat vor und verbeugte sich. »My Lord de la Vexin.«

Der junge Mann sah ihn erschrocken an. »Nein. Das ist mein Va ...« Er brach ab. Es war das erste Mal, daß ihn jemand als »Lord de la Vexin« angesprochen hatte. Natürlich war es nur eine Ehrenbezeugung; er würde erst dann wirklich Graf de la Vexin sein, wenn der König seinen Titel bestätigt hatte.

Lord Darcy bemerkte die Verwirrtheit des jungen Mannes und fuhr fort: »Ich bin Lord Darcy, My Lord. Dies ist Master Sean. Wir wissen die Einladung zum Frühstück zu schätzen, welche uns von Eurem Seneschall übermittelt wurde.«

Der neue Lord de la Vexin hatte inzwischen seine Fassung wiedergewonnen. »Ach ja, freut mich sehr, Eure Bekanntschaft zu machen, My Lord. Dies ist meine Schwester, Lady Beverly, und dies ist die Demoselle Madelaine. Kommt, das Frühstück sollte gleich fertig sein.« Er ging selbst voran.

Das Frühstück war köstlich, aber nicht übermäßig üppig. Es wurden exquisit pochierte *Quinelles de poisson* gereicht; *Oeufs boucher;* heiße Croissants; Milch und Kaffee.

Wenige Minuten vor dem Frühstück erschienen auch Hauptmann Roderique und Sergeant Andray. Father Villiers folgte ihnen beinahe auf dem Fuß.

Während des Frühstücks tauschte man lediglich Artigkeiten aus, so daß Lord Darcy Gelegenheit hatte, die anderen zu beobachten, ohne dabei aufdringlich zu wirken.

De la Vexin wirkte noch immer benommen, ja wie geistesabwesend, ein Zustand, aus dem ihn die Konversation nur teilweise herauszureißen vermochte. Die Demoselle Madelaine, eine schöne, blonde Frau, hatte ein recht förmliches Gebaren, doch ihre Augen wiesen ein helles, erwartungsvolles Schimmern auf, das Lord Darcy nicht sonderlich behagte. Lady Beverly, die etwa zehn Jahre älter sein mochte als ihr Bruder, sah aus, als sei sie schon als Witwe geboren – oder als Nonne im Kloster. Sie war ruhig, sprach leise und hielt sich sehr im Hintergrund, doch dahinter wiederum spürte Lord Darcy eine Festigkeit und Intelligenz, die sich gewissermaßen in Lauerstellung zu befinden schien. Hauptmann Sir Roderique MacKenzie war vielleicht ein Zoll größer als Lord Darcy – ein hagerer Mann von aufrechter, breitschultriger Haltung mit einem dichten hellbraunen Bart und Schnäuzer und der für die Frankoschotten typischen einsilbigen Sprechweise. Sein Sohn wies eine große Ähnlichkeit mit ihm auf, doch war er glattrasiert, und sein Haar war etwas heller, wenngleich nicht ganz so blond wie das seiner Schwester Madelaine. Beiden war eine Ausstrahlung eigen, die weder gänzlich militärisch noch polizeimäßig war, aber von beidem etwas besaß. Sie waren Wachmänner und zeigten dies auch offen.

Father Villiers wirkte zerstreut, was Lord Darcy gut verstehen konnte. Der symbolische Tod Jesu Christi und der tatsächliche Tod des Lord de la Vexin waren zu eng miteinander verbunden, als daß es dem guten Priester keine spirituellen Probleme hätte machen können. Priester zu sein war kein leichtes Leben.

Nach dem Frühstück wurde ein Fruchtkompott aus spanischen Orangen serviert, dem weiterer Kaffee folgte.

Der Sohn des verblichenen Grafen räusperte sich. »My

Lords, Ladies und Gentlemen«, begann er. Er machte eine kurze Pause und schluckte schwer. »Einige von Euch haben mich als ›de la Vexin‹ angeredet. Bis diese Angelegenheit geklärt ist, würde ich es jedoch vorziehen, meinen bisherigen Titel Gisors beizubehalten. Äh – wenn Ihr nichts dagegen haben solltet.« Erneute Pause. Er blickte Lord Darcy an. »Ihr seid gekommen, um uns zu verhören, My Lord?«

Lord Darcy sah völlig unschuldig drein. »Eigentlich nicht, Lord Gisors. Doch wenn Euch danach sein sollte, den Tod Seiner Lordschaft zu besprechen, könnte dies vielleicht dabei helfen, etwas Licht in die geheimnisvollen Umstände zu werfen, die ihn umgeben. Ich weiß, daß niemand der Anwesenden zugegen war, als der ... hm, der Vorfall stattfand. Ich suche nicht nach Alibis. Aber hat jemand vielleicht selbst irgendwelche Vorschläge zu machen? Wie ist der verblichene Graf de la Vexin gestorben?«

Wie ein unheimlicher Nebel senkte sich das Schweigen über die Runde, schwer und dumpf.

Jeder blickte den anderen an in der Hoffnung, er würde als erster das Wort ergreifen, doch niemand sagte etwas.

»Nun«, meinte Lord Darcy nach einer Weile, »dann gehen wir das Problem doch mal von einer anderen Warte aus an. Sergeant Andray, von allen Anwesenden hier seid Ihr anscheinend der einzige Augenzeuge gewesen. Welchen Eindruck hattet Ihr vom Gang der Ereignisse?«

Der Sergeant zuckte leise zusammen, richtete sich in seinem Stuhl etwas aus und räusperte sich nervös. »Nun, Euer Lordschaft, wenige Minuten vor zehn standen Wachmann Jaime und ich ...«

»Nein, nein, Sergeant«, unterbrach Lord Darcy ihn sanft, »da ich die Meldung gelesen habe, die Ihr und Jaime dem Chief Jaque gemacht habt, weiß ich recht genau, was Ihr *gesehen* habt. Was mich jedoch interessiert, das ist Eure

Theorie darüber, was wohl die *Ursache* für das sein mag, was Ihr gesehen habt.«

Nach kurzer Pause sagte Sergeant Andray: »Für mich sah es so aus, als sei er durch das Fenster *gesprungen,* Euer Lordschaft. Aber ich habe nicht die leiseste Erklärung dafür, warum er so etwas hätte tun sollen.«

»Ihr habt also nichts gesehen, was ihn vielleicht zu diesem Sprung getrieben haben könnte?«

Sergeant Andray furchte die Stirn. »Diese Lichtkugel war das einzige. Jaime und ich haben sie in unserem Bericht erwähnt.«

»Ja. ›Eine Kugel aus gelblich-weißem Licht schien einige Sekunden lang durch den ganzen Raum zu tänzeln, dann fiel sie zu Boden und verschwand.‹ So habt Ihr es doch formuliert, nicht wahr?«

»Ich hätte eigentlich formulieren müssen: ›stürzte dem Boden entgegen‹, Euer Lordschaft. Denn aus meinem Blickwinkel konnte ich gar nicht erkennen, ob sie wirklich auf dem Boden auftraf oder nicht.«

»Sehr gut, Sergeant! Ich habe mich schon gefragt, ob Ihr diesen kleinen Widerspruch wohl noch berichtigen wurdet, und das habt Ihr zu meiner Zufriedenheit nun getan.« Lord Darcy überlegte einen Augenblick. »Schön. Ihr seid also zu dem gestürzten Körper hinübergeeilt und habt Euch davon überzeugt, daß Seine Lordschaft tot war. Habt Ihr ihn dabei berührt?«

»Nur sein Handgelenk, um festzustellen, ob er noch einen Pulsschlag hatte. Doch er hatte keinen, und der Winkel, in dem sein Kopf abgeknickt war ...« Er brach ab.

»Ich verstehe. Inzwischen hattet Ihr Wachmann Jaime nach dem Feuerwehrwagen geschickt. Als er zurückkam, seid Ihr mit Hilfe der ausziehbaren Leiter emporgeklettert und habt die Zimmertür von innen geöffnet, um die anderen Wachmänner einzulassen. War das Gaslicht da noch an?«

»Nein. Es muß ausgeblasen worden sein. Ich habe das Gas abgestellt und bin dann zur Tür hinüber gegangen, um sie zu öffnen. Das Licht der Hoflaternen war hell genug, um sich zurechtzufinden.«

»Und Ihr habt nichts Außergewöhnliches entdecken können?«

»Nichts und niemanden, Euer Lordschaft«, erwiderte der Sergeant mit Bestimmtheit. »Und die anderen Wachmänner ebensowenig.«

»Das scheint mir eine sehr eindeutige Aussage zu sein. Habt Ihr denn den Raum durchsucht?«

»Nicht richtig, nein. Wir haben uns umgesehen, um mit Hilfe unserer Handfackeln nachzusehen, ob sich dort irgend jemand aufhielt. Aber in diesem Zimmer gibt es keine Verstecke. Wir hatten die Schutzmannschaften gerufen, und als sie kamen, haben sie den Raum einer etwas gründlicheren Untersuchung unterzogen, doch ohne Erfolg.«

»Also gut. Als ich ankam, brannte das Gaslicht über dem Fenster. Wer hat es angezündet?«

»Der Chief der Wachmannschaft, Jaque Toile, Euer Lordschaft.«

»Ich verstehe. Danke, Sergeant.« Lord Darcy musterte die anderen Anwesenden, einen nach dem anderen. Ihr Schweigen schien nicht enden zu wollen. »Lady Beverly, habt Ihr etwas zu dieser Besprechung beizutragen?«

Lady Beverly blickte Father Villiers mit gelassenem Ausdruck an.

Der Priester sah sie geradeheraus an. »Ich rate Euch, zu sprechen, mein Kind. Wir müssen dieser Angelegenheit auf den Grund gehen.«

Ich verstehe, dachte Lord Darcy. *Es geht um etwas, das im Beichtstuhl besprochen wurde. Der Ehrwürdige Vater darf zwar nicht darüber sprechen – aber er kann ihr raten, es zu tun.*

Lady Beverly richtete ihren Blick wieder auf Lord Darcy. »Ihr wollt eine Theorie hören, My Lord? Nun gut.« Eine entsetzliche Traurigkeit schwang in ihrer Stimme mit. »Seine verstorbene Lordschaft, mein Vater, ist von Gott für seinen Unglauben bestraft worden. Father Villiers hat mir zwar gesagt, daß dem nicht so sein kann, aber ...« Sie schloß die Augen. »– ich fürchte sehr, daß es doch der Fall ist.«

»Wie dies, My Lady?« fragte Lord Darcy sanft.

»Er war ein Materialist. Er war blind für parapsychische Dinge. Er hat geleugnet, daß andere die von Gott gesandte Gnade des Sehens und des Talents besitzen. Er hat behauptet, daß das alles Betrug sei, alles Mumpitz. Er war allen Gefühlen gegenüber völlig verschlossen.«

Nun blickte sie Lord Darcy nicht mehr *an*, sodern starrte durch ihn hindurch, als hätte sie die Augen auf irgendeinen fernen Horizont gerichtet.

»Er war kein böser Mensch«, fuhr sie fort, ohne ihren Blick von der Ferne abzuwenden, »aber ein sündiger.« Plötzlich geriet ihr Blick ins Flackern, und sie sah direkt in Lord Darcys graue Augen. »Wißt Ihr, daß er eine Heirat zwischen meinem Bruder und der Demoselle Madelaine untersagt hat, weil er die Liebe zwischen diesen beiden nicht erkannte? Er wollte, daß Gisors Evelynne de Saint-Brieuc ehelicht.«

Darcys Augen richteten sich sofort auf Lord Gisors und Madelaine MacKenzie. »Nein, das wußte ich nicht. Wie viele andere wußten denn noch davon?«

Nun ergriff Hauptmann Sir Roderique das Wort. »Wir alle, My Lord. Er machte keinen Hehl darauf. Der Graf hat es verboten, und ich habe es auch verboten. Wenn ich auch rein rechtlich gesehen bei meiner Tochter gar keine Handhabe dazu hatte.«

»Aber warum hat er …«

Lady Beverly schnitt Lord Darcys Frage abrupt ab.

»Die Politik, My Lord. Und weil er unfähig war, wahre Liebe als solche zu erkennen. Deshalb hat ihn Gott für seinen Starrsinn bestraft. Würdet Ihr mich vielleicht entschuldigen, My Lord? Ich möchte die Dreistundenpredigt hören.«

Schnell fügte Father Villiers hinzu: »Würdet Ihr uns beide entschuldigen, My Lord?«

»Aber gewiß doch, Hochwürden und Lady Beverly«, erwiderte Lord Darcy und erhob sich. Schweigend sah er ihnen nach, wie sie den Raum verließen.

Eine halbe Stunde nach Mittag.

Lord Darcy und Master Sean standen im Hof unterhalb des Roten Turms und blickten auf ein Meer von Glasscherben hinab, die von einem Kordon von Wach- und Schutzposten umgeben waren.

»Nun, mein guter Sean, was haltet Ihr von unserer Frühstückskonversation?«

»Faszinierend, My Lord«, erwiderte der Hexer. »Ich glaube, ich beginne zu begreifen, worauf Ihr hinauswollt. Lady Beverly ist nicht ganz klar im Kopf, nicht wahr?«

»Sagen wir lieber, daß sie ein paar ziemlich merkwürdige Vorstellungen von Gott hat«, meinte Lord Darcy. »Seid Ihr bereit für dieses Experiment, Master Sean?«

»Das bin ich, My Lord.«

»Braucht Ihr nicht einen zweiten Mann für diese Art von Unternehmung?«

Master Sean nickte. »Natürlich, My Lord. Chief Jaque bringt den Wanderhexer Emile mit, das ist der Gerichtshexer der Grafschaft. Ich habe ihn gestern abend kennengelernt; er ist ein guter Mann, der eines Tages auch mal Meister werden wird.

Eigentlich sind die Zauber sehr einfach, My Lord. Nach dem Gesetz der Kontinuität gehört jeder Teil einer Struktur auch nach seiner Abtrennung noch immer zur Gesamtstruktur. Wir können ihn in den letzten Zustand zurückversetzen, als er noch Bestandteil eines zusammenhängenden Ganzen war – und zwar vollständig, wenn es erforderlich sein sollte, aber Ihr wollt ihn ja nur bis an den Punkt *nach* dem Zerbrechen, aber *vor* dem Auseinanderstieben zurückgebracht haben. Die Wiederherstellung selbst ist nicht weiter schwierig. Schwierig ist es vielmehr, die Sache danach aufrechtzuerhalten. Deshalb brauche ich überhaupt einen zweiten Mann.«

»Ich werde meine Messungen und Beobachtungen so schnell durchführen wie möglich«, versprach Lord Darcy. »Ah, da sind sie ja!«

Master Sean folgte dem Blick Seiner Lordschaft zum Haupttor des Hofs. Dann sagte er mit großem Ernst: »Tatsächlich. Der eine trägt die schwarz-silberne Uniform eines Chiefs der Wachmannschaft, der andere die Arbeitskleidung eines Wanderhexers. Woraus ich schließe, daß es sich bei ihnen *nicht* um einen Trupp Kaiserlicher Marinesoldaten handelt.«

»Sehr scharfsinnig von Euch, mein guter Sean. Macht weiter so, dann werdet Ihr am selben Tag zum Meisterdetektiv werden, wenn ich es bis zum Meisterhexer geschafft habe. Chief Jaque und ich werden nun hinauf ins Turmzimmer gehen, während Ihr und Wanderhexer Emile hier unten wirkt. Nur zu.«

Lord Darcy schritt mühsam die acht Treppen empor, an zahlreichen Arbeitszimmern vorbeikommend, und wünschte sich, daß er doch nur im Schloß von Evreux wäre, wo der verstorbene Bruder der Gräfin D'Evreux einen dampfgetriebenen Aufzug hatte einbauen lassen. *Kein Dummkopf, der Mann,* dachte Lord Darcy.

Oben auf dem Treppenabsatz gingen ein Schutz- und ein Wachmann sofort in Habtachtstellung, als Seine Lordschaft erschien. Er nickte ihnen zu. »Guten Tag.« Mit Daumen und Zeigefinger betastete er zuerst seine linke und dann die rechte Westentasche. »Ist das Zimmer abgeschlossen?« fragte er.

Der Schutzmann überprüfte die Tür. »Jawohl, Euer Lordschaft.«

»Ich habe anscheinend den Schlüssel verlegt. Gibt es vielleicht noch einen zweiten?«

»Es gibt noch ein Doppel davon, Euer Lordschaft«, erwiderte der Wachmann, »aber der ist in Hauptmann Sir Roderiques Büro eingeschlossen. Ich kann ihn für Euch holen, wenn Ihr wünscht. Es ist nur zwei Treppen tiefer.«

»Nein, es ist doch nicht nötig.« Lord Darcy holte den Schlüssel aus seiner rechten Westentasche hervor. »Ich habe ihn wiedergefunden. Aber dennoch vielen Dank, Wachmann. Chief Jaque wird in wenigen Minuten oben sein.«

Er sperrte die Tür auf, öffnete sie, trat ein und schloß sie wieder hinter sich.

Etwa drei Minuten später öffnete Chief Jaque die Tür und fragte: »Sucht Ihr etwas, My Lord?«

Lord Darcy kauerte auf den Knien und durchsuchte eine Kommode, wobei er ihren Inhalt teils beiseiteschob, teils hervorholte. »Ja, mein lieber Chief, ich suche nach dem Beweisstück, mit dem wir einen Mörder hängen können. Ich dachte erst, es müßte sich in einem der Schränke befinden, aber die enthalten nichts als Glas. So kam ich darauf, daß es hier sein – ah!« Er zog den Kopf aus der Schublade und richtete sich, immer noch auf den Knien, auf. In der Hand hielt er ein sechs Fuß langes Stück gewöhnliches Baumwollseil.

»Ein bißchen dünn, um jemanden damit zu hängen«, meinte Chief Jaque skeptisch.

»Für diesen Mörder wird es genügen«, versetzte Lord Darcy und stand auf. Er musterte das Seil eindringlich. »Wenn es nur ...«

Da wurde er von einem Hallo-Ruf im Hof unterbrochen. Er schritt zu dem zerborstenen Fenster hinüber und blickte hinunter. »Ja, Master Sean?« rief er.

»Wir können anfangen, My Lord«, rief der rundliche kleine irische Hexer ihm zu. »Bitte zurücktreten.«

Im Hof standen Schutz- und Wachmänner mit dem Gesicht nach außen in einem großen Kreis um die Fensterscherben. Wanderhexer Emile, ein kleiner, magerer Mann mit einem Pariser Akzent, hatte die Stelle sorgfältig mit hellblauer Kreide drei Zoll hinter den Stiefelabsätzen der Wachposten abgezirkelt.

»Es ist, daß ich fertig bin«, sagte er in seinem gräßlichen *Patois*.

»Ausgezeichnet«, erwiderte Master Sean. »Dann baut das Feld auf und haltet es aufrecht. Ich werde Euch alle Kraft geben, die ich habe.«

»Aber ja, Meister.« Er öffnete seinen mit Symbolen verzierten Reisesack, der dem von Master Sean zwar ähnelte, sich in seinen Einzelheiten aber davon deutlich unterschied, und holte zwei spiegelglatt polierte silbrige Stäbe hervor, die derartig reich mit Symbolen ziseliert waren, daß sie im Licht der frühen Nachmittagssonne nur so glitzerten. »Für den Cattell-Effekt ist es notwendig, daß es ist das Silber, nicht?«

»So ist es«, stimmte Master Sean ihm zu. »Ihr werdet Euch um die statischen Zauber kümmern, während ich mich mit den kinetischen befasse. Seid Ihr bereit?«

»Ich bin bereit«, sagte Wanderhexer Emile. »Fahrt fort.« Er stellte sich unmittelbar innerhalb des blauen Kreidekreises auf, mit dem Gesicht zum Roten Turm, und hielt die Stäbe im Winkel von neunzig Grad zu einem *V* empor.

Master Sean entnahm seinem eigenen Reisesack einen Einbläser und füllte ihn mit einem vorabgemischten Pulver. Dann bewegte er sich vorsichtig im Kreis und blies Pulverwolken hervor, die sich sanft auf den Hofboden senkten und auch die allerkleinste Scherbe mit mindestens einem Pulverkorn bedeckten.

Nachdem er den ganzen Kreis abgeschritten hatte, stellte sich Master Sean vor dem Wanderhexer Emile auf. Er steckte den Einbläser wieder in seinen Reisesack und zog dafür einen nur achtzehn Zoll kurzen Stab aus fahlem, gelbem Kristall hervor, mit dem er in der Luft ein Symbol zog.

Der Cattell-Effekt begann sich zu manifestieren.

Zunächst gerieten die Fensterscherben nur sehr langsam in Bewegung, doch das änderte sich bald.

Wie ein umgekehrter Wasserfall im Zeitlupentempo erhoben und sammelten sie sich, eine Myriade funkelnder Scherben, die emporstiegen und in einer glitzernden Glasfontäne dem leeren Fensterrahmen im Gemäuer, achtzig Fuß über dem Boden, entgegenströmten. Ein leises Klirren begleitete die Bewegung, als vereinzelte Scherben auf dem Weg empor ebenso gegeneinander stießen, wie sie es auf dem Weg in die Tiefe getan hatten.

Nur die überragende Disziplin der Schutz- und Wachmänner sorgte dafür, daß sie ihre Neugier zügeln konnten und sich nicht umdrehten, um zuzuschauen.

Immer höher stiegen die Glassplitter und -scherben, wie

scharfkantige, spitze Regentropfen, die dem Himmel entgegenstürzten.

Als sie an der leeren Öffnung angelangt waren, verbanden sie sich zueinander zu einem Fenster – das jedoch nicht ganz ein richtiges Fenster war, denn es wölbte sich stark nach außen.

Oben im Zimmer des verstorbenen Grafen sah Lord Darcy mit an, wie die fliegenden Fragmente an die Stelle zurückkehrten, an der sie sich einst befunden hatten. Als die Stasis erreicht war, blickte er den Chief der Wachmannschaft an.

»Kommt, mein guter Jaque, wir sollten unsere Hexer nicht mehr belasten als unbedingt notwendig.« Er schritt zu dem Fenster hinüber, gefolgt von dem Chief.

Das facettierte Fenster war weder ein Scherbenhaufen noch ein vollständiges Ganzes. Es wölbte sich auf seltsame Weise nach außen, und jedes Glasstück berührte dabei seinen Nachbarn fast, doch ohne eng mit ihm abzuschließen. Die Verbleiung zwischen den einzelnen Facetten war geweitet und auswärts verbogen, als wäre das ganze Fenster vom Aufprall einer gigantischen Faust getroffen worden und hätte gerade noch im letzten Augenblick aufgehört, sich auszudehnen.

»Ich bin mir nicht ganz sicher, daß ich das wirklich verstehe«, meinte Chief Jaque.

»So sah das Fenster einen Sekundenbruchteil später aus, nachdem Seine Lordschaft, der verstorbene Graf, dagegengestoßen war. In diesem Augenblick wurde es nach außen gedrückt und zerschmettert, doch die Scherben waren noch nicht auseinandergestoben. Ich möchte Euch vor allem auf den Mittelteil des Fensters aufmerksam machen.«

Der Chief der Wachmannschaft betrachtete alles mit scharfen Augen. »Verstehe, was Ihr meint. Wie eine Gußform. Da ist das Kinn ... der Brustkorb ... der Bauch ... die Knie.«

»Ganz genau. Und nun versucht doch mal, eine Körperhaltung anzunehmen, die einen solchen Abdruck hervorbringen würde«, sagte Lord Darcy.

Der Chief grinste. »Nicht nötig. Ist doch offensichtlich. Die Unterschenkel zurückgebogen. Der Kopf so weit zurückgelegt, daß das Kinn als erstes auftreffen mußte. Ebenso Brustkorb und Bauch.« Seine Augen verengten sich. »Ist nicht hinausgesprungen, ist nicht hinausgefallen. Ist von hinten gestoßen worden, und zwar mit Gewalt.«

»Genau so war es. Ausgezeichnet, Chief Jaque. Und nun wollen wir so schnell und so genau wie möglich unsere Messungen durchführen«, sagte Lord Darcy, »wobei wir allerdings darauf achten müssen, daß wir dieses unstabile Gebilde nicht berühren. Sonst zerschneiden wir uns wahrscheinlich die Hände, wenn das ganze Ding zusammbricht.«

Die Szene unten im Hof war zur Reglosigkeit erstarrt. Schutz- und Wachmänner standen in Paradehaltung, während die beiden Hexer wie Statuen dastanden, Augen und Geist auf das darüber befindliche Fenster gerichtet, präzise und selbstsicher die Stäbe haltend.

So verging Minute um Minute, und langsam wurde die Anstrengung spürbar. Schließlich erscholl Lord Darcys Stimme: »Jederzeit, wann es Euch beliebt, Master Sean.«

Ohne sich zu bewegen, sagte Master Sean in scharfem Ton: »Sergeant! Bringt Eure Männer in Sicherheitsabstand. Bewegung!«

Der Schutzsergeant bellte seine Befehle, und Schutz- und Wachmänner wichen schnellstens zum Haupttor zurück. Dann drehten sie sich um, um zuzusehen.

Die Magier ließen ihren Halt fahren. Die mächtigen Kräfte, mit denen sie die Glasscherben an Ort und Stelle gehalten hatten, ließen nach, und die Schwerkraft übernahm erneut die Kontrolle. Nun setzte eine Lawine, ein Wasserfall funkelnder Scherben ein. Mit gewaltigem Klirren und Getöse glitten und stürzten sie die Steinmauer hinab, um am Fuß des Roten Turms zu einem Haufen zusammenzusinken.

Die Vorführung war zwar nicht ganz so spektakulär wie

die Wiederzusammensetzung des Fensters, doch den Schutz- und Wachmännern genügte es vollauf.

Einige Minuten später kämpfte sich Master Sean die Treppen hinauf und betrat das Labor des verstorbenen Grafen.

»Ah, Master Sean!« sagte Lord Darcy. »Wo ist denn Wanderhexer Emile?«

Der irische Hexer lächelte etwas wehmütig. »Er ist nach Hause gegangen, My Lord. Das war anstrengende Arbeit, und er ist nicht so gut dafür ausgebildet wie ich.«

»Ich nehme doch an, daß Ihr ihm mein Kompliment ausgesprochen habt. Ihr beide habt wirklich außerordentliche Arbeit geleistet.«

»Danke, My Lord. Ich habe Wanderhexer Emile mein eigenes Kompliment ausgesprochen und ihn des Euren versichert. Habt Ihr erreicht, was Ihr wolltet, My Lord?«

»Das habe ich, das habe ich. Nun bleibt nur noch eine einzige Sache zu erledigen. Eine sehr simple Überprüfung, aber ich glaube, daß sie äußerst erhellend sein dürfte. Zunächst einmal möchte ich Eure Aufmerksamkeit auf die beiden Fünf-Gallonen-Glasballons richten, die Chief Jaque und ich soeben in einer der unteren Schubladen entdeckt haben.«

Die beiden Glasballons standen inzwischen nebeneinander auf der Arbeitsplatte. Ihre Etiketten waren zu erkennen. Auf der einen Flasche, die kaum einen halben Zoll mit einer blassen gelblichen Flüssigkeit gefüllt war, stand die Bezeichnung *Konzentrierter Flüchtiger Salpetergeist.* Auf der anderen, die halbvoll mit einer klaren, ölig aussehenden Flüssigkeit war, standen die Worte *Konzentriertes Vitriol-Öl.*

»Ich nehme an, daß Ihr schon vorher wußtet, daß Ihr sie hier finden würdet, My Lord?« fragte Master Sean.

»Gewußt habe ich es nicht, ich habe es lediglich vermutet. Aber daß sie hier sind, bestärkt mich in meiner Theorie. Sagen sie Euch etwas?«

Master Sean zuckte die Schultern. »Ich weiß wohl, was

sie enthalten, My Lord, aber ich bin kein Spezialist der Khemischen Künste.«

»Das bin ich auch nicht.« Lord Darcy holte seine Pfeife hervor und füllte sie mit Tabak, den er mit dem Daumen in den Kopf drückte. »Aber ein Königlicher Justizoffizier sollte doch belesen genug sein, um von allem ein bißchen Ahnung zu haben, jedenfalls theoretisch. Wißt Ihr, was passiert, wenn man eine Mischung aus diesen beiden Substanzen in gewöhnliche Baumwolle gibt?«

»Nein ... das heißt, einen Augenblick mal ...« Master Sean legte die Stirn in Falten und schüttelte schließlich den Kopf. »Irgendwo habe ich mal darüber gelesen, aber ... nein, die Einzelheiten fallen mir nicht mehr ein.«

»Dann erhält man Schießbaumwolle«, sagte Lord Darcy.

Chief Jaque hüstelte leise. »Hm, und was bewirkt das wiederum, My Lord?«

»Das kann ich Euch, glaube ich, vorführen«, sagte Seine Lordschaft mit einem recht geheimnisvollen Lächeln. Lord Darcy holte das vier Zoll lange Stück geschwärzten Seils aus seiner Brieftasche, das er am Abend zuvor neben der Zimmertür gefunden hatte. Dann nahm er das sechs Fuß lange Stück sauberen Seils auf, das er eine halbe Stunde vorher entdeckt hatte, und schnitt mit seinem scharfen Taschenmesser an beiden Enden jeweils ein kleines Stück ab. Diese Stücke legte er in etwa achtzehn Zoll Entfernung voneinander auf dem Labortisch aus. »Chief Jaque, nehmt bitte diese langen Stücke und legt sie auf das Pult, und zwar ein gutes Stück von hier entfernt. Ich möchte ungern gleich mein *gesamtes* Beweismaterial verlieren! Danke. Und nun schaut her.«

Er entzündete jedes der beiden Stücke mit seinem Pfeifenanzünder. Sie brachen plötzlich mit einem gewaltigen Zischen in eine gelbweiße Stichflamme aus – und waren auch schon spurlos verschwunden. Gelassen zündete Lord Darcy nun seine Pfeife an.

Master Seans Augen leuchteten auf. »Ahaaa!«

Chief Jaque sagte: »Der Dämon!«

»Ganz genau, mein geschätzter Chief. Und nun müssen

wir uns hinabbegeben und mit dem Rest der *Dramatis personae* sprechen.«

Während sie die Treppe hinabstiegen, fragte Master Sean: »Aber warum war das kleine Stück mit Schmutz bedeckt, My Lord?«

»Nicht mit Schmutz, mein guter Sean, sondern mit Lampenruß.«

»Mit Lampenruß? Aber wozu?«

»Natürlich, um es unsichtbar zu machen.«

»Ihr haltet gar nicht die Dreistundenpredigt, Hochwürden?« fragte Lord Darcy mit hochgezogener Augenbraue.

»Nein, My Lord«, erwiderte Father Villiers. »Ich bin doch ein bißchen zu erregt dazu. Außerdem dachte ich, daß meine Anwesenheit hier vielleicht benötigt werden könnte. Father Dubois aus dem Kloster war so freundlich, mich zu vertreten.«

Kurz nach Mittag waren Wolken aufgezogen, um die helle Morgensonne zu verdecken, und nun umhüllte eine feuchte Kälte das Schloß. Zwar wurde sie von dem Kaminfeuer in St. Martin's Hall abgehalten, doch schien den zehn Menschen, die dort auf Sofas und Stühlen um den Kamin saßen, eine ganz andere Art von Kälte in dem riesigen Saal vorzuherrschen.

Die drei MacKenzies, Vater, Sohn und Tochter, saßen gemeinsam auf einem Sofa und sagten nichts, während ihre Augen unruhig umherhuschten, aber immer wieder zu Lord Darcy zurückfanden. Lady Beverly saß allein neben dem Feuer und musterte ebenso unruhig die Flammen, ohne sie wirklich wahrzunehmen. Master Sean und Dr. Pateley befanden sich auf der gegenüberliegenden Seite des Kaminfeuers und unterhielten sich sehr leise. Chief Jaque stand in bärbeißiger Haltung vor dem Butzenglasfenster und behielt den ganzen Raum im Blick, ohne es sich anmerken zu lassen.

Auf dem Kaminsims schwang das Pendel der großen Uhr mit gedämpftem Klacken seine Bahn.

Lord Gisors erhob sich aus seinem Sessel und kam zu der Kredenz herüber, wo Lord Darcy und Father Villiers gerade miteinander sprachen.

»Verzeihung, My Lord Darcy, Verzeihung, Father.« Er hielt inne und räusperte sich leise, um schließlich den Priester anzublicken. »Wir sind alle ein wenig nervös, Hochwürden. Ich weiß ja, daß wir Karfreitag haben, aber wäre es wirklich unrecht, zu ... äh, fragen, ob jemand vielleicht ein Glas Xerez haben möchte?«

»Natürlich nicht, mein Sohn. Wir alle leiden heute mit Unserem Heiland und werden möglicherweise noch viel mehr leiden müssen, aber ich glaube nicht, daß er etwas dagegen hätte, wenn wir uns eine steife Dosis medizinischer Beruhigung genehmigten. Unser Heiland selbst hat es allerdings bestimmt nicht getan. Dem Evangelium des Heiligen Johannes zufolge sagte er: ›Mich dürstet‹, worauf man ihm einen in Wein getränkten Schwamm reichte. Nachdem er diesen empfangen hatte, sagte er: ›Es ist vollbracht.‹« Father Villiers brach ab.

»›Und gab seinen Geist auf‹«, zitierte Lord Gisors düster.

»Das stimmt«, erwiderte der Priester mit fester Stimme. »Aber am Ostermorgen war sein Geist zurückgekehrt, und der einzige unter den Gläubigen, der jenes Wochenende nicht überlebt hat, war Judas. Ich selbst hätte ganz gerne einen Brandy.«

Nur Lady Beverly und Chief Jaque schlugen eine Erfrischung ab – wenngleich aus unterschiedlichen Gründen. Als jeder sein Glas etwa zur Hälfte geleert hatte, schlenderte Lord Darcy zum Kamin hinüber und blickte den Anwesenden ins Gesicht.

»Wir haben es mit einem verzwickten Problem zu tun. Wir müssen zeigen, auf welche Weise der verblichene Graf de la Vexin den Tod gefunden hat. Wenn Ihr alle dabei mithelft, wird uns das wohl gelingen, meine ich. Zunächst einmal müssen wir mit der Vorstellung aufräumen, daß wir es dabei mit Schwarzer Magie zu tun haben. Master Sean?«

Der Ire ließ den Xerez erst seine Zunge umspülen, bevor er ihn hinunterschluckte und antwortete: »My Lords,

Ladys und Gentlemen, nachdem ich sämtliche wissenschaftlichen Untersuchungen durchgeführt habe, um die Situation zu klären, bin ich bereit, vor dem Gerichtshof Seiner Majestät zu erklären, daß Seine Lordschaft der Graf jedenfalls nicht durch Magie ums Leben gekommen ist, weder durch schwarze noch durch weiße. Keiner hat ihn mit Magie getötet.«

Plötzlich blitzten Lady Beverlys Augen auf. »Keine *menschliche* Instanz, wollt Ihr doch wohl sagen?« Ihre Stimme war leise und angespannt.

»Aye, My Lady«, stimmte Master Sean ihr zu.

»Aber wie steht es dann mit der Strafe Gottes? Oder dem bösen Werk des Satans?«

Schweigen hing zum Greifen in der Luft. Nach einer kurzen Pause sagte Master Sean: »Ich glaube, die Antwort darauf überlasse ich lieber dem Hochwürdigen Father.«

Father Villiers verschränkte die Finger. »Mein Kind, Gott straft den Sündigen auf vielerlei Weise – meistens durch das Fegefeuer des gequälten Gewissens, oder, wenn das Gewissen nur schwach ist, durch die Reaktion der Mitmenschen des Sünders auf sein übles Tun. In der Hoffnung, daß der Sünder den Tod finden möge, bevor er Gelegenheit zur Reue gehabt hat, wird der Teufel auch verschiedene Mittel anwenden, um ihn in die Selbstvernichtung zu treiben.

Aber man kann einen solchen Akt nicht *sowohl* Gott *als auch* dem Satan zuschreiben. Darüber hinaus gibt es keinerlei Beweis dafür, daß Euer verblichener Vater ein solch großer Sünder gewesen ist, daß Gott zu einer derart drakonischen Strafe gegriffen hätte. Und ebensowenig gibt es Beweise dafür, daß der Teufel hätte fürchten müssen, daß Seine Lordschaft in absehbarer Zeit die läßlichen Sünden bereuen würde, die er begangen haben mag.

Auf jeden Fall *entledigen sich weder Gott noch Teufel eines Menschen dadurch, daß sie ihn beim Genick und beim Hosenboden packen, um ihn aus dem Fenster zu werfen!*

Hinrichtung durch Fenstersturz ist ein typisch menschlicher Akt, mein Kind.«

Lady Beverly neigte den Kopf und sagte nichts.

Nach kurzem Schweigen ergriff Lord Darcy das Wort.

»My Lord Gisors, angenommen, Euer Vater ist durch rein physische Mittel getötet worden, könntet Ihr dann vielleicht einmal einen Vorschlag machen, auf welche Weise dies hätte geschehen können?«

Lord Gisors, der gerade an der Kredenz stand und sich einen zweiten Drink einschenkte, drehte sich langsam um. »Ja, Lord Darcy, das kann ich wohl«, sagte er nachdenklich.

Lord Darcy hob erneut die linke Augenbraue. »Ach, tatsächlich? Dann seid doch bitte so gütig, Euch zu erklären, My Lord.«

Lord Gisors hob den rechten Zeigefinger. »Mein Vater wurde durch die Fensteröffnung gestoßen. Korrekt?« Seine Stimme bebte etwas.

»Korrekt«, pflichtete Lord Darcy ihm bei.

»Dann muß ihn ja wohl irgend jemand auch hinausgestoßen haben, nicht wahr? Ich weiß zwar nicht wer, und ich weiß auch nicht wie. Aber dazu muß doch wohl jemand im Raum gewesen sein, nicht wahr?« Er nahm einen weiteren Schluck und fuhr mit etwas gelassenerer Stimme fort: »Betrachten wir die Sache doch mal auf folgende Weise. Irgend jemand hat im Raum auf ihn gewartet. Mein Vater trat ein, schritt auf das Fenster zu, bestieg das Pult, und da ist der Betreffende, wer immer es gewesen sein mag, von hinten auf ihn zugelaufen und hat ihn hinausgestoßen. Ich weiß nicht, wer, ich weiß nicht, wie, aber so muß es geschehen sein! Ihr seid der Oberermittlungsrichter des Herzogs. Ihr müßt herausfinden, was geschehen ist und wer es getan hat. Aber versucht bitte nicht, es einem von uns anzuhängen, My Lord, denn als die Sache passiert ist, da war keiner von uns auch nur in der Nähe des betreffenden Zimmers!«

Er leerte sein Glas mit einem Zug und schenkte sich wieder ein.

Lord Darcy sprach mit ruhiger Stimme. »Angenommen, Eure Hypothese stimmt, My Lord, wie ist der Mörder dann ins Zimmer und wieder hinausgelangt?« Ohne Lord Gisors'

Antwort abzuwarten, blickte Lord Darcy Sir Roderique an. »Habt Ihr irgendeinen Vorschlag, Sir Roderique?«

Der alte Wachmann zog eine Grimasse. »Ich weiß es nicht. Das Labor war immer verschlossen und wurde stets bewacht, wenn sich Seine Lordschaft darin befand. Wenn Lord Jillbert nicht dort war, wurde es allerdings nicht sonderlich gesichert. Er ist nicht sehr oft dort gewesen, höchstens ein- oder zweimal in der Woche. Den Rest der Zeit wurde der Raum nicht weiter bewacht. Jeder, der einen Schlüssel hatte, hätte hineingelangen können. Es wäre möglich, daß irgend jemand My Lord de la Vexin den Schlüssel gestohlen hat und ein Doppel anfertigen ließ.«

»Höchst unwahrscheinlich«, erwiderte Lord Darcy. »Seine Lordschaft duldete niemanden in diesem Raum außer sich selbst. Andererseits, mein guter Hauptmann, besitzt *Ihr* einen Zweitschlüssel.«

Sir Roderiques Gesicht schien purpurn anzulaufen. Er schoß in die Höhe und blickte auf Lord Darcy hinunter. »Wollt Ihr *mich* etwa des Mordes beschuldigen?«

Darcy hob eine Hand, die Handfläche nach außen gekehrt. »Noch nicht, mein lieber Hauptmann. Vielleicht sogar nie. Wir wollen unser Gespräch doch nicht durch Gefühlsaufwallungen bestimmen lassen!« Der Wachhauptmann nahm mit langsamen Bewegungen wieder Platz, ohne den Blick von Lord Darcys Gesicht zu lösen.

»Ich kann Euch versichern, My Lord«, sagte der Hauptmann, »daß von dem Schlüssel, der sich in meinem Besitz befindet, niemals ein Abdruck gemacht worden ist und daß der Schlüssel sich stets in meinem Besitz befunden hat.«

»Das glaube ich Euch, Hauptmann. Ich habe auch nie behauptet, daß von Eurem Schlüssel ein Abdruck gemacht wurde. Aber stellen wir doch einmal eine Hypothese auf.

Gehen wir doch einmal davon aus«, fuhr Lord Darcy fort, »daß der Mörder *tatsächlich* einen Zweitschlüssel besaß. Nun gut. Was ist dann passiert?« Er blickte Sergeant Andray an. »Teilt uns doch bitte einmal Eure Meinung dazu mit, Sergeant.«

Andray furchte die Stirn, als sei er durch die Konzentration auf ein Problem leicht überfordert. Verunsicherung schien seine männlichen Züge zu überlagern. »Na ja ... äh ... nun, My Lord, das ist ... ich meine ... na ja, wenn ich der Mörder gewesen wäre ...« Er fuhr sich wieder mit der Zunge über die Lippen und starrte in sein Weinglas. »Nun ja, My Lord, angenommen, es befand sich wirklich jemand im Raum, der auf My Lord Graf wartete. Hmmmm. Seine Lordschaft kommt herein und steigt auf das Pult. Dann hätte der Mörder hervorkommen und ihn hinausstürzen können. Ja. Anders hätte es sich nicht zutragen können, nicht wahr?«

»Wie ist er dann danach wieder aus dem Zimmer gekommen, Sergeant? Ihr habt uns berichtet, daß sich niemand im Zimmer befand, als Ihr durch das Fenster gestiegen seid, und daß die Wachen vor der Tür auch niemanden entdeckt haben, nachdem Ihr sie eingelassen habt. Der Raum wurde doch die ganze Zeit bewacht, nicht wahr?«

»Jawohl, My Lord, das wurde er.«

»Wie ist der Mörder dann entkommen?«

Der Sergeant blinzelte. »Nun, My Lord, der einzige andere Ausgang ist die Falltür im Dach. Vielleicht hat er diesen Weg genommen.«

Lord Darcy schüttelte bedächtig den Kopf. »Unmöglich. Ich habe mir das Dach heute morgen gründlich angesehen. Es war nicht die geringste Spur davon zu erkennen, daß sich in letzter Zeit irgend jemand dort oben aufgehalten hat. Und wie hätte er auch wieder herunterkommen sollen? Der ganze Turm war von Wachleuten umstellt, die jeden sofort erblickt hätten, der versucht hätte, sich die neunzig Fuß an einem Seil herabzuhangeln, und anders wäre das kaum gegangen. Auf jeden Fall hätte man ihn gesehen. Und die Treppe hätte er wohl auch kaum herabkommen können, denn im Gebäude wimmelte es nur so von Wachmännern.« Seine Lordschaft kehrte seinen Blick plötzlich in eine andere Richtung. »Habt Ihr irgendeinen Vorschlag, Demoiselle Madelaine?«

Sie blickte ihn mit ihren großen blauen Augen an. »Nein,

My Lord. Ich verstehe nichts von solchen Dingen. Mir erscheint es immer noch wie Magie.«

Erneutes Schweigen.

Nun, das genügt wohl fürs erste, dachte Lord Darcy. *Kommen wir zur Endphase.*

»Hat sonst noch irgend jemand einen Vorschlag?« Anscheinend war das nicht der Fall. »Also gut, vielleicht wollt Ihr ja einmal meine Theorie hören, wie der Mörder – übrigens ein höchst irdischer, menschlicher Mörder – in das Zimmer und wieder heraus gelangt ist, ohne gesehen zu werden. Doch anstatt es Euch nur zu erzählen, will ich es lieber gleich demonstrieren. Gehen wir doch einmal ins Allerheiligste des verstorbenen Grafen. Darf ich bitten?«

Die Anwesenden empfanden eine seltsame Mischung aus Zurückhaltung und Neugier, die sich ihrer bemächtigte, doch sie erhoben sich ohne jedes Murren und folgten Lord Darcy über den Hof zum Roten Turm und dort die lange Treppe empor ins Labor des Verstorbenen.

»So«, sagte Lord Darcy, nachdem alle dort eingetroffen waren. »Jetzt möchte ich, daß Ihr meinen Weisungen genauestens Folge leistet. Sonst könnte jemand dabei zu Schaden kommen. Ich bedauere, daß es in diesem Raum keine Sitzgelegenheit gibt – My Lord de la Vexin zog es offenbar vor, im Stehen zu arbeiten, so daß Ihr leider stehen müßt. Seid so gut, Euch vor der Ostmauer aufzustellen. So, genau. Besten Dank.«

Er nahm den fünf Zoll langen Schlüssel aus seiner Westentasche und schritt zur Tür, um sie abzuschließen. »Die Tür war abgeschlossen. So.« Ein Klicken. «Und verriegelt. So.« Ein dumpfes Poltern.

Er steckte den Schlüssel wieder ein und drehte sich zu den anderen um. »Schön. So sah es ungefähr aus, als Lord de la Vexin sich zum letzten Mal in seinem Labor eingeschlossen hatte. Bis auf das zerschmetterte Fenster, natürlich.« Er zeigte auf die Öffnung, die nun kahl war, wenn man von vereinzelten Glasscherben und Bleistegen absah.

Lord Darcy blickte sich im ganzen Raum um, von Seite zu Seite und von oben nach unten. »Nein, es stimmt doch noch nicht alles, nicht wahr? Na schön, das läßt sich ändern. Zunächst einmal müssen wir diese unbenutzte Öllampe herunterholen. Die Leiter dort drüben ist zwei Fuß zu kurz, um an einen zehn Fuß hohen Balken zu kommen. Eine gründliche Untersuchung hat ergeben, daß der Haken an dem langen Stiel, mit dem man eine solche Lampe herabzuziehen pflegt, nirgendwo im Zimmer zu finden ist. Oh, weh, was machen wir denn da?«

Die meisten der Anwesenden blickten Lord Darcy an, als habe er plötzlich den Verstand verloren, doch Master Sean lächelte in sich hinein. Er wußte, daß Seiner Lordschaft Herumgestümpere einen bestimmten Zweck verfolgte.

»Ah! Was haben wir denn hier?« Lord Darcy musterte den Messingschlüssel in seiner Hand, als erblickte er ihn zum ersten Mal. »Hmmm, hmmm, der Schlüsselbart müßte eigentlich einen ausgezeichneten Haken abgeben. Mal sehen.«

Er stellte sich unmittelbar unter die Messingkugel, machte einen Satz in die Höhe und verhakte den Schlüssel säuberlich mit dem Messingring. Dann zog er die große Lampe zu sich herab.

»Was ist denn das? Die kommt aber leicht und mühelos herunter! Sie balanciert das Gegengewicht recht hübsch aus. Ob sie wohl vielleicht doch nicht leer ist?« Er nahm den Glaszylinder ab und stellte ihn auf die Arbeitsplatte an der Ostmauer. Dann kehrte er zur Lampe zurück und entfernte den Dochthalter. »Das darf doch nicht wahr sein! Die Lampe ist bis zum Rand voll mit Brennstoff!«

Er schraubte den Dochthalter wieder ein und zog die Lampe so weit hinab, wie es der Kettenzug gestattete. Nun hing sie nur einen knappen Zoll über dem Boden. Lord Darcy packte die Kette fest mit beiden Händen und zog daran. Die Lampe hob sich vom Boden, doch die Kette über seinen Händen wurde schlaff und bewegte sich nicht in die Höhe. »Aha! Das Sperrwerk funktioniert ausgezeichnet. Das Gegengewicht kann die Lampe nicht emporziehen, solange man nicht die Kette ein kleines Stückchen hinabzieht und sie danach losläßt. Ausgezeichnet.« Er ließ die Lampe wieder herab.

»Nun kommt der schwierige Teil. Die Lampe ist nämlich ziemlich schwer.« Lord Darcy lächelte. »Aber dafür können wir zum Glück die Leiter benutzen.«

Er brachte die Leiter zu der verschlossenen und verriegelten Tür und stützte sie oberhalb des Rahmens gegen die Wand ab. Dann sahen seine Zuschauer in verblüfftem Schweigen zu, wie er die schwere Lampe aufnahm, sie zur Leiter trug, diese emporstieg und die Kette in einen der Gerätehaken einhakte, die der Graf an zahlreichen Stellen in die Decke eingelassen hatte.

»So«, sagte er, als er die Leiter hinunterstieg. Er begutachtete das Ergebnis seines Tuns. Die Lampenkette spannte sich nun beinahe horizontal von ihrem Trägerbalken bis zu dem schweren Deckenhaken über der Tür. »Ihr werdet bemerkt haben«, sagte Seine Lordschaft, »daß der Trägerbalken der Lampe sich nicht genau in der Mitte des Raums befindet. Er verläuft zwei Fuß näher am Fenster als an der Tür. Die Mitte des Balkens ist elf Fuß von der Tür, aber nur neun Fuß vom Fenster entfernt.«

»Wovon redet Ihr denn da bloß?« platzte es plötzlich aus Lady Beverly hervor. »Was hat all das denn damit zu tun, daß ...«

»Ich darf doch sehr bitten, My Lady!« unterbrach Lord Darcy sie in scharfem Ton. Dann, etwas ruhiger: »Bitte zügelt Euch ein wenig. Es wird schon alles klar und deutlich werden, wenn ich erst einmal zum Ende gekommen bin.«

Gütiger Gott, dachte er bei sich, *eigentlich sollte es doch inzwischen selbst dem Allerdümmsten klar sein ...*

Doch laut sagte er: »Wir sind noch nicht fertig. Master Sean, das Seil!«

Wortlos öffnete Master Sean O Lochlainn seinen großen, symbolverzierten Reisesack und holte ein zusammengerolltes Seil hervor, das er Lord Darcy reichte.

»Das hier ist ein ganz gewöhnliches Baumwollseil«, sagte Seine Lordschaft. »Aber es ist nicht ganz lang genug. Das andere Stück Seil, wenn Ihr so gut sein wollt, Master Sean.«

Der Hexer überreichte ihm ein weiteres Stück Seil, das nur einen Fuß lang war, dem anderen Seil dafür jedoch aufs Haar glich.

Mit einem Fischersteek verknüpfte Lord Darcy die beiden Seile.

Dann kletterte er auf das Pult des verstorbenen Grafen und band ein Seilende an einem weiteren Haken über der Gaslaterne fest – das Ende mit dem angeknüpften Verlängerungsstück. Nun drehte er sich um und warf das Seil quer durch den Raum, so daß es am Fuß der Leiter zum Liegen kam. Er kehrte zu der Leiter zurück, wobei er das lose Seilende festhielt.

Sorgfältig befestigte er das Seil am Kettenglied direkt oberhalb der Lampe, nahm die Kette vom Haken und schlang das Seil über den Haken, so daß es nun das Gesicht der Lampe trug.

Lord Darcy stieg die Leiter herab und zeigte auf die Konstruktion. »Wie Ihr seht, wird die Lampe nun ausschließlich von dem Seil gehalten, das am Haken über der Gaslaterne oberhalb des Fensters befestigt ist. Von dort spannt es sich durch den Raum und schlingt sich um den Haken über der Tür, um das Gewicht zu halten.«

Nun hatten alle begriffen, worum es ging, und eine gewisse Spannung machte sich im Raum breit.

»Ich sagte gerade«, fuhr Lord Darcy fort, »daß das Seil, welches ich benutzt habe, aus gewöhnlicher Baumwolle besteht. Das stimmt auch, bis auf das letzte, hinzugefügte fußlange Stück, das über der Gaslaterne befestigt ist. Dieses Stück besteht nicht aus gewöhnlicher Baumwolle, sondern aus einer besonders behandelten Baumwollart, der sogenannten Schießbaumwolle. Sie verbrennt extrem schnell. Die ursprüngliche Todesfalle hat ein Seil benutzt, das ausschließlich aus Schießbaumwolle bestand, aber davon war nicht mehr genug erhalten, als daß ich es für diese Vorführung hätte benutzen können.

Es wird Euch auffallen, daß das Ende, das die Lampe

hält, nach der Verknotung einige Zoll zu lang ist. Die Person, die diese Falle errichtet hat, hat das überstehende Stück fein säuberlich abgeschnitten und hat dann vergessen, es vom Boden wieder aufzuheben und mitzunehmen. Na ja, wir begehen alle mal Fehler, nicht wahr?«

Lord Darcy baute sich theatralisch mitten im Zimmer auf. »Ich möchte, daß Ihr Euch alle einmal vorstellt, wie es hier im Zimmer letzte Nacht ausgesehen hat. Es war finster – jedenfalls fast. Die einzige Beleuchtung rührt von den Hoflaternen her, deren Schimmer hier einfällt.« Er nahm eine unangezündete Fackel von der Arbeitsbank, die nur wenige Fuß von ihm entfernt war, dann schritt er zur Tür.

»My Lord Graf ist eben erst eingetreten. Er hat die Tür geschlossen, versperrt und verriegelt. Er hält eine Fackel in der Hand.« Lord Darcy entzündete die Fackel mit seinem Pfeifenfeuerzeug.

»Nun schreitet er durch den Raum, um die Gaslaterne über dem Fenster zu entzünden, wie er es immer zu tun pflegt.« Lord Darcy tat, was er mit Worten beschrieb.

»Er steigt auf sein Pult. Er dreht den Gashahn auf. Er hält die Fackel empor, um das Gas zu entzünden.«

Das Gasventil ließ eine mehrere Zoll hohe Stichflamme emporschießen, die auch das getränkte Seil ergriff. Das Seil brach zischend in Feuer aus.

Lord Darcy sprang beiseite und berührte in einiger Entfernung vom Schreibtisch den Boden.

Auf der gegenüberliegenden Seite des Raums verlor die schwere Lampe plötzlich ihren Halt. Wie ein blutrünstiger fliegender Moloch schwang sie sich träge und wuchtig an ihrer Kette in einem Bogen durch den Raum. Mit ihrem Messingring streifte sie den Boden, dann schwang sie wieder empor und hätte – was alle erkennen konnten – die Fensterscheibe eingeschlagen, wenn sie noch vorhanden gewesen wäre. Dann schwang sie wieder zurück.

Die Anwesenden beobachteten, wie das Lampenpendel hin und her schwang und das Baumwollseil hinter sich her zog. Das getränkte Seilstück war schon längst in Flammen aufgegangen.

Lord Darcy stand im östlichen Teil des Raums, während das Pendel die Luft zwischen ihm und den anderen durchschnitt.

»So seht Ihr denn, wie der verstorbene Graf de la Vexin den Tod fand. Der Bogen dieser Lampe hätte ihn direkt unterhalb des Schulterblatts getroffen. Natürlich hat sie wahrscheinlich nicht ganz so lange hin und her geschwungen wie jetzt, weil der Zusammenprall mit dem Körper des Grafen sie erheblich gebremst haben dürfte.« Er schritt zu der Kette hinüber und zwang das Pendel zum Stillstand.

Fasziniert musterten sie das tödliche Gewicht, das nun nur noch träge einen Kreisbogen von zwei Zoll Länge beschrieb.

Der junge Lord Gisors hob abrupt den Kopf und blickte Lord Darcy geradewegs ins Auge. »Mein Vater hätte das weiße Seil doch mit Sicherheit bemerkt, Darcy.«

»Nicht, wenn es mit Lampenruß geschwärzt war – und ebendies war der Fall.«

Lord Gisors' Augen verengten sich. »Ach so, na schön. Das war's also, eh? Hinterher hat die Lampe also dort gehangen und beinahe den Boden berührt. Dann – *würdet Ihr dann vielleicht die Güte haben, zu erklären, wie sie dann wieder nach oben gekommen ist, wo sie hingehört?«*

»Aber gewiß doch«, sagte Lord Darcy.

Er schritt zu der Lampe hinüber, entfernte das Seil, zog sanft an der Kette, um das Sperrwerk zu lösen, und zog die Lampe empor. Nachdem er sie mit ausgestrecktem Arm losgelassen hatte, glitt sie reibungslos an ihre gewohnte Stelle zurück.

»So«, sagte Lord Darcy sanft. »Natürlich wurde der Glaszylinder zuvor wieder befestigt. Und das Seil brauchte ja nicht mehr entfernt zu werden, weil es gänzlich verbrannt war.«

Bevor ein anderer etwas sagen konnte, ergriff Father Villiers das Wort. »Einen Augenblick, My Lord. Wenn das ein anderer getan haben sollte, dann muß er im Raum gewesen sein – und zwar nur wenige Sekunden nach dem Tod. Aber es gibt hier keinen anderen Ein- oder Ausgang mit

Ausnahme dieser Tür, die bewacht wurde, und die Dachluke, von der Ihr selbst gesagt habt, daß sie nicht benutzt wurde. Es gibt hier keinen anderen Weg, das Zimmer zu betreten oder zu verlassen.«

Lord Darcy lächelte. »Oh, aber den gibt es sehr wohl, Ehrwürdiger Vater!«

Der Priester blickte ihn verständnislos an.

»Nämlich denselben Weg, den My Lord de la Vexin gegangen ist«, sagte Lord Darcy leise.

Jetzt haben sie es doch bestimmt begriffen, dachte Lord Darcy. Er brach das Schweigen, indem er sagte: »Die Lampe hing unten. Es war niemand im Raum. Dann ist jemand über die Feuerleiter hineingestiegen, hat die Lampe wieder an Ort und Stelle gezogen und ...«

»Chief Jaque!« rief Lord Darcy.

Doch er kam einen Sekundenbruchteil zu spät.

Sergeant Andray hatte eine versteckte Handfeuerwaffe gezogen. Chief Jaque zog seine eigene Waffe einen Augenblick zu spät.

Plötzlich erscholl der ohrenbetäubende Knall einer großkalibrigen Pistole in dem verschlossenen Raum, und Chief Jaque sackte zusammen, eine Kugel im Körper.

Lord Darcy griff gerade nach seiner eigenen Waffe, die an seiner Hüfte hing, doch bevor er sie gezückt hatte, war Hautpmann Sir Roderique bereits auf seinen Sohn zugesprungen.

»Du Narr! Du ...« Seine Stimme klang verzweifelt.

Er packte den Sergeanten am Handgelenk und riß es empor.

Da krachte es ein zweites Mal mit ohrenbetäubendem Lärm.

Sir Roderique taumelte zurück; das Geschoß war unter seinem Kinn eingedrungen und hatte ihm die Schädelplatte fortgerissen.

Sergeant Andray stieß einen Schrei aus.

Dann wirbelte er herum, sprang auf das Pult und stürzte sich, immer noch schreiend, aus dem Fenster.

Der Schrei hallte knapp zwei Sekunden lang, bis das Pflaster des Hofes den Sergeanten für immer zum Schweigen brachte.

Die Feierlichkeiten des Karsamstags waren beendet, die Osterzeit war offiziell angebrochen. Noch immer erklangen die Glocken im Kirchturm der Kathedrale von St. Ouen in der Stadt Rouen, der Hauptstadt des Herzogtums Normandie.

Seine Königliche Hoheit Richard, Herzog der Normandie, lehnte sich in seinem Sessel zurück und lächelte über die Flammen des gemütlichen Kaminfeuers hinweg seinen Übermittlungsrichter an. Beide hielten sie wärmende Gläser mit bestem Weinbrand aus der Champagne in den Händen.

Seine Hoheit hatte soeben die Lektüre von Lord Darcys Bericht beendet.

»Ich verstehe, My Lord«, sagte der Herzog. »Nachdem die Todesfalle aufgebaut und ausgelöst worden war – nachdem der verstorbene de la Vexin durchs Fenster in den Tod geschleudert wurde –, ist Sergeant Andray allein die Löschleiter hinaufgestiegen, hat die Lampe wieder in Position gebracht und danach erst die verriegelte Tür geöffnet, um die anderen Wachmänner einzulassen. Der Fuchs, der sich unter den Hunden versteckt.«

»Ganz genau, Euer Hoheit. Und Euer Hoheit erkennen auch das Motiv.«

Seine Hoheit der Herzog, der jüngere Bruder Seiner Kaiserlichen Majestät König John IV, war blond, blauäugig und von ansprechendem Aussehen, wie alle Plantagenets, doch in diesem Augenblick verunzierte ein leises Stirnrunzeln sein Gesicht.

»Das Motiv war von Anfang an offensichtlich, My Lord«, sagte er. »Ich begreife, daß Sergeant Andray sich My Lord de la Vexins entledigen wollte, um den Weg für eine Heirat freizumachen, die seiner Schwester zum Vorteil gereichen würde – wie natürlich auch der gesamten Familie. Aber

Euer schriflicher Bericht ist unvollständig.« Er klopfte auf den Stapel Papier in seiner Hand.

»Ich fürchte, Euer Hoheit«, sagte Lord Darcy vorsichtig, »der Bericht wird auf alle Zeiten unvollständig bleiben müssen.«

Prinz Richard lehnte sich zurück und seufzte. »Nun gut, Darcy. Dann erzählt es mir mündlich. Inoffiziell, wie üblich.«

»Wie Euer Hoheit befehlen«, sagte Lord Darcy und schenkte sich noch einmal ein.

»Der Mord muß dem jungen Andray angelastet werden. Jetzt, da sowohl er als auch sein Vater tot sind, kann ich bei der vorliegenden Beweislage nicht weitergehen. Chief Jaque, der sich von seiner Schulterschußwunde schon bald erholt haben wird, verfügt über nicht mehr Beweise als ich.

Hauptmann Sir Roderique wird mit militärischen Ehren beigesetzt werden, da es Augenzeugen dafür gibt, die beschwören können und werden, daß er seinen Sohn daran hindern wollte, mich zu erschießen. Wenn wir jetzt weitergehende Hypothesen publik machen, würden wir damit nur eine Diskussion provozieren, die sich nie befriedigend beenden ließe.

Doch es war nicht Sergeant Andray, der die Falle aufgestellt hat. Nur Hauptmann Sir Roderique besaß den Schlüssel zu dem verschlossenen Labor. Er war der einzige, der die Todesfalle aufbauen konnte, durch die der Graf den Tod fand.«

»Warum«, fragte der Prinz, »hat er dann versucht, seinen Sohn von seiner Tat abzuhalten?«

»Weil er glaubte, Euer Hoheit«, erwiderte Lord Darcy, »daß ich nicht genügend Beweismittel in der Hand hätte, um eine Verurteilung zu bewirken. Er hat versucht, den jungen Andray daran zu hindern, sich selbst zu bloßzustellen, indem er die ganze Sache verriet. Andray ist in Panik geraten. Darauf hatte ich auch gehofft, allerdings nicht, das will ich zugeben, daß es solche Ausmaße annehmen würde.

Er tötete seinen Vater, der den Plan geschmiedet hatte,

und als er sah, was er angerichtet hatte, geriet er in eine Selbstmörderhysterie, durch die er schließlich auch den Tod fand. Das bedauere ich zutiefst, Euer Hoheit.«

»Das ist nicht Eure Schuld, Darcy. Was ist mit der Demoselle Madelaine?«

Lord Darcy nippte an seinem Weinbrand. »Die war natürlich die treibende Kraft im Hintergrund. Sie hat die ganze Sache ins Rollen gebracht – aber natürlich sehr raffiniert und subtil. Das läßt sich nicht beweisen. Doch Lord Gisors hat sie inzwischen durchschaut. Er wird die Dame ehelichen, die sein Vater ihm völlig zu Recht zugedacht hatte.«

»Ich verstehe«, sagte der Prinz. »Ihr habt ihm also die Wahrheit gesagt?«

»Ich habe mit ihm gesprochen, Euer Hoheit«, gab Lord Darcy zur Antwort. »Doch er wußte die Wahrheit bereits.«

»Damit ist die Angelegenheit erledigt.« Seine Hoheit richtete sich im Sessel auf. »Und nun zu den Notizbüchern, die Ihr mitgebracht habt. Was haben die zu bedeuten?«

»Es sind die wissenschaftlich-materialistischen Versuchsaufzeichnungen des verstorbenen Grafen, die er in den letzten zwanzig Jahren gemacht hat, Euer Hoheit. Sie stellen zwei Jahrzehnte sorgfältiger Forschung dar.«

»Also wirklich, Darcy! Untersuchungen des Materialismus? Wozu soll denn so etwas gut sein?«

»Euer Hoheit, die Gesetze der Magie lehren uns, wie der Geist des Menschen das materielle Universum beeinflussen kann. Doch das Universum ist weitaus größer und enthält mehr, als der Geist des Menschen jemals erfassen und umfassen kann. Es mag sein, daß es der Geist Gottes ist, welcher die Planeten und Sonnen ihre Bahnen ziehen läßt, doch wenn dem so ist, dann verfügt er über Gesetze, welche er befolgt.«

Lord Darcy leerte sein Weinbrandglas. »Es gibt noch andere Dinge im Universum als den Geist des Menschen, Euer Hoheit, und es gibt Gesetze, welche über sie herrschen. Eines Tages könnten diese Notizbücher von unschätzbarem Wert sein.«

Die Ipswich-Phiole

Der von zwei Pferden gezogene Brougham rollte in forschem Tempo in westlicher Richtung nach Cherbourg die Old Shore Road entlang, wenige Meilen von dem kleinen Dorf St. Matthée entfernt.

Der Kutscher, ein untersetzter, bulliger Mann mit einem schläfrigen Lächeln, hatte sich eng in seinen grauen Fahrtumhang gehüllt und die Kapuze über den Kopf gezogen, über die er zusätzlich einen Schlapphut mit breiter Krempe gedeckt hatte. Selbst im Juni konnte die Küste der Normandie am frühen Morgen recht kühl sein, vor allem dann, wenn eine steife Brise wehte.

»Halte hier an, Danglars«, sagte eine Stimme hinter ihm. »Dies scheint mir die rechte Stelle für einen Strandspaziergang zu sein.«

»Jojo, Mistress.« Er zügelte die Pferde und brachte den Brougham zu einem sanften Halt. »Seid Ihr sicher, daß es hier nicht gefährlich ist, Mistress Jizelle?« fragte er und blickte nach rechts, wo sich der Ärmelkanal nach Norden gen England erstreckte.

»Es ist doch Ebbe, nicht wahr?« fragte sie fröhlich.

Danglars sah auf seine Armbanduhr. »Jojo. Fängt gerade an.«

»Na schön, dann warte hier auf mich. Entweder komme ich hierher zurück, oder ich gehe vielleicht auch ein Stückchen weiter, dann werde ich dir von vorne auf dem Weg ein Zeichen geben.«

»Jo. Mistress.«

Sie nickte knapp, dann schritt sie auf den Strand zu.

Sie war eine hochgewachsene, nicht unattraktive Frau, die anscheinend in den mittleren Jahren war. Ihr silbergraues Haar war eine Spur kürzer geschnitten, als es üblich war, doch wunderschön frisiert. Sie trug die typische Kleidung einer anglofranzösischen Frau der gehobenen Mittelklasse, doch war diese eher von britischem als normannischem Stil: glänzend polierte kniehohe Stiefel; ein schottischer Wollrock, dessen Saum den oberen Stiefelrand knapp bedeckte; eine dazu passende Jacke und ein weicher Pullover aus weißer Wolle, der sie von der Hüfte bis zum Kinn bedeckte. Sie trug keinen Hut und besaß die forsche, keinen Unfug duldende Haltung einer vernunftbetonten Frau, die sehr wohl wußte, wer und was sie war und die in diesem Punkt keinerlei Fisematenten zu dulden bereit war.

Mistress Jizelle de Ville entdeckte einen Weg, der zum Strand hinabführte. An dieser Stelle gab es eine niedrige Klippe, die stellenweise fünfzehn, stellenweise auch zwanzig Fuß hoch war. Diese trennte den oberen Teil der Dünung vom eigentlichen Strand, doch gab es einige Bahnen und ausgewaschene Partien, wo man ohne große Schwierigkeiten hinabsteigen konnte. Die Klippe selbst stellte eine Flutmarke dar, doch stieg das Wasser des Meeres nur bei Sturm so hoch empor. Meistens blieb die Flut fünfzehn Fuß unterhalb des oberen Klippenrands. Der Zwischenraum war mit weichem, trockenem Sand bedeckt, auf dem das Gehen mühsam war. Mistress Jizelle überquerte den trockenen Sand, bis sie feuchteren und festeren Boden erreicht hatte, dann schritt sie in Richtung Westen weiter.

Es war ein schöner Morgen, trotz der leisen Kühle; eben jene Art von Morgen, wie man ihn sich für einen strammen, gesunden Spaziergang an einem schönen Strand aussuchen mochte. Mistress Jizelle war eine Frau, die körperliche Betätigung und ausgedehnte Spaziergänge liebte, und ganz besonders genoß sie schöne Landschaften. Zu ihrer Rechten ließ der sausende Wind das Wasser der Ebbe in weißen Katzenpfoten gischten und trug den »Meeresgeruch« herbei – einen Duft, den man nie auf offenem Meer wahrnahm, weil er sich aus dem Aroma von Seegetier zusammensetzte, das sich in den Prilen und den seichten

Küstengewässern aufhielt, sowie aus dem leisen Verwesungsgeruch der toten und sterbenden Lebewesen und Dinge, die durch den rhythmischen Wechsel von Ebbe und Flut umspült wurden.

Über ihr stießen die dahintreibenden Möwen ihre klagenden, beinahe katzenhaften Schreie aus, während sie Jagd auf das reiche Futter machten, welches See und Küste ihnen bescherten.

Erst nachdem sie an die hundert englische Yards weit gegangen war, bemerkte Mistress Jizelle de Ville etwas Ungewöhnliches. Als sie es tat, blieb sie stehen und musterte es sorgfältig. Links vor ihr,ungefähr acht oder neun Yards vom Fuß der Klippe entfernt, lag ein Mann im trockenen Sand, an die zwanzig Fuß oberhalb der Hochflutmarke.

Sie verharrte einen Augenblick, dann schritt sie vorsichtig und bedächtig auf den Mann zu. Er trug alles andere als Badekleidung, sondern vielmehr den Abendanzug eines Gentleman. Sie trat an den Rand des feuchten Sandstreifens und blieb erneut stehen, um den Mann genau zu mustern.

Dann bemerkte sie etwas, das ihr die Haare zu Berge stehen ließ.

Danglars saß gelassen auf seinem Kutscherbock und rauchte seine Tonpfeife, als er die drei Männer herannahen sah. Er beäugte sie sorgfältig, wie sie sich dem Brougham näherten: zwei junge Männer und ein älterer, alle in der Kleidung typischer normannischer Bauern. Der älteste winkte mit der Hand und sagte etwas, das Danglars im Rauschen der Wellen und des Windes nicht verstand. Als sie auf Hörweite herangekommen waren, sagte der Ältere: »Allo! Irgendwelschen Ärga hia?«

Danglars schüttelte den Kopf. »Nö.«

Der Bauer ignorierte die Antwort. »Ich un' meine Jungs haben dich hia oben stehenbleiben sehen, da dacht'n wia, daß wia vielleich' helfen könn'. Heiße Champtier. Samel

Champtier. Das hia sin' meine beiden Jungs, Evrit un' Lorin. Wenn de irgendwelsche Hilfe brauchs', werd'n wia tun, was wia könn'.«

Danglars nickte bedächtig, dann nahm er die Pfeife aus dem Mund. »Nett von dir, Freisass Samel. Besten Dank auch. Aber ich hab' keine Probleme, nönö. Die Mistress wollte nur 'n Stück den Strand entlanglauf'n. Die mag das. Sind bald wieder unterwegs.«

Samel räusperte sich. »Habt ia schon die Nachtfast gebroch'n, du un' deine Miss-Lady? Meine Frau macht gerade Frühstück fertig. Soll'n wia euch was rüberbring'?«

Danglars zog wieder an seiner Pfeife und seufzte. Normannische Bauern waren nette, freundliche Menschen, aber manchmal übertrieben sie es auch. »Hab'n die Fast schon gebrochen, Freisass Samel. Besten Dank auch. Sobald die Mistress zurückkommt, geht's wieder weiter. Aber noch mal: schön' Dank.«

»Dann also Caffe«, entschied Samel. Er wandte sich an seinen ältesten Sohn. »Evrit! Geh und sag deina Mama, daß 'se dia'n Krug Caffe un' zwei Becher mitgeb'n soll. Un' beeil dich gefälligst!«

Evrit jagte davon wie von der Tarantel gestochen.

Danglars verdrehte die Augen gen Himmel.

Mistress Jizelle schluckte und sah erneut auf den toten Mann. Er hielt eine Pistole in der Rechten, und seine rechte Schläfe wies ein häßliches Loch auf. Der Sand, auf dem sein Kopf ruhte, war völlig blutdurchtränkt. Und es bestand auch nicht der geringste Zweifel daran, daß der Mann tot war.

Sie hob die Augen und blickte den Strand entlang, während sie sich ziemlich benommen mit den Handflächen über den Rock strich. Dann straffte sie ihre Schultern, machte kehrt und ging den Weg zurück, den sie gekommen war, parallel zu ihren eigenen Fußspuren. Außer ihr befand sich niemand sonst am Strand.

Danglars war im Gespräch mit drei Männern, und er

schien sich dadurch nicht aus seiner Ruhe bringen zu lassen. Entschlossen schritt sie weiter.

Erst als sie fünfzehn Fuß von dem Brougham entfernt war, ließ Danglars sich dazu herab, sie zu bemerken. Er zupfte an seiner Stirnlocke und lächelte sein schläfriges Lächeln. »Gruß, Mistress, Gruß! 'n netten Spaziergang gemacht?« Er hielt einen Caffebecher in der Hand und zeigte mit der anderen auf die drei Männer. »Freisass Samel und seine Söhne, Mistress, vom Nachbarhof. Haben 'n Pott Caffe gebracht.«

Auch die drei Bauern zupften an ihren Stirnlocken.

»Das weiß ich zu schätzen«, erwiderte sie. »Sehr sogar. Aber ich fürchte, wir haben es mit einem Notfall zu tun, der Vorrang hat. Kommt mit, und zwar alle!«

Danglars Augen weiteten sich. »'n Notfall, Mistress?«

»Das habe ich doch gesagt, oder etwa nicht? Und jetzt kommt alle mit, und ich zeige euch, was ich meine.«

»Aber, Mistress ...« fing Danglars an.

»Folgt mir!« befahl sie barsch.

Danglars stieg von seiner Kutsche. Es blieb ihm nichts anderes übrig, als sich den anderen anzuschließen.

Mistress Jizelle führte sie über das spärliche Gras zum Rand der Klippe, von wo aus man auf den Toten hinabblikken konnte.

»Und nun schaut mal dort unten hin. Da liegt ein toter Mann. Ich glaube, er ist erschossen worden. Ich bin zwar mit solchen Dingen nicht sonderlich vertraut, aber so hat es für mich jedenfalls den Anschein.«

Die vier knieten nieder und spähten zu dem Leichnam hinab. Nach kurzem Schweigen sagte Samel in etwas förmlichem Ton: »Da habt ia recht, Mistress. Tot isser.«

»Wer ist das, Freisass?« fragte sie.

Samel erhob sich bedächtig und staubte sich mit schwieligen Händen die Hose ab. »Weiß nich' so recht, Mistress.« Er blickte seine beiden Söhne an, die immer noch fasziniert in die Tiefe starrten. »Wer kann das sein, Jungs?«

Sie erhoben sich ebenfalls und klopften sich die Hosen aus, wie es ihr Vater getan hatte. Evrit, der ältere, antwortete: »Weiß nich', Papa. Is' nich' von hia.« Er stieß seinem jüngeren Bruder einen Ellenbogen in die Rippen. »Lorin?«

Lorin schüttelte den Kopf und blickte dabei seinen Vater an.

»Na, das ist jetzt auch nicht so wichtig«, entschied Mistress Jizelle. »In solchen Fällen gilt es, den Reichsgesetzen zu folgen, und das müssen wir nun tun. Danglars, nimm den Brougham und kehre zurück nach ...«

»Aber Mistress Jizelle!« unterbach Danglars sie. »Ich kann doch nicht ...«

»Du mußt genau das tun, was ich dir sage, Danglars«, versetzte sie mit Entschiedenheit. »Das ist von größter Wichtigkeit. Kehre zurück nach St. Matthée und benachrichtige den Rektor. Dann fährst du weiter nach Caen und benachrichtigst die Schutzmänner. Freisass Samel und seine Jungen werden hier zusammen mit mir warten und dafür sorgen, daß niemand etwas anrührt. Hast du mich verstanden?«

»Jojo, Mistress. Vollkomm'.« Und er machte sich auf den Weg.

Sie drehte sich zu Samel um. »Freisass, kannst du etwas Zeit entbehren? Ich weiß wohl, daß du viel zu tun hast, aber ich möchte nicht gern hier allein bleiben.«

Samel lächelte. »Die Morgenarbeit is' schon erledigt, Mistress. Mein ältester, Orval, kann sich ruhig 'n paar Stunden allein drum kümman. Nur keine Soage.« Er blickte den jüngsten der beiden Söhne an. »Lorin, geh un' erzähl deina Mama und dei'm Bruda, was passiat is', aba niemand sons'. Un' sag ihnen, sie soll'n kei'm was davon erzähl'n, hast du gehöat?«

Lorin nickte und rannte davon.

»Un' bring was zu futtern mit!« brüllte Evrit ihm hinterher.

Samel blickte besorgt drein. »Mistress?«

»Ja, Freisass Samel?«

»Iss Euch nich's Komisches an dem Mann da unt'n aufgefall'n?«

»Etwas Komisches?« Sie hob eine Augenbraue.

»Ja, Mistress.« Er zeigte in die Tiefe. »Rund um ihm is' Sand. Ganz glatt. Keine Fußspuren, nur Eure, un' auch die kommen nich' an ihn heran. Er is' frisch gestorben, aba – wie isser dahingekomm'?«

Fünf Tage später saß Sir James le Lien, Spezialagent im Geheimdienst Seiner Majestät, in einem bequemen Sessel in dem studierzimmerähnlichen Büro von Lord Darcy, Oberermittlungsrichter Seiner Königlichen Hoheit Herzog Richard von der Normandie.

»Und ich weiß immer noch nicht, wo die Ipswich-Phiole ist, Darcy«, sagte er gerade verärgert. »Und die wissen es auch nicht.«

Durch das geöffnete Fenster drang der Lärm des Straßenverkehrs in den sechsten Stock empor: das leise Rauschen von Gummireifen auf dem Pflaster, Hufgetrappel, die Schritte und Stimmen von tausend Passanten und die Zehntausende anderer kleiner Geräusche, die das Lied der Stadt prägten.

Lord Darcy lehnte sich hinter seinem Schreibtisch im Sessel zurück und hob eine Hand.

»Immer mit der Ruhe, Sir James, sonst überschlagt Ihr Euch ja noch. Ich vermute, daß Ihr mit ›die‹ die *Serka* meint – den polnischen Geheimdienst. Aber was ist das überhaupt für eine Phiole?«

»Das kann ich Euch aus zwei Gründen nicht sagen. Erstens, weil Ihr es nicht zu wissen braucht, und zweitens, weil das für mich ebenso gilt, so daß ich es Euch selbst dann nicht verraten könnte, wenn ich wollte. Rein äußerlich handelt es sich um einen goldenen Zylinder von der Größe Eures Daumens, der auf einer Seite einen goldenen Stopfen aufweist, der wiederum mit weichem Gold versiegelt ist. Davon abgesehen kenne ich nur seinen Kodenamen: die Ipswich-Phiole.«

Sean O Lochlainn, der Meisterhexer, der in einem weiteren Sessel ruhte, die Hände über dem Bauch zusammengefaltet, die Augen halb geschlossen und die Ohren weit aufgesperrt, sagte: »Würde einen guten Penny dafür hergeben, um zu erfahren, wer für diesen Kodenamen verantwortlich ist. Und dann würde ich ihn wegen Inkompetenz feuern lassen.«

»Wie bitte?« fragte Sir James. «Warum denn das?«

Master Sean öffnete die Augen. »Wenn die Polen nicht wissen sollten, daß sich das Ipswich-Labor in Suffolk unter Master Sir Greer Davidson mit geheimer Magieerforschung befaßt, dann sind sie derart unglaublich dämlich, daß wir uns ihretwegen überhaupt keine Sorgen zu machen brauchten. Bei einem Namen wie Ipswich-Phiole *muß* die *Serka* der Sache ja einfach nachgehen, wenn sie davon erfährt.«

»Vielleicht ist es ja nur ein Köder, mit dem sie von etwas anderem abgelenkt werden sollen«, warf Lord Darcy ein.

»Vielleicht«, gab Master Sean zu, »aber in diesem Fall wäre es ein ziemlich teurer Köder, My Lord. Was Sir James soeben beschrieben hat, ist ein aurastabilisierter magischer Schutzschirm. Was würdet Ihr in einen solchen Behälter tun? Irgendein khemisches Gebräu wie Sprengstoff oder Gift? Oder eine Geheimbotschaft? Das wäre sogar der Gipfel der Inkompetenz, so als würde man seine Einkaufsliste in Gold auf Pergament schreiben. Eine eklatante Verschwendung.«

»Ich verstehe«, sagte Lord Darcy. Er blickte Sir James an. »Wieso glaubt Ihr, daß die *Serka* sie nicht bereits in ihrem Besitz hat?«

»Wenn dem so wäre«, versetzte Sir James, »dann wären sie schon längst damit verschwunden. Und das sind sie nicht, im Gegenteil – es wimmelt nur so von ihnen. Es muß dort mindestens ein Dutzend Agenten geben.«

»Ich gehe doch wohl nicht fehl in der Annahme, daß es dort vor Euren eigenen Männern ebenfalls wimmelt?«

»Wir versuchen, sie zu beschatten«, erwiderte Sir James.

»Dann wissen sie wohl auch, daß Ihr die Phiole ebensowenig besitzt.«

»Vermutlich.«

Lord Darcy seufzte und machte sich daran, seine mit Silber verzierte Porzellanpfeife zu stopfen. »Ihr sagt, der Tote sei Noel Standish.« Er klopfte mit dem Pfeifenholm auf einen Papierstapel. »Die hier sagen, daß der Mann als ein gewisser Bourke identifiziert wurde. Ihr sagt, es sei Mord gewesen. Die hier sagen, daß Seiner Majestät Untersuchungsgericht bereit war, es für Selbstmord zu erklären, bis Ihr genügend Druck ausgeübt habt, um einen entsprechenden Beschluß auszusetzen. James, ich werde das dumpfe Gefühl nicht los, daß ich benutzt werden soll. Ich möchte einmal darauf hinweisen, daß ich Oberermittlungsrichter des Herzogs der Normandie bin, und nicht – ich wiederhole: *nicht!* – Geheimagent in Seiner Majestät Geheimdienst.«

»Es ist ein Verbrechen geschehen«, wandte Sir James ein, »und es ist Eure Pflicht, ihm nachzugehen.«

Gelassen zog Lord Darcy solange an seiner Pfeife, bis der Tabak richtig brannte. »James, James.« Sein hageres, anziehendes Gesicht blieb völlig unbewegt, als er eine dichte Rauchschwade ausstieß. »Ihr wißt doch ganz genau, daß ich nicht dazu verpflichtet bin, jeden Mord und Totschlag im Herzogtum zu untersuchen. Weder Standish noch Bourke war ein Mitglied der Aristokratie. Ich *muß* diesen Fall nicht untersuchen, es sei denn, ich erhalte direkten Befehl, entweder von Seiner Hoheit dem Herzog, oder von Seiner Majestät dem König. Kommt schon, James – überzeugt mich doch lieber!«

Master Sean lächelte zwar nicht, doch kostete es ihn einige Anstrengung, das Gesicht *nicht* zu verziehen. Der stämmige kleine irische Hexer wußte nur zu gut, daß Seine Lordschaft bluffte. Lord Darcy konnte einem solchen Fall ebensowenig den Rücken kehren wie eine Biene den Kleeblüten. Doch Sir James wußte das nicht. Er wußte wohl, daß er den Fall seinen Vorgesetzten vortragen konnte, um schließlich einen Befehl des Königs zu erwirken – doch er wußte auch, daß die ganze Angelegenheit bis dahin wahrscheinlich schon vorüber sein würde.

»Was wollt Ihr, Darcy?« fragte der Agent des Königs.

»Information«, sagte Seine Lordschaft knapp. »Ihr wollt,

daß ich mich nach St. Matthée begebe, um dort für Ablenkung zu sorgen, während Ihr und Eure Männer Eurer Arbeit nachgeht. Schön. Aber ich gebe mich nicht mit der Rolle des Hanswurst zufrieden. Ich will, verdammt noch einmal, wissen, was hier gespielt wird. Ich will die ganze Geschichte haben.«

Sir James dachte zehn bis fünfzehn Sekunden darüber nach, dann sagte er: »Also gut, My Lord. Dann will ich Euch alles unverblümt erzählen.«

Seit Jahrhunderten hatten die Könige von Polen ihre Reichsgrenzen nach dem Prinzip von Ebbe und Flut ausgedehnt, vornehmlich in Richtung Osten und Süden. Im Süden waren sie von den Osmanlis gebremst worden. Im Osten hatten sie sich mit der Annektierung der Ukraine in den frühen dreißiger Jahren des zwanzigsten Jahrhunderts den letzten Bissen einverleibt. König Casimir IX hatte 1937 im Alter von zwanzig Jahren den Thron bestiegen und sein Land zwei Jahre später in einen höchst erfolglosen Krieg gegen das Reich und seine skandinavischen Verbündeten gestürzt. Eine weitere Expansion nach Osten war ausgeschlossen, weil dies wahrscheinlich einen Zusammenschluß der russischen Staaten provoziert hätte.

Polen war nun im wortwörtlichen Sinne von Feinden umgeben, die es haßten, und von Nachbarn, die es fürchteten. Casimir hätte sich erst einmal einige Jahre Zeit nehmen sollen, um eine Konsolidierung und Aussöhnung herbeizuführen, doch es war nur zu deutlich, daß die Erinnerung an seinen Vater und sein Traumbild von sich selbst als Eroberer zu mächtig waren. Weil er genau wußte, daß jeder Versuch, mit seinen Armeen in den deutschen Pufferstaaten einzumarschieren, die seine eigene Westgrenze von der Ostgrenze des Anglo-Französischen Reichs trennten, beim gegenwärtigen Stand der Dinge der reine Selbstmord gewesen wäre, entschied sich Casimir dazu, seine stärkste nichtmilitärische Waffe ins Gefecht zu führen: die *Serka.*

Dieser Spitzname war einem Ausdruck entlehnt, der

soviel bedeutete wie «der rechte Arm des Königs«. Aus finanziellen Gründen wurde sie im Etat des Ministeriums für Sicherheitsfragen geführt, so daß der Anschein erweckt wurde, als sei sie eine Abteilung der königlichen Regierung. Doch dem war nicht so. Nicht einer Seiner Majestät Minister oder Berater wußte davon oder verfügte über die Vollmacht, ihre Operationen zu kontrollieren oder zu steuern. Sie bestand aus fanatisch ergebenen Männern und Frauen, die ihren Treueeid dem König persönlich, und nicht der Regierung geleistet hatten. Die *Serka* war nur dem König höchstpersönlich verantwortlich.

Sie setzte sich aus zwei Hauptabteilungen zusammen: aus der Geheimpolizei, die für die innere Sicherheit zuständig war, und aus dem Geheimdienst, der sich mit ausländischen Problemen und Aktionen befaßte. Doch war diese Trennung alles andere als eindeutig und scharf. So konnte ein Agent mal der einen, mal der anderen Abteilung unterstellt werden.

Die *Serka* war derzeit wahrscheinlich das mächtigste und skrupelloseste Regierungsinstrument auf der ganzen Welt. Ihre Agenten, von denen sehr viele Hexer mit magischem Talent waren, waren in allen Ländern Europas tätig, am stärksten im Anglo-Französischen Reich.

Nun war es freilich eine historische Tatsache, daß die Plantagenet-Könige es nicht gerne sahen, wenn ihr Reich durch fremde Könige angegriffen wurde. Seit acht Jahrhunderten hatten sie solche Invasionsversuche erfolgreich abzuwehren verstanden.

Es gab ein Sprichwort in Europa: »Wer sich von einem Plantagenet etwas borgt, kann es ohne Zins zurückzahlen. Wer einen Plantagenet aber bestiehlt, dem werden die Wucherzinsen das Genick brechen.«

Der gegenwärtige Herrscher, Seine Majestät John IV, von Gottes Gnaden König von England, Irland, Schottland und Frankreich; Kaiser des Heiligen Römischen Reichs Deutscher Nation; Oberster Häuptling des Moqtessumid Klans; Sohn der Sonne; Graf von Anjou und Maine; Prinzdonator des Souveränen Ordens des Heiligen Johannes zu Jerusalem; Souverän des Höchst Ehrwürdigen Ordens von der Tafelrunde, des Ordens vom Leoparden, des Ordens von der Lilie, des Ordens von den Drei Kronen und des Ordens vom Heiligen Andreas; Herrscher und Beschützer der Westlichen Kontinente von Neuengland und Neufrankreich; Verteidiger des Glaubens, bildete darin keine Ausnahme.

Anders als seine mittelalterlichen Vorgänger hegte König John jedoch keinerlei Verlangen, die Reichsbesitzungen in Europa zu erweitern. Der letzte Plantagenet, der das Reich in Europa erweitert hatte, war Harold I gewesen, der im Jahre 1420 den ursprünglichen Vertrag von Kobnhavn unterzeichnet hatte. Über ein Jahrhundert lang blieben die Grenzen des Reichs so gut wie eingefroren, bis die Entdekkung der Kontinente der westlichen Hemisphäre unter der Regentschaft von John III den anglo-französischen Forschern eine völlig neue Welt eröffnete.

John IV dachte nicht mehr an eine Expansion in Europa, doch verabscheute er zutiefst die Invasion seines Reichs durch polnische Agenten der *Serka*. Aus diesem Grund hatte der Diebstahl einer kleinen goldenen Phiole aus dem Ipswich-Labor auch sofort eine Reaktion des Königs und Seiner Majestät Geheimdienst provoziert.

»Wer sie nun eigentlich gestohlen hat, ist unerheblich«, erklärte Sir James. »Das war lediglich ein gerissener Kunde, der Gelegenheit hatte, die Phiole an sich zu reißen. Es ist unwichtig, wie ihm dies genau gelang, aber Ihr könnt versichert sein, daß dieses Loch inzwischen gründlich gestopft worden ist. Der Mann hat eine Gelegenheit der Bereicherung erkannt und zugegriffen. Er war kein polnischer Agent, aber er wußte, wo er einen finden konnte, und so wurde man sich handelseinig.«

»Wieviel Zeit hatte er für die Verhandlungen, nachdem die Phiole gestohlen wurde?« wollte Lord Darcy wissen.

»Drei Tage, My Lord. Sir Greer hat den Diebstahl zwei Stunden, nachdem er durchgeführt worden war, bemerkt und uns sofort Meldung gemacht. Es war völlig offensichtlich, wer die Phiole entwendet hatte, aber wir brauchten drei Tage, um ihn aufzuspüren. Wie gesagt – ein gerissener Kunde.

Als wir ihn dann fanden, hatte er das Geschäft bereits abgewickelt und sein Geld erhalten. Wir sind nur eine knappe halbe Stunde zu spät gekommen. Ein Agent der *Serka* hatte die Phiole gerade in Empfang genommen und war mit ihr verschwunden.

Zum Glück war der Dieb auch wirklich nur ein Dieb – ein Dieb eben, und kein echter *Serka*-Agent. Als wir ihn erwischt hatten, hat er uns ohne Umschweife alles verraten, was er wußte. Das, und auch andere Informationen, die wir erhielten, ließ uns zu dem Schluß gelangen, daß sich unser Jagdziel in einem Zug nach Portsmouth befand. Wir haben Noel Standish zwar noch per Teleklang im Büro von Portsmouth erreichen können, aber …«

Die Pläne der Menschen decken sich nicht unbedingt mit denen des Universums. Ein dreiminütiger Verkehrsstau – und Noel Standish mußte mit ansehen, wie das Schiff nach Cherbourg nur vierzig Fuß von ihm entfernt in Richtung Kanal entschwand.

Zwei Stunden später stand er an Bord der S.K.M.S. *Pfeil* und starrte gen Süden in die Dunkelheit hinaus, dem Rauschen des Kanalwassers lauschend, wie es gegen die Hülle des schnellen Kutters schwappte. Standishs Laune war nicht die beste.

Zum einen hatte die Teleklangnachricht ihn eben erreicht, als er mit Freunden im Bellefontaine essen gehen wollte, und er hatte keine Gelegenheit mehr gehabt, sich umzuziehen. Er kam sich fürchterlich albern vor, wie er nun im Abendanzug auf dem Deck eines Marinekutters stand. Zum anderen hatte es über eine Stunde gedauert, den Kommandierenden Admiral der Marinedocks von Portsmouth davon zu überzeugen, daß die Freigabe des Kutters von oberster Dringlichkeitsstufe sei – und auch dies war nur gelungen, nachdem er eine Teleklangverbindung mit London hatte herstellen lassen.

Die ganze betrübliche Situation wies nur einen einzigen Lichtblick auf: Standish hatte sein Opfer in festem paranormalem Spürgriff.

Er hatte bereits eine Beschreibung aus London erhalten: *Junger Mann, Anfang bis Mitte zwanzig. Fünf Fuß, neun Zoll groß. Schlank, aber mit ausgeprägter Muskelbildung. Dickes, dunkelbraunes Haar. Glattrasiert. Braune Augen. Wohlgeformte Augenbrauen. Gesicht attraktiv, beinahe hübsch. Gut gekleidet. Konservatives dunkelgrünes Jackett, braunrote Weste, goldbraune Hose. Trägt einen dunkelolivfarbenen Attachékoffer.*

Außerdem hatte er sein Opfer deutlich an Bord der Kanalfähre erkennen können, als diese den Hafen von Portsmouth verlassen und Kurs auf Cherbourg genommen hatte.

Standish besaß einen gewissen Hauch des Talents. Er selbst bezeichnete seine recht spezialisierte Fähigkeit als »Versteckspiel«, wobei er selbst sowohl das Verstecken als auch die Suche übernahm. Wenn er einen Menschen erst einmal mit seinem magischen Spürsinn »gepackt« hatte, konnte er ihn überallhin verfolgen. Darüber hinaus wurde Standish für seine Opfer geistig unsichtbar; nicht einmal ein Meisterhexer hätte ihn bemerken können, solange Standish darauf achtete, auch optisch unsichtbar zu bleiben. Doch hatte sein Spürsinn auch einen begrenzten Radius von einigen Meilen, und der Mann mit der dunkelbraunen Weste befand sich, das wußte Standish, hart am Rande dieser Grenze.

Plötzlich klopfte ihm jemand auf die Schulter. »Entschuldigt, mein Herr ...«

Standish wirbelte nervös herum. *»Was? Was?«*

Der junge Offizier hob die Augenbrauen, von der überplötzlichen Reaktion ein wenig überrascht. Dieser Standish schien ein reines Nervenbündel zu sein. »Verzeihung, mein Herr, aber der Kapitän wünscht mit Euch zu sprechen. Folgt mir bitte.«

Oberstleutnant zur See Malloix, der die S.K.M.S. *Pfeil*

kommandierte, erwartete Standish in seiner königsblauen Uniform, in jeder Hand ein Glas Weinbrand. Er reichte Standish eines der Gläser, während sich der jüngere Offizier leise zurückzog. »Kommt herein, Standish. Nehmt Platz und entspannt Euch. Seitdem wir abgelegt haben, steht Ihr schon da und starrt gen Steuerbord, und das ist nicht gut. Dadurch kommen wir auch nicht schneller ans Ziel, nicht wahr?«

Standish nahm das Glas entgegen und zwang sich zu einem Lächeln. »Ich weiß, Käpt'n. Danke.« Er nippte an dem Getränk. »Aber dennoch – meint Ihr, daß wir es schaffen werden?«

Der Kapitän legte die Stirn in Falten, setzte sich und winkte Standish in einen Sessel, während er sagte: »Schwer zu sagen, um ehrlich zu sein. Wir fahren zwar mit voller Kraft, aber Meer und Wind verhalten sich nicht immer so, wie wir es gerne hätten. Wir können nicht das geringste dagegen unternehmen, also solltet Ihr tief durchatmen und abwarten, was passiert, eh?«

»Recht habt Ihr, Käpt'n.« Er nippte erneut an dem Weinbrand. »Wie gut ist unsere Ortung?«

Oberstleutnant zur See Malloix tätschelte mit einer Hand die Luft. »Keine Bange. Leutnant Seamus Mac Lean, unser Navigator, besitzt den Rang eines Wanderhexers in der Hexergilde, und diese Art von Aufgabe zählt zu seinen Spezialitäten. Das Paketboot befindet sich zwei Strich steuerbord, und bei unserer jetzigen Geschwindigkeit hat es einen Vorsprung von einundvierzig Minuten. Das war die gute Nachricht.«

»Und die schlechte?«

Achselzuckend erwiderte Malloix: »Windumschwung. Wir haben seit fünfzehn Minuten kein Stück aufholen können. Nehmt's nicht so tragisch. Schenkt Euch doch noch einen Brandy ein.«

Standish nahm es nicht tragisch und trank auch noch etwas Weinbrand, doch es nützte ihm nichts. Die *Pfeil* traf, allen Bemühungen zum Trotz, eine Minute zu spät in Cherbourg ein.

Dennoch war Edelmann Puce-Weskit keine hundert englische Yards entfernt, als Standish die Gangway der *Pfeil* hinabstürmte, und als er mit Hilfe seines unfehlbaren inneren Kompasses mit forschem Schritt die Verfolgung aufnahm, verringerte sich der Abstand zusehends.

Er hoffte, daß Puce-Weskit die Phiole noch immer bei sich trug. Tat er es nicht, hatte er sie an Bord des Schiffs an einen Unbekannten weitergegeben, dann war alles umsonst gewesen. Dann würde das Ding noch vor Ende des Monats in Krakowa sein.

Er versuchte, nicht darüber nachzudenken.

Er konnte nichts anderes tun, als seinem Opfer zu folgen, bis er Gelegenheit fand, dem Mann aufzulauern, ihn niederzuschlagen und zu durchsuchen.

Er hatte dem Kapitän der *Pfeil* bereits einen Brief überreicht, der sobald wie möglich an einer bestimmten Adresse auf der Rue Queen Brigid abgeliefert werden sollte. In diesem Brief erklärte er dem für das Bureau Cherbourg zuständigen Agenten, was geschehen war. Es gab keine andere Möglichkeit, mit ihm Kontakt aufzunehmen, und er durfte es nicht riskieren, Puce-Weskit aus den Augen zu lassen. Er konnte nicht einmal ein Treffen vereinbaren, weil er nicht wußte, wohin sein Opfer ihn führen würde.

Und wenn man schon einmal dringend einen Wachmann brauchte, war natürlich keiner da.

Zwanzig Minuten später bog Puce-Weskit in die Rue Queen Brigid ein.

Der wird doch wohl nicht ausgerechnet ins Geheimdienstbureau wollen! dachte Standish. *Mein lieber Puce-Weskit, Ihr beliebt wohl zu scherzen!*

Doch diese Sorge erwies sich als grundlos. Ein Dutzend Plätze vor dem Geheimdienstbureau bog Edelmann Puce-Weskit in eine andere Straße und begab sich in ein Caffehaus namens »Aden«. Dort legte er eine Pause ein.

Standish war ihm auf der gegenüberliegenden Straßenseite gefolgt, weil dies die Gefahr seiner Enttarnung verringerte. Er huschte zwischen dem frühmorgendlichen Verkehr über die Rue Queen Brigid, dem *Aden* entgegen, wobei er beinahe mit einem Brauereipferd zusammengestoßen wäre, das einen Karren voller Bierfässer zog.

Puce-Weskit befand sich vierzig Fuß von ihm entfernt, im hinteren Teil des Caffehauses. Ob er dort die Phiole einem Komplizen übergab?

Standish überlegte gerade, was er tun sollte, als ihm die Entscheidung abgenommen wurde. Plötzlich strafften sich seine Muskeln, als sein Opfer sich mit einemmal mit großer Geschwindigkeit in südlicher Richtung in Bewegung setzte.

Er rannte ins *Aden* hinein – und erkannte, welchen Fehler er begangen hatte.

Die hintere Wand des Saals war nur dreißig Fuß entfernt. Puce-Weskit war durch die Hintertür getreten und hatte dann *hinter* dem *Aden* gestanden!

Stadish rannte durch den großen Raum und durch die Hintertür. Davor befand sich eine schmale Seitenstraße, doch der Mann, der dort, nur wenige Fuß entfernt, vor ihm stand, war mit Sicherheit nicht der Gesuchte.

»Schnell!« rief Standish keuchend. »Der Mann in der rotbraunen Weste! Wo ist er hingegangen?«

Der Mann wirkte etwas verblüfft. »Äh ... ich ... äh ... ich weiß es nicht, mein Herr. Sobald sein Pferd gebracht wurde ...«

»Sein Pferd? Woher hat er denn ein Pferd?«

»Oh, das hat er vor drei oder vier Tagen beim Besitzer in Pflege gegeben. Vor vier Tagen genau. Hat im voraus bezahlt. Er hat nach seinem Pferd verlangt und ist davongeritten. Wohin, das weiß ich auch nicht.«

»Wo kann ich hier ein Pferd mieten?« bellte Standish.

»Der Besitzer ...«

»Führt mich sofort zu ihm!«

»Und das«, sagte Sir James le Lien, »war die letzte Spur, die wir hatten, bis er sich zwei Tage später in Caen meldete. Nicht einmal das wüßten wir, wenn einer unserer Männer an diesem Morgen nicht zufällig gerade im *Aden* gefrühstückt hätte. Er hat Standish natürlich erkannt, aber aus naheliegenden Gründen keinen Kontakt mit ihm aufgenommen.«

Lord Darcy nickte. »Und einen Tag später wird er am Morgen in der Nähe von St. Matthée tot aufgefunden. Irgendwelche Theorien, was er in diesen beiden Tagen angestellt haben könnte?«

»Das dürfte einigermaßen klar sein. Der Besitzer des *Aden* hat uns erzählt, daß unser Verfolgungsziel – nennen wir ihn Bourke – seine Satteltaschen mit Proviant in Konservierungszauberhüllen vollgepackt hatte, genug für einen drei-, vielleicht sogar viertägigen Ausritt. Kennt Ihr die Alte Küstenstraße, die von Cherbourg aus in südöstlicher Richtung zur Vire führt, den Fluß überquert und sich dann westlich über den Orne zieht, bis sie in Windungen nach Harfleur führt?«

»Natürlich«, sagte Lord Darcy.

»Gut, dann wißt Ihr auch, daß die Gegend dort sehr ländlich ist, hauptsächlich Äcker mit wenigen, verstreuten Dörfern und ohne Teleklangverbindungen. Wir nehmen an, daß Bourke diese Straße genommen hat und daß Standish ihm gefolgt ist. Wir vermuten, daß Bourke nach Caen wollte.«

Master Sean hob eine Augenbraue. »Warum hat er dann nicht den Zug genommen? Das wäre doch viel bequemer und schneller gewesen, Sir James.«

Sir James lächelte. »Das schon, aber nicht sicherer. Das Problem bei öffentlichen Transportmitteln ist, daß man auf ihnen im Prinzip gefangen ist. Wenn jemand auf der Flucht ist, will er soviel Handlungsfreiheit wie möglich haben. Ist man erst einmal an Bord eines öffentlichen Verkehrsmittels, so ist man auch ziemlich eingeschränkt und dazu gezwungen, an Bord zu bleiben, bis es anhält, und darauf hat man selbst keinen Einfluß.«

»Aye, das leuchtet ein«, sagte Master Sean. Er sah nachdenklich drein. »Dieser paranormale Griff, den Ihr da erwähnt habt – seid Ihr sicher, daß Standish ihn auf Bourke angewandt hat?«

»Natürlich sind wir uns nicht absolut sicher«, gab Sir James zu. »Aber gewiß ist, daß er dieses Talent besaß. Ein Komitee von Meistern Eurer eigenen Gilde hat ihn überprüft. Ob er es nun in dieser Situation tatsächlich eingesetzt hat oder nicht, kann ich nur vermuten, aber ich glaube doch, daß die Annahme, daß er es getan hat, ein hohes Maß an Wahrscheinlichkeit haben.«

Lord Darcy beobachtete sorgfältig eine Pfeifenrauchschwade, die zur Decke emporstieg, und sagte nichts.

»Darin stimme ich Euch zu«, sagte Master Sean. »Ich bezweifle ja gar nicht, daß er es getan hat, und ich will auch nicht behaupten, daß er es nicht hätte tun sollen. *De mortuis non disputandum est.* Ich frage mich nur, ob er auch damit umgehen konnte.«

»Wie meint Ihr das?« fragte Sir James.

»Nun, nehmen wir einmal an, daß ein Mann sich völlig durchsichtig machen kann – mit anderen Worten, ›unsichtbar‹. Der arme Kerl müßte doch ziemlich vorsichtig sein, nicht wahr? Auf weichem Boden oder im Schnee hinterläßt er Fußspuren, in einer Menschenmenge wird er Leute anstoßen. Könnt Ihr Euch vorstellen, wie es wäre, wenn Ihr einen solchen Mann ergreifen würdet? Da habt Ihr einen Armvoll Luft, die sich fleischig anfühlt, nach Schweiß riecht, sich aufgeregt anhört und salzig schmecken würde, wenn Euch der Sinn danach stehen sollte, dieses Experiment zu versuchen. Ihr werdet doch wohl zugeben, daß ein solches Subjekt höchst verdächtig wäre?«

»Hm, ja, natürlich«, gab Sir James zu, »aber ...«

»Sir James«, fuhr Master Sean fort, »Ihr habt ja keine Vorstellung, wie auffällig eine unsichtbare Person unter den falschen Umständen sein kann. Da steht der Mann nun, fürs Auge sichtbar, anzufassen, hörbar und so weiter – *aber es ist niemand da!*

Ich will auf eines hinaus, Sir James. Auf die Frage, wie kompetent Noel Standish seine Fähigkeit zu handhaben imstande war.«

Sir James sperrte den Mund kurz auf, schloß ihn wieder und runzelte die Stirn. Nach einer kurzen Pause sagte er: »Wenn Ihr die Sache so darstellt, Master Sean, dann muß ich zugeben, daß ich es nicht weiß. Aber er hat sie zwölf Jahre lang erfolgreich angewendet.«

»Und hat einmal einen Fehler gemacht«, versetzte Master Sean. »Und zwar einen tödlichen.«

»Nun mal langsam, Master Sean«, warf Lord Darcy plötzlich ein. »Wir haben keinerlei Beweis dafür, daß er auf diese Weise umgekommen ist. Daß er sich hat umbringen lassen, ist eine nackte Tatsache. Aber daß es auf diese Weise zustande kam, ist blanke Vermutung. Wir wollen uns doch nicht auf unbegründete Vermutungen einlassen.«

»Aye, My Lord. Verzeihung.«

Lord Darcy richtete seine grauen Augen auf Sir James. »Dann bin ich also doch nicht nur eingeschaltet worden, um ein Ablenkungsmanöver zu veranstalten, eh?«

Sir James blickte ihn verständnislos an. »Wie bitte, My Lord?«

»Ich meine«, sagte Seine Lordschaft geduldig, »daß Ihr tatsächlich wollt, daß ich herausfinde, wer Noel Standish getötet hat?«

»Selbstverständlich! Habe ich das nicht klargemacht?«

»Nicht sonderlich.« Lord Darcy nahm die Akte wieder auf. »Dann wollen wir mal ein paar Dinge klären. Wieso wurde der Leichnam als Bourke identifiziert, und wo ist der wirkliche Bourke? Oder wer immer er gewesen sein mag.«

»Der Mann, den Standish verfolgte, hat sich im Gasthof zur Grünen Möwe unter diesem Namen angemeldet«, erklärte Sir James. »In England hat er denselben Namen verwendet. Er glich Standish sehr, was Körpergröße, Gewicht und Haarfarbe anging. Er ist in jener Nacht verschwunden, aber wir haben seitdem nicht mehr die geringste Spur von ihm entdecken können.«

Lord Darcy nickte nachdenklich. »Das paßt ins Bild. Ein junger Gentleman trifft in einem Dorfgasthof ein. Am nächsten Morgen wird der Leichnam eines jungen Gentleman gefunden. Da nur ein junger Gentleman gesehen wurde, muß es sich um selbigen handeln. Einen völlig Fremden zu identifizieren ist auch sonst ziemlich schwierig.«

»Genau. Aus diesem Grund habe ich auch an meiner eigenen Identifizierung festgehalten.«

»Ich verstehe«, sagte Lord Darcy. »Und wie kommt es nun, daß Ihr an jenem Abend ausgerechnet in St. Matthée wart?«

»Nun, sobald Standish sich einigermaßen sicher war, daß der Gesuchte sich im Gasthof einquartiert hatte, ist er nach Caen geritten und hat eine Nachricht an mein Büro hier in Rouen geschickt. Ich habe sofort den nächsten Zug genommen, aber als ich dort eintraf, waren beide schon verschwunden.«

»Ja.« Lord Darcy seufzte. »Na ja, ich schätze, wir sollten uns wohl am besten mal dorthin begeben. Ich muß Seine Königliche Hoheit darum bitten, mir den Auftrag dazu zu erteilen, deshalb solltet Ihr mit mir kommen und Herzog Richard die ganze Sache noch einmal erklären.«

Sir James machte ein gequältes Gesicht. »Wahrscheinlich habt Ihr recht. Wir sollten sehen, daß wir so schnell wie möglich dorthin gelangen, sonst wird die ganze Situation völlig untragbar. Übermorgen beginnt dort unten das alberne Mittsommerfest, und es tauchen schon dort die ersten Fremden auf.«

Lord Darcy schloß die Augen. »Genau das fehlt uns noch: Komplikationen!«

Master Sean erhob sich und schritt zur Tür. »Ich werde Ciardi sagen, er soll unsere Sachen packen, My Lord. Sieht mir nach einem längeren Aufenthalt aus.«

Das kleine Dorf St. Matthée war damit beschäftigt, sein Aussehen zu verändern. Das eigentliche Kirchfest sollte auf einem riesigen Feld außerhalb der Dorfgrenzen stattfinden, und die Zelte begannen sich schon auf der Weide zu sammeln. Natürlich gab es im Dorf keine Bleibe für die Festbesucher. Der Gasthof zur Grünen Möwe hätte nicht einmal den hundertsten Teil von ihnen beherbergen können. Doch hatte man auf einem weiteren Anger eine ganz respektable Zeltstadt errichtet, und es waren auch genügend Parkplätze für Pferdewagen und Ähnliches geschaffen worden.

Im Dorf hatte man die Geschäfte mit bunten Flaggen geschmückt, und die Kaufleute waren emsig dabei, die Preise heraufzusetzen. Beide Wirtshäuser hatten schon seit Wochen zusätzliche Lebensmittel eingekauft. Neun Tage lang würde das Dorf nun von hektisch-geschäftigen Fremden wimmeln, die die Bewohner aus ihrer Ruhe aufstörten und eine seltsame Erregung auslösten. Dann würden sie wieder verschwinden und ganze Äcker voll häßlicher Abfälle und Truhen voll hübschen Bargelds zurücklassen.

Bis dahin würden alle eine herrliche Zeit verbringen.

Lord Darcy lenkte sein Pferd im Trab die River Road von Caen entlang und traf am Mittag jenes hellen Sonnentags in St. Matthée ein, in Reitkleidern, wie sie ein wohlhabender Händler wohl getragen hätte. Er kam zwar nicht strenggenommen inkognito, aber er wollte auch keine Aufmerksamkeit erregen. Gelassen bahnte er sich einen Weg durch die bereits wachsenden Menschenmassen auf die riesige alte Kirche zu, die dem heiligen Matthäus geweiht war und von der das Dorf seinen Namen hatte. Er lenkte sein Reittier zu dem Dorfplatz, wo die Pfosten aufgestellt waren. Dort band er das Pferd an und schritt zur Kirche hinüber.

Der Hochwürdige Father Arthur Lyon, Rektor der Kirche von St. Matthée und *ipso facto* Rektor des Sprengels von St. Matthée war ein breitschultriger Mann in den Fünfzigern, der die Sechs-Fuß-Marke noch um gute zwei Zoll überragte. Sein kahler Schädel war von silbrigem Haar umrahmt, und sein kompetent wirkendes, sympathisches Gesicht lächelte meistens. Er saß in seinem Büro hinter dem Schreibtisch.

Plötzlich klopfte es an seine Bürotür. Eine Frau in den mittleren Jahren trat hastig ein und sagte: »Tut mia ja leid, Euch zu stöan, Fadder, aber hia is'n Load Darcy, der Euch seh'n will.«

»Dann bittet ihn herein, Edelfrau Anna.«

Lord Darcy trat in Father Arthurs Büro und sah, daß der Priester ihn bereits mit ausgestreckter Hand erwartete. »Ist schon ein Weilchen her, My Lord«, sagte er mit breitem Lächeln. »Schön, Euch einmal wiederzusehen.«

»Ganz meinerseits. Wie geht es Euch, alter Freund?«

»Nicht schlecht. Bitte, nehmt doch Platz! Darf ich Euch etwas zu trinken anbieten?«

»Nein, jetzt bitte nicht, Father.« Er setzte sich in den angebotenen Sessel. »Wie ich höre, habt Ihr ein kleines Problem.«

Father Arthur lehnte sich in seinem Sessel zurück und verschränkte die Hände hinter dem Kopf. »Ach so, ja. Der sogenannte Selbstmord. Bourke.« Er gluckste. »Hatte mir schon gedacht, daß früher oder später jemand von oben vorbei kommen würde.«

»Warum sprecht Ihr vom ›sogenannten Selbstmord‹, Father?«

»Weil ich die Menschen kenne, My Lord. Wenn ein Mann darauf aus ist, sich zu erschießen, dann spaziert er dafür nicht erst an einen einsamen Strand. Wenn er überhaupt zum Strand geht, dann allenfalls, um sich zu ertränken. Um ins Meer zu spazieren. Ich will ja gar nicht behaupten, daß sich noch nie jemand am Meer erschossen hätte, aber das ist derartig selten, daß ich schon Verdacht schöpfen muß.«

»Der Meinung bin ich auch«, meinte Lord Darcy. Er kannte Arthur Lyon schon seit einigen Jahren, und er wußte, daß der Mann ein absolut treuer Diener seines Gottes und seines Königs war. Er hatte eine ungewöhnliche Karriere hinter sich. Im Krieg von '39 war er im Achtzehnten Infanterieregiment bis zum Hauptfeldwebel aufgestiegen. Danach war er Königlicher Friedensoffizier geworden und als Chief der Wachmannschaft in Pension gegangen, bevor er seiner Berufung zum Priester folgte. Er hatte sich nicht nur als hochkarätiger Priester bewiesen, sondern auch als Mensch mit einem gewaltigen Heilertalent, und so war er ehrenhalber in den Orden vom Hl. Lukas aufgenommen worden.

»Alter Freund«, sagte Lord Darcy, »ich brauche Eure Hilfe. Was ich Euch jetzt erzähle, ist streng vertraulich. Ich muß Euch bitten, nichts davon ohne offizielle Genehmigung preiszugeben.«

Father Arthur nahm die Hände vom Hinterkopf und lehnte sich mit blitzenden Augen vor. »Sozusagen wie ein Beichtgeheimnis, My Lord. Fahrt fort.«

Lord Darcy brauchte über eine halbe Stunde dazu, dem guten Priester die ganze Geschichte zu erzählen, soweit er selbst damit vertraut war. Father Arthur hatte sich wieder mit hinter dem Kopf verschränkten Händen in seinem Schreibtischsessel zurückgelehnt und lächelte die Decke an wie ein Seraph. »Ach ja, My Lord. Absolut faszinierend. Ich erinnere mich noch sehr gut an Freitag, den sechsten Juni. In der Tat, äußerst gut sogar.«

Lord Darcy schloß das rechte Auge und hob die linke Braue in die Höhe. »Ich vermute, daß Ihr die Absicht hegt, mir zu verraten, welches Ereignis die Erinnerung an diesen Tag derart heftig in Euer Gedächtnis eingebrannt hat?«

»Aber gewiß doch, My Lord. Ich genoß es nur gerade, selbst kombiniert zu haben. Wenn ich Euch meine Geschichte erzählt habe, werdet Ihr wahrscheinlich zur selben Schlußfolgerung gelangen.« Er wandte den Blick von der Zimmerdecke und nahm die Arme wieder zurück. »Man könnte sagen, daß es am späten Donnerstagabend anfing. Da ich in der Nacht zuvor aufgrund eines Krankenbesuchs die meiste Zeit nicht zum Schlafen gekommen war, bin ich am Donnerstagabend schon recht früh zu Bett gegangen. Und so bin ich natürlich schon kurz vor Mitternacht wieder aufgewacht und konnte nicht mehr einschlafen. Ich beschloß, die Zeit wenigstens zu nutzen und beschäftigte ich mich eine Weile mit Papierkram, um schließlich in die Kirche zu gehen und am Altar die Morgenmesse zu zelebrieren. Danach wollte ich im Kirchhof spazierengehen. Das tue ich oft, es läßt sich dort sehr angenehm meditieren.

In jener Nacht schien kein Mond«, fuhr der Priester fort, »aber der Himmel war wolkenfrei und klar. Es war ungefähr zwei Stunden vor Morgenanbruch. Natürlich war es recht dunkel, doch ich kenne die Grabsteine dort inzwischen ganz gut. Ich war etwa eine Viertelstunde dort, als die Sterne erloschen.«

Eine volle Sekunde lang wirkte Lord Darcy wie versteinert. »Als die Sterne *was?«*

»Als die Sterne erloschen«, wiederholte Father Arthur. »Einen Augenblick waren sie noch alle da, in ihren vertrauten Konstellationen – ich betrachtete gerade das Sternbild des Schwans –, und im nächsten war der Himmel plötzlich völlig schwarz. Der ganze Himmel. Auf einmal.«

»Ich verstehe«, sagte Lord Darcy.

»Na ja, *ich* habe es jedenfalls nicht verstanden«, sagte der Priester mit blitzendem Lächeln. «Es war so finster wie die Höllengrube. Ich muß zugeben, daß ich ein paar Sekunden beinahe in Panik geraten wäre. Ist ein ziemlich gespenstisches Gefühl, wenn die Sterne plötzlich ausgehen.«

»Kann ich mir denken«, murmelte Lord Darcy.

»Aber als Sensitiver«, fuhr der Priester fort, »wußte ich, daß keine Gefahr drohte, und etwa eine Minute später hatte ich mich wieder gefangen. Ich hätte in die Kirche zurückgehen können, aber ich beschloß, lieber noch ein Weilchen zu warten, um zu sehen, was noch geschehen würde. Ich weiß nicht genau, wie lange ich dort gestanden habe. Es kam mir wie eine Stunde vor, aber wahrscheinlich waren es keine fünfzehn Minuten. Dann leuchteten die Sterne wieder auf, genauso, wie sie verschwunden waren – alle auf einmal, am ganzen Himmel, zur selben Zeit.«

»Kein Verblassen?« fragte Lord Darcy. »Kein langsames Aufleuchten?«

»Nichts, My Lord. *Zack* – aus. *Zack* – an.«

»Also kein Meeresnebel.«

»Unmöglich. So schnell ist kein Nebel.«

Lord Darcy richtete den Blick auf eine ein Fuß hohe Statue des Hl. Matthäus, die in einer Wandnische stand. Er starrte den Apostel an, ohne ihn wahrzunehmen.

Nach einer Minute des Schweigens sagte Lord Darcy: »Ich habe Master Sean in Caen zurückgelassen, um die Leiche zu überprüfen. Er sollte eigentlich in einer Stunde hier eintreffen. Ich werde zwar mit ihm darüber sprechen, aber ...« Er verstummte wieder.

Father Arthur nickte. »Unsere Spekulation bedarf mit Sicherheit der Bestätigung, My Lord, aber ich glaube, wir sind auf dem richtigen Weg. So, und wie kann ich Euch außerdem noch dienen?«

»Ach so, das, ja richtig.« Lord Darcy grinste. »Eure Offenbarung der erloschenen Gestirne hat mich beinahe vergessen lassen, weshalb ich Euch überhaupt reden wollte. Ich hätte es gern, Father, wenn Ihr mit den Leuten sprechen würdet, die am Fünften am Nachmittag und am späten Abend in der Grünen Möwe waren. Ich bin fremd hier und würde ihnen wahrscheinlich nicht sehr viel entlocken können – jedenfalls mit Sicherheit nicht annähernd so viel wie Ihr. Ich möchte alles über das Kommen und Gehen erfahren. Einem alten Wachmann wie Euch brauche ich ja wohl nicht zu erklären, wonach Ihr Ausschau halten sollt, nicht wahr? Würdet Ihr das für mich tun?«

Father Arthur erwiderte sein Lächeln. »Mit Vergnügen, My Lord.«

»Und da ist noch etwas. Könntet Ihr Master Sean und mich für ein paar Tage bei Euch unterbringen? Leider ist im Gasthof kein Zimmer mehr frei.«

Father Arthurs donnerndes Gelächter schien den ganzen Glockenturm erschüttern zu wollen.

Master Sean O Lochlainn hatte schon immer etwas für Maultiere übrig gehabt. »Das Maultier«, pflegte er gerne zu sagen, »ist klüger als das Pferd, genau wie der Rabe klüger als der Falke ist. Weder ein Rabe noch ein Maultier wird sich einfach ins Kampfgetümmel stürzen, nur weil ein Mensch ihm das befehlen mag.« Und so kam es, daß der Hexer in schlichtes Braun gekleidet und auf einem reichlich abgenutzten Sattel sitzend, auf dem Rücken eines prächtigen Maultiers nach St. Matthée geritten kam. Er wirkte recht zufrieden mit sich selbst.

Die Flußstraße war stark befahren; die halbe Einwohnerschaft des Herzogtums schien auf das kleine Küstendorf St. Matthée zuzustreben. Deshalb war Master Sean auch sehr überrascht, als ihm plötzlich jemand entgegenkam, doch diese Überraschung legte sich bald, als er in dem Reiter Lord Darcy erkannte.

»Ihr wollt doch wohl nicht zurück nach Caen, My Lord?« fragte er, als Lord Darcy auf Hörweite herangekommen war.

»Ganz und gar nicht, mein guter Sean. Ich bin gekommen, um Euch zu treffen. Nehmen wir die westliche Abkürzung, die führt uns am Dorf vorbei und bringt uns zur Alten Küstenstraße, in die Nähe der Stelle, wo man die Leiche gefunden hat.« Er ließ sein Pferd wenden und trabte neben Master Seans Maultier weiter. So ritten sie in forschem Tempo auf die Alte Küstenstraße zu.

»Na«, fragte Lord Darcy, »was habt Ihr in Caen herausbekommen?«

»Widersprüchliches Beweismaterial, My Lord, sehr widersprüchliches Beweismaterial. Zumindest was die Selbstmordtheorie betrifft. Am Klippenrand gab es Spuren, die darauf hinwiesen, daß er die Klippe herabgestürzt ist oder in die Tiefe gestürzt wurde. Aber man hat ihn fünfundzwanzig Fuß von der Klippe entfernt gefunden. Er hatte zwei gebrochene Rippen und ein recht schlimm verstauchtes rechtes Handgelenk, ganz zu schweigen von einigen schweren Prellungen. Die sind ihm alle einige Stunden vor seinem Tod zugefügt worden.«

Lord Darcy stieß ein eher bitteres Lachen aus. »Was zwei Möglichkeiten beinhaltet. *Primus:* Edelmann Standish steht am Klippenrand, schießt sich in den Kopf, stürzt in die Tiefe in den Sand, kriecht fünfundzwanzig Fuß weiter und braucht schließlich mehrere Stunden, um an einer Wunde zu sterben, die ganz offensichtlich sofortige tödliche Wirkung hätte haben müssen. Oder, *secundus:* Er stürzt von der Klippe, schleppt sich fünfundzwanzig Fuß weiter, legt ein paar Stunden die Hände in den Schoß und entschließt sich endlich, sich zu erschießen. Die zweite Hypothese ist, finde ich, nur einen Hauch wahrscheinlicher als die erste. Daß sein rechtes Handgelenk auch noch stark verstaucht war, setzt dem Ganzen die Krone auf. Kein Selbstmord; nein, Selbstmord kommt nicht in Frage.« Lord Darcy grinste. »Was nur noch Unfall oder Mord übrigläßt. Welche Hypothese zieht Ihr persönlich vor, mein guter Sean?«

Master Sean legte die Stirn in tiefe Falten, als befände er sich in der Gewalt der schlimmsten Qualen, welche die Konzentration aufzubieten hatte. Dann hellte sich sein Gesicht auf, als habe er eine plötzliche Erleuchtung gehabt. »Ich habe es, My Lord! Er ist aus Versehen ermordet worden!«

Lord Darcy lachte. »Ausgezeichnet! Na schön, nachdem wir das endlich geklärt hätten, gibt es noch weiteres Beweismaterial, von dem ich Euch noch nicht informiert habe.«

Er berichtete Master Sean von Father Arthurs ungewöhnlichem Erlebnis mit den erloschenen Sternen.

Als er geendet hatte, ritten die beiden eine kurze Zeit schweigend nebeneinander her, bis Master Sean schließlich leise sagte: »*Das* ist es also!«

Oben auf der Straße stand ein Wachmann am Fundort der Leiche, und ein zweiter saß am Boden. Als Lord Darcy und Master Sean näherkamen, erhob sich auch der zweite. Die beiden Reiter stiegen ab und führten ihre Reittiere zu den beiden Wachmännern hinüber.

»Es tut mir leid, Gentlemen«, sagte der erste Wachmann mit einer gewissen Autorität in der Stimme, »aber dieses Gebiet ist abgesperrt und nicht allgemein zugänglich, und zwar auf Befehl Seiner Königlichen Hoheit des Herzogs der Normandie.«

»Sehr schön, das freut mich zu hören«, meinte Lord Darcy und holte seinen Ausweis hervor. »Ich bin Lord Darcy. Das hier ist Meisterhexer Sean O Lochlainn.«

»Jawohl, My Lord«, erwiderte der Wachmann. »Tut mir leid, daß ich Euch nicht sofort erkannt habe.«

»Macht nichts. Hier hat man also die Leiche gefunden?«

»Jawohl, My Lord. Direkt unterhalb der Klippe dort drüben. Wollt Ihr Euch die Stelle einmal anschauen, My Lord?«

»Das möchte ich in der Tat, danke.«

Vor den respekterfüllten Augen der beiden Wachmänner untersuchte Lord Darcy minutiös den Klippenrand. Master Sean begleitete ihn und versuchte, alles aufzunehmen, was Seine Lordschaft bemerkte.

»Alles schon eine Woche alt«, murmelte Lord Darcy verbittert. »Schaut Euch mal das Gras dort an. Vor einer Woche hätte ich Euch noch genau sagen können, wie viele Leute es aufgewühlt haben. Heute kann ich nur noch feststellen, daß es mehr als zwei waren. Ich vermute, daß es wohl keine Methode gibt, den alten Zustand zu rekonstruieren, mein guter Sean?«

»Nein, My Lord. Ich bin zwar Magier, aber kein Wundermacher.«

»Das habe ich mir schon gedacht. Seht mal, die Kante dieser Klippe. Gestürzt ist er, das ist sicher. Aber hat man ihn gestoßen? Oder hinabgeworfen? Läßt sich nicht feststellen. Dafür haben Wind und Wetter zu gute Arbeit geleistet. Um meinen Cousin de London zu zitieren: *›Pfui!‹*«

»Jawohl, My Lord.«

»Na schön, dann gehen wir mal zum Strand hinunter und schauen uns die Sache von unten an.«

Um nach unten zu gelangen, mußten sie etwa fünfzig Yards die Klippe hinabsteigen, bis sie eine steil abfallende Mulde erreichten, die sie hinunterklettern konnten, um schließlich zu der Stelle zurückzukehren, an der Standish gestorben war.

Eine angenehme Brise wehte vom Land aufs Meer und führte den Duft wachsender Feldfrüchte mit. Ein Dutzend Yards entfernt zankten sich drei Möwen lärmend um die Überreste irgendwelchen verendeten Seegetiers.

Lord Darcy war immer noch unguter, verbitterter Laune.

»Nichts, verdammt noch einmal! Absolut nichts! Alle Fußspuren schon längst weggespült oder vom Winde verweht. Verdammt, verdammt, *verdammt!* Wir haben nichts als die Aussagen von Augenzeugen, und die sind notorisch unzuverlässig.«

»Dann glaubt Ihr ihnen also nicht, My Lord?« fragte Master Sean.

Lord Darcy schwieg mehrere Sekunden, um dann mit etwas ruhigerer Stimme zu sagen: »Doch. Merkwürdigerweise glaube ich ihnen trotz allem. Ich glaube, daß die Aussage dieser Bauern absolut präzise ist. Sie haben gesehen, was sie gesehen haben, und was sie gesehen haben, haben sie auch berichtet. Aber sie haben nicht alles gesehen ... sie *können* gar nicht alles gesehen haben!«

Einer der Wachmänner oben auf der Klippe rief: «Da ist die Stelle, genau dort drüben, My Lord. Neben dem abgeplatteten Felsen.« Er zeigte mit dem Finger darauf.

Doch Lord Darcy würdigte die Stelle nicht eines Blicks. Als der Wachmann ihn ansprach, hatte er den Kopf gehoben, um zu ihm emporzublicken, und nun blieb sein Blick auf etwas an der Klippe geheftet, das sich etwa zwei Fuß unterhalb der Stiefelspitzen des Wachmanns befand.

Master Sean folgte dem Blick Seiner Lordschaft und entdeckte sofort, was Lord Darcys Aufmerksamkeit fesselte. »Sieht so aus, als hätte jemand dort seine Initialen eingegraben, My Lord.«

»Tatsächlich. Wie lest Ihr das denn?«

»Sieht mir aus wie S ... S ... O. Wen kennen wir denn, der die Initialen SSO trägt?«

»Niemanden, der bisher mit dem Fall zu tun zu haben scheint. Die Buchstaben könnten schon vor einer ganzen Weile dort eingemeißelt worden sein. Aber ...«

»Aye, My Lord«, meinte Master Sean. »Ich verstehe, was Ihr meint. Ich werde sie einer Zeitüberprüfung unterziehen. Soll ich sie konservieren?«

»Nur wenn sie nicht älter als eine Woche sind. Ach, übrigens: Hatte Standish eigentlich ein Messer dabei, als man ihn gefunden hat?«

»Nicht daß ich wüßte, My Lord. In den Berichten stand jedenfalls nichts davon.«

»Hmmmm.« Lord Darcy machte sich daran, das ganze Gebiet zu durchstreifen, was Master Sean vor allem an einen Leoparden auf der Suche nach einer Abendmahlzeit erinnerte. Endlich blieb er am Fuß der Klippe stehen, unmittelbar unterhalb der Stelle, wo die Glyphen in die Lehmwand eingegraben worden waren. Er kniete nieder und begann zu graben.

»Irgendwo muß es doch sein«, murmelte er.

»Darf ich fragen, wonach Ihr sucht, My Lord?«

»Ein Stück Stahl, mein lieber Sean, ein Stück Stahl.«

Master Sean setzte seinen Reisesack im Sand ab und öffnete ihn. Dann holte er einen dünnen, dunklen metallblauen Stab hervor. Im selben Augenblick sagte Lord Darcy: *»Aha!«*

Den Stab noch immer in der Hand haltend, fragte Master Sean: »Was ist los, My Lord?«

»Seht selbst«, erwiderte Lord Darcy, stand auf und zeigte dem Hexer einen Gegenstand, der auf seiner Handfläche lag. »Seht und betrachtet es, alter Knabe: ein Männertaschenmesser.«

Master Sean lächelte breit. »Aye. Ich nehme an, Ihr möchtet, daß ich einen Beziehungstest durchführe, My Lord? Zwischen Gravierung, Messer und Leichnam?«

»Aber natürlich. Nein, legt den Stab noch nicht beiseite. Das ist doch Euer Metalldetektor, nicht wahr?«

»Aye, My Lord. Der ist magisch auf alles Metallische geeicht.«

»Gut. Legt das Messer mal für die spätere Untersuchung beiseite, dann gehen wir zu der Stelle hinüber, wo man die Leiche gefunden hat. Mal sehen, ob wir nicht noch mehr ausgraben.«

Der Meisterhexer zeigte mit dem Stab in der Rechten auf den Sand und schritt mit fast völlig geschlossenen Augen auf und ab, die Linke mit gespreizten Fingern hoch über den Kopf gehoben. Jedesmal, wenn er stehenblieb, grub Lord Darcy im weichen Sand nach und förderte Metallstücke hervor: einen rostigen Nagel, eine korrodierte Gürtelschnalle aus Messing, einen kupfernen Zwölfer, einen bronzenen Farthing und sogar eine Halbpfundmünze aus Silber. Alle Gegenstände trugen deutliche Anzeichen, daß sie sich schon seit langem an dieser Stelle befanden.

Während sie arbeiteten, sahen die beiden Wachmänner oben auf der Klippe zu, ohne ein Wort zu sagen. Es ist unklug, einen Magier bei der Arbeit zu stören.

Lord Darcy interessierte sich nur für eines der Fundstücke: einen kleinen Bleiklumpen. Er steckte ihn in seine Westentasche und fuhr mit dem Graben fort.

Endlich, Master Sean hatte inzwischen ein Stück von acht mal zwölf Fuß untersucht, sagte der Hexer: »Das war's, My Lord.«

Lord Darcy erhob sich, klopfte sich den Sand von Händen und Hose und musterte die Altmetallsammlung, die er auf dem großen, abgeplatteten Felsen ausgelegt hatte. »Schade, daß wir keinen Sechser gefunden haben. Dann wären wir schon einen ganzen Solidus weiter. Gold ist auch keins dabei.«

Master Sean lachte leise. »Es wäre wohl zuviel verlangt, hier eine komplette Sammlung der Reichsmünze zu erwarten, My Lord.«

»Da habt Ihr wohl recht. Aber hier –« Er holte den kleinen Bleiklumpen aus der Westentasche. »... ist das, was ich zu finden erwartet hatte. Wenn ich mich nicht sehr irre, stammt diese Kugel aus der .36er Heron, die der verstorbene Standish mit sich führte, und es ist das Geschoß, das seinen Schädel durchschlagen hat. Hier, überprüft es doch bitte mal, seid so nett, mein guter Sean.«

Master Sean deponierte das Geschoß in einer der magisch sorgfältig abgeschirmten Taschen seines voluminösen Reisesacks, und die beiden Männer machten sich wieder auf den Rückweg, den Sand entlang und den Abhang zum Klippenrand empor.

Master Sean legte sich bäuchlings auf den Rand der Klippe und spähte in die Tiefe. Nachdem er die Gravierung im sandigen Lehm der Klippenwand eine Minute inspiziert hatte, stand er auf, nahm einige Gegenstände aus seinem Reisesack und legte sich wieder hin, um sich an die Arbeit zu machen. Ein einfacher Kohäsionszauber genügte, um sicherzustellen, daß der Lehm nicht zerbröselte. Dann begann er mit geschickten Fingern, den Ziegel aus gehärtetem Lehm herauszuschneiden, den der Zauber umschloß.

In der Zwischenzeit hatte Lord Darcy den älteren der beiden Wachmänner beiseitegenommen und ihm eine Frage gestellt.

»Nein, My Lord, wir haben keine Schwierigkeiten gehabt nicht«, sagte der Wachmann. »Seitdem der Leichnam entdeckt wurde, haben wir hier drei achtstündige Wachschichten eingelegt, und es ist kaum jemand vorbeigekommen. Die Leute von hier sind schlau genug, die kommen sowieso erst her, wenn die ganze Sache aufgeklärt ist und der Priester die Stelle geweiht hat. Natürlich war da noch die Sache von heute morgen.«

»Heute morgen?« Lord Darcy hob eine Augenbraue.

»Ja, My Lord.« Er sah auf seine Armbanduhr. »Kurz nachdem wir unseren Dienst angetreten haben. Vor knapp sechs Stunden – um acht Uhr zwölf.«

»Und was ist da genau passiert?« fragte Seine Lordschaft mit scheinbar unendlicher Geduld.

»Na ja, da sind diese beiden Leute den Strand entlanggekommen, aus östlicher Richtung. War'n Zigeuner. Heut morgen ist eine ganze Sippe von ihnen in St. Matthée eingetroffen, auf dem Kirchfestgelände. Diese beiden – 'n Mann und 'ne Frau, ja – kamen Arm in Arm hier lang. Dan – das ist Wachmann Danel da drüben – hat ihnen ein Signal gegeben, sie sollten nicht näher kommen, aber die haben nur gewunken und gelächelt und sind immer weitergegangen. Also ist Dan schnell zum Strand 'runter und hat sie aufgehalten. Sie haben so getan, als könnten sie kein Anglo-Französisch, Ihr wißt ja, wie diese Zigeuner sind. Aber Dan hat ihnen klargemacht, daß sie nicht weitergehen dürfen, da sind sie abgehauen. Haben keinen Ärger gemacht.«

»Dann sind sie also ohne Streit wieder weggegangen, eh?«

»Jawohl, My Lord, das sind sie.«

»Na ja, dann ist ja nichts Schlimmes passiert. Weitermachen, Wachmann.«

»Jawohl, My Lord.«

Master Sean kam mit einem Klumpen thaumaturgisch gehärtetem Lehm in seinem ohnehin schon prall gefüllten symbolverzierten Reisesack vom Rand der Klippe zurück. »Noch etwas, My Lord?«

»Ich glaube nicht. Gehen wir irgendwo zu Mittag essen.«

In einem der Zelte in der Nähe des Festplatzes öffnete ein Agent der *Serka*, der Operationschef dieses Unternehmens, gerade etwas, das von außen wie ein angeschlagener, zerbeulter, abgenutzter alter Lederkoffer aussah. Sein Inneres war neu und in bestem Zustand, und der Inhalt glich auf verblüffende Weise dem, was Master Sean in seinem symbolverzierten Reisesack mitzuführen pflegte.

Er holte zwei kleine, kaum sechs Zoll große Stäbe aus rubinrotem Kristall hervor, die mit seltsam abgesetzten Spiralringen aus Silberdraht versehen waren, welche sich genau fünfmal um den Rubinkern wanden. Die beiden Stäbe glichen einander wie Spiegelbilder: Eine der Spiralen war rechts-, die andere linkswendig. Zudem holte er zwei kleine Glasflakons hervor, von denen einer eine weiße, grobgekörnte Substanz enthielt, der andere dagegen eine bernsteingelbe Masse aus feinem Granulat. Ihnen folgten ein merkwürdig geschmiedeter goldener Kerzenhalter von vier Zoll Höhe, eine zolldicke Kerze und ein kleines Räuchergefäß.

Wie jeder fähige Hexer besaß auch der Operationschef Hände, die zwar kräftig waren, aber doch auch feine Arbeiten durchführen konnten. Gerade steckte er die Bienenwachskerze in den Halter, als jemand draußen an der geschlossenen Eingangsklappe des Zelts kratzte.

Der Operationschef versteinerte. »Ja?«

»Eins-drei-sieben kommt«, flüsterte einer Stimme.

Der Operationschef entspannte sich wieder. »Gut, schickt ihn zu mir.«

Sekunden später öffnete sich die Zeltklappe flatternd, und ein zweiter Agent der *Serka* kam geduckt hereingehuscht. Er musterte die thaumaturgischen Gerätschaften auf dem Tisch, während er auf einem Schemel Platz nahm. »Soweit ist es also schon gekommen, eh?« fragte er.

»Ich bin mir noch nicht sicher«, erwiderte der Operationschef. »Es könnte sein. Ich wünsche es mir nicht. Ich habe keine Lust, mich mit Master Sean O Lochlainn messen zu müssen. Einen Mann von seinem Können und seiner Kraft sollte man lieber meiden, wenn er auf der anderen Seite kämpft.«

»Verzeihung, Operationschef, aber seid Ihr Euch wirklich sicher, daß der Mann, den Ihr heute morgen auf dem Maultier erblickt habt, tatsächlich Master Sean war?«

»Völlig sicher. Ich habe seine Vorlesungen an der Universität Buda-Pest oft besucht, als ich dort zwischen achtundsechzig und siebzig im Grundstudium war. Damals arbeitete er an seinem ThD-Abschluß in Theoretik und Analogmathematik. Sein König hat das Stipendium aus seiner Privatschatulle finanziert, aber er hat sein Einkommen ein wenig aufgebessert, indem er Vorlesungen für das Grundstudium abhielt.«

»Würde er Euch wiedererkennen?«

»Höchst unwahrscheinlich. Wer achtet an einer großen Universität schon auf junge Semester?« Der Operationschef winkte ungeduldig ab. »Kommen wir lieber zu Eurem Bericht.«

»Jawohl, Operationschef«, sagte Agent 137 diensteifrig. »Ich bin dem Mann auf dem Maultier gefolgt, ganz wie Ihr es befohlen hattet. Er hat sich mit einem anderen Mann getroffen, der ihm zu Pferd aus dem Dorf entgegenkam. Dieser Mann war hochgewachsen, hager, aber muskulös, mit anziehenden Gesichtszügen, die ziemlich englisch aussehen. Er war wie ein Händler gekleidet, aber ich hatte den Verdacht ...«

Der Operationschef nickte. »Natürlich, Lord Darcy. Fahrt fort.«

»Ihr habt gesagt, daß sie sich an den Ort des Todes begeben würden, und als sie die linke Abzweigung nahmen, war ich mir dessen sicher. Ich brach die Verfolgung ab und galoppierte zum Dorf, wo Nummer 202 mit dem Boot wartete. Wir hatten einen steifen Westwind, so daß wir noch vor ihnen die Bucht erreichten. Dort sind wir etwa zweihundert Yards vor der Küste vor Anker gegangen. Nummer 202 hat geangelt, während ich das Ufer mit dem Feldstecher beobachtete.

Sie sprachen eine Weile mit den Wachmännern oben auf der Klippe, dann sind sie zum Strand hinuntergegangen. Einer der Wachmänner zeigte auf die Stelle, wo der Leichnam gelegen hatte. Lord Darcy sprach dann noch eine Weile mit ihm, dann ist er umhergegangen und hat sich alles angeschaut. Er ging hinüber zum Fuß der Klippe und begann zu graben. Er hat auch etwas gefunden, aber ich konnte nicht erkennen, was es war.

Master Sean tat es in seinen Sack und ist dann etwa zehn Minuten lang die Stelle abgeschritten, wo die Leiche gewesen war. Dabei hat er einen von diesen langen, schwarzblauen Metallstäben benutzt – Ihr wißt schon ...«

»Ein Metalldetektor«, sagte der Operationschef. »Ja. Fahrt fort.«

»Jawohl. Lord Darcy hat jedesmal nachgegraben, wenn Master Sean auf eine Stelle zeigte. Hat eine unglaubliche Menge Zeug aus dem Boden geholt. Jedenfalls hat er *irgend etwas* gefunden, was ihn interessierte. Ich weiß nicht, was, konnte es auch nicht erkennen. Aber er hat es in die Tasche gesteckt und später dem Hexer überreicht.«

»Ich weiß, was es war«, sagte der Operationschef mit harter Stimme. »War das das einzige, was ihn interessiert hat?«

»Ja, soweit ich das erkennen konnte.«

»Und was geschah dann?«

Agent 137 zuckte mit den Schultern. »Dann sind sie wieder nach oben gestiegen. Darcy hat mit einem der Wachmänner gesprochen. Der andere hat dem Hexer zugesehen, wie er ein Loch in die Klippenwand gegraben hat.«

Der Operationschef furchte die Stirn. »Was hat er gegraben? Ein *Loch?*«

»Ja, genau. Hat flach auf dem Bauch gelegen, ein paar Fuß über den Klippenrand gegriffen und etwas ausgegraben. Was es war, konnte ich nicht sehen, aber es hat ein Loch von doppelter Faustgröße hinterlassen – vielleicht auch ein Stück größer.«

»Verdammt! Warum habt Ihr nicht genauer hingesehen?«

Die Gesichtszüge des Agenten verhärteten sich. »Es war sehr schwer, Genaues zu erkennen, Operationschef. Wenn wir näher als zweihundert Yards herangekommen wären, hätten wir ihre Aufmerksamkeit erregt. Habt Ihr schon einmal versucht, mit einem Sechser-Feldstecher von einem auf und ab schaukelnden Boot aus eine Scharfeinstellung zu erreichen?«

»Regt Euch ab, ich bin ja nicht auf Euch wütend. Ihr habt gute Arbeit geleistet. Ich wünschte nur, wir hätten bessere Informationen erhalten.« Der Operationschef sah nachdenklich drein. »Das sagt uns etwas. Den Strand können wir jetzt vergessen. Befehlt den Leuten, sie sollen sich von dort fernhalten. Sie sollen auf keinen Fall mehr dorthin gehen.

Die Phiole ist nicht mehr da, sofern sie es jemals wirklich war. Wenn Master Sean sie nicht gefunden hat, dann war sie auch nicht da. Wenn er sie aber doch gefunden haben sollte, dann ist sie jetzt weg, und er und Lord Darcy wissen, wo sie ist. Und das ist ein Problem, über das ich nachdenken muß. Geht jetzt und laßt mir Zeit zum Überlegen.«

Agent 137 verließ das Zelt.

Das öffentliche Gastzimmer im Gasthof zur Grünen Möwe war so überfüllt, daß es wie ein Londoner Eisenbahnabteil in der Stoßzeit aussah.

Inmitten des Tohuwabohu wanderten Wein und Bier in

einer Richtung über die Theke, während Kupfer und Silber die entgegengesetzte Richtung nahmen, was alle diesseits und jenseits des Tresens glücklich machte.

In der Club-Bar im Nebenzimmer war es etwas ruhiger, doch war der Lärm aus dem öffentlichen Gastzimmer nicht zu überhören. Hier bediente der Gastwirt die Gäste persönlich, und er kam seinen beruflichen Pflichten mit Stolz und Eifer nach. Außerdem waren hier die Trinkgelder größer, und die Arbeit war auch leichter.

»Wünscht Ihr noch was?« fragte er, als er die beiden Bierkrüge auf den Tisch stellte. »Vielleicht 'n Happen zu knabbern oder so?«

»Nein, jetzt nicht, Edelmann Dreyque«, sagte Father Arthur. »Das genügt fürs erste.«

»Schön, schön, Vadder. Dank auch un' Prost.« Lautlos zog er sich zurück.

Lord Darcy nahm einen tiefen Zug und seufzte. »Ein kühles Bier an einem Mittsommerabend ist doch etwas herrlich Erfrischendes. Die Grüne Möwe hat wirklich einen gepflegten Keller. Und das Essen ist auch gut. Master Sean und ich haben es heute nachmittag gekostet.«

»Wo ist Master Sean denn jetzt?« fragte der Priester.

»In den Räumen, die Ihr uns im Pfarrhaus zur Verfügung gestellt habt, mitten zwischen seinen Geräten. Er führt gerade einige Labortests an Beweisstücken durch, die wir ausgegraben haben.« Er senkte die Stimme. »Habt Ihr herausbekommen, was sich in der fraglichen Nacht zugetragen hat?«

»Weitgehend«, erwiderte Father Arthur ebenso leise. »Ein paar Dinge sind zwar noch unklar, aber ich glaube, daß wir die meisten Lücken schon selbst füllen können.«

Der von Standish Gesuchte war am Fünften am späten Nachmittag in der Grünen Möwe angekommen und hatte sich als «Richard Bourke« ausgegeben. Er hatte nur einen Attachékoffer mit sich geführt, doch da er außerdem noch ein Pferd mit Sattel und Satteltaschen dabei gehabt hatte, war dies dem Wirt als hinreichende Sicherheit gegen etwaige Zechprellerei erschienen.

Der Gasthof verfügte nur über sechs Fremdenzimmer, die sich alle in der oberen Etage des zweistöckigen Gebäudes befanden. Zwei davon waren bereits belegt gewesen. Um zehn nach zwei war dann jener Danglars hereingekommen und hatte sich und seine Herrin, die Mistress Jizelle de Ville, angemeldet.

»Bourke«, sagte Father Arthur, »kam um viertel nach fünf. An diesem Abend gab es keine weiteren Gäste. Und es hat auch niemand einen jungen Mann in Abendkleidung gesehen.« Er hielt inne und lächelte freudig. »Allerdings ...«

»Aha! Ich wußte doch, daß ich mich auf Euch verlassen kann, mein guter Arthur! Was war es?«

Der gute Hochwürdige Father lächelte noch immer wie ein Seraph, hob einen Zeigefinger und sagte: »Der Fall des geheimnisvollen Küstermantels.«

»Ihr fasziniert mich. Bitte erklärt Euch.«

»Mein Küster«, sagte Father Arthur, »hat einen alten Mantel, der ursprünglich aus zwei gebrauchten Pferdedekken zusammengenäht worden war, so daß er selbst im Neuzustand nicht gerade ein Muster an modischer Schönheit darstellte. Aber immerhin ist er wirklich sehr warm. Im Sommer hängt er ihn im Stall hinter der Kirche auf. Er behauptet, das würde die Motten abhalten – der Geruch, meine ich.

Am Morgen des sechsten Juni brachte einer der Männer, die hier im Gasthof arbeiten, den Mantel in die Kirche und fragte meinen Küster, ob es seiner sei, was auch der Fall war. Wollt Ihr vielleicht einfach nur mal ganz wild raten, wo man ihn gefunden hat?« fragte Father Arthur.

»Geht das Zimmer, in dem sich Bourke einquartiert hat, nach vorne oder nach hinten hinaus?«

»Nach hinten.«

»Dann hat man ihn auf dem Kopfsteinpflaster hinter dem Gebäude gefunden.«

Noch breiter grinsend und lächelnd klatschte Father Arthur einmal kurz in die Hände. »Exakt, My Lord!«

Lord Darcy erwiderte das Lächeln. »Rekonstruieren wir

mal. Bourke ist also vor halb sechs auf sein Zimmer gegangen. Richtig?«

»Richtig. Eine der Mägde hat ihn aufs Zimmer geführt, hat ihn eingelassen und ihm den Schlüssel gegeben.«

»Ist er danach noch einmal gesehen worden?«

»Nur einmal. Er hat eine leichte Mahlzeit bestellt, und die wurde ihm gegen sechs aufs Zimmer gebracht. Das war das letzte Mal.«

»War jemand von den anderen Gästen zu dieser Zeit im Haus?«

»Nein. Der Diener Danglars war gegen halb fünf aus dem Haus gegangen und nicht mehr zurückgekehrt. Es hat zwar niemand gesehen, wie Mistress Jizelle hinausging, aber die Kammerzofe, die die Betten gewendet hat, sagt, daß beide Zimmer gegen sechs Uhr leer waren. Zu dieser Zeit war Bourke noch da.«

»Hmm.«

Lord Darcy starrte in die Tiefen seines Biers hinein. Nach einer halben Minute sagte er: »Ehrwürdiger Vater, hat man in diesem Gasthof tatsächlich einen Fremden in einem alten Pferdedeckenmantel gesehen, oder spekulieren wir jetzt nur in substanzlosen, nebligen Gefilden?«

Father Arthurs Mundwinkel verzogen sich zu einer kleinen Grimasse. »Völlig substanzlos ist die Sache nicht, My Lord, aber auch nicht eben hieb- und stichfest. Das Mädchen, das an diesem Abend an der Theke Dienst tat, sagt, daß sie sich an ein paar Fremde erinnern kann, die hereinkamen, aber an mehr auch nicht. Sie ist nicht sonderlich helle.«

Lord Darcy lachte leise. »Na schön. Gehen wir also mal davon aus, daß Standish tatsächlich in einem gestohlenen – und ungemütlich warmen – Mantel hier hereingekommen ist. Wie ist es dazu gekommen, und was geschah danach?«

Father Arthur entzündete seine alte Briar und nahm einen weiteren Schluck aus seinem Bierkrug. »Hm, mal sehen. Standish trifft also eine Stunde nach Bourke im Dorf ein, vielleicht auch etwas später. Aber er kommt nicht direkt hier herein, sondern geht hinten um die Kirche. Warum? Doch nicht, um den Mantel zu stehlen. Woher hätte er denn schon wissen sollen, daß der dort hing?« Er schmauchte zwei weitere Züge lang an seiner Pfeife, dann hellte sich sein Blick auf. »Aber natürlich! Um sein Pferd anzubinden. Er wollte nicht, daß man es auf dem offenen Platz sah, und er wußte, daß es im Stall der Kirche in Sicherheit sein würde.« Wieder zwei Züge an der Pfeife.

»Hmm. Er sieht den Mantel an der Stallmauer hängen und erkennt, daß der als gute Verkleidung dienen kann, um seinen Abendanzug zu verdecken. Er nimmt den Mantel an sich und kommt hierher in den Gasthof. Er überzeugt sich davon, daß Bourke sich fest einquartiert hat, dann kehrt er zu seinem Pferd zurück, um auf ihm nach Caen zu jagen, von wo aus er Sir James benachrichtigen läßt. Dann kehrt er zur Grünen Möwe zurück. Er wartet, bis er sich unbemerkt nach oben in Bourkes Zimmer schleichen kann.«

Der Priester hielt inne, furchte die Stirn und nahm einen kräftigen, gesunden Schluck aus dem Krug. »Irgendwann später ist er durch das Fenster in den Hof hinabgeklettert, wobei er den Mantel verloren hat.« Er schüttelte den Kopf. »Aber was ist in der Zeit passiert, nachdem er nach oben gegangen ist, bis er schließlich den Mantel hat fallenlassen? Und zwischen diesem Zeitpunkt und seinem Tod? Da habe ich nicht die leiseste Ahnung.«

»Dafür habe ich gleich mehrere«, sagte Lord Darcy, »aber die sind alle sehr, sehr vage und unklar. Wir brauchen mehr Fakten. Ich habe eine ganze Reihe von Fragen.« Er zählte sie an den Fingern ab. »Eins: Wo ist Bourke? Zwei: Wer hat Standish erschossen? Drei: *Warum* hat man ihn erschossen? Vier: Was ist hier im Gasthof geschehen? Fünf: Was ist am Strand geschehen? Und schlußendlich: *Wo ist die Ipswich-Phiole?«*

Father Arthur hob seinen Krug, leerte ihn mit einem gewaltigen Zug bis zur Neige, setzte ihn fest auf dem Tisch ab und sagte: »Das weiß ich nicht. Das weiß nur Gott allein.«

Lord Darcy nickte. »In der Tat. Und eine seiner großartigsten Eigenschaften ist die, daß er einem immer eine Antwort gibt, wenn man ihm die richtige Frage auf die richtige Weise stellt.«

»Habt Ihr vor, um diese Antworten zu beten, My Lord?«

»Das auch, ja. Aber ich habe festgestellt, daß die beste Methode, Gott um eine Antwort in derlei Fragen zu bitten, darin besteht, hinauszugehen und sich seine Informationen selbst zu holen.«

Father Arthur lächelte. *»Dominus vobiscum.«*

»Et cum spiritu tuo«, erwiderte Lord Darcy.

»Excavemus!« sagte der Priester.

In seinem Zimmer im Pfarrhaus hatte Master Sean auf einem Tisch sorgfältig seine Gerätschaften aufgestellt. Die .36er Heron von Noel Standish befand sich fest in einem gepolsterten Schraubstock an einem Ende des Tischs montiert. Drei Fuß vor der Mündung lag das Projektil, das Lord Darcy im Sand ausgegraben hatte, auf einem kleinen Ständer, so daß es sich auf genau gleicher Höhe wie die Mündung befand. Gerade überzeugte er sich mit Hilfe bestimmter Instrumente davon, daß die Projektilachse genau auf der Seelenachse der Heron lag, als ein rhythmisches, kodiertes Klopfzeichen an der Tür ertönte. Der Hexer schritt durch den Raum, entriegelte die Tür und sagte: »Kommt herein, My Lord.«

»Ich hoffe, ich habe nichts unterbrochen?« fragte Lord Darcy.

»Überhaupt nicht, My Lord.« Master Sean sperrte die Tür wieder sorgfältig ab und verriegelte sie aufs neue. »Ich war gerade mit den Vorbereitungen für den Ballistiktest beschäftigt. Die Vergleichs- und Sympathietests haben bereits ergeben, daß Standish mit diesem Projektil erschossen wurde. Jetzt geht es nur noch darum, ob es aus seiner eigenen Waffe stammt. Habt Ihr weitere Indizien ausfindig machen können?«

»Keine«, gestand Lord Darcy. »Ich habe mir die Fremdenzimmer in der Grünen Möwe genauer ansehen können. Nichts. Absolut nichts. Ich habe zwar ein paar Ideen, aber keinerlei Beweise.« Dann zeigte er auf die Faustfeuerwaffe. »Fahrt doch bitte mit Eurer Arbeit fort. Es macht mir nichts aus, ein wenig zu warten.«

»Es dauert auch nur ein Minütchen«, sagte Master Sean entschuldigend. Er schritt zum Tisch zurück und setzte seine Vorbereitungen fort, während Lord Darcy schweigend zusah. Seine Lordschaft war mit dem Prinzip, um das es ging, wohlvertraut, denn er hatte den Test schon zahllose Male miterlebt. Er erinnerte sich an eine Vorlesung, die Master Sean einmal über das Thema gehalten hatte.

»Ihr müßt verstehen«, hatte der Hexer gesagt, »daß das Prinzip der Relevanz hier von größter Wichtigkeit ist. Die meisten Abnutzungserscheinungen einer Waffe sind rein mechanischer Art. Es spielt keine Rolle, *wer* den Abzug betätigt, müßt Ihr verstehen, denn die Erosion durch die Gase in der Patronenkammer und die Abschürfung durch das den Lauf durchjagende Projektil bleibt dieselbe. *Für die Waffe* hat es keine Relevanz, wer den Abzug betätigt hat oder worauf sie gerichtet war. Aber für das *Geschoß* ist es relevant, aus welcher Waffe es abgefeuert wurde und was es getroffen hat. All dies läßt sich mit den richtigen Zaubern bestimmen.«

Obwohl er ihn schon zahllose Male miterlebt hatte, genoß es Lord Darcy immer wieder, dem Test zuzusehen, denn wenn er erfolgreich war, verlief er auch stets recht spektakulär. Master Sean streute etwas magisch vorbehandeltes Pulver auf Geschoß und Pistole. Dann hob er den Stab und murmelte leise eine Beschwörung vor sich hin.

Kaum hatte er die letzte Silbe ausgesprochen, als plötzlich ein Geräusch erklang wie von einer scharf angeschlagenen Glocke: das Projektil war verschwunden. Die .36er Heron erzitterte in ihrer Schraubzwinge.

Master Sean atmete erleichtert aus. »Wie eine heimkehrende Brieftaube, My Lord. Waffe und Geschoß gehören zusammen.«

»Ich habe mich schon oft gefragt, warum die Kugel das tut«, meinte Lord Darcy.

Master Sean kicherte leise. »Nennen wir es einen induzierten Zurück-in-den-Mutterleib-Komplex, My Lord. Wolltet Ihr etwas Bestimmtes?«

»Ein paar Sachen.« Lord Darcy schritt zu seinem Koffer hinüber, öffnete ihn und holte ein Halfter hervor, in dem eine Pistole steckte. Es war eine präzisionsgefertigte MacGregor vom Kaliber .40 – eine schwere Kampfwaffe.

Während er die MacGregor selbst überprüfte, sagte er: »Das ist das eine. Das andere ist eine Frage. Wie lange vor dem Fund der Leiche ist Standish gestorben?«

Master Sean rieb sich mit einem dicken Finger die Nase. »Nun, der Untersuchungshexer in Caen, ein recht kompetenter Wanderhexer, hat den Zeitpunkt des Todes auf maximal fünfzehn Minuten vor der Entdeckung der Leiche terminiert. Meine eigenen Tests ergaben einen Maximalwert von fünfundzwanzig Minuten, aber nicht einmal der beste aller Koservierungszauber kann nach einer Woche sämtliche Unschärfen rückgängig machen.«

Lord Darcy steckte die MacGregor in das maßgeschneiderte Halfter und rückte seine Jacke zurecht, um sie zu bedecken. »Mit anderen Worten, es gibt immer eine gewisse Unschärfe. Aber die Schürfwunden und Frakturen wurden ihm vor dem Tod zugefügt?«

»Mit Sicherheit, My Lord. Etwa drei Stunden vorher, plus/minus eben diese fünfzehn Minuten.«

»Ich verstehe«, sagte Lord Darcy. »Interessant. Hochinteressant.« Er blickte in den Wandspiegel und rückte seine Krawatte zurecht. »Habt Ihr noch etwas zu tun?«

»Ich muß nur noch das Messer untersuchen«, erwiderte Master Sean.

Lord Darcy wandte sich von dem Spiegel ab. »Könnt Ihr mich mit einem Peiler ausrüsten? Ich will ein bißchen durchs Dorf schlendern und möglicherweise auch zum Festplatz hinaus. Ich erwarte zwar keine Gefahr, aber ich möchte auch nicht unbedingt verschollengehen.«

»Sehr wohl, My Lord«, sagte der Hexer resignierend. Er

öffnete seinen symbolverzierten Reisesack und entnahm ihm eine kleine Holzschachtel. Sie enthielt kleine Holzstäbe, die eine verblüffende Ähnlichkeit mit einzölligen Zahnstochern aufwiesen, nur daß sie von gleichmäßiger zylindrischer Form und nicht zugespitzt waren und aus Esche anstatt aus Kiefer bestanden. Er suchte einen davon aus und verstaute die Schachtel wieder in dem Reisesack. Dann reichte er Lord Darcy den kleinen Zylinder. Der nahm ihn zwischen Daumen und Zeigefinger der rechten Hand.

Nun entnahm der Meisterhexer einen Tropfen duftenden Öls aus einem goldenen Ölbehälter und träufelte ihn auf seinen rechten Daumen, um den Eschensplitter damit von Lord Darcys Daumen bis zum gegenüberliegenden Ende einzureiben. Schließlich packte er dieses Ende selbst mit Daumen und Zeigefinger der Rechten.

Eine schnelle, knappe Drehung der Handgelenke, und der Eschensplitter zerbarst.

Doch geistig und symbolisch waren beide Hälften noch immer Teile eines unzerstörten Ganzen. Solange jeder der beiden Männer seine Hälfte bei sich trug, waren sie miteinander auf magische Weise verbunden.

»Ich danke Euch, mein guter Sean«, sagte Lord Darcy. »Und nun werde ich mich ins Nachtleben dieser Metropole stürzen.«

Mit diesen Worten war er auch schon verschwunden, und Master Sean machte sich wieder an die Arbeit.

Als Lord Darcy durch das Tor des Kirchhofs schritt, war die Sonne ein fetter, zerquetscht wirkender orangerötlicher Ellipsoid am Himmel, der säuberlich auf dem Horizont ruhte. In wenigen Minuten würde sie verschwunden sein. Die langen Schatten des Kirchturms griffen über das Dorf hinweg nach den Feldern. Die Flaggen und Fahnen und Wimpel des festlich geschmückten Dorfs hatten alle einen leichten Rotton. Das Wetter war den ganzen Tag schön und trocken gewesen, und so würde es auch bleiben, wie die

Wahrsager im Wetteramt verkündet hatten. Es würde eine angenehme Nacht werden.

»Bitte, My Lord ... seid Ihr Lord Darcy?«

Lord Darcy hatte die Frau aus der Kirche kommen sehen, doch da der Marktplatz voller Menschen war, hatte er sie nicht weiter beachtet. Nun blickte er sie aufmerksam an und war angenehm überrascht. Sie war das hübscheste Geschöpf, das er seit langem erblickt hatte.

»Der bin ich, Demoselle«, sagte er lächelnd. »Aber ich fürchte, Ihr kennt mich besser als ich Euch.«

Ihr eigenes Lächeln war schüchtern, beinahe ängstlich. »Ich heiße Sharolta.«

Ihr Name, ihr leichter Akzent und ihre Kleidung – sie alle wiesen sie als Zigeunerin aus. Ihr langes weiches, dunkles Haar und ihre dunklen Augen, ihre wohlgeformte Nase und ihre vollen, beinahe allzu vollkommenen Lippen und ihre üppigen Formen, die von dem Zigeunerkleid noch betont wurden, wiesen sie dagegen als Schönheit aus.

»Kann ich Euch behilflich sein, Demoselle Sharolta?«

Sie schüttelte den Kopf. »Nein, nein. Ich verlange nichts von Euch. Aber vielleicht kann ich Euch ja helfen.« Ihr Lächeln schien leise ins Wanken zu geraten. »Können wir irgendwohin gehen, um uns zu unterhalten?«

»Wohin denn zum Beispiel?« fragte Lord Darcy vorsichtig.

»Wohin Ihr wollt, My Lord. Irgendwohin, solange wir ungestört sind.« Dann berichtigte sie sich: »Ich meine natürlich nicht in *diesem* Sinne ungestört. Ich meine, wo wir reden können. Ihr versteht schon.«

»Natürlich. Es ist noch nicht Zeit für die Vesper. Ich schlage vor, wir gehen in die Kirche.«

»Ja, das wäre gut, ja.« Sie lächelte wieder. »Da waren nicht viele Leute drin. Das müßte gut sein.«

Das Innere der Matthäuskirche war dunkel, aber alles andere als düster. Die flackernden Kerzengruppen vor den Statuen und Tafelbildern wirkten wie kleine zwinkernde, grellbunte Sternenhaufen.

Lord Darcy und die Demoselle Sharolta setzten sich in

eine der hinteren Bänke. Die meisten der etwa ein Dutzend Leute in der Kirche befanden sich weiter vorne in Altarnähe und beteten. Es war niemand in Hörweite der Stelle, die Lord Darcy ausgewählt hatte.

Lord Darcy wartete wortlos darauf, daß das Mädchen das Schweigen brach. Zigeuner wurden immer stumm, wenn sie unter Druck standen; schuf man ihnen ein Vakuum, das es zu füllen galt, so sprudelten die Worte in eifriger Eloquenz nur so aus ihnen hervor.

»Ihr seid der große Lord Darcy, der große Detektiv«, begann sie plötzlich. »Ihr untersucht den Tod des armen Edelmanns Standish, den man vor einer Woche am Strand tot aufgefunden hat. Stimmt das so?«

Lord Darcy nickte stumm.

»Nun, dann muß etwas faul sein am Tod dieses Mannes, sonst wärt Ihr nicht gekommen. Und deshalb muß ich Euch berichten, was ich weiß.

Vor einer Woche kamen fünf Männer zu unserer Sippe. Sie sagten, sie seien von der Sippe Chanro – das Schwert –, die aus der Gegend von Buda-Pest stammt. Ihr Anführer, der sich Suv nennt – die Nadel –, bat unseren Häuptling um Schutz und Bleibe, wie es ihr Recht ist, und die wurden ihnen auch gewährt. Aber sie verhalten sich untereinander sehr geheimnisvoll und zurückhaltend. Damit Ihr mich nicht mißversteht – sie benehmen sich sehr gut, sie sind nicht irgendwie unfreundlich oder roh oder so. Aber es ist etwas ... wie soll ich es ausdrücken ... etwas *Verkehrtes* an ihnen.

Zum Beispiel heute morgen, davon muß ich Euch erzählen. Der Mann, der sich Suv nennt, wollte, daß ich mit ihm am Strand spazierengehe. Ich wollte das nicht, denn ich finde ihn nicht anziehend – versteht Ihr?«

Wieder nickte Seine Lordschaft. »Selbstverständlich.«

»Aber er meinte, daß er nichts dergleichen im Sinne hätte. Er sagte, er wollte am Meer spazierengehen, aber nicht allein. Er wollte mir die Küstenlandschaft zeigen, mir die Vögel, die Tiere in den Prilen und die Pflanzen erklären. Das interessierte mich, und da ich glaubte, daß nichts Schlimmes dabei sei, kam ich mit.

Er hielt auch Wort. Er versuchte nicht, mit mir Liebe zu machen. Eine Weile lang war es recht nett. Er zeigte mir die Prile und welche verschiedenen Lebewesen darin hausen. In einem war sogar eine Qualle.« Sie hob den Blick von den Händen und legte die Stirn in Falten.

»Dann«, fuhr sie fort, »kamen wir zu der kleinen Bucht, wo man die Leiche gefunden hatte. Ich wollte umkehren, aber er sagte nein, er wollte sie sich anschauen. Ich sagte, daß ich da nicht mitmachen wollte und drehte mich um. Da drohte er mir, er würde mir den Arm brechen, wenn ich nicht mitkäme. Also kam ich mit.« Sie schien unter ihrem hellen Kleid zu zittern. »Als der Wachmann erschien, ging er immer weiter und tat so, als verstünde er kein Anglo-Französisch. Dann sahen wir, daß es zwei waren, Wachmänner, meine ich, also sind wir umgekehrt und zurückgegangen. Suv war schrecklich wütend.«

Sie brach ab und verstummte.

»Meine Liebe«, fragte er sanft, »warum richtet sich eine Zigeunerin mit einer solchen Geschichte an die Obrigkeit? Kümmern sich die Zigeuner denn nicht selbst um die Ihren?«

»Doch, My Lord. Aber diese Männer sind keine Roma.«

»Ach nein?«

»Ihr Zelt steht neben dem meinen. Ich habe gehört, wie sie sich unterhielten, wenn sie sich unbelauscht glaubten. Ich verstehe ihre Sprache nicht sehr gut, aber ich erkenne sie, wenn ich sie höre. Sie sprachen *Burgdeutsch* miteinander.«

»Ich verstehe«, sagte Lord Darcy leise und nickte nachdenklich. Das brandenburgische Deutsch war die Hofsprache Polens, was die ganze Sache plötzlich sehr interessant machte.

»Meint Ihr, Demoselle«, fragte er, »daß Ihr mir diesen Suv mal zeigen könntet?«

Sie blickte ihn mit ihren großen, wunderbaren Augen an und lächelte. »Da bin ich mir ganz sicher, My Lord.

Kommt, hüllt Euch in Euren Umhang, dann gehen wir durchs Dorf.«

Draußen vor der Kirche wurde die Dunkelheit nur durch die vorgeschriebenen Gaslaternen der verschiedenen Geschäfte gemildert – und durch den Viertelmond, der wie ein halbgeschlossenes Auge am Himmel hing.

Im tieferen Dunkel des Kirchenvorsprungs nahm Lord Darcy zu seiner eigenen Überraschung das Mädchen plötzlich in die Arme und küßte sie, wobei er ihre wärmste Unterstützung fand. So verstrichen einige wortlose Minuten, bevor sie auf die Straße hinausschritten.

Master Sean erwachte unruhig, als die Glocken zum Sechs-Uhr-Angelus läuteten. Eine kurze geistige Konzentration auf seine Hälfte des Peilers verriet ihm, daß Lord Darcy nicht in Gefahr war. Aber wäre er das gewesen, wäre Master Sean ohnehin sofort von allein erwacht.

Doch als Master Sean um sieben nach unten zur Messe ging, hatte er immer noch das gleiche seltsame Gefühl. Bei der Fürbitte an den Hl. Basilius den Großen hatte er Konzentrationsschwierigkeiten, und das änderte sich nicht bis zum Sanctus.

Nach der Messe begab er sich in Father Arthurs kleines Gesellschaftszimmer in der Pfarrei, wo er zum Frühstück eingeladen worden war. Zu seinem gelinden Erstaunen fand er dort nicht nur den Priester vor, sondern auch Sir James le Lien.

»Guten Morgen, Master Sean«, sagte Sir James ruhig. »Habt Ihr die Phiole inzwischen gefunden?«

Der Hexer schüttelte den Kopf. »Nicht daß ich wüßte.«

Sir James knabberte an einem Butterbiskuit und nippte heißen schwarzen Caffe. Trotz seiner gelassenen Miene war es für Master Sean deutlich, daß er beunruhigt war.

»Ich fürchte«, sagte Sir James schließlich gedehnt, »man hat uns reingelegt.«

»Inwiefern?« fragte Father Arthur.

»Nun, entweder hat die *Serka* die Phiole, oder sie glauben, daß wir sie inzwischen in Sicherheit gebracht haben. Jedenfalls scheinen sie die ganze Sache abgeblasen zu haben.« Er nahm einen weiteren Schluck Caffe. »Kurz nach Mitternacht ist jeder uns bekannte *Serka*-Agent unseren Männern entwischt und verschwunden. Sie sind einfach wie vom Erdboden verschluckt, und wir haben seit acht Stunden nicht einen von ihnen mehr aufspüren können. Wir haben Grund zu der Annahme, daß sich einige von ihnen nach Süden begeben haben, in Richtung Caen; andere nach Westen, auf Cherbourg zu, und wiederum andere nach Osten, Richtung Harfleur.«

Master Sean runzelte die Stirn. »Und Ihr glaubt ...«

»Ich glaube, daß sie die Ipswich-Phiole gefunden haben und daß einer von ihnen sie gerade nach Krakowa bringt. Oder zumindest über die polnische Grenze. Ich bin sofort nach Caen geritten und habe mehr Teleklanggespräche geführt als je zuvor in meinem Leben in solch kurzer Zeit. Wir haben die Netze jetzt ausgeworfen und können nur noch hoffen, daß wir den Mann mit der Phiole ergreifen werden. Wenn nicht ...« Er schloß die Augen. »Wenn nicht, dann könnte es sein, daß uns ein Landangriff der Armeen Seiner Slavischen Majestät droht, und zwar durch einen oder mehrere der deutschen Staaten. Dann möge Gott uns helfen.«

Nach einer entsetzlich lang wirkenden Pause fragte Master Sean: »Sir James, ist es auch nur im geringsten wahrscheinlich, daß Noel Standish die versiegelte Phiole mit einem Messer bearbeitet haben könnte?«

»Das weiß ich nicht. Warum fragt Ihr?«

»Wir haben in der Nähe vom Leichenfundort ein Messer entdeckt. Meine Untersuchungen haben ergeben, daß sich Goldspuren an der Schneide befinden.«

»Darf ich es mal sehen?« fragte Sir James.

»Selbstverständlich, ich hole es eben. Entschuldigt mich eine Minute.«

Er verließ den Gesellschaftsraum und schritt den ziemlich schmalen Flur des Pfarrhauses entlang. Aus der nahen

Kirche ertönte das sanfte Läuten einer kleinen Glocke. Die Acht-Uhr-Messe begann gerade.

Master Sean öffnete die Tür zu seinem Zimmer …

… und blieb wie versteinert stehen, starrte volle fünfzehn Sekunden lang in den Raum und erfaßte ihn mit den Augen und seinen anderen Sinnesorganen.

Dann brüllte er, ohne sich zu rühren: »Sir James! Father Arthur! Kommt her! Schnell!«

Die beiden Männer kamen herbeigerannt und blieben an der Tür stehen.

»Was ist los?« bellte Sir James.

»Irgend jemand«, sagte Master Sean mit zornigem Grollen, »hat hier 'n Zimmerchen durchstöbert! Und so was läßt den Iren in mir verdammt wütich wer'n!« Master Seans irischer Akzent hing stark von seiner Stimmung ab. Wenn er ruhig einen Vortrag hielt oder diskutierte, war davon fast nichts zu bemerken. Doch wenn er sich aufregte …

Er trat ins Zimmer, um den Tisch genauer zu betrachten, den er für seine thaumaturgischen Analysen verwendet hatte. Mitten auf der Tischplatte lag ein Haufen zerbröselter Lehm. »Die haben mein Beweismaterial vernichtet! Schaut Euch das an!« Master Sean zeigte auf den Lehm.

»Und was ist das, wenn ich fragen darf?«

Master Sean berichtete von den Buchstaben, die sie in der Klippenwand entdeckt hatten, und er erzählte auch, wie er den Lehmklumpen herausgestochen hatte, um ihn zu untersuchen.

»Und mit diesem Messer sind die Buchstaben hineingeritzt worden.« Er zeigte darauf, es lag ebenfalls auf dem nahen Tisch. »Ich hab' das Ding noch nicht auf Zusammenhänge mit Standishs Leiche untersuchen können.«

»Ist das das Messer mit den Goldspuren an der Klinge?« fragte Sir James.

»Ja.«

»Na, das ist mit Sicherheit das Messer von Standish. Ich habe es oft selbst gesehen. Ich könnte Euch sogar erklären, wo diese tiefe Kerbe im Elfenbeingriff herrührt.« Er blickte nachdenklich drein. »S … S … O …« Einen Augenblick später schüttelte er den Kopf. »Sagt mir nichts. Habe auch keine Ahnung, was es für Standish bedeutet haben könnte.«

»Nun«, sagte der stämmige irische Hexer, »Standish muß sich oben auf der Klippe befunden haben, als er es eingeritzt hat. Was für ihn richtigherum war, muß für jemanden, der unten steht, auf dem Kopf stehen. Wie wär's denn mit OSS?«

Sir James dachte erneut nach, um schließlich einmal mehr den Kopf zu schütteln. »Immer noch nichts, Master Sean. Father?«

»Nein, mir sagt es leider auch nichts«, gestand Father Arthur kopfschüttelnd.

Sir James sagte: »Hier hat mit Sicherheit ein Agent der *Serka* herumspioniert. Aber warum? Und wie konnte er hier eindringen, ohne daß Ihr es bemerkt habt?«

Master Sean schnitt eine zornige Grimasse. »Für einen Hexer ist das völlig klar. Erstens: Wer immer das getan hat, muß selbst ein fähiger Hexer sein, sonst hätte er nie den Vermeidungszauber durchbrechen können, der nur auf mich und Seine Lordschaft geeicht ist. Zweitens: Er hat sich genau den richtigen Augenblick ausgesucht – als ich die Messe besuchte und mich auf andere Dinge konzentrieren mußte, so daß ich nicht bemerken konnte, was er vorhatte. Wenn ich selbst es getan hätte, hätte ich mir den Zeitpunkt ausgesucht, als die Glocken zum Sanctum geläutet wurden. Und danach – kein Problem mehr.« Er sah finster drein. »Ich hab' einfach nicht damit gerechnet, das ist alles.«

»Ich wünschte, ich hätte mir diese Lehmritzung einmal anschauen können«, sagte Sir James.

»Na ja, immerhin könnt Ihr Euch den Abdruck ansehen, wenn sie den nicht auch ...« Master Sean zog eine Schreibtischschublade auf. »Nein, haben sie nicht.« Er holte eine dicke Gipsplatte hervor. «Die hier habe ich mit schnell trocknendem Gips hergestellt. Natürlich ist der Abdruck spiegelverkehrt, aber Ihr könnt ihn Euch ja in dem Spiegel dort drüben anschauen.«

Sir James nahm dem Hexer die Gipsplatte ab, behielt den Blick aber immer noch auf den Lehmhaufen geheftet. »Meint Ihr, daß Standish die Ipswich-Phiole vielleicht in diesem Lehm vergraben haben könnte, um sie vor einer Entdeckung zu bewahren?«

Master Seans Augen weiteten sich. »Großer Himmel! Das könnte sein! Wenn sie von einem aurastabilisierten magischen Schutzschirm umgeben ist, hätte ich sie überhaupt nicht wahrnehmen können!«

Sir James stöhnte. »Das beantwortet zumindest die Frage nach dem Warum, nicht wahr?«

»Sieht so aus«, murmelte Father Arthur.

Niedergeschlagen hielt Sir James die Gipsplatte vor den Spiegel über dem Frisiertisch. »SSO. Nein, einen Augenblick mal.« Er drehte die Platte um, und sein hageres Gesicht wurde bleich. »Nein! Nein! O Gott!« sagte er leise. »Nein, bitte nicht! Nein!«

»Was ist denn?« fragte der Priester. »Bedeutet OSS etwas Bestimmtes?«

»Nicht OSS«, sagte Sir James noch leiser. »055. Nummer 055 der *Serka*. Olga Polovski, die schönste und gefährlichste Frau Europas.«

In diesem Augenblick erlosch die Sonne.

Der Hochwürdige Father Mac Kennalty hatte sich gerade den Gläubigen zugewandt und sie aufgefordert, ihre Herzen empor zum Herrn zu richten, auf daß sie auf rechte Weise am Heiligen Altaropfer teilnehmen mochten – als plötzlich eine Wolke die Sonne zu verfinstern schien und das Licht zum erlöschen brachte, das durch die bemalten Kirchenfenster einfiel. Sogar die Altarkerzen schienen plötzlich matter zu leuchten.

Er bemerkte es kaum, denn dergleichen war nichts sonderlich Ungewöhnliches. Ohne innezuhalten, forderte er die Gemeinde dazu auf, Gott dem Herrn zu danken, und setzte die Messe fort.

Einen Augenblick lang standen die drei Männer schweigend in der völligen Finsternis des Zimmers da.

»Na, damit wäre die Sache wohl klar«, sagte Sir James' Stimme im Dunkeln. Es war auffällig, wie wenig überrascht er wirkte – und auch von Panik war nicht die leiseste Spur zu bemerken.

»Ihr habt Seine Lordschaft also angelogen«, sagte Master Sean.

»Ja, das hat er tatsächlich«, sagte Father Arthur.

»Was meint Ihr damit?« fragte Sir James gereizt.

»Ihr habt gesagt«, verwies ihn Master Sean, und seine Stimme klang mehr als ätzend, »daß Ihr nicht wüßtet, welche Funktion die Ipswich-Phiole hat.«

»Wie kommt Ihr denn darauf, daß ich es doch weiß?«

»Zum einen hat Euch diese Verfinsterung nicht überrascht. Und zum anderen müßt Ihr es gewußt haben, weil Noel Standish es auch wußte.«

»Ich hatte meine Befehle«, sagte Sir James le Lien in hartem Ton. »Darum geht es jetzt nicht. Das verdammte Ding ist gerade im Einsatz. Ich –«

»Hört mal!« unterbrach ihn Father Arthur scharf. *»Hört mal!«*

Alle drei hörten den lieblichen Dreiklang der Sanctus-Glocke in der Finsternis.

Heilig … heilig … heilig … Herr Gott Sabaoth …

»Was …?« fragte Sir James mit leiser Stimme.

»Begreift Ihr denn nicht?« fragte Father Arthur. »Das Unterdrückungsfeld reicht nicht bis zur Kirche. Father Mac Kennalty könnte die Messe zwar auch in der Finsternis weiterführen, aus dem Gedächtnis. Aber die Kirchgänger würden das wahrscheinlich nicht tun. Jedenfalls klingen sie alles andere als aufgeregt.«

»Ihr habt recht, Father«, meinte Master Sean. »Das verrät uns etwas über den Wirkungskreis, nicht wahr? Mal sehen, ob wir uns hier heraustasten können, zur Kirche. Möglicherweise steckt Seine Lordschaft in Schwierigkeiten.«

»Folgt mir«, erwiderte der Priester. »Diese Kirche kenne

ich wie meine Westentasche. Faßt meine Hand an und folgt mir.«

Vorsichtig schritten die drei Männer aus der Finsternis dem Licht entgegen. Sie steuerten noch immer die Treppe an, als die Sonne plötzlich wieder aufleuchtete.

Lord Darcy kam in den Stallhof hinter der Matthäuskirche geritten, wo ihn vier Männer erwarteten. Der Küster nahm ihm das Pferd ab, als er abstieg, und führte es in den Stall. Die anderen drei sahen ihn nur erwartungsvoll an.

»Ich könnte eine Tasse Caffe gebrauchen, mit einem ordentlichen Schuß Weinbrand und einem großen Teller Spiegeleier mit Schinken, falls so etwas gerade zur Hand sein sollte«, sagte Lord Darcy mit einem ziemlich verträumten Lächeln. »Wenn nicht, trinke ich einfach nur den Caffe mit dem Brandy.«

»Was ist passiert?« platzte es aus Sir James heraus.

Lord Darcy tätschelte abwehrend die Luft. »Alles zu seiner Zeit, mein guter James, alles zu seiner Zeit. Es ist jedenfalls alles in Ordnung, das kann ich Euch versichern.«

»Ich glaube, ein solches Frühstück läßt sich einrichten«, meinte Father Arthur lächelnd. »Kommt nur.«

Caffe und Brandy folgten sofort, von Father Arthur in einem großen Becher serviert. »Spiegeleier und Schinken kommen gleich«, sagte der Priester.

»Vortrefflich! Ihr seid wirklich ein vollkommener Gastgeber, Father.« Lord Darcy nahm einen tiefen Schluck aus dem Becher, dann fischte er mit Daumen und Zeigefinger in seiner Westentasche. »Ach, übrigens, Sir James, hier ist Euer kleines Spielzeug.« Er hielt eine kleine goldene Röhre hoch.

Sir James nahm sie entgegen und musterte sie, während Master Sean sie mit einer finsteren Grimasse anstarrte, daß es fast den Anschein hatte, als würde er schielen.

»Das Siegel ist aufgebrochen worden«, sagte Sir James.

»Ja. Von Eurem Mann, von Standish also. Ich schlage vor, daß Ihr die Phiole Master Sean gebt, damit er sie aufs neue versiegelt, bis Ihr sie nach Ipswich zurückgebracht habt.«

Sir James reichte Master Sean die Phiole. »Wie habt Ihr sie ihnen denn wieder abgenommen?« fragte der Agent des Königs.

»Überhaupt nicht.« Lord Darcy lehnte sich in seinem geräumigen Sessel zurück. »Wenn Ihr etwas Geduld habt, will ich alles erklären. Gestern abend hat mich eine junge Frau angesprochen ...«

Seine Lordschaft wiederholte wortwörtlich das ganze Gespräch und berichtete von ihrem Gesichtsausdruck und ihren Gesten während der Unterhaltung in der Kirche.

»Und dann seid Ihr mit ihr gegangen?« fragte Sir James ungläubig.

»Aber gewiß doch. Aus zwei guten Gründen. *Primus:* Ich mußte festellen, was hinter ihrer Geschichte steckte. *Secundus:* Ich hatte mich verliebt.«

Sir James starrte ihn fassungslos mit aufgesperrtem Mund an. Master Sean nahm einen ausdruckslosen Gesichtsausdruck an. Father Arthur richtete die Augen gen Himmel.

Sir James war der erste, der sich erholte und das Wort ergriff. »*Verliebt?*« Es klang fast wie ein Krächzen.

Lord Darcy nickte gelassen. »Verliebt. Schrecklich verliebt. Wahnsinnig verliebt. Leidenschaftlich.«

Sir James sprang wie von der Tarantel gestochen auf. »Seid Ihr verrückt, Darcy? Wißt Ihr denn nicht, daß diese Frau eine Agentin der *Serka* ist?«

»Eben dies habe ich vermutet. Setzt Euch, James. Derlei Ausbrüche geziemen sich nicht.« Sir James setzte sich mit langsamen Bewegungen wieder in seinen Sessel. »Und nun paßt mal auf«, fuhr Lord Darcy fort. »Natürlich wußte ich, daß sie eine Spionin ist. Wenn Ihr genau zugehört hättet, als ich ihre Worte wiedergab, wäre Euch aufgefallen, daß sie sagte, ich würde den Tod von *Standish* untersuchen. Und dabei weiß doch jeder hier, daß die Leiche als *Bourke* identifiziert wurde. Offensichtlich hatte sie Standish erkannt und kannte auch seinen Namen.«

»Standish hat sie auch erkannt«, warf Sir James ein. »Geheimagentin Nummer 055, von der *Serka.* Wirklicher Name: Olga Polovski.«

»Olga«, sagte Lord Darcy und ließ das Wort auf der Zunge zergehen. »Das ist aber wirklich ein hübscher Name, findet Ihr nicht auch?«

»Entzückend. Absolut bezaubernd. Und obwohl sie eine polnische Agentin ist, liebt Ihr dieses Mädchen?«

»Das habe ich nicht gesagt, Sir James«, erwiderte Lord Darcy. »Ich habe nicht gesagt, daß ich sie liebe, sondern ich habe gesagt, daß ich mich verliebt hatte. Zwischen Lieben und Verliebtsein gibt es einen feinen Unterschied, und ich habe genug Erfahrung, um beide Zustände voneinander zu unterscheiden. Ihr Wort ›bezaubernd‹ trifft die Sache übrigens ziemlich genau. Das Gefühl war künstlich erzeugt worden. Die Frau ist eine Zauberin.«

Plötzlich schnippte Master Sean mit den Fingern. »Also *daher* kenne ich den Namen! Olga Polovski! Vor sechs Jahren hat sie ihr Grundstudium an der Universität Buda-Pest absolviert. Eine gute Studentin, hochtalentiert. Kein Wunder, daß Ihr Euch in sie ›verliebt‹ habt!«

Sir James' Augen verengten sich. »Ich verstehe. Es ging also darum, aus Euch Informationen herauszupressen. War sie damit erfolgreich?«

»In gewisser Weise«, meinte Lord Darcy leise lachend. »Ich habe gesungen wie eine Nachtigall. Ja, wirklich, Darcys *Lügenkantaten, forte e claro* gesungen, könnten einmal zu einem der meistgefeierten Musikwerke des zwanzigsten Jahrhunderts werden. Verzeiht mir, ich bin etwas euphorisch.«

»My Lord haben seine Bettgeschichten nun offenbart«, meinte Sir James leicht verärgert. »Und was war nun das Ergebnis dieses Baritonsolos?«

»Genaugenommen war es ein Duett. Wir haben uns mit Versikeln und Antwortstrophen abgewechselt. Das Thema meines Liedes lautete ganz schlicht, daß ich nur ein Kriminalinspektor bin und weiter nichts. Daß ich nicht die geringste Vorstellung hätte, was Seiner Majestät Reichsgeheimdienst vorhaben mochte. Daß der Geheimdienst aus irgendeinem Grund sehr daran interessiert sei, diesen Mörder zu fangen, und daß aus eben diesem Grund einige seiner Agenten hier herumhingen, um mich zu unterstützen. Daß sie aber in Wirklichkeit eher ein Klotz am Bein als eine echte Hilfe seien.« Er hielt inne, um einen weiteren Schluck Caffe zu sich zu nehmen, dann fuhr er fort. »Ach ja, und noch etwas – daß sie Verstärkung aus England anfordern müßten, weil vor vier Tagen vier schwerbewaffnete Männer mit einem Marinekutter nach London abgefahren seien.«

Sir James' Miene hellte sich nach kurzem Stirnrunzeln wieder auf. »Ah, ja! Ihr habt also angedeutet, daß wir die Phiole bereits gefunden und wieder nach England in Sicherheit gebracht hätten.«

»Ganz genau. Und da sie von diesem ach so geheimen Unternehmen noch nichts gehört hatte, war sie auch überzeugt davon, daß es kein bloßer Bluff meinerseits sein konnte. Das Resultat war, daß sie die ganze Mission abblies. Um Mitternacht hat sie sich für einen Augenblick entschuldigt und mit jemandem gesprochen – ich vermute, daß es der zweite Mann war, der vielgeschmähte Suv. Ihre Männer machten sich in drei der vier Windrichtungen aus dem Staub.«

»Und sie selbst nicht?«

»Natürlich nicht. Warum sollte sie auch meinen Verdacht erregen? Es war doch viel klüger, mich unter Aufsicht zu behalten, während ihre Männer sich verzogen. Ich habe sie kurz nach Morgengrauen verlassen und –«

»Ihr wart von Sonnenuntergang bis zum Morgengrauen bei ihr? Warum habt Ihr denn so lange gebraucht?«

Lord Darcy sah gequält drein. »Mein lieber James, Ihr glaubt doch wohl selbst nicht, daß ich Ihr diese ganze Fehlinformation innerhalb einer halben Stunde hätte geben können, ohne daß sie Verdacht geschöpft hätte, oder? Ich mußte mir alles von ihr scheibchenweise entlocken lassen. Ich mußte dafür sorgen, daß sie mir wiederum ihrerseits mehr Informationen gab, als sie ursprünglich vorgehabt hatte, damit sie von mir die ganze Geschichte bekam. Und natürlich mußte *sie* ja auch sehr behutsam taktieren, damit *ich* nicht meinerseits mißtrauisch wurde. Es war ein höchst delikater und zeitraubender Handel, das könnt Ihr mir getrost glauben.«

Sir James tat sein Bestes, um nicht anzüglich die Mundwinkel zu verziehen. »Das kann ich mir gut vorstellen.«

Father Arthur blickte aus dem Fenster und sog feierlich an seiner Pfeife, als befände er sich in tiefster Meditation – und als könnte er nichts von alledem hören.

Ziemlich hastig warf Master Sean ein: »Dann wart Ihr es also, der den Lehmziegel zerstört hat, den ich aus der Klippenwand gegraben habe, My Lord.«

»Ja, das war ich. Es tut mir leid, daß ich Euch nichts mehr davon sagen konnte, aber Ihr wart in der Kirche und ich hatte es etwas eilig. Versteht Ihr, es gab ja nur zwei mögliche Orte, wo sich die Phiole befinden konnte. Deshalb habe ich an der unwahrscheinlichsten Stelle als erstes nachgesehen, nämlich in dem Lehmklumpen. Standish hätte die Phiole immerhin theoretisch dort verstecken können, aber das hielt ich für unwahrscheinlich. Trotzdem mußte ich für alle Fälle nachsehen. Aber sie war wirklich nicht dort.

Also holte ich mein Pferd und ritt zu der Stelle hinaus, wo man die Leiche gefunden hatte. Versteht Ihr, Standish *mußte* die Phiole dabeigehabt haben, denn er hat sie geöffnet, um seinen Verfolgern zu entkommen. Ich vermute, daß Master Sean wahrscheinlich weiß, nach welchem Prinzip das Ding funktioniert. Ich weiß jedenfalls nur, daß es jeden im Umkreis von etwa eineinhalb Meilen blind macht.«

Master Sean räusperte sich. »Es ist etwas Ähnliches wie bei der sogenannten hysterischen Blindheit. Die Augen bleiben dann völlig in Ordnung, nicht wahr, aber der Geist blockiert die Sehzentren im Gehirn. Die Phiole enthält einen geladenen Stab, der mit dem Verschluß verbunden ist. Wenn man sie öffnet und den Stab freilegt, wird alles schwarz. Das ist auch der Grund für das aurastabilisierte magische Feld, welches die Phiole selbst bildet.«

»Für den, der die Phiole in der Hand hält, wird aber nicht alles schwarz«, sagte Lord Darcy. »Farblos-grau, das schon, aber sehen kann man dann immer noch.«

»Das ist der eingebaute Sicherheitszauber im Verschluß«, erklärte der kleine irische Hexer.

»Na schön, aber wo *war* denn das vermaledeite Ding nun tatsächlich?« wollte Sir James wissen.

»Im Sand vergraben, beinahe direkt unter dem großen Felsen, wo man den Leichnam gefunden hat. Ich mußte nur ein bißchen graben, bis ich sie gefunden hatte.« Lord Darcy sah ernst drein. »Ich fürchte, meine analytischen Kräfte lassen mich langsam im Stich. Sonst hätten Master Sean und ich sie schon gestern gefunden. Aber ich habe mich ausschließlich auf seinen Metalldetektor verlassen, um sie zu finden. Und dabei hat Master Sean mir doch ausdrücklich erklärt, daß ein Psychoschild alles geistig unsichtbar macht. Natürlich meinte er eigentlich Standish damit, aber ich hätte begreifen müssen, daß dieselbe Logik selbstverständlich auch für die Ipswich-Phiole gilt.«

»Wenn Ihr mir gesagt hättet, wonach Ihr sucht, My Lord ...« sagte Master Sean sanft.

Lord Darcy lachte leise und freudlos. »Obwohl wir nun schon jahrelang zusammenarbeiten, mein guter Sean, neigen wir doch immer noch dazu, einander zu überschätzen. Ich hatte geglaubt, daß Ihr bereits kombiniert hättet, wonach wir suchten, obwohl Ihr doch gar kein Detektiv seid. Und Ihr seid davon ausgegangen, daß ich etwas von geistigen Schutzschilden verstünde, obwohl ich kein Thaumaturg bin.«

»Ich begreife noch immer nicht völlig, wie nun alles abgelaufen ist«, warf Father Arthur ein. »Könntet Ihr uns das nicht mal erläutern? Was hatte Standish überhaupt am Strand zu suchen?«

»Nun ja, betrachten wir einmal die Nacht vor seinem Tod. Er hatte den geheimnisvollen Bourke verfolgt. Als Bourke sich dauerhaft in der Grünen Möwe einquartiert hatte, ist Standish nach Caen geritten, hat Sir James per Teleklang benachrichtigt und ist zurückgekehrt. Dann hat er sich den Mantel des Küsters ausgeliehen und ist in den Gasthof hinübergegangen. Als sich die Möglichkeit dazu ergab, ist er schnell die Treppe emporgehuscht und in Bourkes Zimmer eingedrungen, vermutlich, um die Phiole an sich zu bringen.

Nun dürfen wir allerdings nicht vergessen, daß all dies nur Vermutung ist. Ich kann nichts davon beweisen, und ich wüßte auch nicht, wie man es je beweisen könnte. Ich habe nicht sämtliche Beweise, die ich dafür benötigen würde, und ich kann sie mir auch nicht beschaffen. Aber alles, was ich weiß, weist unweigerlich auf diese Schlußfolgerung hin.

Master Sean behauptet, daß ich einen Anflug Talent habe – nämlich die Fähigkeit, von unbewiesenen Annahmen zu vorzeitigen Schlüssen zu springen. Dem mag so sein. Jedenfalls *weiß* ich, was geschehen ist.

Also gut. Standish begab sich in Bourkes Zimmer, um ihn festzunehmen. Er wußte genau, daß Bourke im Raum war, weil er in geistigem Kontakt zu ihm stand.

Doch als er ins Zimmer eindrang, wurde er plötzlich mit einer Frau konfrontiert – mit einer Frau, die er kannte. Die Frau war von dieser Begegnung ebenso überrascht wie Standish.

Ich weiß nicht, wer von beiden sich von seiner Überraschung als erster erholte, aber ich hege den starken Verdacht, daß es die Frau war. Nummer 055 ist reichlich geistesgegenwärtig, das könnt Ihr mir glauben.

Doch Standish war der Stärkere. In den folgenden Sekunden mußte er zwar einige Prellungen und Schürfwunden einstecken, aber es gelang ihm dennoch, sie bewußtlos zu schlagen. Ich habe die Schürfwunde an ihrem Hals gestern nacht gesehen.

Er durchsuchte den Raum und entdeckte die Phiole. Leider hatte der Lärm des Handgemenges zwei, möglicherweise auch drei ihrer Mitagenten alarmiert. Deshalb mußte er durchs Fenster fliehen, wobei er den Mantel verlor. Die Männer folgten ihm.

Er lief zum Strand und ...«

»Moment mal«, unterbrach ihn Sir James. »Wollt Ihr etwa damit sagen, daß Bourke in Wirklichkeit Olga Polovski war? Verkleidet?«

»Aber sicher. Sie ist eine ausgezeichnete Schauspielerin. Es ging ursprünglich darum, Bourke völlig von der Bildfläche verschwinden zu lassen. Sie wußte, daß der Geheimdienst ihr auf der Fährte war, und sie wollte keine Spuren zurücklassen. Aber sie war sich im unklaren darüber, daß Standish ihr bereits derart dicht auf den Fersen war, weil er ja geistig unsichtbar war. Deshalb war sie auch so schokkiert, als er in ihr Zimmer kam.

Auf jeden Fall ist er zum Strand gelaufen. Zu dieser Nachtzeit gab es keinen anderen Ort, an den er hätte fliehen können, mit Ausnahme der Kirche, doch dort hätte man ihn schnell in die Enge gedrängt.

Ich muß zugeben, daß ich nicht sehr präzise schildern kann, was während der Flucht genau geschah, aber wir müssen berücksichtigen, daß er zwei Tage lang ohne große Ruhepausen geritten war, und die Hiebe, die er von Olga hatte einstecken müssen, hatten ihn auch etwas geschwächt. Endlich fand er sich jedenfalls am Rande der Klippe wieder, und die Agenten der *Serka* umzingelten ihn. Ihr erinnert Euch, daß es eine mondlose Nacht war und daß ihm zum Sehen nur das Sternenlicht zur Verfügung stand. Aber von den polnischen Agenten hatte mindestens einer eine Laterne dabei.

Standish saß am Klippenrand in der Falle, er konnte nicht erkennen, wie tief die Klippe nach unten abfiel oder was ihn unten erwartete. Also lag er flach am Boden und rührte sich nicht, doch die anderen kamen immer näher. Er beschloß, sich der Phiole zu entledigen. Es war immer noch besser, sie zu verlieren, als sie in die Hände von König Casimir fallen zu lassen. Er holte sein Messer hervor und grub das ›055‹ in die Klippenwand, um die Stelle zu markieren und um sicherzugehen, daß andere es wahrnehmen würden, falls man ihn umbringen sollte. Ich bin überzeugt davon, daß er vorhatte, ein Loch zu graben, um die Phiole an Ort und Stelle zu verstecken. Ich glaube nicht, daß er zu diesem Zeitpunkt noch sehr klar denken konnte.

Die *Serka*-Agenten kamen immer näher, und es wurde zusehends ungemütlich. Jeden Augenblick mußten sie ihn entdecken. Also brach er das Siegel der Phiole und öffnete sie. Daraufhin: völlige Finsternis.

Da er seine Verfolger, wenn auch nur sehr undeutlich, erkennen konnte, diese ihn aber nicht, beschloß er, den Versuch zu wagen, sich an ihnen vorbeizuschleichen, um ins Dorf zurückzukehren. Wenn er einen Zeitgewinn verbuchen konnte, würde er vielleicht ein Versteck ausfindig machen können.

Er stand auf.

Aber als er sich umdrehte, trat er daneben und stürzte zwanzig Fuß in die Tiefe, wo er auf dem Sand aufprallte.«

Lord Darcy machte eine Pause.

Father Arthur musterte ihn nachdenklich und fragte: »Er hatte doch eine Waffe dabei. Warum hat er sie nicht benutzt?«

»Weil die anderen ebenfalls bewaffnet und außerdem in der Überzahl waren. Er wollte seine Stellung nicht durch sein Mündungsfeuer preisgeben, wenn es sich irgendwie vermeiden ließ«, erklärte Lord Darcy. »Aber fahren wir fort. Der Sturz war es, wodurch er sich die Rippen brach und das Handgelenk verstauchte. Es ist auch ziemlich wahrscheinlich, daß er für ein paar Minuten die Besinnung verloren hat. Als er wieder zu sich kam, muß ihm klargeworden sein, daß er doch einen etwas größeren Vorteil hatte, als er zunächst geglaubt hatte. Die *Serka*-Agenten konnten nämlich das Mündungsfeuer seiner Pistole nicht erkennen. Schwerverwundet erwartete er sie.«

»Bewundernswert«, meinte Father Arthur. »Es ist geradezu unglaublich, daß er beim Sturz beide Teile der Phiole nicht verloren hat. Er muß sie mit größter Verbissenheit festgehalten haben.«

»Das sähe Standish ähnlich«, sagte Sir James grimmig. »Fahrt fort, My Lord.«

»Nun, die Jungs von der *Serka* müssen sich das gleiche

gedacht haben. Sie konnten nicht wissen, wie sehr er verletzt war, und sie wußten auch nicht genau, wo er sich befand. Also haben sie sich zurückgezogen. Langsam natürlich, weil sie sich ja im Finstern vortasten mußen, aber als sie wieder auf der Old Shore Road waren, ging es schon besser.

Inzwischen war Standish wieder der Ohnmacht nahe. Er mußte die Phiole immer noch verstecken, deshalb hat er sie im Sand vergraben, wo ich sie dann später gefunden habe.«

»My Lord«, sagte Master Sean, »ich weiß immer noch nicht, wer Standish umgebracht hat und aus welchem Grund.«

»Ach so, das, ja. Aber das war doch von Anfang an völlig offensichtlich. Nicht wahr, Father Arthur?«

Der gute Father starrte Lord Darcy fassungslos an. »Verzeihung, My Lord, aber für *mich* nicht.«

Lord Darcy wandte den Kopf. »Sir James?«

»Nein.«

»Ach, herrje. Na schön, dann muß ich wohl ein Stückchen zurückgehen. Also: Die Demoselle Olga mußte, um ihre Spur zu verdecken, ›Bourke‹ beseitigen. Aber wenn ›Bourke‹ sich plötzlich in Nichts auflösen und ein anderer ebenso plötzlich aus dem Nichts wieder auftauchen sollte, dann hätte selbst ein Vollidiot den Verdacht gehegt, daß die beiden ein und derselbe waren. Also mußte sie für eine Tarnung sorgen. Jemand anders, der in keiner Weise mit ›Bourke‹ in Verbindung gebracht wurde, mußte in der Grünen Möwe auftauchen, und zwar *bevor* ›Bourke‹ dort erschien!

Was geschieht also? Ein Kutscher namens Danglars erscheint, ein Diener, der sich und seine Herrin, Mistress Jizelle de Ville, ins Gästebuch einträgt. (Danglars und Suv waren übrigens mit großer Sicherheit ein und derselbe.) Aber wer bekommt Mistress Jizelle zu Gesicht? Niemand! *Bis zum nächsten Morgen ist sie nichts als ein Name im Gästebuch!*

Es war ursprünglich geplant gewesen, daß Mistress

Jizelle am Abend auftauchen sollte, dann Bourke noch einmal, und so weiter. Es sollte klar und deutlich werden, daß beide Personen nicht miteinander in Verbindung standen. Dadurch, daß Standish eintraf und sich in das Bild drängte, geriet alles durcheinander, aber es funktionierte dennoch halbwegs.

Es *muß* Mistress Jizelle gewesen sein, die ihn tötete. Schaut Euch mal das Beweismaterial an! Standish ist – berichtigt mich bitte, falls ich mich irren sollte, Master Sean – plus/minus fünfzehn Minuten, bevor beziehungsweise nachdem man ihn gefunden hatte, gestorben.«

Master Sean nickte.

»Natürlich«, fuhr Seine Lordschaft fort, »gehen wir bei der Zeitangabe immer von einem aus. Wie sollte ein Mensch auch getötet werden, *nachdem* man ihn gefunden hat?

Aber es war niemand sonst da, der ihn hätte umbringen können! Ein Bauer und seine beiden Söhne hielten sich nahe genug an der Straße auf, um jeden zu bemerken, der dort entlangkam, es sei denn, er wäre über den Strand gegangen. Aber im feuchten Sand waren keinerlei Fußspuren zu sehen – außer denen der ›Mistress Jizelle‹!

Stellt es Euch vielleicht folgendermaßen vor: Nummer 055, die immer noch etwas benommen ist und eine Halswunde hat, erfährt von ihren zurückkehrenden Leuten, daß sie Standish verloren haben. Aber sie ist klug genug, um zu begreifen, was geschehen sein mußte. Sobald es geht, legt sie ihre ›Mistress Jizelle‹-Maske an und läßt sich von ihrem Leutnant zu dem fraglichen Strandabschnitt fahren. Dort klettert sie die Klippe hinab, um nachzusehen und entdeckt Standish.

Standish ist mittlerweile wieder zu sich gekommen. Er öffnet die Augen und erblickt Olga Polovski. Er hält die Pistole noch immer in der Hand, versucht, sie auf sie zu richten. Sie springt ihn an, um ihr Leben fürchtend. Ein Handgemenge, der Schuß löst sich – *Finis.*«

»Hätten die Bauern den Schuß nicht hören müssen?« fragte Master Sean.

»Auf diese Entfernung bei starkem Wind, gischtendem Meer und einer schallschluckenden Klippe dazwischen – nein, da wäre es sehr schwer gewesen, einen Pistolenschuß wahrzunehmen. Außerdem wurde der Schall dadurch gedämpft, daß sich die Mündung direkt an Standishs Schläfe befand. Nein, der war nicht zu hören.«

»Warum endeten ihre Fußspuren dann fünf Ellen vor dem Körper?« wollte Sir James wissen. »Im trockenen Sand waren keine Abdrücke zu sehen.«

»Teilweise, weil sie ihre Fußspuren verwischt hat, teilweise aufgrund des Windes, der heftig genug blies, um sie zu verwehen. Sie war benommen und in Sorge, aber sie hat sich doch noch die Zeit genommen, um nach der Phiole zu suchen. Natürlich wollte sie keine Spuren dieser Suche zurücklassen. Sie ist zurückgekehrt, um sich mit Danglars-Suv zu beraten. Als sie die Bauern sah, blieb ihr nichts anderes mehr übrig als der Bluff. Was ihr auch, wie ich sagen muß, wunderbar gelungen ist.«

»In der Tat.« Sir James le Lien sah gleichzeitig kühl und grimmig aus. »Wo ist sie jetzt?«

»Inzwischen wird sie sich ein Pferd genommen haben und fortgeritten sein.«

»Wahrscheinlich im Damensattel.« Seine Stimme war ebenso kalt wie sein Gesichtsausdruck. »Ihr habt sie also laufen lassen. Warum habt Ihr sie nicht festgenommen?«

»Aufgrund welcher Beweise? Sir James, seid doch bitte kein Narr! Wessen wolltet Ihr sie denn anklagen? Könntet Ihr vor Seiner Majestät Oberstem Gerichtshof wirklich beschwören, daß ›Mistress Jizelle‹ in Wirklichkeit Olga Polovski war? Wenn ich versucht hätte, sie zu verhaften, dann läge ich jetzt als Leiche in dem Zigeunerlager, und wenn ich noch soviel Beweise gehabt hätte. Aber da ich die nicht hatte und immer noch nicht habe, wäre das zwecklos gewesen.

Ich möchte diesen Fall bestimmt nicht als zufriedenstellend gelöst bezeichnen, o nein! Aber Ihr habt die Phiole wieder, und die wolltet Ihr ja auch. Ich fürchte, der Tod von Noel Standish muß wohl auf das Konto ›Ergebnis von

Feindeinwirkung im Krieg‹ gebucht werden. Es war kein Mord ersten Grades, es war, wie Master Sean es gestern ausdrückte, ein Mordunfall.«

»Aber –«

Lord Darcy lehnte sich in seinem Sessel zurück und schloß die Augen. »Gebt's auf, Sir James. Ihr werdet sie schon irgendwann fangen.«

Und dann begann er ganz leise zu schnarchen.

»Verdammt noch einmal!« sagte Sir James. »Da habe ich mir die ganze Nacht die Hacken abgelaufen, und alles ohne Erfolg. Und er verbringt die Nacht im Bett mit der schönsten Frau Europas und bekommt dafür alle Ergebnisse in den Schoß gelegt!«

»So etwas hängt immer von der Vorgehensweise ab«, meinte Master Sean. Er öffnete seinen symbolverzierten Reisesack und holte einen großen schweren Wälzer hervor.

»Natürlich, natürlich, aber ja doch!« sagte Sir James verbittert. »Manche arbeiten eben in der Vertikalen und andere in der Horizontalen.«

Father Arthur Lyon starrte weiterhin durch das Fenster hinaus, nichts hörend, was er nicht hören wollte.

»Was seht Ihr denn da nach, in Eurem Grimoire?« fragte er Master Sean nach einer Weile.

»Zauber, Liebes –, Beseitigung von«, erwiderte Master Sean gelassen.

Die sechzehn Schlüssel

»Marineabkommen mit Roumeleia sind ja schön und gut«, sagte Lord Sefton mit einem überlegenen Lächeln auf seinem runden, jovialen Gesicht, »aber sagt mir doch, Euer Hoheit, erscheint es Euer Hoheit nicht als äußerst komisch, daß ein Grieche in Konstantinopel im kaiserlichen Purpur der Cäsaren auf einem goldenen Thron sitzt und vorgibt, vor dem Angesicht Gottes der Vertreter des Senats und des Volkes von Rom zu sein?«

»Nein, My Lord, das erscheint mir keineswegs komisch«, erwiderte Prinz Richard, Herzog der Normandie, während er sich etwas Brandy nachschenkte. »Ich halte es sogar für noch komischer, daß ein französisierter Wikingerbarbar auf dem uralten Thron von Britannien sitzen und genau dasselbe für sich beanspruchen soll. Aber das ist eben der Lauf der Politik, nicht wahr?«

Das ohnehin schon blumig wirkende Gesicht von Lord Sefton spielte plötzlich ins Schlagflußartige. Schon wollte er den Prinzen mit einer Bemerkung wie »Potztausend, Sire! Wie *könnt* Ihr es wagen? Für wen haltet Ihr Euch eigentlich?« zurechtweisen. Doch dann, als er anscheinend erkannte, wofür sich Richard von der Normandie tatsächlich hielt, wurde er bleich und ertränkte seine Verwirrung in einem hastig heruntergespülten randvollen Glas Oporto.

Auf der gegenüberliegenden Seite des Tisches war der Lord Hochadmiral in schallendes Gelächter ausgebrochen. Dann sagte er, immer noch prustend: »Der einzige Unterschied besteht darin, daß das Volk der Stadt Rom mit John von England einverstanden ist, aber nicht mit Kyril von Byzanz. Und das schon seit ungefähr siebenhundert Jahren oder so. War nicht König Henry III der erste Heilige Römische Kaiser, Euer Hoheit?«

Richard wußte, daß der Lord Hochadmiral Lord Sefton Gelegenheit geben wollte, sich von seinem Schock wieder zu erholen. »Das stimmt«, erwiderte er. »Wurde 1280 gewählt. Aber *König* Henry wurde er erst '83, als John II starb. Mal sehen ... die nächsten vier Könige wurden zu Kaisern gewählt, und dann, nach dem Ersten Baltischen Krieg von 1420, unter der Regentschaft von Harold I, wurde die Kaiskrone zum Ergut der anglo-französischen Könige und der Plantagenets erklärt. Insofern war Richard der Große der erste, der Amt und Titel *geerbt* hat.«

»Nun ja«, meinte Lord Sefton, der anscheinend seine Fassung wiedergewonnen hatte, »wahrscheinlich ist es wirklich nicht wichtig, wie Kyril sich selbst zu bezeichnen beliebt. Ich meine – ist doch wahr, nicht? Solange er im Mittelmeerraum bei seinen Leisten bleibt.

Und da wir schon dabei sind: Ich schätze, mit den Osmanlis werden wir in der Sache auch noch irgendwie eine Übereinkunft erzielen müssen.«

»O ja. Wir brauchen auf jeden Fall ein Abkommen mit dem Sultan.« Nicht zum ersten Mal an diesem Abend fragte sich Richard, was zum Teufel in seinen Bruder den König gefahren war, als er Lord Sefton zum Außenminister ernannt hatte. Der Mann war nicht eben eine Geistesgröße, ziemlich schwer von Begriff, und besaß eine provinzielle Überheblichkeit gegenüber allem, dem er den Makel des «Ausländischen« anheften konnte. Nun, was immer der König für Gründe gehabt haben mochte, mit Sicherheit waren es gute gewesen. Sollte mehr hinter diesem Mann stecken, als es oberflächlich betrachtet den Anschein hatte, so verspürte der Königliche Herzog kein Verlangen, darüber auch nur Vermutungen anzustellen. Wenn John gewollt hätte, daß er es erführe, hätte er es ihm schon mitgeteilt. Und wenn nicht ... na ja, das fiel in den Zuständigkeitsbereich Seiner Gefürchteten und Souveränen Majestät des Königs.

Peter de Valera ap Smith dagegen, der Lord Hochadmiral

der Reichsmarine, Kommandant der Vereinigten Flotten, Ritter und Kommandeur des Ordens vom Goldenen Leoparden und Chef des Operativen Marineoberkommandos, stellte eine berechenbare Größe dar. Er war ein Mann in den mittleren Jahren, mit dunklem lockigen Haar, das leise Grauspuren aufwies. Seine Stirn war hoch und wuchtig, die Augen tiefliegend unter schweren Lidern und dichten, buschigen Brauen, die Nase groß, breit und etwas verbogen, als wäre sie einmal gebrochen und ohne Zuhilfenahme eines Heilers verheilt. Der Schnurrbart über seinem breiten, geraden Mund war ebenfalls dicht und buschig und breitete sich zu beiden Seiten aus wie der einer Katze. Der Bart war voll, aber kurz gestutzt und so drahtig und gekräuselt wie sein Oberlippenbart. Selbst wenn er in gedämpftem Ton sprach, klang es immer noch so, als würde sein sonorer Bariton von irgendeinem Achterdeck herab Befehle brüllen.

Wenn man dem Lord Hochadmiral zum ersten Mal begegnete, gewann man den Eindruck, daß er von rücksichtsloser Skrupellosigkeit und gnadenloser Zielstrebigkeit gekennzeichnet war. Es bedurfte einiger Zeit, um festzustellen, daß diese Eigenschaften durch Weisheit und Humor gemildert wurden. Er war ein Mann mit gewaltiger innerer Kraft und der Fähigkeit, sie zu beherrschen und weise und sinnvoll einzusetzen.

Die drei Männer saßen um einen runden Tisch in einem gepflegten Gesellschaftszimmer und warteten auf die Rückkehr eines vierten Mannes. Es war einer jener warmen Spätfrühlingstage, da die Luft jede Bewegung scheute und alles andere es ihr gleichtat. Es war keineswegs drückend heiß – nur eben warm genug, um irritierend zu wirken und Anfälle akuter Frühjahrsmüdigkeit auszulösen. Dennoch hatten die vier Männer den ganzen Tag hart gearbeitet, und so entspannten sie sich nun, am späten Abend, bei Getränken und Zigarren.

Zumindest drei von ihnen.

»Wo zum Teufel ist Vauxhall?« fragte Lord Sefton.

»Braucht aber verdammt lange, um dieses Lederetui zu holen.«

Prinz Richard sah auf seine Armbanduhr. »Er läßt sich anscheinend wirklich viel Zeit. My Lord, wärt Ihr vielleicht so gut, einmal nachzusehen, was ihn aufhalten mag? Es ist eigentlich nicht Lord Vauxhalls Art, Leute warten zu lassen.«

»Selbstverständlich, Euer Hoheit.« Lord Sefton erhob sich und verließ das Zimmer.

»Einen Augenblick lang dachte ich«, sagte der Lord Hochadmiral grinsend, »Ihr würdet sagen, daß es nicht Lord Vauxhalls Art sei, sich wie ein Luftikus zu benehmen, und da hätte ich Euch gefragt, wie Ihr das gemeint habt.«

Herzog Richard lachte. »Kein Kommentar.«

Einige Minuten später kehrte Lord Sefton mit besorgtem Gesichtsausdruck zurück. »Ich kann ihn nicht finden, Euer Hoheit«, sagte er. »Habe überall nach ihm gesucht. Der Bursche scheint vom Erdboden verschwunden zu sein.«

»Überall?«

»Bibliothek, Arbeitszimmer und so weiter. Bin nach oben gegangen und habe in seinem Schlafzimmer und im Bad nachgesehen. Habe natürlich nicht das ganze Haus durchsucht. Könnte auch in der Küche sein und sich einen Happen zu essen holen oder so. Vielleicht sollten wir die Dienstboten in Bewegung setzen?«

»Jetzt noch nicht, würde ich sagen«, sagte der Lord Hochadmiral. Er blickte gerade durch das Westfenster. »Würden Euer Hoheit einmal kurz hierherkommen?«

Herzog Richard schritt zum Fenster hinüber, gefolgt von Lord Sefton.

Lord Peter zeigte durch das Fenster. »Ist das nicht Lord Vauxhalls Sommerhäuschen, direkt hinter der kleinen Baumgruppe dort?«

»Ja, so nennt er es«, erwiderte Seine Hoheit. »Sieht aus, als hätte man dort sämtliche Lichter angemacht. Seltsam.« Er runzelte die Stirn. »Lord Sefton, Ihr bleibt hier und wartet für den Fall, daß Lord Vauxhall zurückkehren sollte. Der

Admiral und ich werden einmal dorthin spazieren und nachsehen, was sich da tut.«

Das »Sommerhäuschen« war eine Viertelmeile vom Hauptgebäude des Vauxhallschen Anwesens entfernt. Die beiden Männer nahmen einen gepflasterten Weg, der über ein sanft abfallendes Rasenstück und die Baumgruppe führte. Auf halber Himmelshöhe hing ein buckliger Mond und schielte mißmutig auf die unter ihm liegende Welt, wobei er ein gespenstisches silbernes Licht über die Landschaft warf und zwischen den Baumschatten ein unheimliches Glitzern hervorrief.

»Es sind wirklich alle Lichter an«, meinte Lord Peter, als sie sich dem kleinen Haus näherten. »Alle Vorhänge beiseite gezogen. Sieht aus, als würde dort ein Fest gefeiert, aber dafür ist es viel zu still.«

»Keine Bange«, sagte der Herzog, »wenn das eines von Vauxhalls Festen gewesen wäre, hätten wir es schon längst vernommen.« Er schritt die vier Stufen vor dem Haupteingang empor und klopfte laut gegen die Tür. »Vauxhall! Lord Vauxhall! Ich bin es! Der Herzog!«

»Gebt es auf, Hoheit«, sagte der Admiral. »Es nützt Euch nichts. Schaut mal dort.«

Der Lord Hochadmiral stand etwas abseits und blickte durch eines der Fenster links vom Eingang.

»Ihr scheint mir aber eine ganze Menge durch Fenster zu entdecken, Lord Peter«, grollte Prinz Richard. Doch als er selbst durch die Scheibe sah, wußte er nichts mehr zu sagen. Sein Gesicht versteinerte, und einen Augenblick glaubte der Lord Hochadmiral, das anziehende Gesicht des berühmten Marmorstandbilds von Robert, Prinz von Britannien, vor sich zu sehen, der im Jahre 1708 so tragisch jung gestorben war.

Lord Vauxhall lag auf dem Rücken vor dem Kamin und starrte mit toten, blicklosen Augen zur Decke empor. In der ausgestreckten Rechten hielt er eine schwere MMP vom Kaliber .44, die Dienstpistole des Reiches.

Nach einer entsetzlich langen Pause sprach Prinz Richard. Seine Stimme, wiewohl vollkommen ruhig, hatte einen merkwürdig distanzierten Unterton. »Ich sehe zwar den Leib, aber seid Ihr sicher, daß er es ist? Wo ist der Lord Vauxhall, dessen großartiges Aussehen die großen Damen bei Hof in halb Europa in Entzückung versetzt hat?«

»Doch, das ist er«, sagte der Lord Hochadmiral grimmig. »Ich kannte seinen Vater, als ich noch ein Junge war.«

Denn das Gesicht des Leichnams war das eines uralten Mannes. Lord Vauxhall war in weniger als einer Stunde um ein halbes Jahrhundert gealtert.

Lord Darcy, Justizoffizier des Königs und Oberermittlungsrichter Seiner Königlichen Hoheit Richard von der Normandie, saß in seinem Wohnzimmer in einem bequemen Sessel. Er trug einen seiner Lieblingshausmäntel – den aus roter Seide –, rauchte seine Lieblingspfeife – die große Meerschaum mit dem geraden Holm – und las seine Lieblingszeitung – den *London Courier*.

Draußen vor dem halbgeöffneten Fenster brachte die leise Brise die schwachen Geräusche einer Stadt heran, die sich aufs Zubettgehen vorbereitet hatte – die leisen, undefinierbaren Geräusche der Straßen Rouens. In der Ferne rollte, von sechs Pferden gezogen, ein später Nachtomnibus über das Pflaster.

Lord Darcy griff nach dem Gutenachttrunk, den Ciardi ihm zubereitet hatte, und nahm einen tiefen Schluck von dem kühlen Getränk. Er wußte nur ungefähr, welche Zutaten Ciardi dafür verwendete – Rum, das war ihm klar, und Limonensaft und spanischer Orangenblütenhonig, doch es waren auch noch andere mit im Spiel. Er hatte nie danach gefragt. Sollte Ciardi doch seine kleinen Geheimnisse haben! Der Mann war ein viel zu guter Diener, als daß es sich gelohnt hätte, ihn durch exzessive Neugier aus der Fassung zu bringen. Hmmmmm. Ob das vielleicht eine winzige Spur Anis war? Oder war es vielleicht …

Draußen erklang Hufgetrappel, das immer lauter wurde und ihn aus seinen Gedanken riß. Er hatte es schon seit einigen Sekunden nahen gehört, erkannte er, doch nun schien es, als strebten die Pferde auf das Haus zu. Wären es nur ein oder zwei gewesen, die langsam vor sich hin trabten, hätte er sie nicht weiter beachtet, doch es waren mindestens sieben, und sie liefen ziemlich schnell.

O je, was für ein Lärm, dachte er. *Man könnte fast meinen, daß eine Schwadron Kavallerie vorbeireiten würde.* Er war hin und her gerissen zwischen seiner angeborenen Neugier, die von ihm verlangte, aufzustehen und nachzusehen, wer diese späten Nachtreiter wohl sein mochten, und dem Gefühl der Wohligkeit und Entspanntheit, das es ihm als schreckliche Anstrengung erscheinen ließ, sich aus seinem Sessel zu erheben und ans Fenster zu treten.

Eindeutig schien die Bequemlichkeit gerade den Sieg davongetragen zu haben – als die Pferde plötzlich direkt vor dem Haus zum Halten kamen. Da war Lord Darcy auch schon aufgesprungen und zum Fenster gelaufen – so schnell, wie es nur menschenmöglich war.

Als der nie aus der Ruhe zu bringende Ciardi eintraf, war Seine Lordschaft bereits im Begriff, sich anzukleiden.

»My Lord ...« begann Ciardi.

»Ja, Ciardi, ich weiß. Es war tatsächlich eine Abteilung Kavalleristen.«

»Jawohl, My Lord. Oberstleutnant Edouin Danvers, Kommandeur Seiner Herzoglichen Hoheit 18. Schwerem Dragonerleibregiment, entbietet Euch seinen Gruß. Er bat mich, Euch dies zu überreichen.« Er gab Lord Darcy einen Umschlag. »Er sagte, er wolle warten.«

Lord Darcy riß den Umschlag auf und las die kurze Nachricht.

»Ciardi, weckt Master Sean. Danach weckt Ihr auch Gabriel und sagt ihm, er soll den leichten Wagen bereitmachen. Master Sean und ich werden Oberstleutnant Danvers zum Anwesen von Lord Vauxhall begleiten – das liegt fünf Meilen vor der Stadt, an der Flußstraße in Richtung Paris. Ich weiß nicht, wie lange wir dort bleiben werden, deshalb nehme ich meinen Reisekoffer mit. Wenn wir noch etwas anderes brauchen sollten, werde ich Nachricht geben. Habt Ihr dem Oberstleutnant etwas zu trinken angeboten?«

»Jawohl, My Lord. Er nahm etwas Ouiskie und Wasser, und ich habe ihm die Karaffe aufs Buffet gestellt. Wünschen Euer Lordschaft noch etwas?«

»Im Augenblick nicht. Ich werde hinuntergehen und mit dem Oberstleutnant sprechen.«

Oberstleutnant Danvers war ein hagerer Mann von mittlerer Größe mit einem kurzgestutzten Militärschurrbart und braungebranntem Gesicht. Er wirkte wachsam und forsch und trug eine saubere, frisch gestärkte Felduniform. Als der hochgewachsene, gutaussehende Lord in das Empfangszimmer im Parterre trat, drehte er sich um.

»'n Abend, Lord Darcy. Habe Euch wohl aus dem Bett geholt, wie? Tut mir leid. Befehle, Ihr versteht. Trinkt einen Schluck Ouiskie, wird Euch auf Trab bringen.«

»Nein danke, Oberstlcutnant. Ich stelle fest, daß Ciardi fürsorglicherweise das Caffeservice vorbereitet hat. Sobald das Wasser heiß ist, werde ich eine Kanne kochen.«

»Trinke nie Caffe nach der Mittagszeit, My Lord. Ist aber ein wunderbares Zeug, wenn man's am Morgen trinkt. Wirklich wunderbares Zeug.«

»Gewiß. Also hört mal, Danvers, was zum Teufel hat all das zu bedeuten?«

»Verdammt will ich sein, wenn ich das wüßte, My Lord.« Oberstleutnant Danvers wirkte ehrlich überrascht. »Hatte eigentlich erwartet, daß *Ihr* mir das sagen könntet! Dachte, daß Seine Hoheit es in dem Schreiben erläutert hätte, das ich mitgebracht habe. Hat Seine Hoheit nicht? Hm. Na ja, habe lediglich Weisung erhalten, Euch und Master Sean und Dr. Pateley und Chief Donal Brennan und einen Wanderhexer namens Torquin Scoll sowie einen Trupp von fünfzig Reitern beizubringen.« Er drehte sich wieder zu dem Buffet um, füllte sein Glas mit Ouiskie und Wasser auf und fuhr fort: »Ich bin gekommen, um Euch und Master Sean zu holen und habe Rittmeister Broun sowie Oberrittmeister Delgardie nach den anderen geschickt. Sie werden unterwegs zu uns stoßen.«

»Einen Augenblick mal«, warf Lord Darcy ein. »Da fehlen mir ein paar Einzelheiten. Ihr wart also nicht mit Seiner Hoheit auf Lord Vauxhalls Anwesen?«

»O nein, durchaus nicht.« Er schüttelte seinen massigen Schädel. »Ich war zu Hause, als Sir Ramsey auf meinen Hof geprescht kam, als wäre die ganze Hunnenkavallerie hinter ihm her, um die Schreiben Seiner Hoheit zu überbringen. Ist nicht geblieben, hat nur gesagt, daß er zurück müsse.«

Der Kupferkessel über der Gasflamme sprudelte inzwischen fröhlich. Lord Darcy goß kochendes Wasser in den Silbertrichter mit dem frisch gemahlenen Caffe und sah zu, wie die dunkle Flüssigkeit durch den Filter tropfte. »Irgend jemand ist verletzt oder tot«, sagte er mehr zu sich selbst als zu Oberstleutnant Danvers, »und möglicherweise hat ein Verbrechen stattgefunden. Das würde die Einbeziehung von Master Sean und Dr. Pateley erklären, wie auch meine. Und die von Chief Donal. Aber wozu fünfzig Reiter? Und warum braucht er gleich zwei Magier?«

»Das ist eine gute Frage, My Lord«, sagte eine Stimme im Türrahmen. »Wozu braucht Seine Gnaden zwei Magier? Und wer ist denn überhaupt der zweite?«

Die kurze, rundlich-gedrungene Gestalt in der Robe eines Hexers war Master Sean O Lochlainn, Oberster Gerichtshexer des Herzogtums Normandie.

Bevor Lord Darcy antworten konnte, ergriff der Oberstleutnant das Wort. »Aha! 'n Abend, Master Sean! Habe Euch wohl aus dem Bett geholt, wie?«

»Ich fürchte, das habt Ihr, Oberstleutnant Danvers.« Master Sean unterdrückte ein Gähnen.

»Tut mir schrecklich leid. Aber hier – ich mache mir gerade einen kleinen Ouiskie mit Schuß. Laßt mich auch einen für Euch mischen. Ist das Beste um diese Tageszeit.«

»Nein danke, Oberstleutnant, ich werde mir etwas von dem Caffe genehmigen, den Seine Lordschaft da gerade braut. Was für ein anderer Magier, My Lord?«

»Wanderhexer Torquin Scoll, wie der Oberstleutnant meldet.«

»Oh. Der Schlosser. Guter Mann, auf seinem Gebiet. Ist ein absoluter Schloßfanatiker. Liebt Schlösser wie sonst etwas, My Lord. Könnte nicht mal einen kleinen Konservierungszauber über eine Pflaume verhängen, könnte er nicht, nein – aber wenn man ihm irgendein noch so schlichtes Vorhängeschloß reicht, dann bringt er es in fünf Minuten dazu, die Reichshymne in vierstimmigem Choral zu singen.«

»Interessant«, sagte Lord Darcy und reichte Master Sean eine Tasse Caffe. »Ermöglicht alle erdenklichen Spekulationen. Viel zu viele, wenn man's genau nimmt. Vorläufig müssen wir uns einfach ...«

Der große, hagere, silberhaarige Ciardi trat ein und unterbrach ihn. »Euer Wagen ist bereit, Euer Lordschaft. Ich habe mir die Freiheit erlaubt, Euch einen Korb mit Proviant und Erfrischungen zurechtzumachen, für alle Fälle. Euer Reisekoffer befindet sich im Gepäckabteil. Wie Eurer auch, Master Sean, zusammen mit Eurem Reisesack mit den Instrumenten.«

»Danke, Ciardi«, sagte Master Sean. Abgesehen natürlich von Lord Darcy selbst war Ciardi der einzige Mensch auf der Welt, dem Master Sean es zutraute, richtig mit dem symbolverzierten Reisesack umzugehen, der die Instrumente und Werkzeuge seines Berufs enthielt.

»Ausgezeichnet, Ciardi«, sagte Lord Darcy. »Sollen wir unseren Caffe austrinken und uns auf den Weg machen, Gentlemen?«

Der Oberstleutnant kippte seinen Drink hinunter. »Ich rufe meine Männer zusammen, My Lord.«

Als die Kavalkade einige Zeit später durch die Tore des Vauxhallschen Anwesens ritt, bemerkte Lord Darcy: »Ehrlich gesagt vermisse ich die Fahnen und Banner, die Kapelle und die jubelnden Menschenmassen.«

Master Sean, der ihm in der Kutsche gegenübersaß, hob die Augenbrauen. »Wie bitte, My Lord?«

»Nun, mein guter Sean, wenn wir schon eine Parade abhalten, sollten wir es auch gleich richtig tun, meine ich. Die Leibwache sollte in vollem Wichs erscheinen, samt

Säbeln, und nicht in Felduniform mit Seitengewehren. Die Dutzend Wachmänner sollten volle Montur tragen. Und vor allem sollten wir uns in einem ruhigen, würdevollen Tempo bewegen, zur Mittagszeit, und nicht mitten in der Nacht herumgaloppieren, als wollten wir aus dem Land fliehen. Nein, nein, für eine Parade bleibt da doch noch einiges zu wünschen übrig.«

Master Sean grinste. »Wie Euer Cousin de London sagen würde, My Lord: ›Höchst unbefriedigend.‹«

»Ganz genau. Holla! Wir halten ja!« Lord Darcy steckte den Kopf aus dem Fenster und blickte zur Spitze der Reitergruppe. »Es ist Seine Hoheit. Er spricht mit Oberstleutnant Danvers und gestikuliert umher, als wollte er die ganze Landschaft vereinnahmen. Was zum Teufel ist nur los? Kommt, Master Sean.«

Lord Darcy öffnete die Kutschentür und kletterte ins Freie, von dem rundlichen kleinen irischen Hexer gefolgt. Er machte sich nicht die Mühe, Gabriel irgendwelche Anweisungen zu geben. Der erfahrene Pferdeknecht würde schon selbst wissen, was zu tun war.

Der Hauptfeldwebel neben Oberstleutnant Danvers nahm eine kleine Pfeife aus der Tasche und gab das Signal *Offiziere – sammeln!*, gefolgt von *Unteroffiziere – sammeln!* Oberstleutnant und Hauptfeldwebel trabten zu Pferd auf ein breites Wiesenstück zu, wo sich sieben andere Dragoner vor ihnen aufbauten.

»An diese Nacht wird sich die Truppe erinnern, egal, was noch folgen mag«, meinte Lord Darcy mit leisem Lachen, als er mit Master Sean auf Seine Königliche Hoheit zuschritt. Der Herzog sprach gerade mit dem Chief der Wachmannschaften, Donal Brennan.

»Wieso das, My Lord?«

»Sie sind kopflastig«, erwiderte Seine Lordschaft. »Wir haben zwei Schwadronen dabei. Dort draußen sind zwei Leutnants als Schwadronskommandeure und ein Rittmeister als Truppenkommandant, was ja noch ganz in Ordnung ist. Dann sind da noch zwei Schwadronsergeanten und der Truppenoberfeldwebel. Das ist auch noch gut.

Doch darüber hinaus sind da noch der Regimentskommandeur, der Stellvertrende Kommandeur und der Regimentsfeldwebel, der die ganze Zeit in der Gegend herumlaufen wird, um dafür zu sorgen, daß etwas getan wird, während er gleichzeitig versuchen wird, niemandem außer dem Truppenhauptmann Befehle zu erteilen. Der Hauptfeldwebel kann nicht einmal das tun, also wird er versuchen, seinem Vorgesetzten nicht zu sagen, was er tun soll. O ja, das wird ein wahres Vergnügen werden.« Er lachte wieder. »Hier, wo die Gaslaternen an der Auffahrt massig Licht spenden, wird es noch gehen, aber wartet mal ab, wenn die die Wälder durchkämmen müssen, mit nichts als einem Dreiviertelmond am Himmel!«

Master Sean furchte die Stirn. »Warum sollten sie denn die Wälder durchkämmen, My Lord?«

»Auf der Suche nach irgend etwas oder irgend jemandem. Ihr habt doch bestimmt auch gemerkt, daß jeder der Gemeinen eine Suchlaterne an der Satteltasche hat. Nein, Oberstleutnant Edouin Danvers hat mir nicht alles verraten, was er wußte, aber das macht nichts, wir werden es ja gleich von Seiner Hoheit persönlich erfahren.«

Prinz Richard hatte inzwischen Lord Darcy und Master Sean bemerkt. »Ah, da seid Ihr ja, My Lord! Tut mir leid, daß ich Euch und Master Sean zu dieser Nachtzeit aus dem Bett reißen lassen mußte, aber es ließ sich nicht ändern. Wo ist Edelmann Torquin?«

»Hier, Euer Hoheit«, sagte eine weiche Baritonstimme irgendwo hinter und unter Lord Darcy. Seine Lordschaft drehte sich nach ihr um.

Der Mann trug die Arbeitskleidung eines Wanderhexers. Er war nicht älter als zweiundfünfzig und gebaut wie ein Ringer. Er war kein Zwerg, sondern einfach nur klein – wenngleich sein Kopf im Verhältnis zum restlichen Körper etwas zu groß geraten schien. Er besaß ein angenehm häßliches Gesicht, was in Lord Darcy den Verdacht aufkeimen ließ, daß er nebenbei auch Boxsport betrieb, und große, warmherzig dreinblickende braune Augen. Wie Master

Sean trug auch er einen symbolverzierten Reisesack in der Linken.

Man stellte sich einander vor, einschließlich Donal Brennan, dem grimmig dreinblickenden Chief der Wachmannschaften von Rouen.

»Gehen wir zur Sommerhütte hinüber, während ich Euch allen erkläre, was hinter diesem ganzen Tohuwabohu steckt«, sagte der Herzog.

Er berichtete ihnen mit knappen, aber präzisen Worten alles, was vorgefallen war. Das einzige, was er nicht erläuterte, war der Inhalt der «wichtigen Papiere«, die Lord Vauxhall mit sich führte, als man ihn zuletzt lebend gesehen hatte. Auch den Leichnam beschrieb er ihnen nicht, den würden sie schon früh genug zu sehen bekommen.

»Ihr versteht«, schloß er seine Ausführungen, »daß es von größter Wichtigkeit ist, daß wir diese Papiere wiederfinden.«

»Dann glaubt Ihr also, daß sie sich in dem Attachékoffer befinden, Euer Hoheit?« fragte Lord Darcy.

»Da bin ich mir ziemlich sicher. Vauxhall hat die Papiere mitgenommen, um sie dort hineinzutun. Er hatte ihn auf seinem Schreibtisch liegenlassen, und wir konnten ihn nirgendwo finden.«

Lord Darcy nickte. »Ja. Der naheliegendste Schluß ist der, daß die Papiere in jener Ledermappe sind. Ich neige dazu, Euer Hoheit zuzustimmen.«

»Deshalb habe ich auch Regimentstruppen herbeordert«, sagte der Herzog. »Ich wünsche, daß dieses Gelände gründlich durchsucht wird, und für derartige Aufgaben sind Kavalleristen ausgebildet. Außerdem wollte ich nicht allzu viele Wachmänner aus der Stadt abziehen. Ein Dutzend reicht vollauf, um die Gebäude zu durchsuchen, und dafür sind *die* wiederum ausgebildet.«

Chief Donal nicke, von der Klugheit des Herzogs offensichtlich beeindruckt.

Die fünf Männer hörten Fußgetrappel hinter sich und drehten sich danach um. Ein Mann mit einer großen schwarzen Ledertasche kam im silbrigen Mondlicht den grasbewachsenen Abhang hinabgelaufen.

»Das ist Dr. Pateley«, sagte Master Sean.

»Entschuldigt die Verspätung, Gentlemen«, schnaufte der grauhaarige Chirurg. »Verzeihung, Hoheit. Eine unvermeidbare Verzögerung.« Er blieb stehen, um Luft zu schöpfen und seinen Kneifer zurechtzurücken, der sich verrückt hatte. »Wo ist die Leiche?«

»Dort gehen wir gerade hin, Doktor«, erwiderte Prinz Richard. »Kommt bitte.« Die Männer folgten ihm.

»Schwester Elizabeth mußte nach mir rufen«, erzählte Dr. Pateley Master Sean mit leiser Stimme. «Sie ist Hebamme und Heilerin vom Lukasorden. Einige unerwartete Komplikationen nach der Abnabelung. Nichts Ernstes, nur ein paar Stiche. Dem Baby geht es gut.«

»Schön zu wissen«, murmelte Master Sean.

Vor ihnen fiel das Licht durch die Fenster von Lord Vauxhalls Sommerhaus. Neben der Tür stand ein bärtiger Mann in königsblauer Marineuniform, die üppig mit Gold verziert war. Lord Darcy erkannte ihn sofort.

Nachdem man sich vorgestellt hatte, packte Lord Darcy den Lord Hochadmiral am Arm und fragte leise: »Peter, alter Pirat, wie geht es Euch?«

»Gar nicht schlecht, Darcy. Bin zwar nicht eben erbaut von dieser Sache hier, aber ansonsten ist alles in Ordnung. Und Euch?«

»Genau das gleiche, glücklicherweise. Gehen wir hinein und schauen wir uns die Überreste an?«

»Ihr könnt sie Euch schon mal durchs Fenster anschauen, bis der Schloßmann die Tür aufbekommen hat«, sagte Lord Peter.

Lord Darcy blickte sich schnell zu Prinz Richard um. »Soll das heißen, daß noch niemand im Haus war?«

»Nein, My Lord«, erwiderte der Herzog. »Ich hielt es für das Beste, bis Ihr hier das Kommando übernehmt.«

»Ich verstehe«, sagte Lord Darcy. Er blickte den gelassen wirkenden Herzog forschend an. Prinz Richard wußte, was er tat; das wußten die Plantagenets immer. Doch wenn man die Papiere im Haus finden sollte, nachdem er immerhin die Kavallerie alarmiert hatte, würde Richard ziemlich dumm dastehen. Das war ein Risiko, welches er eingehen mußte. Sollten die Papiere jedoch *nicht* im Haus sein, könnte jede Stunde Verzögerung eine Katastrophe bedeuten.

Lord Darcy blickte wieder zum Haus. Die Fenster waren von der modernen »Bildfenster«-Art, lediglich mit schmalen Querblenden an Kopf- und Fußende, um für Belüftung zu sorgen – doch zu klein, um einen Menschen hindurchzulassen. Ohne Schlüssel hineinzugelangen, würde verlangen, daß man sehr viel Glas zerschlug. Nun verstand Lord Darcy die Entscheidung des Prinzen.

»Also gut, Euer Hoheit, dann wollen wir an die Arbeit gehen. Ich nehme an, daß Wanderhexer Torquin diese Schlösser entwickelt und verzaubert hat, sonst hättet Ihr sie wohl von Master Sean aufschließen lassen.«

Der Herzog nickte. »So ist es, My Lord.«

Master Sean sagte: »Dann ist es gut, daß Euer Hoheit ihn hat kommen lassen. Ich selbst würde nur höchst ungern versuchen, einen der Schließzauber von Edelmann Torquin in weniger als einer Stunde zu entschlüsseln ...«

»Nichts für ungut, Master«, warf der Wanderhexer ein, »aber würdet Ihr vielleicht die Wette eingehen, daß Ihr es auch nicht in eineinhalb Stunden schaffen könnt?«

»... jedenfalls nicht ohne den Schlüssel«, fuhr Master Sean fort. »*Mit* dem Schlüssel dagegen ...«

»Ich gebe Euch den Schlüssel und zwei Stunden Zeit und wette dennoch einen Goldsovereign dagegen.«

»Ich werde nicht wetten«, erwiderte Master Sean entschieden. »Ihr besitzt mehr von meinen Goldsovereigns, als ich noch an Euch verlieren möchte. Nein, nein, Eure Lektionen sind mir zu teuer.«

»Würden die Herren vielleicht ein anderes Mal fachsimpeln?« sagte Lord Darcy. »Im Augenblick möchte ich nur, daß diese Tür dort aufgeschlossen wird.«

»Jawohl, My Lord.« Edelmann Torquin öffnete seinen Reisesack und kniete sich nieder, um das Schloß mit verengten Augen zu mustern. Im Mondlicht sah er sehr gnomenhaft aus. Er entnahm dem Sack eine kleine Lampe und machte sich ans Werk.

Lord Darcy schritt zum Fenster und sah hinein. »Wie lange, habt Ihr gesagt, ist er schon tot, Euer Hoheit?«

»Keine drei Stunden«, gab der Herzog zur Antwort. »Er sah schon schlimm genug aus, als wir ihn entdeckten. Aber jetzt ...« Er wandte den Kopf ab.

»Wenn es das ist, was ich befürchte«, sagte Master Sean leise, »dann sollte ich wohl möglichst schnell hineingehen, um einen Konservierungszauber zu verhängen.«

Nun hörten sie Hufgetrappel, das sich über die Wiesen näherte. Oberstleutnant Danvers kam in schnellem Trab herbei und sprang mit müheloser Bewegung aus dem Sattel. In der Ferne konnte Lord Darcy durch die Bäume flakkernde Suchlaternen erkennen, die sich wie große, träge Glühwürmchen voranbewegten.

»Euer Hoheit.« Der Oberstleutnant salutierte. Der Prinz war schließlich der Ehrenoberst des 18. Regiments, und Oberstleutnant Danvers war in Uniform. »Ich habe das Gelände umstellt und die restlichen Männer zur Suche abkommandiert, wie befohlen. Hauptmann Delgardie wird mir hier sofort Meldung machen, sobald wir etwas gefunden haben sollten.«

»Sehr gut, Oberstleutnant.«

»Äh ... Euer Hoheit.« Plötzlich wirkte Danvers recht selbstunsicher. »Lord Sefton ... äh ... entbietet Euch seine Grüße und wünscht zu wissen, wann Euer Hoheit vorhaben, mit dem Verhör der Gefangenen zu beginnen?«

»Gefangene?« fragte der Lord Hochadmiral. »Was soll das heißen? Welche Gefangenen?«

»Seine Lordschaft meint die Dienstboten«, erwiderte Prinz Richard mit erzwungener Gelassenheit. »Es sind keine Gefangenen. Ich habe sie lediglich gebeten, hierzubleiben, bis die Angelegenheit aufgeklärt ist. Ich habe sie in Lord Seftons Obhut gelassen. Wenn diese Papiere nicht gefunden werden ...« Er hielt inne und furchte leise die Stirn. »Chief Donal ...«

Da unterbrach ihn die Stimme des Wanderhexers Torquin. »Das wär's, My Lords und Gentlemen.«

Die Haupteingangstür des Hauses schwang auf.

»Es geht keiner hinein, bevor Master Sean fertig ist«, sagte Lord Darcy knapp.

Master Sean trat ins Innere des Gebäudes, um den Spezialzauber zu verhängen, der die Zersetzung des Leichnams aufhalten würde. Die anderen ließen ihn ebenso allein gewähren wie sie es zuvor schon beim Edelmann Torquin getan hatten. Nur ein Narr stört einen Magier bei der Ausübung seiner Kunst. Es ging sehr schnell.

Dann betraten die anderen sechs Männer das Zimmer.

Der Tod hat etwas an sich, das alle Menschen fasziniert, und das gilt auch für das Entsetzen, das noch viel faszinierender ist. Das Ding, das dort vor dem kalten Kamin lag, hell erleuchtet von den abgeschirmten Gaslaternen in den Wandnischen, verkörperte beides.

Der große Kamin war von prachvollem Marmor eingerahmt, weiß mit rosa und goldenen Flecken, und der riesige Spiegel darüber reflektierte die Wände des Zimmers, die mit glatten Brokattapeten bedeckt waren, welche ihrerseits das rosa und goldene Motiv widerspiegelten. Die mit Brokatstoff bezogenen Polstermöbel taten das gleiche. Es war ein helles, luftiges und schönes Zimmer, das die Beleidigung nicht verdient hatte, die dort auf dem fahlen, eierschalenfarbigen Teppich lag.

Die Luft war dick von Gestank.

Der Lord Hochadmiral öffnete die oberen und unteren Querblenden. Niemand kam auf den Gedanken, die Tür zu schließen.

»Hier, Euer Hoheit, nehmt Platz!« Als er Oberstleutnant Danvers' Stimme hörte, wandte sich Lord Darcy von dem Ding am Boden ab.

Prinz Richard war grauweiß geworden, und er schluckte mehrmals schwer, während der Oberstleutnant ihn in einen der großen, weichen Sessel drückte. »Es geht schon«, brachte der Herzog hervor. »Es … es ist ziemlich warm hier drin.«

»Ah, ja, das ist es«, stimmte Danvers ihm zu. »Wo hat Vauxhall seine Getränke aufbewahrt? Das müßte doch ... aha!« Er hatte ein hüfthohes Schränkchen an der Westmauer geöffnet. »Da haben wir es ja! Ein steifer Drink wird Euch schon wieder aufrichten, Euer Hoheit. Was darf es denn sein, Ouiskie oder Brandy?«

»Brandy, bitte.«

»Hier, Euer Hoheit. Glaube, ich werde mir selbst einen kleinen Ouiskie genehmigen. Schockierender Anblick. Absolut schockierend.«

Als Lord Darcy sah, daß der Herzog wohlversorgt war, kniete er zusammen mit Master Sean und Dr. Pateley neben der Leiche nieder. »Was immer ihn auch getötet haben mag«, murmelte Seine Lordschaft, »auf jeden Fall war es keine Kugel aus diesem Ding hier.« Er löste die schwere .44er MMP aus der rechten Hand der Leiche.

Der Lord Hochadmiral stand hinter Dr. Pateley und blickte ihm über die Schulter. »Nein. Eine Morley Militärpistole hinterläßt ziemlich große, leicht erkennbare Löcher.«

Lord Darcy wußte, daß Lord Peter nicht zynisch sein wollte – er war eben nur grob. Er reichte die Pistole dem Lord Hochadmiral. »Meint Ihr, daß mit der geschossen wurde?«

Der Marineoffizier entlud die Handfeuerwaffe mit kräftigen, geübten Händen, zerlegte sie feldmäßig und setzte sie wieder zusammen. »Jedenfalls nicht vor kurzem.«

»Dachte ich mir. Hm, hm, was ist denn das hier?« Lord Darcy hatte inzwischen die Kleidung des verblichenen Lord Vauxhall durchsucht und ein kleines Lederetui entdeckt. Als er es öffnete, erblickte er eine Reihe von Schlüsseln, die einander alle stark glichen, von 1 bis 16 durchnumeriert waren und säuberlich und in ordentlicher Reihe so im Etui befestigt waren, daß sie frei schwingen konnten. »Sehr hübsch. Wofür die wohl sind? Er hat noch einen anderen Satz verschieden großer Schlüssel an einem Ring. Also muß dieser Satz hier etwas Besonderes sein.«

»O ja, das ist es auch, My Lord«, sagte Wanderhexer Torquin Scoll. »Habe diesen Satz Schlüssel speziell für Seine

Lordschaft angefertigt, habe ich. Seine Lordschaft war ein Mann von erlesenem Geschmack, war er.« Plötzlich überzog ein breites Grinsen das Gesicht des kleinen Mannes. »Soll heißen, Euer Lordschaft, daß er sich ebensosehr an Schlössern erfreuen konnte wie ich, wenn Ihr versteht, was ich meine.« Das Grinsen verschwand. »Ich werde ihn vermissen. Haben uns immer gern über Schlösser unterhalten. Und mit ihnen gearbeitet. War sehr klug, wußte viel und hatte geschickte Hände. Ja, ich werde ihn sehr vermissen.«

»Davon bin ich überzeugt.« Lord Darcy musterte die Schlüssel schweigend und blickte nach einer Weile auf, um zu fragen: »Wozu sind die, wenn ich fragen darf?«

»Oh, das sind seine Hausschlüssel, Euer Lordschaft.«

»Von *diesem* Haus? *Alle?*«

Wieder kehrte das Grinsen auf das sympathisch häßliche Gesicht zurück. »Genau, Euer Lordschaft. Dieses Haus besitzt sechzehn Türen, und jede hat ein Schloß mit einem anderen Schlüssel – und zwar beidseitig. Hier, ich zeig's Euch.« Er öffnete seinen symbolverzierten Reisesack und holte ein dickes Notizbuch aus losen Blättern hervor. Nach kurzer Suche entnahm er ihm ein Blatt Papier, markierte es mit einem kleinen Kreuz und reichte es Lord Darcy. »Da wären wir, Euer Lordschaft. Das ist eine Planskizze, die ich von diesem Haus angefertigt habe. Wir sind hier, im Empfangszimmer, wo ich das Kreuz gemacht habe, seht Ihr? Diese Schiebetüren führen in die Galerie, das Eßzimmer und die Bibliothek. Die kleine Tür dort drüben führt ins vordere Schlafzimmer. Alle Türen sind in Übereinstimmung mit den Schlüsseln numeriert.«

»Was ist denn dieses völlig verglaste ›Grünzimmer‹ hier?« fragte Lord Darcy.

»Das ist eine Art Gewächshaus, Euer Lordschaft. Lord Vauxhall hat dieses Haus zwar sein Sommerhäuschen genannt, aber er hat es auch im Winter benutzt, wenn er daheim war. Deshalb auch die Kamine. Einer hier, einer in der Bibliothek, einer im Eßzimmer und dann diese kleinen Eckkamine hier in den Schlafzimmern.«

»Wie viele Schlüsselsätze gibt es?«

»Nur diesen einzigen, My Lord. Doch, der Gärtner besitzt Duplikate der Schlüssel drei und vier, damit er sich um die Pflanzen kümmern kann, aber das ist auch schon alles.«

Lord Darcy bemerkte eine gewisse niedergedrückte Spannung im Raum. Prinz Richard starrte ausdruckslos auf ein halbvolles Glas Brandy. Oberstleutnant Danvers schenkte sich gerade ein, Lord Peter blickte aus dem Fenster, Chief Donal beobachtete Master Sean und Dr. Pateley, die die Leiche untersuchten.

Da begriff er, daß der erste Schock, der den Herzog heimgesucht hatte, inzwischen gewichen war, und er wußte auch, worauf Seine Hoheit wartete. Er hatte Lord Darcy die Sache übergeben, und nun versuchte er, geduldig zu bleiben. Lord Darcy schritt zu ihm hinüber.

»Würden Euer Hoheit geruhen, den Rest des Hauses zu untersuchen?« fragte er leise.

Prinz Richard blickte zu ihm empor und lächelte. »Ich dachte schon, Ihr würdet mich nie mehr fragen.«

»Die Leiche kann mir nichts mehr verraten, bevor Master Sean und Dr. Pateley mir ihre Ergebnisse mitgeteilt haben. Ich kann keine Spur von einem Kampf entdecken. Anscheinend ist er mit der Waffe in der Hand hier hereingekommen – und gestorben.«

»Wozu wohl die Waffe, frage ich mich?« sagte Prinz Richard nachdenklich. »Ob er sich vor irgend etwas gefürchtet hat oder erschreckt wurde, was meint Ihr?«

»Das wüßte ich auch gerne. Er trug kein Halfter, also muß er die Waffe irgendwoanders aufgenommen haben, nachdem er Euch verließ.«

»Ja, er trug keinen Rock, so daß er eine solch große Waffe auch nicht am Leib hätte verstecken können. Oh. Entschuldigt mich einen Augenblick. Chief Donal?«

»Jawohl, Euer Hoheit?« sagte der grimmig dreinblikkende Chief der Wachmannschaften und wandte sich von dem Leichnam ab, um seinen Herzog anzusehen.

»Wenn Ihr hier fertig seid, geht Ihr ins Hauptgebäude und übernehmt dort das Kommando. Beruhigt die Dienstboten und verratet ihnen nichts. Sie wissen nicht einmal, daß ihr Herr tot ist. Sollte einer von ihnen es doch wissen, könnte das für uns aufschlußreich sein. Und ich wünsche auch keinerlei Verhöre irgendwelcher Art, bis Lord Darcy es anordnet.«

»Ich bin bereits fertig, Euer Hoheit. Habe alles, was ich brauche. Ab nun ist Lord Darcy an der Reihe.« Er ließ ein Lächeln aufblitzen, das auf seinem Gesicht sehr unbequem wirkte. Das mußte es auch tatsächlich sein, denn es verschwand sofort wieder. »Fälle, in denen Schwarze Magie im Spiel ist, sind sowieso nicht meine Kragenweite. Die gefallen mir überhaupt nicht.« Dann verließ er ohne weiteres Zeremoniell den Raum.

»Nun, mal sehen, ob wir diese Papiere entdecken können«, sagte Lord Darcy. »Eigentlich könnten wir gleich mit der Galerie anfangen.«

»Habt Ihr etwas dagegen, wenn ich mitkomme?« fragte der Lord Hochadmiral.

»Aber natürlich nicht, My Lord«, erwiderte der Herzog. »Wie steht es mit Euch, Oberstleutnant? Wollt Ihr mit uns zusammen die Runde machen?«

Danvers runzelte die Stirn und musterte sein beinahe leeres Glas. »Ich glaube nicht, wenn Euer Hoheit gestatten. Ich sollte besser bereit sein, falls Delgardie oder der Hauptfeldwebel kommen, um mir Meldung zu machen.«

Die Schiebetüren waren abgeschlossen, und Lord Darcy steckte den Schlüssel Nummer fünf ins Schloß. Er ließ sich leicht umdrehen – zu leicht, denn er drehte sich einmal im Kreis und rastete wieder ein. Eine Drehung in die umgekehrte Richtung erbrachte das gleiche Ergebnis. Der Bolzen verharrte unbeweglich an Ort und Stelle.

»Verzeihung, My Lord«, sagte Torquin Scoll, »aber ich schätze, ich muß wohl mit Euch kommen. Der falsche Schlüssel dreht nicht einmal den Zylinder. Der richtige wohl, aber er löst den Bolzen nur, wenn auch der richtige Mann den Schlüssel bedient. Es wird ein bißchen umständlich, selbst für mich, denn diese Schlüssel sind auf Seine verstorbene Lordschaft geeicht.«

Er nahm das Schlüsseletui, paßte die Nummer 5 wieder ein, schloß die Augen und drehte dann vorsichtig den Schlüssel um. *Klick.*

»So, My Lords, Euer Hoheit.«

Die vier Männer traten in die Galerie.

»Besitzt Ihr denn keinen Satz von diesen Schlüsseln, der auf Euch selbst geeicht ist, Edelmann Torquin?« fragte Lord Darcy.

»Habe ich in der Tat, My Lord. Habe sie erst letzte Woche benutzt, um die übliche Zauberwartung durchzuführen. Ich hätte sie ja mitgebracht, wenn ich gewußt hätte, worum es geht. Aber dieser Rittmeister ... wie heißt er noch gleich? Broun. Wenn dieser Rittmeister Broun mir gesagt hätte, wohin es geht. Aber nein, er sagte nur, der Herzog will mich sprechen, also habe ich mein Pferd gesattelt und bin mitgekommen.«

»Entschuldigt das bitte, Edelmann Torquin«, sagte Seine Hoheit.

»Aber nein, aber nein, Euer Hoheit, ist ja nicht Eure Schuld. Das militärische Denken, wißt Ihr? Befehle empfangen, Befehle erteilen. Nur nichts erklären, Zivilisten gegenüber schon gar nicht. Ist ganz und gar nicht Eure Schuld, Hoheit.« Dann machte er eine ausladende Gebärde. »Wie gefällt Euch die Galerie, edle Herren?«

»Faszinierend«, murmelte Lord Darcy. »Absolut faszinierend.«

Die Wand im Westen bestand fast völlig aus Glas – sie hatte sieben Fenster von sechs Fuß Breite, die nur durch schmale Säulen voneinander getrennt waren. Die schweren, bühnenhaften Vorhänge, die sie eigentlich bedeckt hätten, waren bis zur Decke emporgezogen. Draußen in der Dunkelheit konnte man das gelegentliche Aufblitzen von Suchlaternen erkennen, das einzige Anzeichen dafür, daß die Dragoner an der Arbeit waren.

Die östliche Wand war mit Gemälden bedeckt. Keines von ihnen war obszön, und es waren auch nicht alle erotisch, doch alle kündeten sie von Schönheit, Liebe und Romantik.

»Die müssen ihn im Laufe der Jahre eine hübsche Stange Geld gekostet haben«, bemerkte der Lord Hochadmiral. »Schöne Arbeit, allesamt! Da! Das ist ja ein Van Gaughn! Habe sein Werk schon immer bewundert.«

»Einige davon«, warf der Herzog ein, »wurden eigens im Auftrag Seiner Lordschaft angefertigt. Dieses hier, zum Beispiel.«

»Das«, sagte Lord Peter mit der Sicherheit einer Autorität auf dem Gebiet, »ist ein Killgore-Spangler. Deren Stil erkenne ich überall.«

»Das Modell erkenne ich auch«, bemerkte Lord Darcy mit leicht verträumter Stimme.

»Dort ist sie noch einmal«, sagte der Lord Hochadmiral.

Prinz Richard wirkte überrascht. »Dann kennt Ihr beide die Doña Isabella Maria Constanza Diaz y Carillo de la Barra?«

Der Lord Hochadmiral brach in Gelächter aus. »O ja, Euer Hoheit, o ja! Haben sie auch trotz ihrer roten Perücke erkannt, eh, Darcy?«

»In dieser Pose würde ich sie sogar mit einem Sack über dem Kopf erkennen.« Lord Darcy begann leise zu lachen.

»Was ist denn daran so komisch?« fragte Prinz Richard mit mehr als nur leiser Irritiertheit in der Stimme.

»Euer Hoheit«, antwortete Lord Darcy, »diese Frau ist ebensowenig eine spanische Adlige wie das Pferd des Oberstleutnants. Das ist zufällig Olga Vasilovna Polovski, Agentin Nummer 055 der *Serka,* des polnischen Geheimdienstes. Sie ist die schönste und gefährlichste Frau Europas.«

»Großer Gott!« Der Prinz sah schockiert aus. »Hat Vauxhall das gewußt?«

»Das will ich hoffen«, sagte Lord Darcy. »Das will ich sehr hoffen.«

»Oh, das wußte er schon«, sagte Lord Peter. »Er hat damals Sonderberichte für den Marinegeheimdienst geschrieben. Das macht die ganze Affäre ja auch so pikant.«

»Kann ich mir gut vorstellen«, meinte Lord Darcy.

Sie schritten weiter.

Lord Darcy ließ seinen geübten Blick durch die lange Galerie schweifen. Mit einiger Mühe hätte man den zwei Zoll dicken Diplomatenkoffer vom Format elf mal fünfzehn in den Theatervorhängen verstecken können, die in anmutigen Bögen über den Fenstern hingen. Vielleicht gab es hinter einem der Gemälde auch eine geheime Nische. Doch im Augenblick würde er erst mal davon ausgehen, daß er irgendwo offen zu sehen war – jedenfalls ziemlich offen.

Torquin der Schlosser war vorangegangen, um die Türen aufzusperren. Die drei Edelleute folgten ihm. Die nächste Tür führte in ein kleines, aber bequemes Schlafgemach. Die Tapete wies ein ähnliches Muster wie die des Empfangszimmers auf, doch herrschten hier Pastellblau und Gold vor. Die Polster der beiden Sessel und die Tagesdecke auf dem Doppelbett waren darauf abgestimmt. Doch war der Kamin nicht von prunkvollem Marmor eingerahmt. Statt dessen bestand er aus schlichtem Feldgestein, der von einer rauhen Grobheit war, die einen angenehmen Kontrast zu der strukturierten Glätte des restlichen Zimmers darstellte.

»Wie alt dieses Haus wohl ist?« fragte der Lord Hochadmiral nachlässig, während sie das Zimmer durchsuchten.

»Nicht sehr alt, wenn wir es mit dem Hauptgebäude vergleichen«, meinte Lord Darcy. »Das ist spätrobertinisch – 1700 oder zumindest um diese Zeit.«

»Es ist praktisch brandneu«, warf Prinz Richard ein. »Vauxhall hat es selbst bauen lassen, das war 1927 oder '28. Seitdem ist es einige Male umdekoriert worden, wenn ich es richtig verstanden habe, aber es wurden keine grundlegenden Veränderungen vorgenommen. Es ist ganz hübsch, finde ich. Und die Bildergalerie hier ist auf jeden Fall weitaus anregender als die Galerie oben auf dem Hügel. Diese ganzen gräßlichen Vorfahren, die einen dort anstarren!«

»Das müssen Euer Hoheit ja wissen«, murmelte Lord Darcy.

»Ach Gott, ja, und ob! Habt Ihr mal das Porträt meines Ur-Ur-Urgroßvaters Gwiliam IV gesehen? Das große, das in Westminster hängt? Es wurde 1810 gemalt, knappe zwei

Jahre vor seinem Tod. War ein ziemlich grimmig dreinblikkender Knabe, mit achtzig. Nun, dieses Bild hat mir als Junge immer Angst und Schrecken eingejagt. Ich habe mich nicht mal in seine Nähe getraut. Die Augen blicken einen nicht genau an, versteht Ihr, aber man hat das Gefühl, daß der alte Mann sich nur eine Spur aufzurichten braucht, um einen geradewegs anzuschauen. Jedenfalls kam es mir immer so vor. Und ich hatte das Gefühl, daß er, wenn er mich jemals direkt anblicken sollte, sofort durchschauen würde, was für ein böser kleiner Junge ich doch war, und dann würde er aus seinem Rahmen springen, um mich auf der Stelle aufzufressen. Na ja, jedenfalls ist in diesem Kleiderschrank hier nichts zu finden.«

»Und im Bad auch nicht«, sagte Lord Darcy.

»Unter dem Bett ist es dunkel«, sagte der Lord Hochadmiral. »Leiht mir doch mal Euer Pfeifenfeuerzeug, Lord Darcy. Danke. Hmmmm. Nein, nichts.« Er stand wieder auf und klopfte sich die Hosenbeine aus.

Lord Darcy musterte gerade das Deckenfenster. »Sieht nicht so aus, als könnte man das öffnen.«

Die beiden anderen folgten mit ihren Augen seinem Blick. »Nein«, sagte der Lord Hochadmiral. »Bis auf die schmale Blende auf der Leeseite.«

»Ja«, erklärte der Herzog, »die wird mit dieser Kordel bedient, die dort an der Wand hängt. Sie verläuft über diesen Flaschenzug, seht Ihr?«

»Ich vermute, daß alle Innenräume über Deckenfenster verfügen, Euer Hoheit?« fragte Lord Darcy.

»O ja, My Lord. Selbst in der Bibliothek gibt es eins, wie Ihr noch sehen werdet. Sie hat keine Fenster, weil die Wände mit Bücherregalen bedeckt sind. Die einzige andere natürliche Lichtquelle sind die doppelten Glastüren, die in den Garten hinausführen.« Der Herzog ließ seinen Blick in die Runde schweifen. »Hm, die nächste Station ist dann wohl die Speisekammer.«

Sie schritten in den Nordflügel der L-förmigen Galerie hinaus, gingen nach rechts und gelangten zur Speisekammertür, die sich auf leisen Druck sofort öffnete: Torquin war bereits vor ihnen dort gewesen.

Tatsächlich handelte es sich bei dem Raum um eine winzige Küche. Lord Vauxhall pflegte in diesem Haus keine großen Dinerpartys abzuhalten. Wenn er hier etwas zu essen hatte haben wollen, hatte er es von den Dienstboten aus dem Hauptgebäude herbeischaffen lassen.

»Nicht sehr groß«, sagte der Lord Hochadmiral, »aber jede Menge möglicher Verstecke.« Er öffnete den Aufwärmofen, konnte nichts entdecken, schloß ihn wieder und widmete sich als nächstes den Schränken.

Lord Darcy stieg auf einen kleinen dreibeinigen Schemel und machte sich daran, die Regale zu untersuchen. »Euer Hoheit«, sagte er, »wäre es sehr unschicklich, wenn ich fragte, worum es sich bei diesen 'wichtigen Papieren' genau handelt?«

»Es sind die einzigen Kopien unseres neuen Marineabkommens mit Roumeleia, und zwar in drei Sprachen.«

»Oho! Verstehe!«

»Als Botschafter beim Basileus zu Konstantinopel war Lord Vauxhall entscheidend daran beteiligt, Kyril zur Annahme sämtlicher Bedingungen zu bewegen. Die Griechen kontrollieren schließlich den Bosporus und die Dardanellen, was wiederum bedeutet, daß sie das Schwarze Meer vom Mittelmeer abgeschnitten hatten.

Casimir von Polen versucht immer noch, unsere Seeblokkade der Nordsee und des Baltikums zu unterlaufen. Der Vertrag, den wir ihm nach dem Krieg von '39 aufgezwungen haben, verbietet es jedem bewaffneten polnischen Schiff, den Vierzehnten Meridian zu überqueren, während kein Reichsschiff in umgekehrter Richtung über den Zehnten Meridian hinaus fahren darf.«

»Ist niemand hier außer uns und den Skandinaviern«, knurrte der Lord Hochadmiral.

»Genau«, sagte Prinz Richard. »Und der Vertrag gestattet es ferner skandinavischen und Reichsschiffen, *jedes* polnische Schiff zwischen dem Achten und dem Vierzehnten Meridian auf Kontrabande – auf Waffen und Munition –

zu durchsuchen und etwaige einschlägige Waren zu beschlagnahmen.

Aber im Mittelmeer sieht die Sache anders aus. Den Griechen war es gar nicht lieb, was Polen während des Kriegs von '39 getan hat, und sie haben unseren Sieg dazu ausgenutzt, zu verbieten, daß bewaffnete Schiffe *jeder* Nation – mit Ausnahme Roumeleias natürlich – die See von Marmara befahren. Allerdings hatten sie nicht genügend Nerv, um in dieses Verbot auch eine Durchsuchungs- und Aufbringungsklausel einzufügen.

Kaiser Kyril ist nun bereit, das jetzt zu tun, vorausgesetzt, daß wir ihn im Mittelmeer unterstützen. Die Marine Roumeleias ist nicht stark genug, um das Schwarze, das Marmara- *und* auch noch das Mittelmeer zu patrouillieren, und außerdem machen sie sich immer noch Sorgen wegen der Osmanlis, ganz zu schweigen von Nordafrika. Dieser Vertrag regelt alle diese Fragen.«

»Ich verstehe«, sagte Lord Darcy. Er schwieg einen Augenblick. Dann: »Darf ich fragen, Euer Hoheit, warum es plötzlich so wichtig geworden ist, daß König Casimirs Handelsschiffe durchsucht werden dürfen?«

Das Kichern des Lord Hochadmirals klang sehr unangenehm. »Darf ich es ihm sagen, Euer Hoheit?«

»Gewiß doch. Mein Bruder der König hat Lord Darcy schon weitaus wichtigere Staatsgeheimnisse anvertraut als dieses.«

Das hatte der Lord Hochadmiral zwar gar nicht gemeint, doch ließ er es dabei bewenden. Er sagte: »Seine Slavische Majestät Casimir IX hat einen Plan ausgeheckt, mit dessen Hilfe er sich eine Flotte im Atlantik aufbauen will. Es ist ein hübscher Plan – und er könnte sogar funktionieren. Es ist sogar möglich, *daß er bereits funktioniert hat!* Vielleicht haben wir von der Sache eine Spur später Wind bekommen, als es der Gemütlichkeit noch guttut.«

»Drei Schiffe sind ja nun noch keine Flotte«, wandte der Herzog ein.

»Drei Schiffe, *von denen wir wissen,* Euer Hoheit! Jedenfalls ist folgendes passiert: Vor ein paar Jahren hat Polen damit begonnen, seine Handelsflotte um einen neuen Schiffstyp zu erweitern – ein Schiffstyp, der ein kleines bißchen schneller und ein kleines bißchen solider gebaut ist. Angefangen hat das in der Bucht von Pommern. Sechs Monate darauf wurden sie auch im Schwarzen Meer gebaut – in Odessa.

So verging die Zeit. Irgendwann – und den genauen Zeitpunkt konnten wir noch nicht exakt bestimmen – begann dann die Gaukelei mit dem Bäumchen-wechsle-dich-Spiel.«

»Hier scheinen die Papiere nicht zu sein«, unterbrach ihn der Herzog. »Sollen wir ins Grünzimmer gehen?«

»Ja«, sagte Lord Darcy. »Sehen wir doch mal nach, ob Seeverträge auf Büschen wachsen.«

Im Grünzimmer gab es keine Büsche. Wie die Galerie besaß auch dieser Raum zwei Außenwände, die praktisch völlig aus Glas bestanden. Überall wuchsen Grünzeug und Pflanzen aus Töpfen und Wannen – nichts Spektakuläres, aber bunt und angenehm.

Sie setzten die Suche fort.

»Gott sei Dank haben diese Rosen keine Dornen«, bemerkte der Lord Hochadmiral, als er Blattwerk und Blüten beiseite schob. »Wo waren wir gerade?«

»Ihr wart gerade dabei, mit polnischen Handelsschiffen Bäumchen-wechsle-dich zu spielen«, sagte Lord Darcy.

»Ach ja. Ihr müßt also wissen, daß diese Schiffe alle gleich sind. Wir nennen sie die *Mielic*-Klasse. Die *Mielic* war das erste Schiff, das vom Stapel lief, und sie sind alle auf den Namen kleiner Städte getauft. Und man kann nicht eines von den anderen unterscheiden, außer durch ihre Beschriftung.

Und so läuft das alles nun ab. Sagen wir mal, die *Zamość* segelt von – na, von Danzig ab. Sie hält am Marinekontrollpunkt Helsingør – Hälsingborg, um durchsucht zu werden, eine Überprüfung, die sie mit wehenden Fahnen besteht.«

»Ich hatte schon befürchtet, daß Ihr das sagen würdet«,

murmelte Lord Darcy, während er unter eine lange Holzbank spähte.

»Von dort aus«, fuhr Lord Peter unerbittlich fort, »fährt sie nach Antwerpen weiter. Diesmal wird sie von *uns* durchsucht. Sie ist sauber.«

»Und ihre Fahnen wehen immer noch«, ergänzte Lord Darcy.

»Genau. So arbeitet sie sich nach Süden vor. Bordeaux, San Sebastian, La Coruña, Lisboa und schließlich durch die Straße von Gibraltar. Eine Weile lang betreibt sie Handel im Mittelmeerraum. Schließlich fährt sie gen Osten weiter, durch die Dardanellen und den Bosporus ins Schwarze Meer, direkt nach Odessa. Eine Woche später – *Aua!* Diese Rose hat ja *doch* Dornen! Eine Woche später kehrt sie zurück. Die *Zamość* kehrt durch den Bosporus, die Dardanellen, das Mittelmeer, die Straße von Gibraltar zurück und nimmt Kurs auf Süden, auf die afrikanische Küste. Ein paar Monate später ist die *Zamość* wieder da und fährt mit einer Ladung Zebrahäuten oder ähnlichem nach Bordeaux. Dann geht es wieder nach Norden, schließlich auf Ostkurs und zurück nach Danzig, wobei sie wieder jede Inspektion mit absoluter Unschuld besteht.«

»Nur daß der Name geändert wurde, um die Schuldigen zu schützen«, bemerkte Lord Darcy.

»Da habt Ihr aber recht! Ich will Euch gar nicht fragen, woher Ihr das wußtet.«

»Das war offensichtlich. Sagt mir eins: Hat die Mannschaft im Hafen Landausgang bekommen?«

Der Lord Hochadmiral grinste durch seinen Bart. »Nicht sehr wahrscheinlich, wie? Nein, hat sie nicht. Und würde es Euch vielleicht sonderlich erstaunen, wenn Ihr erführt, daß der Schiffskörper eines Schiffs der *Mielic*-Klasse verblüffend genau dem eines leichten Kreuzers gleicht? Dachte ich es mir doch, daß es Euch nicht verblüfft.«

Lord Darcy sagte: »Jetzt verstehe ich, was Ihr mit dem Gaukelspiel meint. Das bedeutet also, daß drei verschiedene Schiffe dabei mit im Spiel sind. Nummer eins – die *Zamość* – ist ein echtes Handelsschiff. Aber wenn sie in

Odessa eingetroffen ist, wartet dort der Rumpf eines schwerbewaffneten leichten Kreuzers, auf dessen Bug und Heck fein säuberlich der Name *Zamość* gemalt ist. Dieses Schiff ist mit schweren Seegeschützen beladen, die auf irgendeiner Werft in Afrika montiert werden sollen. Wo?«

»Wir glauben, in Abidjan.«

»Die Ashanti, eh? Hm, hm. Na ja, jedenfalls fährt die zweite *Zamość* mit denselben Offizieren, aber einer anderen Mannschaft mühelos an den Griechen vorbei, weil die sie nicht entern und durchsuchen dürfen. Sie fährt nach Abidjan weiter, wo die dritte *Zamość*, ein echtes Handelsschiff, wartet. Wieder dieselben Offiziere – und die dritte Besatzung. Zurück nach Danzig, so rein wie der Schnee des Pamir. Raffiniert. Und was geschieht mit der ursprünglichen *Zamość?*«

»Nun, bald danach kommt die *Berdichev* vorbeigerutscht. Brandneues Schiff. Steht in den Papieren.«

»Und das ist dreimal geschehen?«

»Sagen wir so: Wir *wissen* von drei Vorfällen dieser Art«, erwiderte der Lord Hochadmiral. »Wir haben noch nicht jedes dieser Schiffe überprüfen und ihren offiziellen Kurs verfolgen können, ganz zu schweigen von ihren *inoffiziellen* Umtrieben. Es geht jedenfalls darum, daß wir der Sache einen sofortigen Einhalt gebieten müssen.«

»Es gibt Hinweise«, warf Prinz Richard ein, »daß noch in dieser Woche zwei weitere Schiffe dieser Klasse das Schwarze Meer verlassen werden. Sie beschleunigen ihre Operation, My Lord. Deshalb auch die ganze Sorge um diesen verdammten verschollenen Diplomatenkoffer. Der Vertrag wurde von Kyril bereits unterzeichnet, doch wird er sich erst dann daran halten, nachdem er das Reichssiegel und meine Unterschrift darunter gesehen hat. Es ist auch ein offizielles Begleitschreiben Seiner Majestät dabei, unterschrieben, gesiegelt und was alles dazu gehört. Wir haben diesen Weg gewählt, weil mein Bruder der König im Augenblick nicht in die Normandie kommen kann und weil es auch so schon genug zusätzliche Zeit kostet, das Ding hin und her zu schicken, so daß es äußerst knapp wird.

Zwei weitere – oder vielleicht sogar noch mehr von König Casimirs Schiffen, die die Blockade unterlaufen, könnten mehr Ärger bedeuten, als wir im Augenblick verkraften können.

Der Napoliexpreß verläßt Calais in …« Er schob die Rüschen seiner Manschette zurück und blickte auf die Armbanduhr. »… fünf Stunden und einundzwanzig Minuten. Dieser Zug fährt nur zweimal pro Woche. Wenn wir den Vertrag in Paris an Bord bringen können, ist er in weniger als sechsunddreißig Stunden in Brindisi. Von dort bis Athen dauert es mit dem Schiff noch weitere vierundzwanzig Stunden. Dort wird der Basileus darauf warten, und vierundzwanzig Stunden später wird die griechische Marine die Bestimmungen des Vertrags durchsetzen.

Wenn wir die Dokumente nicht an Bord dieses Zugs bekommen, sind wir verloren.«

»Ich glaube nicht, daß es wirklich *so* schlimm ist, Euer Hoheit«, sagte der Lord Hochadmiral. »Wir können sie immer noch nach …«

Doch der Herzog schnitt ihm heftig das Wort ab. »Nun seid kein optimistischer Narr, My Lord! Wenn wir das Ding bis dahin nicht gefunden haben, bedeutet das, daß es irgendwie – und wie genau, weiß ich selbst nicht – in die Hände der *Serka* gelangt ist.

Kyril hat Vauxhall gemocht und ihm vertraut. Sein Tod dürfte es uns sehr erschweren, den Vertrag aufs neue auszuhandeln. Kyril würde uns für Stümper halten, weil wir das Urexemplar verloren haben, und damit hätte er auch recht. Vermutlich würde er davor zurückscheuen, einen weiteren Vertrag zu unterzeichnen. Darüber hinaus würde Casimir davon erfahren und wahrscheinlich andere Schritte in die Wege leiten.«

Erst jetzt begriff Lord Darcy vollends, wie nervös der Prinz tatsächlich war. Derlei Ausbrüche gehörten nicht zu seiner Art.

»Ich glaube, in diesem Punkt braucht Ihr Euch keine übermäßigen Sorgen zu machen, Euer Hoheit«, sagte er ruhig. »Ich glaube, ich kann dafür garantieren, daß der Vertrag am Morgen auf dem Napoliexpreß sein wird.« Er wußte, daß er damit seinen Hals empfindlich weit vorstreckte und daß die Beilklinge sehr scharf war. Aber er hatte dieses gewisse Gefühl ...

Der Prinz atmete tief ein und hielt eine Sekunde die Luft an, bevor er sie langsam wieder ausstieß. »Ich bin sehr erleichtert, das zu hören, My Lord. Bisher habt Ihr Euch meines Wissens in derlei Dingen noch nie geirrt. Ich danke Euch.«

Lord Darcy spürte ein gespenstisches Prickeln im Nakken. Das Beil war ein Stückchen realer geworden.

»Nun, wo immer er auch sein mag«, sagte der Lord Hochadmiral, »hier zwischen dem Grünzeug ist er jedenfalls nicht. Schätze, als nächstes ist dann wohl die Bibliothek dran.«

Sie schoben die Doppeltür beiseite und traten ein.

Und blieben stehen.

Der Raum war von Wand zu Wand und vom Boden bis zur Decke mit Bücherregalen bedeckt. Und die waren voller Bücher.

»Heilige Maria, steh uns bei!« sagte Prinz Richard ernst. »Jetzt müssen wir jedes Buch einzeln umdrehen!«

»Einen Augenblick, Euer Hoheit. Ich will erst etwas überprüfen«, sagte Lord Darcy. Er schritt zu den Türen, die in das Vorderzimmer führten, und schob sie beiseite. Master Sean stand am Kamin und unterhielt sich leise mit Wanderhexer Torquin. Oberstleutnant Danvers nippte an einem Drink und starrte düster durch das Frontfenster. Von Dr. Pateley und der Leiche fehlte jede Spur. Als Lord Darcy die Türen öffnete, drehten sich drei Köpfe nach ihm um.

»Ich sehe, daß die sterbliche Hülle beseitigt worden ist«, sagte Lord Darcy.

»Jawohl, My Lord«, erwiderte Master Sean. »Der Leichenwagen ist gekommen. Der Doktor ist mitgefahren, um die Autopsie vorzubereiten. Ich habe sämtliche Tests durchgeführt, die zur Zeit möglich sind.«

»Ausgezeichnet. Sagt mir, mein guter Sean, wie lange würdet Ihr wohl brauchen, eventuell mit der Unterstützung Eures Kollegen, alle hier wirksamen Privatsphärenschutzzauber zu beseitigen, damit ein gewöhnlicher Hellseher finden könnte, was wir suchen?«

Master Sean blinzelte, dann blickte er Edelmann Torquin an. »Sind irgendwelche davon von Euch?«

Torquin schüttelte den Kopf. »Tauge nicht viel zu solchen Arbeiten, Master. Meine Spezialität sind Schlösser. Ich weiß nicht, wer ihm diese Privatsphärenzauber erneuert hat.«

Master Sean sah sich um und schien die Luft zu prüfen. »Die sind schon eine ganze Weile hier, My Lord. Fünfzig Jahre oder so – plusminus zehn Prozent. Sind stark, gut verstärkt. Und kompliziert sind sie auch. Saubere Könnerarbeit. Meisterstufe, würde ich sagen ... oder ein Spezialist. Hmmmm.« Er griff in seinen symbolverzierten Reisesack und holte einen dünnen Silberstab hervor, an dessen Ende sich ein flacher fünfzackiger Stern befand, so daß er wie ein langer Nagel mit fünfzackigem Kopf aussah. Er schloß die Augen und drehte ihn langsam zwischen Daumen und Zeigefinger der rechten Hand. »Manche der Grundzauber sind sogar noch älter. Dieses Haus ist neu, aber das Grundstück ist schon seit Jahrhunderten Privatbesitz. Dort, wo das Herrenhaus jetzt steht, war früher ein Schloß, das aber im fünfzehnten Jahrhundert abgerissen wurde. Damals gab es auch schon gute, solide Privatschutzzauber. Und die moderneren Zauber bauen auf einer alten, sehr soliden Grundlage auf.«

Er öffnete die Augen und verstaute den Stab wieder in seinem Reisesack. »Neun Stunden, My Lord – wenn ich Glück habe.«

Lord Darcy seufzte. »Vergeßt es. Vielen Dank, Master Sean.« Er schob die Türen wieder zu.

»War immerhin eine hübsche Idee«, meinte der Lord Hochadmiral. »Machen wir uns an die Arbeit.«

»Ich schlage vor«, sagte Lord Darcy, »daß wir uns die Bibliothek nur kurz anschauen und dann ins Eßzimmer und ins andere Schlafzimmer hinübergehen. Wenn wir dort nichts finden sollten, können wir immer noch hierher zurückkehren, aber ich käme mir ziemlich dämlich vor, wenn wir erst jedes Buch hier herausziehen würden, um die Dokumente dann doch im Bad des vorderen Schlafzimmers zu entdecken.«

Eine kurze, schnelle Suche führte zu keinem Erfolg.

»Dann also weiter ins Eßzimmer«, sagte Lord Darcy und öffnete die Schiebetür. »Hm! Was haben wir denn da?«

Ein großer, leerer Tisch aus poliertem Walnußholz, groß genug für zehn Personen, stand längs im Raum. Am Südende, nahe der Tür zum Vorderzimmer, standen eine geöffnete Weinflasche und ein leeres Glas. Lord Darcy trat darauf zu und musterte sie sorgfältig. »*Schwartzschloßkeller '69*. Ein sehr guter Rheinwein. Ein Glas wurde entnommen, und die Flasche ist abscheulich warm. Am Glasboden sind noch immer ein oder zwei klebrige Tropfen zu sehen.«

»Sein letzter Trunk«, sagte Prinz Richard.

»Das glaube ich auch, ja. Lassen wir sie stehen. Wenn nötig, kann Master Sean sie später noch untersuchen.«

Im Eßzimmer entdeckten sie nichts.

Das vordere Schlafzimmer glich dem hinteren sehr stark, nur daß die Tapete hier in Grün und Silber gehalten war.

»Beachtet bitte, wie die Schlafzimmer voneinander abgetrennt sind«, bemerkte Lord Peter. »Nur eine Trennwand, aber wenn man von einem ins andere will, muß man durch mindestens zwei andere Räume gehen. Vauxhall hatte einen sehr ausgeprägten und raffinierten Sinn für Psychologie.«

»Deshalb ist er auch Diplomat geworden«, sagte der Herzog.

Im Schlafzimmer war ebenfalls kein Diplomatenkoffer zu finden.

»Zurück in die Bibliothek«, brummte der Lord Hochadmiral.

Obwohl Master Sean, Edelmann Torquin und der Oberstleutnant ihnen halfen, brauchten sie dennoch fast eine volle Stunde, um die Bibliothek zu durchsuchen. Sie entdeckten alle möglichen Kleinigkeiten, doch nichts von Wichtigkeit und schon gar kein Seevertrag mit Roumeleia.

»Nun, Euer Hoheit«, sagte der Oberstleutnant, »wenn er nicht im Haus ist, muß er wohl draußen sein, eh? Wartet nur ab, einer meiner Jungs wird ihn schon aufstöbern. Der alte Vauxhall hat ihn wahrscheinlich zwischen der Hütte und dem Herrenhaus fallen lassen. Dort habe ich meine besten Jungs eingeteilt. Aber es ist schon enttäuschend, das weiß ich auch. Wißt ihr was? Ich schlage vor, daß wir uns alle einen steifen Drink genehmigen. Nach dieser staubigen Arbeit wird uns das allen guttun. Na?«

Mit Ausnahme der beiden Hexer waren alle endlich mal seiner Meinung.

Schweigend standen sie da und hielten ihre Gläser fest oder starrten die Wände an, als es an der Vordertür klopfte und Lord Sefton, der Außenminister, eintrat.

Er schwitzte stark, was seinem roten, schwammigen Gesicht ein öliges Aussehen verlieh. »Ah, Euer Hoheit, My Lords, Gentlemen! Dachte ich es mir doch, daß ich Euch hier finden würde.« Er musterte die Männer mit schnellem Blick. Bis auf den Herzog und den Lord Hochadmiral kannte er niemanden der anderen, und Prinz Richard stellte sie ihm vor.

»Bin nur vorbeigekommen, um Euer Hoheit mitzuteilen, daß die Wachmänner das Haus jetzt durchsucht haben. Haben das verdammte Ding nicht gefunden, weshalb Chief Donal sie noch einmal von vorne anfangen läßt. Suchen nach geheimen Schiebetüren und ähnlichem. Ich dachte, vielleicht hättet Ihr den Vertrag hier im Haus gefunden.«

»Leider nicht«, sagte Prinz Richard. Er sah Lord Darcy an. »Was haltet Ihr davon, My Lord? Sollen wir auch nach geheimen Schiebetüren suchen?«

Lord Darcy schüttelte den Kopf. »Danach habe ich schon Ausschau gehalten. Tapezierte Wände wie diese bietet sich für dergleichen nicht gerade an. Man kann die Ritzen nicht verbergen. Und wo tatsächlich welche hätten sein können, da habe ich auch nachgesehen. Ich werde mir allerdings noch einmal die Galerie vornehmen und hinter den Bildern nachsehen. Wenn es hier irgendwelche Verstecke geben sollte, dann allenfalls dort.«

»Nun denn, Lord Darcy«, sagte Lord Sefton wichtigtuerisch, »habt Ihr inzwischen herausbekommen, wer den Mord begangen hat?«

»Gütiger Gott!« Oberstleutnant Danvers ließ beinahe sein Glas fallen. *»Mord?* Was denn für ein Mord?« Er riß den Kopf herum, um Lord Darcy anzublicken. »Von einem Mord habt Ihr gar nichts gesagt? Hat hier ein Mord stattgefunden? Wovon redet der Mann, zum Teufel?«

»Ich weiß es selbst nicht so genau«, meinte Lord Darcy. »Bisher hat niemand etwas von einem Mord erwähnt. Wovon redet Ihr denn *tatsächlich,* Lord Sefton?«

»Ja«, sagte Prinz Richard, »erklärt Euch bitte, My Lord!«

Lord Sefton sperrte seinen wabbeligen Mund auf, schloß ihn wieder und öffnete ihn erneut. »A- a- a- aber Lord Vauxhall! Ich habe ihn doch durchs Fenster gesehen, als Ihr mich batet, hier nachzusehen! Er lag doch da! Mit einer Pistole in der Hand! Sah aus wie eine ägyptische Mumie!« Er brach ab, schluckte schwer und fuhr schließlich in etwas ruhigerem Ton fort: »Oh. Dann war es also Selbstmord?«

Lord Darcy sah zu dem Herzog hinüber. »Wißt Ihr, Euer Hoheit, das könnte vielleicht die Pistole erklären. Ich kann mir denken, daß er daran gedacht hat ... bevor er starb.«

»Ich glaube, Ihr habt recht«, erwiderte der Herzog ernst. »Vielleicht hat er geglaubt, daß dies ein leichterer Ausweg wäre. Vielleicht wäre es das auch gewesen. Weniger ... schmerzhaft.«

Master Sean schüttelte den Kopf. »Das ist nicht schmerzhaft, Euer Hoheit. Nur geistig. Zuzusehen, wie man in Stücke zerfällt. Aber das Nervensystem bricht ziemlich schnell zusammen. Gegen Ende setzt sehr bald Taubheit und Schmerzunempfindlichkeit ein.«

Lord Sefton schien selbst im Begriff zu sein, in Stücke zu zerfallen. »A- a- aber wovon redet Ihr denn da? Chief Donal hat gesagt, daß Vauxhall durch Schwarze Magie getötet wurde! Warum nehmt Ihr das so gelassen hin? *Warum?«*

»Mylord, bitte beruhigt Euch und nehmt Platz«, sagte Prinz Richard entschieden.

»Ja, My Lord, setzt Euch«, sagte der Oberstleutnant.

»Hier, ich bringe Euch ein Glas Brandy. Das wird Euch wieder aufrichten.«

Mit zitternder Hand nahm Lord Sefton das dargebotene Glas entgegen. »Das verstehe ich nicht«, sagte er matt.

»Vielleicht hätte Master Sean die Güte, es zu erklären«, sagte Seine Hoheit.

Master Sean überlegte einige Sekunden lang, dann fragte er: »Für wie alt würdet Ihr Lord Vauxhall halten, My Lord?«

»Drei ... dreißig. Fünfunddreißig.«

»Er war über siebzig«, sagte Master Sean.

Sefton erwiderte nichts. Er sah nur aus wie vor den Kopf gestoßen.

»Dank unserer modernen Heilmethoden«, fuhr Master Sean fort, »kann man durchaus das biblische Alter von dreimal zwanzig und zehn Jahre erwarten, wenn kein Unfall oder eine Gewalttat dem Leben ein vorzeitiges Ende bereiten. Weil sie eine gewaltige seelisch-geistige Last zu tragen haben, werden Könige nur selten sehr viel älter, aber ein Durchschnittsmensch kann mit einiger Zuversicht seinen hundertsten Geburtstag abwarten, und ein Vierteljahrhundert mehr ist auch alles andere als ungewöhnlich. Einen Mann von sechzig nennen wir einen ›Menschen in den mittleren Jahren‹, und das durchaus zu Recht.

Aber Heiler und Hexer vollbringen keine Wunder. Wir alle müssen damit rechnen, auch zu altern, dagegen gibt es kein Mittel. Der Mensch wird langsamer, seine Reflexe sind nicht mehr, was sie früher einmal waren, er bekommt Falten und graue Haare und so weiter. Das wissen wir alle, und wir rechnen auch alle damit. Und bis vor ungefähr einem Jahrhundert – genaugenommen liegt es noch ein Stück weiter zurück – ließ sich auch nichts dagegen unternehmen.

Doch damals, im Jahre 1848, unter der frühen Regentschaft von Gwiliam V, entdeckten zwei Medizinalthaumaturgen unabhängig voneinander eine Methode, mit welcher man das Aussehen und die Spannkraft der Jugend bewahren konnte. Der eine war ein Westfale namens Reinhardt von Horst, der andere ein Mann aus Ulster, Duivid Shea.

Im Prinzip haben sie eine Methode entwickelt, die den Körper gewissermaßen im Gleichgewicht hält. Ich will auf die thaumaturgische Fachterminologie verzichten und statt dessen nur erklären, daß dabei Katabolismus und Anabolismus des Körpers in einem solch vollkommenen Gleichgewicht gehalten werden, daß der eine den anderen stützt. Versteht Ihr, was ich meine?«

Lord Sefton nickte und reichte Oberstleutnant Danvers sein leeres Glas, der es prompt zusammen mit seinem eigenen auffüllte.

Lord Darcy hatte Master Sean schon öfter über dieses Thema dozieren hören, doch er genoß es, Master Sean zuzuhören, wenn der in pädagogische Stimmung geriet. Zum einen verlor er dabei fast völlig seinen irischen Akzent und außerdem verstand er es, jedesmal einen neuen Aspekt eines Themas zu beleuchten, so oft er zuvor auch darüber schon gesprochen haben mochte.

»Theoretisch klingt das wirklich wunderbar, nicht wahr, My Lord?

Doch in der Praxis sieht es leider etwas anders aus. Nehmen wir nur mal die Haut, zum Beispiel. Die wird als einer der ersten Körperteile vom Alterungsprozeß heimgesucht. Deshalb bekommen wir auch Falten und graue Haare. Die Haut büßt ihre jugendliche Elastizität und ihre Fähigkeit ein, das Haar mit Pigment zu versorgen. Das Herz dagegen ist eines der zähesten Organe, die wir besitzen. Das muß es auch sein, denn es arbeitet Tag und Nacht, Jahr um Jahr, und ruht sich allenfalls zwischen zwei Schlägen ein kleines bißchen aus. Wenn ein Mensch seinen Heiler regelmäßig aufsucht, dann wird die alte Klopfmaschine bis zum Schluß kräftig pochen. Sie kann sogar erst als allerletzte aufhören, nachdem der Rest des Körpers aufgegeben hat und de facto schon gestorben ist.

Doch diese Behandlung, die ich erwähnt habe, verteilt den Abnutzungsprozeß gleichmäßig über den ganzen Körper. Um solche Dinge wie beispielsweise die rein kosmetische Funktion der Haut aufrechtzuerhalten, müssen alle, Herz, Leber, Zwischennieren und so weiter etwas von ihrer Lebenserwartung aufgeben.

Endlich erreicht der Körper den Punkt, da jedes seiner Organe, ja sogar jede einzelne Zelle kurz vor dem Tod steht. Und wenn die dann sterben, geschieht alles auf einmal, mit schrecklicher Geschwindigkeit. Dann ist alles nur noch eine Frage von Minuten, niemals mehr als einer Stunde. Die Enzyme drehen durch. Das Bindegewebe löst sich auf, und die Abwehr von Mikroorganismen bricht zusammen.

Na ja, das Ergebnis habt Ihr ja gesehen. Lord Vauxhall hat sich einer solche Behandlung unterzogen.«

»Igittigitt!« machte Lord Sefton. »Das ist ja grausig!«

»Was Lord Vauxhall tatsächlich getan hat«, fuhr Master Sean unbeirrt fort, »das war, fünfzig zusätzliche Jahre Leben gegen fünfzig zusätzliche Jahre Jugend einzutauschen. Wir alle, die wir ihn kannten, hatten das schon vermutet, und so kam es für uns nicht als Überraschung – lediglich als ein Schock.«

»Großer Gott!« sagte Lord Sefton. »Ein Mann wie Vauxhall – in Schwarze Magie verstrickt! Entsetzlich!«

»Nun, was das anbetrifft«, meinte Master Sean, »so ist es einerseits welche, andererseits aber auch nicht. Schwarze Magie, meine ich. Es wird ja nicht in böser Absicht durchgeführt. Kein ethisch denkender Thaumaturge im Reich würde es tun, aber ich habe gehört, daß es in Teilen der islamischen Welt als durchaus guter Tausch gilt. Ein halbes Jahrhundert lang das Sexualleben eines Achtzehnjährigen zu führen, mag manchem als erstrebenswerte Sache erscheinen. Hängt wohl von der persönlichen Weltanschauung ab, würde ich sagen. Aber das Ende ist ziemlich unschön.«

»Sagt mir doch mal eins, Master Sean«, warf Prinz Richard ein, »wie viele Behandlungen sind dazu erforderlich?«

»Oh, man muß sich regelmäßig behandeln lassen, Euer Hoheit. In gewisser Weise ist es wie bei einer süchtig machenden Droge. Nach einer Weile können die Entziehungssymptome ziemlich schlimm werden. Schließlich ist ja, müßt Ihr verstehen, der ganze Körper geschwächt worden, und ohne die Unterstützung der zusätzlichen Zauber bricht er schnell zusammen. Und langsamer. Wenn Lord Vauxhall vor fünfundzwanzig Jahren aufgehört hätte, hätte er vielleicht noch ein Jahr überlebt. Aber es wäre ein ziemlich scheußliches Jahr geworden.

Auf lange Sicht gibt es da nicht viel, was ein Hexer tun kann. Ich habe davon gehört, daß es manchen Hexern passiert ist, daß ihre Patienten mitten in einer Behandlung zusammenbrachen und gestorben sind. Kann nicht behaupten, daß ich selbst darauf sehr erpicht wäre, muß ich sagen.«

»Warum habe ich denn noch nie davon gehört?« fragte Lord Sefton.

»Es wird nur selten durchgeführt«, sagte Master Sean. »Nur wenige Magier *können* es überhaupt tun, und noch weniger wären dazu *bereit*, es zu tun. Und es ist auch ein teuflisch schwieriges Unterfangen. Entsprechend hoch ist auch der Preis. Sehr hoch. Nur ein reicher Mann wie Lord Vauxhall kann sich dergleichen leisten. Und außerdem wird es auch nicht gerade an die große Glocke gehängt. Es wäre uns lieber, wenn nicht sehr viel darüber geredet würde, wenn Ihr mir folgen könnt, Lord Sefton.«

»Ja, das kann ich in der Tat.« Der Außenminister leerte sein Glas und saß augenblinzelnd eine Weile schweigend da. Dann sagte er schließlich: »Armer Knabe. Schlechter Abgang.« Er rang sich ein Lächeln ab. »Ist auch verdammt unpassend. Für uns, meine ich. Was, glaubt Ihr, hat er mit dem Abkommen gemacht?« Er blickte Lord Darcy an.

Der hatte inzwischen mit dem Daumen Tabak in seine sogenannte »Feld-, Wald- und Wiesenbriar« gestopft und sie entzündet. Langsam blies er eine Rauchwolke aus und meinte: »Nun ... dann wollen wir doch mal rekonstruieren, was er getan haben muß.

Er hat den Tisch verlassen, wo My Lords sich berieten, um den ledernen Diplomatenkoffer zu holen, in den er die

Papiere hineintun wollte. Während er fort war, erhielt er irgendein Zeichen, daß das Ende nahte. Was hätte das sein können, Master Sean?«

»Wahrscheinlich Haarausfall, My Lord«, erwiderte der stämmige kleine irische Hexer. »Das ist meistens das erste Symptom. Dann die Haut um die Augen herum. Und ein plötzliches Gefühl der Mattigkeit und Schwäche.«

»Dann können wir uns die Szene also ganz gut vorstellen«, fuhr Lord Darcy fort. »Ich weiß nicht, wie ich selbst reagieren würde, wenn ich plötzlich merkte, wie ich auf diese Weise dem Ende entgegengehe, aber Lord Vauxhall war ein ziemlich kühler Kopf, und er hat schon seit Jahren gewußt, wie das Ende aussehen würde. In gewisser Weise war er also darauf vorbereitet. Doch in dem Augenblick, da es soweit war, wurde alles andere unwichtig. Er wollte nicht, daß die anderen ihn dabei sahen, das hätte seiner Eitelkeit widersprochen.

Seine größten Eroberungen machte Lord Vauxhall auf dem Gebiet der Diplomatie, doch viele seiner angenehmsten fanden hier im Haus statt. Er hatte es selbst erbaut und war stolz darauf und glücklich damit. Ich glaube, er wollte es ein letztes Mal sehen. Hier würde er in Frieden sterben können.

Ich glaube, die Pistole befand sich in irgendeiner Schreibtischschublade oder so. Das können wir später noch im Herrenhaus überprüfen. Wichtig ist, daß wir uns überlegen, was er wohl mit dem Vertrag in seiner Lederhülle getan haben könnte. Ich vermute, daß er ihn völlig vergessen hatte. Er war da – er hielt ihn vielleicht unter dem linken Arm eingeklemmt oder in der linken Hand, und er hat ihn nicht einmal bemerkt. Wie ein Mann, der sich seine Brille auf den Kopf geschoben hat und sie vergißt.«

»Warum sprecht Ihr von seiner Linken, My Lord?« fragte Prinz Richard mit einem Stirnrunzeln.

»Weil er selbst an seine rechte Hand dachte«, erwiderte Lord Darcy sanft. »Er hielt ja eine Handfeuerwaffe darin.«

Der Herzog nickte stumm.

»Irgendwann zwischen diesem Augenblick und seinem

Tod hat er den Vertrag dann *doch* bemerkt – und ihn irgendwo abgelegt. Ich kann mir kaum vorstellen, daß er ihn ganz bewußt versteckt hat. Er fiel ihm plötzlich auf, schließlich war er ziemlich schwer, also hat er sich seiner entledigt.

Er kam herein, schenkte sich ein Glas Wein ein und ...« Lord Darcy brach ab.

»Der Wein«, sagte er nach einer Weile.

»Was ist damit?« fragte Lord Peter. »War doch völlig in Ordnung, oder?«

»Doch, doch. Aber er würde keinen Rheinwein warm trinken. Er würde ihn nicht lagern, wo er warm werden könnte. Gewiß, jetzt ist er warm, aber als er ihn öffnete, war er kalt. Das muß so gewesen sein.«

Er wandte sich plötzlich von ihnen ab und blickte durch das Frontfenster auf die matt vom Mondlicht beschienene Szenerie hinaus. »Das kann ich mir einfach nicht vorstellen«, sagte er wie zu sich selbst. »Ich kann mir nicht vorstellen, daß er mit einer Flasche Wein, einer Pistole und einem Diplomatenkoffer diesen Hügel dort hinabgekommen ist. Selbst wenn er den Koffer im Herrenhaus zurückgelassen haben sollte, würde er dann etwa bis in den Keller hinabsteigen, um den Wein zu holen? Nein. Er muß ihn unterwegs aufgelesen haben –« Er drehte sich zu dem Prinzen um.

»Habt Ihr vier am Abend Wein getrunken?«

»Nein, My Lord«, sagte Prinz Richard. »Gewiß, auf dem Getränkebuffet standen Oporto und Xerez, aber nichts, was aus dem Weinkeller geholt worden wäre.«

»Wo zum Teufel hatte er dann die Flasche Rheinwein her?«

Plötzlich faßte sich Prinz Richard an den Kopf. »Das hatte ich ja ganz vergessen! Es gibt hier noch einen kleinen Keller. Kommt, ich zeige ihn Euch!«

Sie folgten ihm durchs Eßzimmer zurück zur Speisekammer. Er schritt zu einer Wand hinüber und kniete sich auf dem Parkettboden nieder. Lord Darcy bemerkte ein kleines, fingergroßes Loch im Holzboden und verwünschte sich innerlich, daß er es nicht vorher entdeckt hatte.

Der Herzog steckte den Finger in das Loch und hob das Holzstück auf. Darunter befand sich ein schwerer Stahlring, der flach auflag, bis Seine Hoheit ihn packte und im Aufstehen emporzog. Der Ring war ein Griff, und schon schwang sich ein gut zweimal zwei Fuß großes Bodenstück auf Scharnieren in die Höhe und offenbarte eine Leiter, die nach unten in die Dunkelheit führte.

Lord Darcy hatte bereits eine Kerze aus den Vorräten der Kammer entwendet, die er bei der ersten Durchsuchung bemerkt hatte, und entzündete sie nun mit seinem Pfeifenfeuerzeug, um dann, die Pfeife zwischen den Zähnen, in den kleinen Weinkeller hinabzusteigen.

Als er unten angekommen war, hob er die Kerze und blickte sich um.

»Nicht viel zu sehen«, sagte er eine Minute später. »Die meisten Regale sind leer. Ein paar gute Rote. Und, ach ja, sieben Flaschen '69er *Schwartzschloßkeller* und ein paar Dutzend vom '70er Jahrgang. Wollt Ihr hinunterkommen und mir bei der Suche helfen, Peter? Hier ist eine Kerze in einem Halter – wahrscheinlich dieselbe, die Vauxhall benutzt hat. Sieht frisch aus.«

Der Lord Hochadmiral kam die Treppe hinuntergestiefelt, als befände er sich auf einem Schiff.

Die Männer über ihnen warteten mit einer geradezu stoisch zu nennenden Geduld. Nach einer schier endlosen Pause hörten sie:

»Na, Darcy, das war's wohl.«

»Ja. Nichts da. Verdammt, wo *ist* er bloß?«

Die beiden Männer kamen völlig niedergeschlagen die Treppe empor.

»Eine feine Spannungssteigerung mit anschließendem fürchterlichen Spannungsabfall«, meinte Lord Darcy. »Tut mir leid, Euer Hoheit.« Sie kehrten ins Vorderzimmer zurück.

Dort schritt Oberstleutnant Danvers zunächst einmal zum Getränkeschrank, trank seinen Drink aus, nahm seine

Dragoneroffiziersmütze, setzte sie auf und rückte sie schmuck zurecht, machte kehrt und salutierte Seiner Hoheit dem Herzog.

»Mit Euer Hoheit Erlaubnis werde ich mich jetzt mal nach draußen begeben und das Gelände zwischen Hütte und Herrschaftshaus absuchen. Ich werde langsam etwas nervös, wenn ich darauf warten muß, daß jemand anders das Paket findet.«

»Aber gewiß, doch, Oberstleutnant. Laßt es mich sofort wissen, wenn Ihr es gefunden habt.«

»Das werde ich, Euer Hoheit.« Mit forschem Schritt verschwand er durch die Tür.

»Erstaunlicher Mann, der Oberstleutnant«, bemerkte der Herzog.

»Guter Offizier«, meinte der Lord Hochadmiral. »Braucht Aktion. Wird er vielleicht auch bekommen, wenn wir diesen Vertrag nicht finden.«

»Ich glaube, ich werde ihn begleiten«, sagte Lord Sefton. »Vielleicht kann ich ihm behilflich sein. Hier kann ich mich ohnehin nicht nützlich machen. Mit Eurer Erlaubnis, Hoheit?«

»Selbstverständlich, My Lord.«

Er verließ den Raum und ließ Lord Darcy mit dem Prinzen, dem Lord Hochadmiral, Master Sean und Edelmann Torquin zurück.

»Nun«, sagte Lord Darcy seufzend, »dann bleibt uns wohl nichts anderes übrig, als hinter sämtlichen Bildern in der Galerie nachzusehen. Ich wünschte, ich wüßte, in welchen Zimmern Vauxhall tatsächlich gewesen ist.«

»Oh, er war in sämtlichen Räumen, My Lord«, warf Torquin ein.

Lord Darcy blickte zu dem kleinwüchsigen Mann hinab. »Das war er?«

»Aber ja. Hat das ganze Haus abgeschritten. Habe die Schlösser ja selbst erst vor kurzem gewartet, versteht Ihr, deshalb konnte ich das vorhin feststellen, als ich sie öffnete. Seit der Wartung ist niemand außer ihm hier gewesen. Seltsame Sache, das – er ist durch jede Tür einmal hindurchgegangen. Nur ein einziges Mal. Hat die Tür aufgeschlossen, ist hindurchgegangen und hat sie hinter sich wieder abgeschlossen. Außergewöhnlich. Wollte das Haus wohl tipptopp zurücklassen, eh?«

Eine gewaltige Ruhe schien Lord Darcy zu befallen, als er erwiderte: »Ja. Sehr interessant. Darf ich den Grundriß noch einmal sehen?«

»Selbstverständlich, My Lord.« Edelmann Torquin holte sein Notizbuch aus dem Reisesack, entnahm ihm das fragliche Blatt und reichte es ihm.

Lord Darcy unterzog es einer sorgfältigen Untersuchung und reichte es mit knappem Dank zurück. Dann schlenderte er im Zimmer umher und starrte vor sich hin, als würde er etwas ansehen, was die anderen nicht erkennen konnten. Alles schwieg. Nach einigen Minuten blieb er stehen und blickte Prinz Richard an. »Ich nehme doch an, daß die Wasserleitungen in diesem Haus in funktionsfähigem Zustand sind, My Lord?«

»Das würde ich glauben. Wie das Gas auch, wird alles von außen aus angestellt, und wenn die Diener hörten, daß er nach Hause kam, haben sie alles vorbereitet.«

»Das ist gut. Wenn Ihr mich entschuldigen würdet, Gentlemen?« Er öffnete die Tür an der Westseite des Kamins und schritt in das vordere Schlafzimmer, die Tür wieder hinter sich schließend.

»Ist ein ganz Raffinierter, Seine Lordschaft, eh, Master?« fragte Torquin der Schlosser.

»Wahrscheinlich der scharfsinnigste deduktive Denker auf der ganzen Welt«, meinte Master Sean. »Und möglicherweise auch der scharfsinnigste *in*duktive Denker. Ich frage mich, was er in Eurem Grundriß gesehen hat? Irgend etwas hat er ganz bestimmt gesehen, dazu kenne ich ihn gut genug.«

»Schauen wir es uns doch mal an und sehen wir selbst nach«, schlug Prinz Richard vor. »Ich glaube, er besitzt dieselben Indizien wie wir. Wenn er irgendeine Antwort gefunden hat, müßten wir es eigentlich auch können.«

»Wie mein Freund Torquin hier sagen würde: ›Wärt Ihr

bereit, einen Goldsovereign darauf zu verwetten?‹« fragte Master Sean mit einem Grinsen.

»Nein«, erwiderte Seine Königliche Hoheit.

Die vier Männer musterten den Grundriß.

Sie blickten ihn immer noch ergebnislos an, als Lord Darcy wenige Minuten später zurückkehrte. Das Lächeln auf seinem Gesicht wirkte geradezu verzückt.

»Ah, Euer Hoheit! Es wird Euch freuen zu erfahren, daß Eure Sorgen vorüber sind! Alles ist wieder in bester Ordnung! Ich prophezeie –« Theatralisch hob er einen Zeigefinger. »Ich prophezeie, daß sehr bald ein Mann, den Ihr eine Weile nicht gesehen habt, hier in diesem Haus erscheinen wird, aus der legendären Richtung der Hölle selbst emporsteigend, und mit sich führen wird, wonach Ihr sucht. Er und seine Heerscharen werden aus der Finsternis ans Licht streben. Ich habe gesprochen!«

Der Herzog starrte ihn an. »Woher wißt Ihr das alles?«

»Ah! Ich habe Stimmen gehört, wenngleich ich nicht die Sprechenden erkennen konnte«, erwiderte Lord Darcy geheimnisvoll.

»Was ist los mit Euch, Darcy?« fragte der Prinz mißtrauisch.

Lord Darcy spreizte die Arme und verneigte sich. »Ich bin wie das Wetter, Hoheit. Ist das Wetter forsch, bin auch ich forsch; ist das Wetter kühl, bin auch ich kühl; ist das Wetter brausend wie im Lenz, bin auch ich brausend wie im Lenz. Habt Ihr bemerkt, wie lind es heute abend draußen ist?«

»Schon gut, My Lord. Ihr wißt irgend etwas. Was?« fragte der Lord Hochadmiral im Kommandobrückenton.

»Das stimmt in der Tat«, sagte Lord Darcy und gewann etwas von seiner gewohnten Haltung zurück. »Seht Euch doch einmal sorgfältig den Grundriß an, bitte! Und erinnert Euch daran, daß Torquin der Schlosser unmißverständlich erklärt hat, daß Lord Vauxhall durch jede der sechzehn Türen in diesem Haus – die Badezimmertüren zählen wir nicht mit – geschritten ist, und zwar einmal – nur ein einziges Mal. Gebe ich die Tatsachen korrekt wieder, Torquin?«

»Jawohl, My Lord, das tut Ihr.«

»Dann führen die Tatsachen zu einer bestimmten Schlußfolgerung, die uns wiederum zu dem Ort führt, an dem sich der Vertrag am wahrscheinlichsten befinden dürfte. Versteht Ihr mich?«

Eine Minute lang verstand ihn keiner.

Dann sagte Lord Darcy leise: »Wie ist er ins Haus gekommen?«

Torquin der Schlosser sah ihn erstaunt an. »Durch eine der Außentüren, natürlich. Er hatte ja sämtliche Schlüssel.«

Doch aus Master Sean platzte es heraus: »Gütiger Himmel, ja, natürlich! Parität, My Lord. *Parität!*«

»Genau, mein guter Sean! Parität!« sagte Lord Darcy.

»Das begreife ich nicht«, sagte der Lord Hochadmiral ohne Umschweife. »Was ist denn das, ›Parität?‹«

»Die Fähigkeit, Paare herzustellen, Euer Lordschaft«, erklärte Master Sean. »Mit anderen Worten: Ist eine Zahl gerade oder ungerade? Die Zahl der Außentüren dieses Hauses ist vier – also gerade. Wenn er durch alle diese Türen einmal geschritten ist, und zwar nur einmal – dabei spielt es überhaupt keine Rolle, wo er zwischendurch war –, dann muß er wieder aus dem Haus ins Freie getreten sein.«

»Rein-raus-rein-raus«, sagte Prinz Richard. »Aber natürlich, so ist es! Aber wie ist er dann –« Er brach ab und musterte erneut das Papier.

»Würdet Ihr mir mal ein leeres Blatt Papier und einen Bleistift geben?« fragte Lord Darcy abseits gewandt den Edelmann Torquin mit leiser Stimme. Der kleine Mann holte sie aus seinem Reisesack hervor.

»Ist der Weg, den er gegangen ist, dabei wichtig?« fragte der Lord Hochadmiral.

»Der Weg nicht, nein«, erwiderte Lord Darcy. Er hatte das Blatt Papier auf das Kaminsims gelegt und war emsig damit beschäftigt, schnell etwas zu skizzieren. »Es muß zehntausend verschiedene Möglichkeiten geben, wie er gegangen ist, auch wenn er jede Tür nur einmal durchschritten hat. Nein, der Weg ist nicht wichtig.«

»Wieder die Parität«, bemerkte Master Sean. »Das gilt für jeden Raum mit einer geraden Anzahl von Türen. Ich begreife, worauf Seine Lordschaft hinaus will.«

»Natürlich tut Ihr das«, antwortete Lord Darcy. »Als ich erst einmal wußte, daß er durch keine der Außentüren hat eintreten können, wußte ich auch, daß es einen geheimen Eingang zu diesem Haus geben muß. Das paßt auch gut zu Vauxhalls romantischem Wesen. Und als ich sah, wo die Endpunkte seines Gangs durchs Haus lagen, wußte ich auch, wo ich nach einem verborgenen Eingang zu suchen hatte. Also habe ich mich entschuldigt und bin nachschauen gegangen. Ich wollte bei Euch keine falschen Hoffnungen wecken, also habe ich mich davon überzeugt, daß der Vertrag auch wirklich dort ist.«

»Ihr habt gesagt, Ihr wolltet zur Toilette«, meinte der Lord Hochadmiral.

»Das habe ich nicht. Ich habe mich lediglich nach den Wasserleitungen erkundigt. Diese Schlußfolgerung war Eure eigene. Jedenfalls habe ich nachgesehen und Stimmen gehört, die aus –«

Eine Stimme aus dem Hausinneren rief: »Hallooo! Ist da oben jemand?«

»Folgt mir«, sagte Lord Darcy. »Das wird der Chief Donal mit guter Nachricht sein. Ich habe den Vertrag liegen lassen, damit er ihn findet.« Sie schritten durch das Eßzimmer in die Speisekammer. Chief Donal und zwei seiner Sergeanten kamen gerade aus dem kleinen Weinkeller geklettert.

Der Chief der Wachmannschaften hielt einen schweren ledernen Diplomatenkoffer in den Händen, auf dem Gesicht ein breites Lächeln. »Wir haben ihn gefunden, Euer Hoheit! Bitte schön!« Noch nie hatte er weniger grimmig ausgesehen.

Der Herzog nahm den Koffer in Empfang und untersuchte den Inhalt. »Das ist er tatsächlich, Chief Donal. Gratuliere. Und vielen Dank. Wo war er?«

»Na ja, wir haben nach geheimen Schiebetüren gesucht,

Euer Hoheit, weil die erste Durchsuchung im Haupthaus nichts ergeben hatte, und da haben wir diesen alten Gang hinter einem falschen Weinregal im Weinkeller entdeckt. Auf diesem Hügel stand vor Jahrhunderten mal ein altes Schloß, und das Herrenhaus ist auf seinem Fundament erbaut worden. Dieser Gang muß ein Fluchtweg für Belagerungszeiten gewesen sein. Er endete hier, wo damals Wald war. Lord Vauxhall muß dieses Haus absichtlich auf dem alten Tunnelausgang errichtet haben. Wir sind ihm gefolgt und hier herausgekommen. Der Koffer lag auf dem Boden, direkt hinter einem zweiten falschen Regal, das als Tür diente.«

»Nun, nochmals vielen Dank, Chief Donal«, sagte der Prinz. »Ihr könnt Eure Männer jetzt abrufen. Wir haben gefunden, was wir wollten.«

Wieder kehrten sie ins Empfangszimmer zurück, und nachdem der Wachmann gegangen war, warf Prinz Richard Lord Darcy einen durchbohrenden, vorwurfsvollen Blick zu. »›Ein Mann, den ich ein Weile nicht mehr gesehen habe‹«, zitierte er.

»Wenigstens ein paar Stunden lang nicht«, entgegnete Lord Darcy in aller Seelenruhe.

»Darf ich fragen, was auf dem Blatt Papier steht, das Ihr so eifrig bearbeitet habt?«

»Gewiß, Euer Hoheit. Hier. Wie Ihr seht, ist dies nur einer der möglichen Wege, die Vauxhall genommen haben könnte. Es gibt Tausende von Möglichkeiten, aber jede von ihnen muß entweder in diesem Raum anfangen und in der Speisekammer enden oder umgekehrt. Das sind die beiden einzigen Räume mit einer geraden Anzahl von Türen. Da er in diesem Zimmer gestorben ist, muß er seinen Rundgang in der Speisekammer begonnen haben. Und der einzige andere Weg in diesen Raum muß der durch den Weinkeller gewesen sein.«

»Ganz einfach, wenn man's weiß«, meinte der Herzog. »Es ist schon sehr spät. Ich muß Oberstleutnant Danvers noch befehlen, seine Dragoner abzurufen. Löschen wir die

Lichter und … wenn Ihr so gut wärt, die vier Außentüren zu verschließen, Wanderhexer Torquin.«

»Und die Türen zum Grünzimmer, Euer Hoheit«, sagte der kleine Mann entschieden. »Denn Lord Vauxhall hätte bestimmt etwas dagegen, wenn irgendein Gärtner durchs Haus streunt.«

»Natürlich.«

Die Türen wurden verschlossen und die Lichter gelöscht.

Als Lord Darcy den letzten Gashahn im Vorderzimmer schloß, blickte er noch einmal zu der Stelle vor dem Kamin hinüber, wo Lord Vauxhall gestorben war.

»Obit surfeit vanitatis«, sagte er leise.

Dann wurde es dunkel.

Der Napoliexpreß

1

Seine Königliche Hoheit Prinz Richard, Herzog der Normandie, saß im herzöglichen Palast zu Rouen auf seiner Bettkante. Gerade hatte er einen Stiefel ausgezogen und wollte eben mit dem zweiten das gleiche tun, als plötzlich an seiner Tür ein diskretes Klopfen zu vernehmen war.

»Ja? Was ist?« Aus seiner Stimme waren sowohl Müdigkeit als auch Gereiztheit herauszuhören.

»Sir Leonard, Euer Hoheit. Ich fürchte, es ist von Wichtigkeit.«

Sir Leonard war der Privatsekretär des Herzogs und sein Faktotum. Wenn er sagte, daß irgend etwas wichtig sei, dann war es das auch mit Sicherheit. Dennoch ...

»Dann kommt herein, aber verdammt, Mann, es ist fünf Uhr morgens! Ich habe einen schweren Tag hinter mir und nicht geschlafen.«

Sir Leonard wußte das alles schon, also ignorierte er es. Er trat durch die Tür und blieb stehen. »Unten ist ein Commander Dhuglas, Hoheit, mit einem Schreiben Seiner Majestät. Es trägt den Vermerk *Sehr eilig*.«

»Oh. Na schön, dann zeigt es mir.«

»Der Commander hat Weisung erhalten, es Euch nur höchstpersönlich auszuhändigen, Hoheit.«

»Nichts als Arbeit«, knurrte Seine Hoheit ohne Gehässigkeit und zog seinen Stiefel wieder an.

Als er unten in das Zimmer trat, wo ihn Commander Dhuglas erwartete, sah Prinz Richard nicht mehr müde und zerzaust aus. Er war jeder Zoll ein hochgewachsener blonder, attraktiver Plantagenet, Mitglied einer stolzen

Familie, die das Anglo-Französische Reich schon seit mehr als acht Jahrhunderten regierte.

Commander Dhuglas, ein hagerer Mann mit ergrauendem Haar, verneigte sich beim Eintreten des Herzogs. »Euer Hoheit.«

»Guten Morgen, Commander. Wie ich höre, habt Ihr ein Schreiben von Seiner Majestät in Eurem Besitz?«

»So ist es, Euer Hoheit.« Der Marineoffizier reichte ihm einen großen, mit einem verschnörkelten Siegel verschlossenen Umschlag. »Ich soll Eure Antwort abwarten, Euer Hoheit.«

Seine Hoheit nahm den Brief entgegen und wies mit einer ausladenden Gebärde auf einen nahen Sessel. »Nehmt Platz, Commander, während ich nachsehe, worum es eigentlich geht.«

Er setzte sich selbst in einen weiteren Sessel, brach das Siegel auf dem Umschlag und holte den Brief hervor.

Der Briefkopf bestand aus einer Prägung des königlichen Wappens. Darunter standen die Worte:

Mein lieber Richard,
Es hat eine kleine Änderung des Plans gegeben.
Aufgrund unvorhergesehener Ereignisse hier bei uns
muß das Paket, das Ihr für den Export vorbereitet habt,
auf dem See- statt auf dem Landweg befördert werden.
Der Überbringer dieses Schreibens,
Commander Edwy Dhuglas, wird es zusammen
mit Eurem Kurier zu seiner Bestimmung an Bord des Schiffs
bringen, welches er befehligt, die Weißer Delphin.
Es ist das schnellste Schiff der Marine und wird
die Reise in recht guter Zeit hinter sich bringen.

Alles Gute,
Euer Euch liebender Bruder
John

Prinz Richard starrte das Schreiben an. Das «Paket«, auf welches sich Seine Majestät bezog, war der frisch ausgehandelte und unterzeichnete Seevertrag zwischen Kyril, dem Kaiser zu Konstantinopel, und König John. Wenn der Vertrag rechtzeitig nach Athen gebracht werden konnte, würde Kyril sofortige Maßnahmen ergreifen, die das Marmarameer für bestimmte polnische «Handelsschiffe« sperrte, die in Wirklichkeit getarnte leichte Kreuzer waren und von König Casimirs Marine in Odessa gebaut wurden. Wenn diese Schiffe nicht daran gehindert wurden, würde Casimir von Polen zum ersten Mal seit vierzig Jahren über Seestreitkräfte im Mittelmeer und im Atlantik verfügen. Das Abkommen mit den Skandinaviern Ende des Krieges von 1939 hatte die Polen daran gehindert, das Baltikum zu verlassen, doch das damalige Abkommen mit den Griechen besaß einige Schlupflöcher.

Mit dem gegenwärtigen Abkommen wurden diese Löcher gestopft, doch würde Kyril erst dann die erforderlichen Maßnahmen in die Wege leiten, wenn er das unterzeichnete Exemplar in den Händen hielt. Im Augenblick befanden sich drei der getarnten Kreuzer im Schwarzen Meer. Hatten sie erst einmal die Dardanellen durchschifft, würde es zu spät sein. Man mußte sie noch im Marmarameer abfangen, und das bedeutete, daß der Vertragstext binnen weniger Tage in Athen eintreffen mußte.

Es waren Pläne aufgestellt worden, Zeitpläne, die mathematisch genau berechnet worden waren, damit der Text mit aller gebotenen Eile ans Ziel gelangte.

Und nun hatte Seine Majestät John IV, von Gottes Gnaden König von England, Irland, Schottland und Frankreich; Kaiser des Heiligen Römischen Reichs Deutscher Nation; Oberster Häuptling des Moqtessumid Klans; Sohn der Sonne; Graf von Anjou und Maine; Prinzdonator des Souveränen Ordens des Heiligen Johannes zu Jerusalem; Souverän des Höchst Ehrwürdigen Ordens von der Tafelrunde, des Ordens vom Leoparden, des Ordens von der Lilie, des Ordens von den Drei Kronen und des Ordens vom Heiligen Andreas; Herrscher und Beschützer der Westlichen Kontinente von Neuengland und Neufrankreich; Verteidiger des Glaubens, diese Pläne geändert. Dazu hatte er natürlich jedes Recht. Aber –

Prinz Richard sah auf seine Armbanduhr, dann musterte er Commander Dhuglas. »Ich fürchte, diese Nachricht meines Bruders des Königs kommt ein bißchen zu spät, Commander. Der Gegenstand, auf den er sich bezieht, müßte in fünf Minuten Paris mit dem Napoliexpreß verlassen.«

2

Die langen hellroten Waggons des Napoliexpreß schienen geradezu begierig darauf zu sein, sich in Bewegung zu setzen; fast schien es durch die beiden zehn Zoll breiten weißen Längsstreifen, als seien sie sogar bereits in Bewegung. Weit voraus auf dem Gleis, beinahe schon außerhalb des Bahnhofs Paris-Süd, stand dampfend und zischend die schwere Zugmaschine.

Wie üblich war der Expreß beinahe voll beladen. Er fuhr die Strecke Paris-Napoli nur zweimal in der Woche, und meistens waren so viele Passagiere an Bord, wie er fassen konnte – abgesehen von den Passagieren auf der Warteliste.

Das Problem bei der Warteliste war, daß die Passagiere dann, wenn eine Reservierung in letzter Minute gestrichen wurde, der Reihe nach die angebotene Reiseklasse annehmen mußten, wenn sie sie nicht dem nächsten auf der Liste überlassen wollten.

Die luxuriösesten Abteile des Napoliexpreß waren die acht Doppelabteile im letzten Waggon, dem Aussichtswagen, der vom Rest des Zuges durch den Speisewagen abgetrennt war. Alle sechzehn Plätze waren reserviert, doch drei der Reservierungen waren im letzten Augenblick widerrufen worden. Zwei davon wurden von Passagieren auf der Warteliste in Anspruch genommen, die sich etwas unwillig von der Differenz zu ihrem eigentlich eingeplanten Fahrpreis getrennt hatte. Der sechzehnte Platz blieb leer, weil ihn sich keiner der Wartenden finanziell erlauben konnte.

Die Passagiere strömten an Bord. Einer von ihnen, ein untersetzter und stämmiger, dunkelhaariger, gut gekleideter Ire mit einem symbolverzierten Reisesack in der einen Hand und einem Koffer in der anderen und mit Papieren, die ihn als Seamus Kilpadraeg, Meisterhexer, auswiesen, beobachtete die anderen, ohne daß es aufgefallen wäre. Der Passagier, der unmittelbar vor ihm in der Reihe stand, war ein breitschultriger Mann mit ergrautem Haar, der sich als Sir Stanley Galbraith vorstellte. Er stieg ein und blickte nicht zurück, als Master Seamus sich auswies, den Koffer abstellte, seinen Fahrschein abgab und den Passagierabschnitt wieder entgegennahm.

Der Passagier hinter Master Seamus, der letzte in der Reihe, war ein großer, hagerer Herr mit braunem Haar und einem üppigen, buschigen braunen Bart. Master Seamus hatte ihn über den Bahnsteig auf den Zug zulaufen sehen. In einer Hand trug er einen Koffer und in der anderen einen Spazierstock mit Silberknauf. Er hinkte leicht. Der Hexer hörte, wie er dem Fahrkartenbeamten seinen Namen mit Edelmann John Peabody angab.

Master Seamus wußte, daß das Hinken gespielt war und daß sich in dem Spazierstock ein Degen versteckte, doch sagte er nichts und blickte auch nicht zurück, als er den Koffer aufnahm, um in den Zug zu steigen.

In dem kleinen Aufenthaltsraum am Ende des Waggons befanden sich bereits fünf oder sechs Passagiere. Die anderen waren wahrscheinlich in ihren Abteilen. Seiner Fahrkarte zufolge hatte man ihm das Abteil zwei zugewiesen, weiter vorne in Richtung Wagenanfang. Er ging darauf zu, den Koffer in der einen, den Reisesack in der anderen Hand und musterte noch einmal seine Fahrkarte: Nummer zwei, oben. Das untere Bett war im Augenblick noch eine Tagessitzbank, und das obere war noch an die Wand geklappt und verriegelt. Doch unter dem unteren Bett befanden sich zwei Schließfächer, die mit »oben« und »unten« markiert waren. Im Schloß des »oberen« Fachs stak noch ein Schlüssel, während er beim unteren abgezogen worden war. Das konnte nur bedeuten, daß sein Kabinengefährte sein Gepäck bereits verstaut, abgeschlossen und den Schlüssel abgezogen hatte. Master Seamus legte sein Gepäck ebenfalls in das Fach und steckte den Schlüssel ein. Da er nichts Besseres vorhatte, begab er sich zurück in den Aufenthaltsraum.

Der Mann mit dem buschigen Bart, der sich Peabody nannte, saß allein in einer Ecke und las den Pariser *Standard.* Der Hexer überflog ihn mit einem kurzen Blick, suchte sich selbst einen Sitzplatz und begutachtete mit lässigem Ausdruck die anderen Passagiere.

Es schien ein bunter Haufen zu sein, manche groß, manche klein, manche in den mittleren Jahren, manche kaum über dreißig. Am jüngsten sah ein blonder, rosagesichtiger Bursche aus, der an der Bar stand, als warte er voller Ungeduld auf einen Drink, obgleich er doch wissen mußte, daß Alkohol erst eine ganze Weile nach Abfahrt des Zugs ausgeschenkt werden würde.

Der Älteste schien ein weißhaariger Herr im Ornat eines Priesters zu sein. Er hatte einen kleinen weißen Schnurrbart und einen Kinnbart, mit glattrasierten Wangen. Er las still in seinem Brevier, eine Brille mit goldumrandeten Halbgläsern auf der Nase.

Zwischen diesen beiden Extremen schien jedes Altersjahrzehnt vertreten zu sein. Es waren nur neun Menschen im Aufenthaltsraum, der Hexer eingeschlossen. Aus welchen Gründen auch immer blieben fünf weitere in ihren Abteilen. Der letzte Passagier hätte es beinahe nicht mehr geschafft.

Er war ein dicklicher Mann – nicht wirklich fett, aber deutlich übergewichtig –, der schnaufend dazukam, als der Schaffner gerade die Abteiltür schließen wollte. Mit einer Hand umklammerte er den Griff seines Koffers, mit der anderen seinen Hut. Sein sandfarbenes Haar war vom warmen Frühlingswind zerzaust worden.

»Quinte«, keuchte er, »Jason Quinte.« Er gab seine Fahrkarte ab und erhielt seinen Passagierabschnitt.

Der Schaffner sagte: »Freut mich, daß Ihr es noch geschafft habt, mein Herr. Das wär's dann.« Und er schloß die Tür.

Zwei Minuten später setzte sich der Zug in Bewegung.

3

Nachdem sie fünf Minuten gefahren waren, kam ein Mann in einer schmucken rotblauen Uniform in den Waggon und bat alle, die sich in ihren Kabinen aufhielten, in den Aufenthaltsraum. »Der Waggonchef wird gleich kommen«, teilte er allen mit.

Nach einer ganzen Weile erschien der Waggonchef. Er war ein Mann von mittlerer Größe mit einem streng aussehenden Schnäuzer, und als er seinen Hut ablegte, offenbarte er eine gewaltige Glatze, die von schwarzem Haar umrahmt wurde. Seine rotblaue Uniform unterschied sich von der des anderen durch vier breite weiße Streifen an jedem Ärmel.

»Gentlemen«, sagte er mit leichter Verbeugung, »ich bin Edmund Norton, Euer Waggonchef. Der Passagierdokumentation entnehme ich, daß Ihr nach Napoli durchfahrt. Der Fahrplan befindet sich auf kleinen gedruckten Kärtchen auf dem Inneren Eurer Abteiltüren, und außerdem hängt noch einer ...« Er machte eine zeigende Geste. »... dort drüben hinter der Theke. Wir halten als erstes in Lyon, wo wir heute nachmittag um 12.15 Uhr ankommen und eine Stunde Aufenthalt haben werden. Der Bahnhof verfügt über ein ausgezeichnetes Restaurant, wo Ihr Euer Mittagessen einnehmen könnt. Marsaille erreichen wir um 18.24 Uhr und fahren um 19.20 Uhr wieder weiter. Um neun Uhr abends wird im Speisewagen eine leichte Abendmahlzeit serviert.

Ungefähr eine halbe Stunde nach Mitternacht werden wir die Grenze zwischen dem Herzogtum Provence und dem Herzogtum Ligurien überqueren. Dort hat der Zug zehn Minuten Aufenthalt, doch darum braucht Ihr Euch nicht zu kümmern, da dort niemand den Zug verlassen oder besteigen darf. Um 3.31 Uhr morgens erreichen wir Genua, wo wir um 4.30 Uhr wieder abfahren. Frühstück wird zwischen 8 und 9 Uhr serviert, und um 11.56 Uhr erreichen wir Rom. Rom verlassen wir um 13 Uhr, so daß Ihr eine Stunde Zeit für das Mittagessen habt. Um 15.26 Uhr treffen wir in Napoli ein. Die Gesamtreisedauer beträgt 34 Stunden und 14 Minuten.

Heute morgen steht Euch der Speisewagen bereits um 6 Uhr zur Verfügung. Er befindet sich im nächsten Waggon Richtung Zuganfang.

Edelmann Fred wird sich Eurer Bedürfnisse und Wünsche annehmen, doch dürft Ihr gerne jederzeit über mich verfügen.« Edelmann Fred machte eine knappe Verbeugung.

»Ich muß daran erinnern, Gentlemen, daß das Rauchen in den Abteilen, im Gang und im Aufenthaltsraum nicht gestattet ist. Diejenigen von Euch, die zu rauchen wünschen, werden dies bitte auf der Aussichtsplattform am Heck des Wagens tun.

Solltet Ihr irgendwelche Fragen habe, werde ich sie jetzt mit Vergnügen beantworten.«

Es gab keine Fragen. Der Waggonchef verneigte sich ein weiteres Mal. »Danke, Gentlemen. Ich hoffe, Ihr habt alle eine angenehme Reise.« Er setzte den Hut wieder auf, machte kehrt und ging.

Im hinteren Teil des Speisewagens waren vier Tische für die Passagiere des Aussichtswagens reserviert. Meisterhexer Seamus Kilpadraeg betrat den Speisewagen früher als die anderen, und einer nach dem anderen nahmen drei weitere Passagiere an seinem Tisch Platz.

Der hochgewachsene, stämmige Mann mit dem schütteren weißen Haar und dem weißen, kurz gestutzten Militärschnäuzer stellte sich als erster vor.

»Martyn Boothroyd ist der Name. Sieht so aus, als würden wir ein Weilchen zusammen an Bord des Zugs sein, eh?« Er hatte seine Aufmerksamkeit ausschließlich auf den Hexer gerichtet.

»So sieht es wohl aus, Edelmann Martyn«, erwiderte der

stämmige kleine irische Hexer freundlich. »Ich bin Seamus Kilpadraeg, freut mich sehr, Euch kennenzulernen.«

Der Mann mit dem kantigen Gesicht und der zwei Zoll langen Narbe auf der rechten Wange war Gavin Tailleur; der blonde Mann mit der großen Nase war Sidney Charpentier.

Der Kellner kam, nahm die Bestellungen auf und verschwand wieder.

Charpentier rieb mit dem Zeigefinger gegen seine imposante Nase. »Verzeiht mir, Edelmann Seamus«, sagte er mit tiefer, rumpelnder Stimme, »aber als Ihr an Bord kamt, habe ich da nicht den Reisesack eines Magiers bei Euch gesehen?«

»Das habt Ihr, mein Herr«, antwortete der Hexer umgänglich.

Charpentier grinste und zeigte seine kräftigen weißen Zähne. »Dachte ich mir's doch. Wanderhexer? Oder hätte ich Euch mit Master Seamus anreden sollen?«

Der Ire erwiderte das Lächeln. »Master ist richtig, mein Herr.«

Sie sprachen recht laut, und die Passagiere an den anderen Tischen taten das gleiche, um sich im Schnaufen und Rattern des Napoliexpreß Gehör zu verschaffen, während der Zug südwärts gen Lyon fuhr.

»Es ist mir eine Freude, Euch kennenzulernen, Master Seamus«, sagte Charpentier. »Ich habe mich schon immer für das Gebiet der Magie interessiert. Manchmal wünschte ich, ich hätte mich ihm richtig gewidmet. Habe den Meistergrad allerdings nie geschafft. Mathe ist mir doch zu hoch.«

»Ach, tatsächlich? Dann habt Ihr also auch etwas Talent?« fragte der Hexer.

»Ein klein wenig. Ich habe eine Lizenz als Laienheiler.«

Der Hexer nickte. Eine Laienheilerlizenz diente zur Verabreichung von Erster Hilfe oder zur Notfallmedizin oder auch zum Assistieren bei einem qualifizierten Heiler.

Der grobgesichtige Tailleur klopfte mit dem rechten Zeigefinger auf die Narbe an seiner Wange und sagte mit ziemlich knarziger Stimme: »Das hier würde noch verdammt viel schlimmer aussehen, wenn der alte Sharpy hier nicht gewesen wäre.«

Boothroyd sagte plötzlich: »Eine Frage wollte ich immer schon mal stellen – hoppla, da kommt ja das Frühstück!« Während der Kellner Teller mit warmen Speisen auf den Tisch stellte, fing Boothroyd erneut an: »Eine Frage, die ich schon immer mal stellen wollte: Mir ist aufgefallen, daß Heiler immer nur ihre Hände benutzen, während Hexer alle möglichen Gerätschaften verwenden – Stäbe, Amulette, Räuchergefäße, lauter solche Sachen eben. Warum eigentlich?«

»Nun, mein Herr, zum einen, weil sie das Talent auf etwas andere Weise anwenden«, erwiderte der Hexer. »Ein Heiler unterstützt einen Prozeß, der von Natur aus in die gewünschte Richtung läuft. Der Körper besitzt eine starke Neigung, gesund werden zu wollen. Außerdem will auch der *Patient*, daß er gesund wird, mit Ausnahme von extremen Abweichungen, deren sich der Heiler auf andere Weise annimmt.«

»Mit anderen Worten«, sagte Charpentier, »der Heiler kann über die Kooperation von Körper und Geist des Patienten verfügen.«

»Ganz genau«, stimmte der Hexer ihm bei. »Der Heiler schmiert sozusagen die Gleitkufen, wenn man es so ausdrücken will.«

»Und wie unterscheidet sich das von der Arbeit des Hexers?« wollte Boothroyd wissen.

»Nun, der Hexer arbeitet meistens mit unbelebter Materie. Da ist von Kooperation überhaupt nicht die Rede, wie Ihr wohl einsehen werdet, nicht wahr? Also muß er auch mit Werkzeugen arbeiten, die der Heiler überhaupt nicht braucht.

Ich will es Euch mit einer Analogie veranschaulichen. Angenommen, Ihr habt zwei Freunde, von denen jeder rund zweihundert Pfund wiegt. Angenommen, die sind beide betrunken und möchten nach Hause gehen. Aber sie sind so betrunken, daß sie es allein nicht nach Hause schaffen. Ihr, der Ihr völlig nüchtern seid, könnt sie beide am Arm nehmen und zusammen nach Hause lotsen. Das mag ein bißchen mühsam sein, es kann sein, daß Ihr eine Menge Geschicklichkeit darauf verwenden müßt. Aber Ihr schafft es auch ohne fremde Hilfe, weil sie im großen und ganzen mit dabei helfen, denn sie *wollen* ja wirklich nach Hause.

Aber angenommen, Ihr müßtet das gleiche Gewicht in Form von Sandsäcken befördern und Ihr wolltet, daß die auch zur selben Zeit an denselben Ort gelangen. Diese rund vierhundert Pfund Sand entbieten Euch keinerlei Kooperation, also müßt Ihr Euch eines Werkzeugs oder Hilfsmittels bedienen. Ihr habt eine ganze Menge Werkzeuge, aber Ihr müßt das richtige auswählen, wenn Ihr die Arbeit erledigen wollt. In diesem Fall würdet Ihr also eine Schubkarre benutzen und keinen Schraubenzieher oder Hammer.«

»Ach, ich verstehe«, sagte Boothroyd. »Dann würdet Ihr also sagen, daß die Arbeit eines Heilers leichter ist?«

»Nicht leichter, nur anders. Manche Leute, die vierhundert Pfund Sand in einer Schubkarre in fünfzehn Minuten eine Meile weit schieben könnten, sind vielleicht nicht dazu in der Lage, zwei Betrunkene zu handhaben, ohne dabei körperliche Gewalt anzuwenden. Es ist eben alles eine Frage des Ansatzes, versteht Ihr?«

Master Seamus hatte beim Sprechen den Blick über die anderen Passagiere im hinteren Teil des Speisewagens schweifen lassen. Es waren nur vierzehn Männer beim Frühstück. Der grauhaarige Priester am Nachbartisch lauschte zwei reichlich geckenhaft aussehenden Männern, die ernst über Kirchenarchitektur sprachen. Die anderen konnte der Hexer nicht verstehen, weil der Lärm des fahrenden Zugs zu groß war. Es fehlte nur einer. Anscheinend hatte der Edelmann mit dem buschigen Bart, John Peabody, aufs Frühstück verzichtet.

4

Das Sabaspiel begann früh.

Ein imposanter Mann mit einer Habichtsnase und einem Vollbart, der völlig grau war, bis auf zwei dünne dunkelbraune Strähnen, die von den Mundwinkeln herabführten, kam zu Master Seamus herüber, der im Aufenthaltsraum saß.

»Master Seamus, ich bin Gwiliam Hauser. Einige von uns wollen ein Spielchen wagen und dachten, daß Ihr uns vielleicht dabei Gesellschaft leisten möchtet.«

»Ich danke Euch für die Einladung, Edelmann Gwiliam«, erwiderte der Hexer, »aber ich fürchte, ich habe nicht viel von einem Glücksspieler an mir.«

»Glücksspiel kann man das wohl kaum nennen, mein Herr. Nur ein Zwölftel pro Punkt. Nur ein kleines Freundschaftsspielchen, damit die Zeit schneller herumgeht.«

»Nein, nein, nicht einmal ein Freundschaftsspielchen Saba. Aber ich danke Euch dennoch noch einmal.«

Hausers Augen verengten sich. »Darf ich fragen, weshalb nicht?«

»Aber gewiß, das dürft Ihr, mein Herr, und ich will es Euch auch verraten. Wenn ein Hexer sich auf ein Spiel Saba mit Leuten einläßt, die das Talent nicht haben, kann er immer nur verlieren.«

»Und weshalb?«

»Weil, wenn er gewinnt, mein Herr, immer irgend jemand am Tisch ihn beschuldigen wird, sein Talent eingesetzt zu haben, um zu betrügen. Ihr solltet allerdings einmal ein Spiel Saba unter Hexern sehen, mein Herr! Das ist ein Schauspiel, auch wenn Ihr wahrscheinlich den größten Teil dessen, was dabei abläuft, wahrscheinlich nicht mitbekommen würdet.«

Hausers Augenausdruck entspannte sich wieder, und irgendwo aus seinem schweren Bart ertönte ein Kichern. »Verstehe. So habe ich das noch gar nicht gesehen. Boothroyd meinte, daß Ihr vielleicht mitspielen wollt, deshalb habe ich Euch gefragt. Ich werde ihm Eure Weisheit ausrichten.«

Tatsächlich wäre es den meisten Leuten niemals eingefallen, einen Magier des Betrugs und schon gar nicht des Falschspielens zu zeihen. Doch jemand, der hoch verliert, wird, besonders wenn er etwas getrunken hat, gelegentlich Dinge sagen, die er später bereut. Hexer spielten nur selten mit nicht-talentierten Menschen, wenn es nicht gerade sehr gute Freunde waren.

Schließlich saßen Hauser, Boothroyd, Charpentier, der dickliche, beinahe zu spät gekommene Jason Quinte und einer der beiden Gecken – der große mit dem Bindfadenbärtchen auf der Oberlippe, der so aussah, als hätte man ihn mitsamt seinen Kleidern gebügelt – mit einem Blatt Karten und einer Runde Getränke an einem Ecktisch, und das Sabaspiel begann.

Der Hexer beobachtete das Spiel eine Weile von seinem Sitzplatz am gegenüberliegenden Ende des Raums aus, dann schlug er ein Exemplar des *Journals der Königlichen thaumaturgischen Gesellschaft* auf und begann darin zu lesen.

Um viertel nach acht beendete der irische Magier den Artikel über «Die subjektive Algebra kinetischer Prozesse« und legte das *Journal* nieder. Er war müde, da er nicht genug geschlafen hatte, und die wiegenden Bewegungen des Zugs machten es ihm schwer, die Augen auf die Druckzeilen gerichtet zu halten. Er schloß sie und massierte mit Daumen und Zeigefinger seine Nasenwurzel.

»Entschuldigt mich, Master Seamus. Habt Ihr etwas dagegen, wenn ich Euch Gesellschaft leiste?«

Der Hexer öffnete die Augen und blickte auf.

»Überhaupt nicht, nein. Bitte, nehmt Platz.«

Der Mann hatte rotes Haar, eine Knollennase und schlaffe Gesichtshaut, die von den Knochen herabhing. Sein Lächeln war angenehm, und seine Augen sahen schläfrig aus. »Mein Name ist Zeisler, Master Seamus, Maurice Zeisler.« Er streckte die rechte Hand vor. In der Linken hielt er ein großes Glas mit Ouiskie und Wasser – wobei die Betonung deutlich auf dem Ouiskie zu liegen schien.

Die beiden gaben einander die Hand, und Zeisler nahm links von dem Hexer Platz. Er zeigte auf den Tisch mit den Sabaspielern.

»Verdammt dämliches Spiel, Saba. Muß man diese ganzen Karten behalten. Wenn man eine vergißt, einen Fehler macht – schon geht man mit mindestens einem Sovereign den Bach hinunter. Wenn man sie alle behält, das Glück auf der eigenen Seite hat und die anderen ausblufft, dann hat man vier Sovereigns Vorsprung. Ich habe nie Glück und verwechsle ständig die Karten. Vandepole kann das, immer. Also gebe ich ihnen lieber eine Runde aus und lasse sie allein spielen. Auf diese Weise verliere ich wesentlich weniger.«

»Sehr weise«, murmelte der Hexer.

»Darf ich Euch einen ausgeben?«

»Nein danke, mein Herr. Ist ein bißchen früh für mich. Später vielleicht.«

»Aber gewiß doch. Wird mir ein Vergnügen sein.« Er nahm einen ordentlichen Schluck aus seinem Glas und neigte sich dann vertrauensselig zu dem Hexer herüber. »Was ich aber wirklich gerne wüßte – schummelt Vandepole nun oder nicht? Das ist der elegant gekleidete Bursche mit dem Bindfadenbärtchen. Benutzt er das Talent, um die Verteilung der Karten zu beeinflussen?«

Der Hexer würdigte den Sabatisch nicht eines Blickes. »Soll das heißen, mein Herr, daß Ihr mich in meiner Eigenschaft als Fachmann konsultieren wollt?« fragte er mit milder Stimme.

Zeisler zuckte verunsichert mit den Augenlidern. »Na ja, ich …«

»Denn wenn dem so sein sollte«, fuhr Master Seamus unerbittlich fort, »muß ich Euch darauf aufmerksam machen, daß die Meisterhonorare recht hoch sind. Ich würde Euch empfehlen, in einer solchen Sache einen Wanderhexer zu bemühen. Der wäre viel billiger als ich und würde Euch dieselbe Information geben.«

»Oh. Hm. Na schön, danke. Das werde ich vielleicht tun. Danke.« Er nahm einen weiteren tiefen Zug. »Äh ... etwas anderes: Kennt Ihr vielleicht einen Meisterhexer namens Sean O Lochlainn?«

Der Hexer nickte bedächtig. »Ich bin ihm schon mal begegnet«, erwiderte er vorsichtig.

»Ihr Glücklicher! Habe ihn selbst nie kennengelernt, aber eine Menge über ihn gehört. Ist ein Gerichtshexer, müßt Ihr wissen. Interessante Arbeit. Würde ihm gerne mal begegnen.« Während er mit dem Hexer sprach, schweifte sein Blick ab, und nun starrte er auf die französische Landschaft hinaus, die draußen an ihnen vorbeizog.

»Dann interessiert Ihr Euch also für Magie?« fragte der Ire.

Zeisler wandte ihm wieder den Blick zu. »Für Magie? O nein. Habe überhaupt kein Talent. Nein, mich interessiert die Verbrechensaufklärung, ja.« Er blinzelte und legte die Stirn in Falten, als versuchte er, sich an irgend etwas zu erinnern. Dann hellte sich sein Blick auf und er sagte: »Der Grund, weshalb ich Master Sean erwähne, ist der, daß ich den Mann kenne, für den er arbeitet, Lord Darcy, der Chefinspektor Seiner Königlichen Hoheit des Herzogs der Normandie.« Er beugte sich vor und senkte die Stimme. Sein Atem roch kräftig nach Ouiskie. »Wart Ihr damals, vor ein paar Jahren, auf dem Kongreß der Heiler und Hexer in London? Als dieser Hexer namens Zwinge im Royal Steward Hotel ermordet wurde?«

»Ja, da war ich«, antwortete der Hexer. »Ich kann mich noch gut daran erinnern.«

»Kann ich mir vorstellen, ja. Na, ich gehörte damals zum Büro der Admiralität. Da habe ich Darcy kennengelernt.« Er zwinkerte feierlich mit einem Auge. »Habe ihm sogar geholfen, den Fall zu lösen, aber mehr darf ich darüber nicht sagen.« Sein Blick schweifte wieder aus dem Fenster. »Großartiger Detektiv. Absolutes Genie auf seinem Gebiet.

Niemand konnte den Fall aufklären, aber er hat ihn fast im Handumdrehen gelöst. Absolutes Genie. Wünschte, ich hätte seinen Verstand.« Er leerte sein Glas. »Jawohl, mein Herr. Ich wünschte, ich hätte seinen Verstand.« Er musterte sein leeres Glas und erhob sich. »Zeit für eine neue Füllung. Wollt Ihr auch eine?«

»Noch nicht. Später vielleicht.«

»Bin gleich wieder da.« Zeisler steuerte die Bar an.

Er kam nicht wieder. An der Theke kam er mit Fred ins Gespräch, der die Drinks mixte, und vergaß Master Seamus völlig, wofür der rundliche kleine irische Hexer äußerst dankbar war.

Er bemerkte, daß John Peabody, der Mann mit dem vollen, buschigen Bart, am anderen Ende der langen Sitzbank saß und anscheinend noch immer in seiner Zeitung las, die seine Aufmerksamkeit derart zu fesseln schien, daß es der Gipfel schlechten Benehmens gewesen wäre, ihn anzusprechen. Doch der Hexer wußte, daß der Mann wenigstens einen Teil seiner Aufmerksamkeit in Wirklichkeit auf den langen Gang gerichtet hielt, der vor ihnen an den Abteilen vorbeiführte.

Master Seamus blickte wieder zu den Sabaspielern hinüber. Der geckenhaft gekleidete Mann mit dem Bindfadenbärtchen heimste gerade beachtliche Gewinne ein.

Wenn Vandepole falsch spielte, dann tat er es zumindest ohne bewußte oder unbewußte Nutzung des Talents; das hätte der Hexer auf diese geringe Entfernung sonst mühelos feststellen können. Natürlich war es auch möglich, daß der Mann etwas hellseherisches Talent besaß, doch das war etwas, worüber die Wissenschaft der Magie bisher nur wenig Daten und überhaupt keine Theorie besaß. Eines Tages würde irgend jemand vielleicht das Problem der Zeitasymmetrie lösen, doch bislang war das nicht geschehen, und selbst die relativ neuen mathematischen Systeme der subjektiven Algebra boten keinerlei entsprechende Anhaltspunkte.

Achselzuckend nahm der Hexer sein *Journal* wieder auf. Zum Teufel damit, schließlich ging es ihn ja nichts an.

5

»Lyon, Gentlemen!« hallte die Stimme des Edelmanns Fred durch den Aufenthaltsraum, das Getöse des Zugs erfolgreich übertönend. *»Noch fünfzehn Minuten bis Lyon! Die Bar schließt in fünf Minuten! Das Mittagessen wird im Bahnhofsrestaurant serviert, Abfahrt um viertel nach eins! Es ist jetzt zwölf Uhr mittags!«*

Nun war Fred sich aller Aufmerksamkeit sicher, und er wiederholte seine Ansage.

Es waren nicht alle im Aufenthaltsraum. Nachdem die Bar geschlossen wurde – Zeisler war es gelungen, innerhalb von fünf Minuten zwei weitere Drinks zu ordern –, schritt Fred nach vorn durch den Gang und klopfte an jede Abteiltür. »Noch zehn Minuten bis Lyon! Mittagessen im Bahnhofsrestaurant. Abfahrt nach Marsaille um 13.15 Uhr.«

Der stämmige kleine irische Hexer drehte sich auf seiner Sitzbank zur Seite, um durch das Zugfenster die Vororte von Lyon zu betrachten. Es war ein angenehmer Ort, dachte er. Das Rhônetal war berühmt für seinen Weinbau, doch nun wichen die Weinlauben immer dichter nebeneinander stehenden Hütten, und schließlich fuhr der Zug in die Stadt selbst ein. Die meisten Häuser waren alt, doch sauber und sehr gepflegt. Technisch gesehen gehörte die Grafschaft von Lyonnais zum Herzogtum Burgund, doch hielten ihre Bewohner sich nicht für Burgunder. Der Conte de Lyonnais stellte in ihren Augen eine weitaus größere Respektsperson dar als der Herzog von Burgund. Seine Gnade respektierte diese Empfindung und ließ My Lord Conte soviel freie Hand, wie es das Königliche Gesetz nur zuließ. Dem Aussehen der Landschaft zufolge schien My Lord Conte recht gute Arbeit zu leisten.

»Verzeiht, Meisterhexer«, sagte eine sanfte, angenehme Stimme.

Er wandte sich vom Fenster ab. Es war der ältere Mann in der priesterlichen Kleidung. »Was kann ich für Euch tun, Father?«

»Gestattet mir, mich vorzustellen. Ich bin der Ehrwürdige Father Armand Brun. Ich habe bemerkt, daß Ihr hier allein sitzt und wollte fragen, ob Ihr mir und einigen anderen Gentlemen vielleicht beim Mittagessen Gesellschaft leisten wollt?«

»Master Seamus Kilpadraeg, zu Euren Diensten, Ehrwürden. Es wird mir ein Vergnügen sein, mit Euch zu Mittag zu essen. Anscheinend haben wir eine Stunde Zeit.«

Die »anderen Gentlemen« standen neben der Bar und wurden von derselben ruhigen, glatten Stimme vorgestellt. Simon Lamar hatte schütteres dunkles Haar, durch das die Kopfhaut schimmerte, und ein längliches Gesicht mit Lippen, die eine schmale, dünne Linie bildeten. Seine Stimme klang flach und er hatte einen leisen Yorkshire-Akzent, als er sagte: »Erfreut, Euch kennenzulernen, Master Seamus.«

Arthur Mac Kays Akzent klang sowohl nach Oxford als auch nach Oxfordshire und war glatt und wohlmoduliert wie der eines Schauspielers. Er war der zweite geckenhaft gekleidete Mann – seine Kleidung war makellos, als sei sie erst Sekunden zuvor gebügelt worden. Er besaß dichtes dunkles, leicht welliges Haar, leuchtendbraune Augen mit langen dunklen Wimpern und ein dazu passendes anmutiges Gesicht. Fast war er eine Spur zu hübsch.

Valentine Herrick hatte flammendrotes Haar, ein äußerst zahniges Lächeln und einen Körper, der vor Kraft und Gesundheit nur so zu strotzen schien. Er schüttelte dem Hexer die Hand. »Kann's nicht mitansehen, wenn jemand allein essen muß, beim Heil'gen Georg! Ohne Gesellschaft ist ein Essen einfach kein Essen, was?«

»Nicht wirklich, nein«, stimmte der Hexer ihm zu.

»Besonders in diesen Bahnhofsgaststätten«, meinte Lamar mit seiner ausdruckslosen Stimme. »Da hilft Gesellschaft, einen von dem faden Essen abzulenken.«

Mac Kay lächelte wie ein Engel. »Ach, kommt! So schlimm ist es auch wieder nicht! Kommt nur mit, Ihr werdet schon sehen.«

Das *Herz von Lyon* war ein recht bequem wirkendes Restaurant, knapp fünfzig Jahre alt, aber im Stil der Epoche des Königs Gwiliam IV gehalten, was ihm eine Atmosphäre der Stabilität vermittelte. Das Dekor spiegelte freilich eine leise Anspielung auf den Namen des Etablissements wider – der vermutlich aus eben diesem Grund gewählt worden war. Über der Tür stand, dreiviertellebensgroß, mit gespreizten Beinen, die Rechte auf den Knauf eines großen nackten Schwerts gelegt, dessen Spitze den Türbogen berührte, am linken Arm einen Schild mit den Löwen von England als Emblem, die behelmte, mit einem Kettenpanzer gekleidete Gestalt von König Richard Löwenherz in mehrfarbigem Flachrelief. Auch das Innere des Restaurants war mit Rittern und Burgdamen der Zeit Richard I geschmückt.

Das war durchaus passend. Wenngleich er die ersten zehn Jahre seiner Regentschaft mit dem edlen und heldenhaften, aber närrischen, teuren Dritten Kreuzzug verbracht hatte, war es ihm nach seiner beinahe tödlichen Verwundung während der Belagerung von Chaluz doch noch gelungen, ein wirklich guter Herrscher zu werden. Es gab Historiker, die behaupteten, daß heute ein Capet anstelle eines Plantagenets auf dem Thron des Anglo-Französischen Reichs sitzen würde, wenn Richard damals bei Chaluz gestorben wäre. Doch die Capets waren schon lange ausgestorben, wie auch der labile Seitenzweig der Plantagenets, die von dem exilierten Prinzen Johann, Richards jüngerem Bruder, abstammten. Richard und Arthur, sein Neffe, der ihm 1219 auf den Thron folgte, waren es gewesen, die die anglo-französische Nation in jenen schweren Zeiten zusammengehalten hatten, und es waren die Nachkommen Arthurs, die das Reich nun schon seit siebeneinhalb Jahrhunderten im Gleichgewicht hielten.

Der alte Richard mochte seine Fehler gehabt haben, aber er war dennoch ein prachtvoller König gewesen.

»Interessantes Motiv für eine Dekoration«, meinte Father Armand, als der Kellner die fünf Männer an einen Tisch führte. »Und sehr gut ausgeführt.«

»Allerdings nicht stilecht«, kommentierte Lamar trocken. »Zu realistisch.«

»Oh, das ist wohl wahr«, erwiderte Father Armand freundlich. »Überhaupt nicht im Stil des dreizehnten Jahrhunderts, nein.« Er nahm Platz, als der Kellner einen Stuhl für ihn zurückschob. »Das ist der mühsam detailgenaue Realismus des späten siebzehnten Jahrhunderts, was stilistisch wiederum sehr gut zum Rest des Interieurs paßt. Muß teuer gewesen sein. Es gibt heute nur noch wenige Künstler, die dergleichen Arbeit durchführen könnten oder wollten.«

»Zugegeben, Father«, sagte Lamar. »Das Kunsthandwerk ist auch nicht mehr, was es mal war.«

Father Armand zog es vor, diese Bemerkung zu ignorieren. »Nun schaut Euch doch mal dort oben Gwiliam den Marschall an – jedenfalls nehme ich an, daß er es ist; er trägt das Marschallsabzeichen auf seinem Überwurf. Ich wette, wenn Ihr auf einer Trittleiter hinaufsteigen und genauer nachsehen würdet, würdet Ihr sogar noch die winzigen Nieten in jedem Kettenglied seines Panzers erkennen.«

Lamar hob einen Finger. »Und das ist auch nicht stilecht und der Epoche entsprechend.«

Father Armand blickte ihn erstaunt an. »Nieten im Kettenpanzer sollen nicht dem dreizehnten Jahrhundert entsprechen? Aber mein Herr ...«

»Nein, nein«, unterbrach Lamar ihn. »Ich meinte den Überwurf mit dem Wappen. Derlei Abzeichen auf Panzerungen sind erst ungefähr ein Jahrhundert später eingeführt worden.«

»Wißt Ihr«, sagte Arthur Mac Kay plötzlich, »ich habe mich schon immer gefragt, wie ich wohl in einem von diesen Dingern aussehen würde. Ziemlich imposant, wahrscheinlich.« Seine Schauspielerstimme stand in großem Kontrast zu Lamars flacher Aussprache.

Valentine Herrick blickte ihn mit zahnigem Lächeln an. »He! Wäre das nicht großartig? Stellt Euch das mal vor! Mit einem solchen Breitschwert ins Schlachtgetümmel stürmen! Oder eine schöne Prinzessin retten! Oder einen Drachen töten! Oder einen bösen Hexer!« Plötzlich brach er ab und errötete tatsächlich. »Oh, Verzeihung, Meisterhexer.«

»Das geht schon in Ordnung«, erwiderte Master Seamus milde. »Von mir aus könnt Ihr so viele *böse* Hexer niedermetzeln, wie Ihr wollt – solange Ihr bei Euer keine Fehler macht!«

Das brachte alle zum Lachen, sogar Herrick selbst.

Sie lasen die Speisekarte, wählten aus und bestellten ihr Essen. Das Essen, das, wie der Hexer fand, recht ordentlich war, kam sehr schnell. Father Armand sprach das Tischgebet, und danach wurde weiterhin belanglose Konversation betrieben. Lamar äußerte sich kaum zum Essen, doch der Wein war nicht nach seinem Geschmack.

»Das ist ein '69er Delacey, knapp südlich von Givors angebaut. Kein schlechter Jahrgang für einen Rotwein, aber kein Vergleich zum '69er Monet aus einem wunderschönen kleinen Ort nur wenige Meilen südöstlich von Beaune.«

Mac Kay hob sein Glas und schien sich mit ihm zu unterhalten. »Wißt Ihr, ich war schon immer der Meinung, daß der wahre Kenner eigentlich nur zu bedauern ist, weil er seinen Geschmack derartig verfeinert hat, daß er fast nichts mehr genießen kann. Ich glaube, das ist ein Corollarium von Acipensers Gesetz, vielleicht aber auch nur ein davon abgeleitetes Theorem.«

Herrick sah ihn mit hellblauen Augen an. »Was? Keine Ahnung, wovon Ihr da redet, aber beim Heil'gen Georg, ich finde, der Wein ist *verdammt* gut!« Er unterstrich das Gesagte, indem er sein Glas mit einem Zug leerte und es aus der Karaffe aufs neue füllte.

Als hätte er das Einschenken als Ruf verstanden, kam Maurice Zeisler nun prompt auf ihren Tisch zugeschritten. Er torkelte zwar nicht, doch sein Gehen und Sprechen wirkten derart beherrscht, daß es den Anschein hatte, als würde es ihm äußerste Konzentration abverlangen, beides richtig zu tun. Er setzte sich nicht, sondern blieb stehen.

»Hallo, Kameraden«, sagte er sehr bemüht, »habt Ihr schon gesehen, wer dort drüben in der Ecke sitzt?« Natürlich besaß der große Speisesaal vier Ecken, aber er zeigte leise mit einer Kopfbewegung in die entsprechende Richtung.

Es war der buschig bebärtete John Peabody, der allein am Tisch saß und aß, den Koffer neben seinem Stuhl auf dem Boden.

»Was ist mit ihm?« fragte Lamar säuerlich.

»Kennt Ihr ihn?«

»Nein. Hat sich ziemlich abseits gehalten. Warum nur?«

»Keine Ahnung. Kommt mir aber irgendwie bekannt vor. Als wenn ich ihn kennte. Kann ihn aber nicht richtig festnageln. Na ja.« Dann schlenderte er wieder davon, der Bar entgegen, von wo er auch gekommen war.

»In diesem Zustand würde der nicht mal seine eigene Mutter wiedererkennen«, brummte Lamar. »Reicht mir doch mal bitte den Wein.«

6

Der Napoliexpreß überquerte die Rhône bei Lyon und fuhr in südwärtiger Richtung durch das Herzogtum Dauphine dem Flußtal folgend auf das Herzogtum Provençe zu. In Avignon würde er sich dann in scharfem Winkel vom Fluß trennen, um nach Südosten in Richtung Marsaille weiterzufahren, doch das würde nicht vor siebzehn Uhr geschehen.

Der Napoliexpreß war kein richtiger Schnellzug, dafür war er zu lang und zu schwer. Doch machte er das wieder dadurch wett, daß er zwischen Paris und Napoli nur viermal stoppte. Genaugenommen waren es eigentlich fünf Male, wenn man die kurze Unterbrechung an der Grenze Provençe-Ligurien mitzählte.

Um die Alpenausläufer nicht überqueren zu müssen,

fuhr der Zug nach Marsaille die Mittelmeerküste entlang, an Toulon, Canne, Nizza und Monaco vorbei zur ligurischen Küste. Er fuhr eine Schlaufe um den Golf von Genova bis zur Stadt Genova, um dann bis zum Tiber der Küste zu folgen, wo er eine kurze Ostbiegung fuhr, um den kleinen Abstecher nach Rom zu machen. Dort fuhr er über den Tiber, zurück in Richtung Meer, wobei er bis Napoli an der Küste blieb.

Doch das würde erst morgen nachmittag sein. Bis dahin waren noch Hunderte von Meilen und zahlreiche Stunden zu überwinden.

Master Seamus saß in einem der Sitze auf der Aussichtsplattform am Heck des Zugs und sah zu, wie das Rhônetal in der Ferne verschwand. Auf der halbkreisförmigen Aussichtsplattform standen vier Sitze, zwei zu jeder Seite der Tür, die in den Aufenthaltsraum führte. Die beiden auf der Steuerbordseite wurden von dem dicklichen Mann mit dem sandfarbenen Haar, der beinahe den Zug verpaßt hätte – Jason Quinte – sowie von dem blonden, rosagesichtigen jungen Mann eingenommen, dessen Namen der Hexer nicht kannte. Beide rauchten Zigarren und sprachen mit Stimmen, die man im Rauschen des Windes und Rumpeln der Räder auf den Stahlgleisen zwar hören, aber nicht verstehen konnte.

Master Seamus hatte sich in den äußeren der beiden freien Sitze gesetzt, und Father Armand, der tapfer versuchte, in den Windstößen, die ihn umsausten, seine Pfeife anzuzünden, hatte den anderen eingenommen. Als die Pfeife endlich richtig brannte, lehnte sich Father Armand zurück und entspannte sich.

Die Tür glitt auf, und ein fünfter Mann trat heraus, mit dem Daumen Tabak in seine Pfeife, eine stummelige Briar, stopfend. Es war Sir Stanley Galbraith, der breitschultrige, muskulöse Mann mit dem ergrauten Haar, der vor dem Hexer den Zug bestiegen hatte. Er ignorierte die anderen und schritt zu dem hohen Geländer, das die Aussichtsplattform umgab, um in die Ferne hinauszublicken. Nachdem er die Pfeife zu seiner Zufriedenheit gestopft hatte, verstaute er seinen Tabaksbeutel und begann, seine Kleider nach etwas abzusuchen. Endlich drehte er sich mit gerunzelter Stirn um. Als er Father Armands Pfeife erblickte, glättete sich seine Stirn wieder.

»Ah! Bitte um Verzeihung, Hochwürden, aber dürfte ich wohl mal kurz Euer Pfeifenfeuerzeug haben? Habe meins anscheinend im Abteil vergessen.«

»Selbstverständlich.« Father Armand reichte ihm sein Feuerzeug, dessen sich Sir Stanley prompt bediente. Es gelang ihm in erstaunlich kurzer Zeit, seine Pfeife anzuzünden, dann gab er dem Priester das Gerät zurück. »Besten Dank. Mein Name ist übrigens Galbraith, Sir Stanley Galbraith.«

»Father Armand Brun. Freut mich, Euch kennenzulernen, Sir Stanley. Das hier ist Meisterhexer Seamus Kilpadraeg.«

»Sehr angenehm, Gentlemen, sehr angenehm.« Er zog kräftig an seiner Pfeife. »So! Jetzt wird sie weiterbrennen. Gut, daß es nicht regnet. Habe meine Schlechtwetterpfeife zu Hause gelassen.«

»Wenn Ihr eine brauchen solltet, Sir Stanley, dann laßt es mich nur wissen.« Das war der dickliche Jason Quinte. Er und der rosagesichtige Jüngling hatten, als Sir Stanley erschienen war, aufgehört zu sprechen, um zulauschen. Sir Stanleys Stimme war zwar nicht übermäßig laut, aber doch recht gut zu hören. »Ich habe zwei davon«, fuhr Quinte fort. »Die eine ist noch unbenutzt. Wird mir ein Vergnügen sein, sie Euch zu schenken, wenn Ihr sie haben wollt.«

»Nein, nein. Vielen Dank, aber für die Strecke zwischen hier und Napoli ist kein schlechtes Wetter vorausgesagt worden.« Er blickte den Hexer an. »Das stimmt doch wohl, Master Seamus?«

Der Hexer grinste. »So steht's im Bericht, Sir Stanley, aber ich selbst kann nicht viel dazu sagen. Wettermagie ist nicht mein Gebiet.«

»Oh. Verzeihung. Ihr Burschen spezialisiert Euch wohl alle, wie? Was ist denn Eure Spezialität, wenn ich fragen da?«

»Ich lehre Justizhexerei.«

»Ah, verstehe. Zweifellos ein interessantes Fach.« Er wandte seine Aufmerksamkeit einer Schwade Zigarrenrauch zu, die zu ihm herüberwehte. »Jamieson.«

Der rosagesichtige Jüngling nahm die Zigarre aus dem Mund und machte ein wachsames Gesicht. »Sir Stanley?«

»Was zum Teufel raucht Ihr da?«

Jamieson blickte die Zigarre in seiner Hand an, als würde er sich fragen, woher das Ding stammte und wie es überhaupt hierhin gekommen war. »Eine Hashtpar, Sir.«

»Persischer Tabak. Hab' ich mir gedacht.« Ein Lächeln überzog sein braungebranntes Gesicht. »Guter Perser ist sehr gut. Schlechter Perser – und das ist welcher – wird Euch wahrscheinlich die Lungen zum Faulen bringen, mein Junge. Diese Sorte dort wird mit irgendeiner Art Parfüm oder Weihrauch versetzt. Erinnert mich an ein Freudenhaus in Abadan.«

Plötzlich setzte ein verlegenes Schweigen ein, als allen einfiel, daß ja ein Geistlicher anwesend war.

»Schmeißt sie über Bord, Jaime«, sagte Quinte in etwas zu lautem Ton. »Hier, nehmt eine von meinen.«

Jamieson musterte seine zu drei Vierteln aufgerauchte Zigarre und warf sie über das Geländer. »Nein, danke, Jason. Ich war sowieso fertig damit. Dachte nur, ich könnte mal eine versuchen.« Er blickte mit ziemlich linkischem Grinsen zu Sir Stanley empor. »Sie waren recht teuer, Sir, da habe ich eben eine gekauft. Nur um sie mal zu probieren, versteht Ihr? Aber Ihr habt recht – sie stinken wie das Innere eines ... äh ... daoistischen Tempels.«

Sir Stanley lachte leise. »Manche der schlimmsten Angewohnheiten sind gleichzeitig auch die teuersten, mein Sohn. Aber das gilt auch für einige der besten.«

»Was raucht Ihr denn, Sir Stanley?« fragte Father Armand ruhig.

»Das hier? Eine Mischung aus Balik und Robertiner.«

»Eine ähnliche Mischung bevorzuge auch ich. Ich finde, Balik ist der beste Türke. Ich rauche aber auch zur Abwechslung noch eine andere Mischung: Balik und Coubaner.«

Sir Stanley schüttelte bedächtig den Kopf. »Tabak aus dem Herzogtum Couba ist viel besser für Zigarren geeignet, Hochwürden. Das Herzogtum Robertia bringt den besseren Pfeifentabak hervor, meine ich. Aber ich will natürlich einräumen, daß das alles Geschmackssache ist.«

»Couba habe ich nie gesehen«, warf Quinte ein, »aber dafür die Tabakfelder von Robertia. Weiß nicht, ob Ihr das Zeug mal habt wachsen sehen, Father?« Es war keine wirkliche Frage.

»Erzählt mir davon«, erwiderte Father Armand.

Robertia war ein Herzogtum an der Südküste des Nordkontinents der westlichen Hemisphäre, Neuengland, dessen Küste an den Golf von Mechicoe anrainte. Es war nach Robert II benannt worden, unter dessen Regentschaft es im frühen achtzehnten Jahrhundert gegründet worden war.

»Er wächst ungefähr so hoch«, sagte Quinte und hielt die Hand etwa dreißig Zoll über den Boden der Plattform. »Große, breite Blätter. Ich weiß nicht, wie er gebeizt wird. Habe nur die Felder gesehen.«

Möglicherweise wollte er noch etwas sagen, doch in diesem Augenblick öffnete sich die Tür zum Aufenthaltsraum, und der Waggonchef Edmund Norton trat heraus. Seine rotblaue Uniform leuchtete im Licht der Nachmittagssonne.

»Schönen Nachmittag, Gentlemen«, sagte er lächelnd. »Hoffe, ich störe nicht?«

»O nein«, erwiderte Sir Stanley, »überhaupt nicht. Haben nur ein wenig geplaudert.«

»Ich hoffe, Gentlemen, daß Ihr die Reise bequem genug findet und genießt?«

»Keinerlei Klagen, mein Herr. Eh, Father?«

»O nein, überhaupt nicht, überhaupt nicht«, meinte Father Armand. »Bisher ist es eine höchst angenehme Reise. Ihr führt eine ausgezeichnete Bahn.«

»Danke, Hochwürden.« Der Beamte räusperte sich. »Gentlemen, es ist Sitte, daß ich um diese Stunde alle meine besonderen Passagiere zu einem Drink einlade –

ganz nach Ihrem Wunsch. Würdet Ihr mir Gesellschaft leisten?«

Das war natürlich ein Angebot, das niemand ausschlagen konnte. Die fünf Passagiere folgten dem Waggonchef in den Aufenthaltsraum.

»Eins muß man sagen«, murmelte Father Armand dem Hexer zu, »hier drin ist es auf jeden Fall ruhiger als draußen.«

Der Waggonchef schritt ruhig zu dem Tisch hinüber, wo nach dem Mittagessen das Sabaspiel fortgesetzt worden war. Er hatte genau den richtigen Zeitpunkt getroffen.

Vanderpole schaufelte mit einer Hand seinen Gewinn an sich, während er mit dem Zeigefinger der anderen über sein dünnes Bärtchen fuhr.

Der Beamte sagte etwas, das der Hexer in dem Rumpeln des Zugs nicht verstehen konnte. Hier drin mochte es zwar leiser sein als draußen, aber keineswegs still.

Dann schritt der Waggonchef Edmund zur Bar hinüber, wo Edelmann Fred wartete, drehte sich zu den Passagieren um und sagte mit lauter Stimme: »Gentlemen, tretet vor und bestellt, wonach es Euer Herz begehrt. Fred, ich werde nachsehen und fragen, was die Herren am Sabatisch wünschen.«

Wenige Minuten später saß der irische Hexer an der Theke und sah zu, wie der Schaum seines Biers durch das Schwanken des Waggons sanft im Glas hin und her geschaukelt wurde. Maurice Zeisler würde sich selbst verwünschen, dachte er. Der narbengesichtige Gavon Tailleur war zu seinem Abteil hinübergegangen, um ihm mitzuteilen, daß der Waggonchef eine Runde ausgab, doch er hatte ihn nicht aus seinem ... äh ... Schlaf reißen können.

Master Seamus saß an einem Ende der Theke, nahe am Gang. Der Waggonchef kam zu ihm herüber und stellte sich ans Ende, nachdem er sich vergewissert hatte, daß jeder Passagier, der wollte, auch einen Drink bekommen hatte.

»Ich nehme ein Bier, Fred«, sagte er zu dem Barkeeper.

»Kommt sofort, Chef.«

»Sehe, daß Ihr auch Biertrinker seid, Meisterhexer«, sagte Waggonchef Edmund, als Fred einen schäumenden Krug vor ihn stellte.

»Aye, Waggonchef, das bin ich. Wein ist ja gut zum Essen, und ein Brandy bei besonderen Gelegenheiten ist auch etwas Feines, aber wenn ich mal so nebenbei oder auch ernsthaft trinke, ziehe ich immer Bier vor.«

»Wohl gesprochen. Mögt Ihr diese Marke hier?«

»Sehr sogar«, erwiderte der Hexer. »Normannisch, nicht wahr?«

»Ja. Im Herzogtum Normandie gibt es eine kleine Gegend, hoch oben im Hochland, wo die Orne, die Sarthe, die Eure, die Risle und die Mayenne ihren Ursprung haben. Dort gibt es das beste Wasser in ganz Frankreich. Es gibt auch gutes irisches Bier, und es gibt auch Leute, die englisches Bier bevorzugen, aber ich finde das normannische Bier am besten, weshalb ich es auch immer für meinen Zug bestelle.«

Master Seamus, der tatsächlich englisches Bier bevorzugte, wenngleich nur um ein weniges, sagte nur: »Es ist ein feines Getränk. Sehr fein, in der Tat.« Er hegte den Verdacht, daß die Präferenz des Waggonchefs möglicherweise auch eine Spur damit zu tun haben könnte, daß normannisches Bier in Paris billiger war als englisches.

»Kommt Ihr gut mit Eurem Abteilgenossen zurecht?« fragte der Waggonchef.

»Man hat mir noch nicht gesagt, wer mein Abteilgenosse ist«, erwiderte der Hexer.

»Ach nein? Das tut mir aber leid. Es ist Father Armand Brun.«

7

Um halb fünf an diesem Nachmittag döste Master Seamus Kilpadraeg auf der hinteren Sitzbank, in die Ecke gelehnt, die Arme vor der Brust verschränkt und das Kinn beinahe auf das Brustbein gelegt. Da er nicht schnarchte, störte es niemanden. Father Armand war um viertel nach drei in das Abteil Nummer zwei gegangen, und da er vermutete, daß der Gentleman müde war, hatte der Hexer beschlossen, ihm die Tagesliege zu überlassen.

Zug und Sabaspiel fuhren immer noch fort. Jason Quinte war aus dem Spiel ausgeschieden, doch hatte der rothaarige Valentine Herrick seinen Platz eingenommen. Gavin Tailleur hatte Sidney Charpentier ersetzt, und nun saß Charpentier auf der vorderen Sitzbank und vergrub die Nase in ein Buch mit dem Titel *Die Höllenmaschine,* ein Abenteuerroman. Sir Stanley Galbraith und Arthur Mac Kay saßen mit einem Würfelbecher an der Theke und spielten um Drinks.

Quinte und der junge Jamieson waren draußen auf der Aussichtsplattform und rauchten wieder Zigarren – diesmal vermutlich keine Hashtpars.

Zeisler schlief noch immer, und Lamar hatte sich anscheinend in sein eigenes Abteil zurückgezogen.

In Avignon überquerte der Zug die Brücke, die über die Durance führte und nahm, die Rhône hinter sich lassend, Kurs auf Marsaille.

Master Seamus wurde vom Klang der ausdruckslosen Stimme Simon Lamars geweckt, doch er öffnete weder die Augen, noch hob er den Kopf.

»Sidney«, sagte Lamar zu Charpentier, »ich brauche Euer Talent als Heiler.«

»Was ist denn los? Habt Ihr Kopfschmerzen?«

»Ich meine nicht, daß *ich* es brauche, sondern Maurice. Er hat einen fürchterlichen Kater. Ich habe Fred um etwas Caffe gebeten, aber ich hätte doch gerne Eure Hilfe. Er hat den ganzen Tag nichts gegessen und hat Kopfschmerzen.«

»Na schön, dann komme ich mit. Wir müssen zusehen, daß wir in Marsaille etwas zu essen in ihn hineinkriegen.« Er erhob sich und verschwand zusammen mit Lamar.

Der Hexer döste wieder ein.

8

Als der Napoliexpreß an diesem Abend um vierundzwanzig Minuten nach sechs in Marsaille einlief, hatte Master Seamus bereits entschieden, daß er nicht nur etwas zu essen nötig hatte, sondern zuvor auch etwas Bewegung. Er stieg aus dem Zug, schritt durch den Bahnhof und trat auf die Straße hinaus. Ein forscher fünfzehnminütiger Spaziergang setzte seinen Kreislauf wieder in Gang und schärfte seinen Appetit. Die frische Luft des Herzogtums Provençe, von der mediterranen Brise leicht gewürzt, war an sich bereits ein Appetitanreger.

Das Restaurant *Cannebière* – das sich nicht einmal in der Nähe der gleichnamigen Straße befand – war schon sehr voll, als er dort eintraf. Mit Entschuldigungen an beide Seiten setzte ihn der Kellner an einen Tisch mit einem Ehepaar in den mittleren Jahren namens Duprey. Da er seinen symbolverzierten Reisesack nicht mit sich trug, konnten sie nicht wissen, daß er ein Magier war, und er sah keine Veranlassung, sie darüber aufzuklären.

Er bestellte die Spezialität des Hauses, die sich als köstlicher Weißfischtopf mit reichlichen Beigaben an Knoblauch herausstellte. Dazu gab es einen trockenen Weißen mit recht deutlichem Bukett.

Im Laufe des Gesprächs stellte sich heraus, daß die Dupreys in Versaille ein kleines Lederwarengeschäft besaßen. Sie hatten eifrig gespart, um sich die Reise nach Rom erlauben zu können, wo sie eine Woche verbringen würden. Das Geschäft würde solange von einem ihrer beiden Söhne geleitet, die übrigens beide mit charmanten Ehefrauen gesegnet waren, einer von ihnen hatte zwei Töchter, der andere einen Sohn und ...

Und so weiter.

Der Hexer langweilte sich nicht. Er mochte Menschen, und die Dupreys waren ein sehr angenehmes Paar. Er brauchte nicht viel zu sagen, und sie stellten ihm auch keine Fragen. Zumindest nicht, bevor der Caffe serviert wurde. Doch dann: »Sagt mir doch, Edelmann Seamus«, sagte der Mann, »weshalb müssen wir heute nacht eigentlich an der ligurischen Grenze haltmachen?«

»Um die Frachtpapiere der Ladewaggons zu überprüfen, glaube ich«, erwiderte der Hexer. »Hat mit irgendeinem italienischen Einfuhrgesetz zu tun.«

»Siehst du, John-Paul«, sagte die Frau, »es ist also genauso, wie ich es dir gesagt habe.«

»Ja, schon, Martine, aber ich sehe das eigentlich nicht ein. Schließlich müssen wir an den Grenzen der Champagne, Burgunds, Dauphines oder der Provençe ja auch nicht anhalten. Warum also in Ligurien?« Er wandte sich wieder dem Magier zu. »Sind wir nicht alle Teil ein und desselben Reichs?«

»Nun, ja – und nein«, sagte Master Seamus nachdenklich.

»Wie meint Ihr das, mein Herr?« fragte John-Paul, leicht verwirrt dreinblickend.

»Nun, die Herzogtümer Italiens sind, wie die Herzogtümer Deutschlands übrigens auch, alle Teil des *Heiligen Römischen Reichs,* versteht Ihr, das im Jahre 862 nach Christus gegründet wurde, und König John IV ist der Kaiser. Aber sie sind eben *nicht* Teil dessen, was inoffiziell das *Anglo-Französische* Reich genannt wird, zu dem strenggenommen nur Frankreich, England, Schottland und Irland zählen.«

»Aber wir haben doch alle denselben Kaiser, nicht wahr?« wandte Maurice ein.

»Gewiß, aber Seine Majestät hat unterschiedliche Funktionen, müßt Ihr verstehen. Die italienischen Staaten haben ihr eigenes Parlament zu Rom, und ihre Gesetze unterscheiden sich in manchen Punkten von denen des Anglo-Französischen Reichs. Die Beschlüsse des Parlaments werden nicht unmittelbar vom Kaiser ratifiziert, sondern vom Kaiserlichen Vizekönig Prinz Roberto VII. Der Kaiser herrscht zwar in Italien, aber er regiert dort nicht, versteht Ihr?«

»Ich ... ich glaube ja«, sagte John-Paul zögernd. »Ist es mit den Deutschländern nicht das gleiche? Ich meine, die gehören doch auch zum Reich, nicht wahr?«

»Es ist nicht ganz das gleiche. Die sind nicht so vereint wie die Herzogtümer Italiens. Manche ihrer Herrscher nennen sich Prinzen, und einige würden sich auch gerne den Titel König zulegen, doch das ist durch das Konkordat von Magdeburg untersagt. Aber der Grundgedanke ist überall der gleiche, ja. Man könnte es so ausdrücken, daß wir alle verschiedene Staaten sind, aber mit denselben Zielen und unter demselben Kaiser. Wir alle wünschen uns individuelle Freiheit, Frieden, Wohlstand und ein glückliches Heim. Und der Kaiser stellt für uns das lebende Symbol all dieser Ziele dar.«

Nach kurzer Pause sagte Martine: »Oh! Das ist aber sehr poetisch, Edelmann Seamus!«

»Ich finde es trotzdem närrisch«, wandte John-Paul unbeirrt ein, »daß ein Zug an der Grenze zwischen zwei Reichsherzogtümern anhalten muß.«

Master Seamus seufzte. »Dann solltet Ihr mal versuchen, die Polen zu besuchen – oder selbst die Magyaren«, sagte er. »Dort kann man bis zu zwei Stunden aufgehalten werden. Man braucht einen Paß. Der Zug wird durchsucht. Das Gepäck wird durchsucht. Möglicherweise werdet sogar *Ihr selbst* durchsucht. Und die Polen tun das sogar, wenn ihre eigenen Leute ihre eigenen Binnengrenzen überqueren.«

»Also so was!« sagte Martine. »*Da* werde ich jedenfalls bestimmt nie hinreisen!«

Darüber brauchst du dir auch keine Sorgen zu machen«, bemerkte John-Paul. »Möchstest du noch etwas Caffe, meine Liebe?«

Master Seamus kehrte zum Zug zurück. Er fühlte sich sehr entspannt und war dankbar dafür, daß zwei ganz gewöhnliche Menschen ihn von seinen Sorgen abgelenkt hatten. Er sah sie nie wieder.

9

Um acht Uhr abends hatte der Napoliexpreß Marsaille bereits fünfundzwanzig Meilen hinter sich gelassen und fuhr der ligurischen Grenze entgegen.

Das Sabaspiel lief wieder auf Hochtouren, und Master Seamus hegte den Verdacht, daß einige der Unentwegten sich wahrscheinlich nie die Mühe gemacht hätten, etwas zu essen, wenn es da nicht das Reglement gegeben hätte, daß der Aufenthaltsraum während des Aufenthalts im Bahnhof geräumt werden mußte.

Inzwischen wurden dem Meisterhexer die Augenlider wieder schwer. Da Father Armand in ein Gespräch mit zwei anderen Passagieren vertieft war, beschloß Master Seamus, daß er genausogut in sein Abteil gehen könne, um sich eine Runde auf der Tagesliege auszustrecken. Er schlief fast sofort ein.

Die innere Uhr des Hexers verriet ihm, daß es zehn Minuten vor neun war, als es an der Tür klopfte.

»Ja? Wer ist da?«

»Fred, Sir. Zeit, das Bett zu machen, Sir.«

Wach auf, es ist Schlafenszeit, dachte der Hexer grimmig, als er die Füße auf den Boden des Abteils stellte. »Aber gewiß doch, Fred. Kommt nur herein.«

»Tut mir leid, aber ich muß die Betten machen, bevor ich um neun abgelöst werde, Sir. Der Nachtmann hat nämlich keinen Kabinenschlüssel, versteht Ihr?«

»Sicher, ist schon in Ordnung. Habe ein kleines Nickerchen gemacht und fühle mich schon viel besser. Ich werde hinaus in den Aufenthaltsraum gehen und Euch Eurer Arbeit überlassen. Hier drin ist kaum Platz für uns beide.«

»Das stimmt, Sir. Danke, Sir.«

Hinter der Theke stand ein neuer Mann. Als der Hexer Platz nahm, stellte der Barkeeper das Glas ab, das er gerade polierte, und kam zu ihm herüber.

»Darf ich Euch etwas bringen, Sir?«

»Das dürft Ihr sehr wohl, mein Junge. Ein Bier, wenn's genehm ist.«

»Ein Bier. Jawohl, Sir.« Er nahm einen Halbliterkrug, füllte ihn und stellte ihn vor dem Hexer ab.

Außer Master Seamus saß niemand an der Theke. Das Sabaspiel schien, wie die Sternbilder am Firmament, unverändert. Master Seamus spielte eine Weile mit der verrückten Idee, daß er in hundert Jahren die gleiche Reise machen würde und immer noch keine sonderliche Veränderung an diesem Sabaspiel feststellen würde. (Der junge Jamieson hatte Boothroyd abgelöst, aber Hauser, Tailleur, Herrick und Vandepole waren immer noch dabei.) Master Seamus trank mit langsamen Schlucken sein Bier und blickte sich im Aufenthaltsraum um.

Sir Stanley Galbraith und Father Armand saßen auf der hinteren Sitzbank. Sie unterhielten sich nicht, sondern lasen Zeitungen, die sie offensichtlich in Marsaille erstanden hatten.

Charpentier hatte Zeislers Kater anscheinend kuriert und ihn zum Essen bewegen können, denn die beiden saßen nun zusammen mit Boothroyd und Lamar an einem nahegelegenen Tisch und unterhielten sich leise. Zeisler trank Caffe.

Mac Kay, Quinte und Peabody waren nirgendwo zu sehen.

Da kam Peabody mit seinem Spazierstock mit dem Silbergriff aus dem Gang gehinkt. Er bestellte einen Ouiskie mit Wasser und nahm ihn zur vorderen Sitzbank mit, wo er sich in seiner Rühr-mich-nicht-an-Haltung in die ebenfalls mitgebrachte Zeitung vertiefte.

Der Hexer trank sein Bier aus und bestellte ein neues.

Nach einigen Minuten kam Fred von seiner letzten Arbeit des Tages zurück und sagte zu dem Nachtschichtmann: »Jetzt gehört alles dir, Tonio. Übernimm du.« Worauf er auch prompt verschwand.

»Nein, nein, ich kann das schon holen, ich bin näher dran.« Das war Zeislers Stimme, die gerade noch laut genug sprach, daß der Hexer sie verstehen konnte. Sein Sitz stand der Theke am nächsten. Er erhob sich, die Caffetasse in der Hand, und brachte sie zur Bar hinüber. »Noch eine Tasse Caffe, Tonio.«

»Jawohl, Sir.«

Zeisler lächelte und nickte Master Seamus zu, sagte jedoch nichts. Der Hexer erwiderte den Gruß.

Und tat dann so, als würde er nicht bemerken, was Tonio machte: Der stellte die Tasse nämlich hinter der Theke ab, füllte ein gutes Maß Ouiskie hinein und goß dann aus der Karaffe, die auf einer kleinen Alkohollampe stand, mit Caffe auf. Er tat es so, daß die Männer am Tisch unmöglich feststellen konnten, daß die Tasse auch noch etwas anderes außer Caffe enthielt.

Zeisler hatte ihm offensichtlich für diesen Taschenspielertrick ein recht gutes Trinkgeld gegeben, bevor Master Seamus eingetreten war.

Der Hexer erlaubte sich innerlich ein trauriges Lachen. Boothroyd, Lamar und Charpentier glaubten, daß sie pflichtgetreu dafür sorgten, daß Zeisler nüchtern blieb, und doch kippte er sich vor ihren Augen einen nach dem anderen hinter die Binde. Na ja ...

Peabody legte die Zeitung nider und ging, das Glas in der Hand, zur Theke hinüber. »Noch einen Ouiskie mit Wasser, bitte«, sagte er sehr leise.

Er bekam das Gewünschte und kehrte zu seinem Platz und seiner Zeitung zurück. Tonio machte sich wieder daran, Gläser zu polieren.

Master Seamus war schon eine ganze Weile mit seinem dritten Bier beschäftigt, als der Waggonchef erschien. Er schritt durch die Runde, nickte jedem zu, sprach mit allen, den Hexer eingeschlossen. Dann ging er weiter zur Aussichtsplattform, so daß Master Seamus schloß, daß sich Quinte und Mac Kay noch immer dort aufhielten.

Waggonchef Edmund kehrte an die Theke zurück, nahm den Hut ab und fuhr sich mit einem Taschentuch über die Fastglatze. »Warm, heute abend. Tonio, wie steht es mit Euren Vorräten?«

»Für den Rest des Abends haben wir noch mehr als genug, Chef.«

»Gut, gut. Aber ich habe gerade im Dienstraum nachgesehen, und es fehlen Handtücher. Diese Männer werden morgen früh baden wollen, und dafür fehlen uns einige. Lauft zur Vorratsabteilung und laß Euch einen kompletten Satz aushändigen. Ich übernehme solange die Theke.«

»Sofort, Chef.« Tonio eilte davon, ohne daß es jedoch so ausgesehen hätte.

Der Waggonmeister setzte die Mütze nicht mehr auf und stellte sich hinter die Theke. Er polierte keine Gläser. »Noch ein Bier, Meisterhexer?«

»Nein, danke, Waggonchef. Hab' mein Pensum für ein Weilchen. Schätze, ich werde mal meine Beine ein wenig strecken.« Er stieg von dem Barschemel und drehte sich zu der Aussichtsplattform um.

»Wie steht es mit Euch, mein Herr?« rief der Waggonchef Peabody zu, der wenige Fuß entfernt auf der vorderen Sitzbank saß.

Peabody nickte, erhob sich und brachte sein Glas herbei.

Als Master Seamus an dem Tisch vorbeikam, an dem Zeisler und die anderen drei saßen, hörte er Zeisler sagen: »Wißt Ihr Burschen, wer dieser bärtige Kerl dort an der Theke ist? Ich weiß es nämlich!«

»Morrie, würdet Ihr wohl die Klappe halten?« fragte Boothroyd kühl.

Zeisler sagte nichts mehr.

10

»Was ist denn da draußen los? Ein Kongreß?« fragte die Stimme des Kabinengenossen des Hexers aus der unteren Liege. Es war eine rhetorische Frage, weshalb der Meisterhexer sich auch nicht die Mühe machte, darauf zu antworten.

Es ist nicht unbedingt die Lautstärke eine Geräusches oder auch nur sein unerwartetes Auftreten, was einen aufweckt. Es ist das *unerwartete* Geräusch, welches dies vollbringt. Und wenn ein Geräusch gar anfängt, *interessant* zu werden, fällt das erneute Einschlafen sehr schwer.

Das Rumpeln und Donnern des Zugs, der sich auf Italien zubewegte, war sogar regelrecht einschläfernd, wenn man sich erst einmal daran gewöhnt hatte. Hätte es nur die anderen Geräusche übertönt, wäre alles in Ordnung gewesen. Doch das tat es nicht, es dämpfte sie lediglich ein bißchen.

Der Hexer gehörte zu den letzten, die sich zur Ruhe begeben hatten. Außer ihm waren nur noch Boothroyd und Charpentier im Aufenthaltsraum gewesen, als er schließlich sein Abteil aufgesucht hatte.

Die abgeschirmte Lampe war klein gestellt gewesen, und das leise Schnarchen aus der unteren Liege bewies ihm, daß sein Kabinengenosse bereits schlief.

Er hatte sich fürs Bett zurechtgemacht und war hinaufgeklettert, nur um festzustellen, daß der andere seine Zeitung auf der Liege abgelegt hatte. Sie war so zusammengefaltet, daß einer der Artikel obenauf lag, doch im matten Licht konnte er nur die Worte erkennen: TRAUERGOTTESDIENST FÜR NICHOLAS JOURDAN FINDET IN NAPOLI STATT. Es war ein Nachruf.

Er legte die Zeitung auf das nahe Bord und begann einzuschlafen.

Dann hörte er, wie eine Tür geöffnet wurde und sich Schritte den Gang entlang bewegten. *Jemand, der auf die Toilette geht,* dachte er schläfrig. Nein, denn die Schritte führten direkt an seinem eigenen Abteil vorbei zur Kabine eins. Er vernahm ein leises Klopfen. *Verdammt spät, um noch Besuche zu machen,* dachte er. Eigentlich war es ja gar nicht wirklich sehr spät – kurz nach zehn. Aber alle an Bord waren schon mindestens seit vier Uhr morgens auf, und manche sogar noch länger. Nun ja, das ging ihn nichts an.

Aber dann waren auch noch andere Schritte zu hören, weiter den Gang entlang, und andere Türen, die sich öffneten und schlossen.

Er versuchte zu schlafen, doch es gelang ihm nicht. Manchmal wurde es für ein oder zwei Minuten ruhig, dann ging es wieder los. Aus Kabine drei konnte er Stimmen hören, allerdings nur, weil er direkt neben der Trennwand lag. Es war nur das Geräusch selbst zu vernehmen, Worte konnte er nicht ausmachen. Da er ein neugieriger Mensch war, legte er ganz ungeniert das Ohr an die Wand, doch noch immer konnte er nichts verstehen.

Er gab sich alle Mühe um einzuschlafen, aber die störenden Zwischengeräusche ließen nicht nach. Schritte. Alle fünf Minuten oder so gingen sie nach Nummer eins oder kamen von dort zurück, und das waren natürlich die lautesten. Doch es waren auch noch andere zu hören, den Gang auf und den Gang ab.

Er konnte wenig dagegen unternehmen. Er konnte es nicht einmal »Lärm« nennen, es war nur irritierend.

So lag er da, döste kurz ein und wachte jedesmal wieder auf, sobald er etwas hörte, um erneut in jeder Ruhepause wegzudriften.

Stunden schienen vergangen zu sein, als er entschied, doch endlich etwas zu unternehmen. Er konnte wenigstens aufstehen und nachsehen, was los war.

Das war der Augenblick, da sein Kabinengenosse fragte: »Was ist denn da draußen los? Ein Kongreß?«

Der Hexer erwiderte nichts, kletterte statt dessen die kurze Leiter hinunter und griff nach seinem Hausmantel. »Ich spüre den Ruf der Natur«, sagte er abrupt. Dann ging er hinaus.

Es war niemand im Gang. Langsam schritt er zur Toilette. Niemand erschien. Niemand steckte den Kopf aus irgendeiner Tür. Niemand öffnete die Tür auch nur um einen Spalt, um hinauszuspähen. Nichts.

Auf der Toilette nahm er sich Zeit. Fünf Minuten. Zehn.

Er ging zu seinem Abteil zurück. Seine Pantoffeln waren auf dem Boden kaum zu hören, und er hatte sorgfältig darauf geachtet, keinerlei Lärm zu machen. Sie konnten ihn nicht gehört haben. Er berichtete seinem Kabinengefährten, was er festgestellt hatte.

»Na ja, was immer die auch gemacht haben mögen«, sagte der andere, »ich bin jetzt jedenfalls völlig wach. Ich glaube, ich rauche noch eine Pfeife, bevor ich mich wieder hinlege. Habt Ihr Lust, mir Gesellschaft zu leisten?«

Als sie in den Aufenthaltsraum kamen, saß Tonio auf einem Hocker hinter der Theke. Er hob den Blick. »Guten Abend, Father. Guten Abend, Meisterhexer. Kann ich Euch helfen?«

»Nein, wir möchten nur noch eine rauchen«, erwiderte der Hexer. »Schätze, Ihr habt einen ziemlich beschäftigten Abend gehabt, eh?«

»Ich? O nein, Sir. Seit eineinhalb Stunden ist niemand mehr hier drin gewesen.«

Die beiden Männer traten auf die Aussichtsplattform hinaus. Wenige Minuten später wurde ihr Gespräch von Tonio unterbrochen, der die Tür aufschob und fragte: »Seid Ihr sicher, daß ich nichts mehr für Euch tun kann, Gentlemen? Ich muß noch nach vorne in den Vorratswagen, um einige Sachen für morgen zu holen, aber ich möchte nicht, daß es Euch an irgend etwas fehlt.«

»Nein, danke. Das genügt schon. Sobald der Father seine Pfeife zu Ende geraucht hat, gehen wir wieder ins Bett.«

Zwanzig Minuten später taten sie genau dies und schliefen sofort ein. Es war zwanzig Minuten nach Mitternacht.

11

Um 0.15 Uhr kehrte Tonio mit seiner ersten Ladung zurück. Tagsüber, wenn die Passagiere auf waren, war es gestattet, einen Handkarren für den Transport durch die langen Gänge des Zugs zu benutzen. Doch ein plötzlicher Ruck hätte den Karren leicht umwerfen und durch den dadurch entstehenden Lärm die Passagiere aufwecken können. Und außerdem gab es nachts viel weniger zu transportieren.

Vorsichtig verstaute er die Sachen in den Schränken hinter der Theke und kehrte danach auf die Aussichtsplattform zurück, um nachzusehen, ob seine beiden Gentlemen noch dort waren. Das war nicht der Fall. Gut. Dann schliefen also alle.

Wird auch Zeit, dachte er, als er wieder nach vorne durch den Zug ging, um die zweite und letzte Fuhre zu holen. Die Herren hatten sich ja wirklich ganz hübsch amüsiert, ständig von einem Abteil ins andere zu gehen. Obwohl sie natürlich nicht sehr laut gewesen waren.

Tonio Bracelli war von Natur kein sonderlich neugieriger junger Mann, und wenn seine Gentlemen und Ladys ihm während der Nachtfahrt keine Probleme bereiteten, war er es durchaus zufrieden, sie ungestört gewähren zu lassen.

Der Zug verlangsamte seine Fahrt, und dreißig Minuten später lief er sanft in der Kontrollstation an der ligurischen Grenze ein. Der Halt war eigentlich nur eine Formsache. Die ligurischen Beamten mußten die Frachtpapiere des Rollguts in den vorderen Waggons überprüfen, aber es fanden keine Durchsuchungen oder gar Überprüfungen der Fracht selbst statt. Es war alles eher eine Frage der Buchhaltung.

Tonio stellte zusammen, was er für den zweiten Gang

zurück zur Theke benötigte und unterhielt sich dann noch etwas mit dem Vorratswart, während der Zug hielt. Die Lokomotive bremste durchaus weich, doch der Start war immer etwas holprig, und Tonio verspürte keine Lust, gerade dann davon erwischt zu werden, wenn er vollbeladen durch den Gang ging. Er wollte erst abwarten, bis der Zug an Geschwindigkeit gewonnen hatte.

Um 0.50 Uhr traf er wieder im letzten Wagen ein, brachte seine Vorräte zur Bar und verstaute sie ebenso, wie er es beim ersten Mal getan hatte. Dann machte er sich daran, seine letzte Pflicht vor Anbruch des Morgens zu erfüllen: das Bad zu reinigen.

Das war ein heikle Aufgabe. Nicht etwa, weil es eine schwere oder gar unangenehme Arbeit gewesen wäre, sondern weil man dabei so höllisch *leise* sein mußte! Der Mann von der Tagschicht konnte dabei soviel herumpoltern, wie er wollte, doch wenn das während der Nachtschicht vorkam, könnte es sein, daß sich die edlen Herren in den Abteilen vier und fünf, neben dem Bad, darüber beschwerten.

Er schritt zu dem Abteil mit den Putzutensilien unmittelbar vor Nummer eins, holte das Benötigte, kehrte zum Bad zurück und machte sich ans Werk.

Als er fertig war, warf er noch einen letzten Blick um sich, um sicherzugehen, daß auch wirklich alles in Ordnung war. Alles sah aus, als sei es in bester Ordnung. Bis die allerletzte Überprüfung an der Reihe war.

Er blickte zu Boden.

Merkwürdig. Was waren denn das für rote Flecken?

Er hatte gerade den Boden geputzt. Natürlich war der noch immer feucht, aber ...

Er trat beiseite und blickte wieder hinab.

Die Flecken stammten von seinem rechten Stiefel.

Er setzte sich auf den Abort und hob den rechten Fuß, um die Schuhsohle zu begutachten. Rote Flecken, die inzwischen schon fast verschwunden waren.

Wo zum Teufel kamen die denn her?

Wenngleich er nicht sehr neugierig war, war Tonio Bracelli doch immerhin sehr gewissenhaft. Nachdem er sich die Flecken vom Stiefel gewischt und sich davon überzeugt hatte, daß sich an dem anderen nicht auch noch welche befanden, wischte er den Boden sauber und ging hinaus, um die Ursache dieser Flecken aufzuspüren.

Das Stichwort »spüren« traf den Nagel auf den Kopf: Im ganzen Gang hatte er auf dem braunen Boden Fußabdrücke des dunklen Zeugs, was immer es sein mochte, hinterlassen. Die dunkleren Spuren führten in Richtung Zuganfang, und er ging ihnen nach.

Als er die Ursache endlich aufgespürt hatte, geriet er aus der Fassung.

Unter der Tür der Kabine eins war eine große Pfütze hervorgesickert, die anscheinend aus Blut bestand.

12

Der irische Hexer wurde durch ein Hämmern aus dem Schlaf gerissen, das beinahe wie eine Ohrfeige wirkte, und durch eine Stimme, die brüllte: *»Sir! Sir! Öffnet die Tür! Sir! Seid Ihr in Ordnung, Sir?«*

Binnen zwei Sekunden waren beide Insassen des Abteils Nummer zwei auf den Beinen und standen an der Tür.

Doch es war nicht ihre Tür, gegen die geklopft wurde, sondern die Tür zu ihrer Rechten – die der Kabine Nummer eins. Die beiden Männer griffen nach ihren Morgenmänteln und traten hinaus in den Gang.

Tonio hämmerte mit den Fäusten auf die Abteiltür von Nummer eins ein und schrie – kreischte fast – aus Leibeskräften. Entlang des Gangs gingen weitere Abteiltüren auf.

Ein Arm wurde vorgestreckt und eine Hand packte Tonio an der Schulter. »Na, na, na, beruhigt Euch, mein Sohn! Was ist denn los?«

Tonio keuchte plötzlich auf und blickte den Mann an, der ihm so fest die Hand auf die Schulter gelegt hatte. »O Father! Schaut doch nur! Schaut Euch das mal an!« Er wich einen Schritt zurück und zeigte auf das Blut zu seinen Füßen. »Er gibt keine Antwort! Was soll ich tun, Father?«

»Als erstes müßt Ihr den Waggonchef holen, mein Sohn. Ihr habt keinen Schlüssel zu dieser Tür, oder? Nein. Dann holt sofort Waggonchef Edmund. Aber paßt auf – kein Lärm, kein Geschrei! Beunruhigt die Passagiere in den anderen Wagen nicht! Das hier geht nur den Waggonchef an. Habt Ihr mich verstanden?«

»Jawohl, Father. Natürlich.« Seine Stimme klang schon viel ruhiger.

»Schön. Dann lauft los, aber schnell!« Erst dann ließ die kräftige Hand den jungen Mann los. Tonio lief davon – schnell, aber offensichtlich inzwischen wieder Herr seiner selbst.

»Und nun, Master Seamus, Sir Stanley, sollten wir darauf achten, daß hier kein unnötiger Menschenauflauf entsteht.«

Sir Stanley, der nur eine halbe Sekunde nach dem Hexer und seinem Begleiter aus dem Abteil Nummer acht hervorgeschossen gekommen war, machte kehrt, um den Gang zu blockieren.

Seine Stimme schien den ganzen Waggon auszufüllen: »Also schön, jetzt, alles zurück! Ab, zurück in Eure Quartiere, Leute! Bewegung!«

Eine halbe Minute später war der Gang bis auf die drei Männer leer. Dann fragte Sir Stanley: »Was ist hier vorgefallen, Father?«

»Das weiß ich ebensowenig wie Ihr, Sir Stanley. Wir müssen auf den Waggonchef warten.«

»Ich meine, wir sollten ...« Doch was immer Sir Stanley meinen mochte, es wurde endgültig abgeschnitten durch das Auftauchen von Waggonchef Edmund, der aus dem vorne gelegenen Speisewagen herbeigelaufen kam, dicht gefolgt von Tonio, und fast dieselbe Frage stellte:

»Was ist hier passiert?«

Der Magier trat vor. »Das wissen wir nicht, Waggonchef, aber das hier sieht nach Blut aus, so daß ich vorschlage, daß Ihr dieses Abteil aufschließt.«

»Natürlich, natürlich.« Der Waggonchef öffnete mit seinem Schlüssel das Schloß von Kabine Nummer eins.

Auf der unteren Liege lag Edelmann John Peabody mit zertrümmertem Schädel, der über die Liegenkante herabhing, der Scheitel eine einzige Masse aus geronnenem Blut. Er war ganz offensichtlich tot.

»Ich würde an Eurer Stelle nicht dort hineingehen, Waggonchef«, sagte der Hexer und blockierte Waggonchef Edmund mit ausgestrecktem Arm den Weg, als dieser gerade ins Abteil treten wollte.

»Was? In meinem eigenen Zug? Warum nicht?« Er klang ziemlich verärgert.

»Bitte um Verzeihung, Waggonchef, aber habt Ihr in Eurem Zug schon mal einen Mord gehabt?«

»Nein, aber ...«

»Habt Ihr schon einmal mit Ermittlungen in Sachen Mord zu tun gehabt?«

»Nein, aber ...«

»Nun, dann bitte ich nochmals um Verzeihung, Waggonchef, aber *ich* habe damit durchaus zu tun gehabt. Ich bin ein ausgebildeter Justizhexer. Es würde den Ermittlungsbeamten überhaupt nicht gefallen, wenn wir jetzt dort hineinstapften und alle möglichen Spuren zerstörten. Befindet sich ein Chirurg an Bord?«

»Ja, der Zugchirurg, Dr. Vonner. Aber woher wollt Ihr wissen, daß es sich um Mord handelt?«

»Selbstmord ist es nicht«, sagte der Hexer. »Sein Kopf ist mehrfach mit diesem schweren Spazierstock mit dem Silberknauf eingeschlagen worden, der dort auf dem Boden liegt. Auf solche Weise bringt sich kein Mensch um, und ein Unfall kann es auch nicht gewesen sein. Schickt Tonio nach dem Chirurgen.«

Dr. Vonner hatte, wie sich herausstellte, schon etwas Erfahrung mit Kriminalfällen, deshalb wußte er, was er zu tun hatte, und – was noch viel wichtiger war – was er *nicht tun* durfte. Nach der Untersuchung verkündete er, daß Peabody tot sei, und zwar wahrscheinlich seit mindestens einer Stunde. Danach sagte er, daß er, falls man ihn nicht mehr brauche, wieder zu Bett gehen wollte, worauf der Waggonchef ihn entließ.

»Es dauert noch fast zwei Stunden, bis wir in Genova eintreffen«, sagte der Hexer. »Vorher können wir die Behörden nicht benachrichtigen. Aber das ist nicht weiter schlimm. Solange der Zug schnell fährt, kann niemand ihn verlassen, und ich kann einen Konservierungszauber über den Körper und einen Vermeidungszauber über das Abteil verhängen.«

Eine Stimme hinter dem Hexer fragte: »Sollte ich dem armen Kerl nicht wenigstens die letzten Sakramente der Heiligen Mutter Kirche spenden?«

Der Ire drehte sich um und schüttelte den Kopf. »Nein, Father. Er ist schon mausetot, und das kann warten. Wenn bei diesem Mord irgendwelche Schwarze Magie im Spiel gewesen sein sollte, würde Eure Arbeit jede Spur davon verwischen und möglicherweise wertvolle Indizien beseitigen.«

»Ich verstehe. Also gut. Soll ich Euch Euren Reisesack bringen?«

»Wenn Ihr so gut wärt, Ehrwürdiger Father.«

Der Reisesack wurde herbeigeschafft, und der Hexer machte sich ans Werk. Der Konservierungszauber, für den der Hexer einen nachtschwarzen Stab benutzte, war schnell verhängt; nun würde der Leichnam bis zur Beendigung der amtlichen Untersuchung in Stasis verharren. Der Hexer notierte sorgfältig die Uhrzeit und führte dazu auch einen Uhrenvergleich mit dem Waggonchef durch.

Der Vermeidungszauber war etwas komplizierter und verlangte nach dem Gebrauch eines Weihrauchbrenners und zweier Stäbe, doch als er beendet war, war der Raum so abgesichert, daß niemand ihn freiwillig betreten oder auch nur hineinschauen würde. »Ihr solltet die Abteiltür besser wieder abschließen, Waggonchef«, sagte der irische Hexer. Er sah auf den Boden. »Was diesen Fleck angeht, so ist Tonio schon hineingetreten, aber wir sollten lieber dafür sorgen, daß andere das nicht auch noch tun. Würdet Ihr so gut sein, den anderen zu sagen, daß sie sich von dieser

Stelle fernhalten sollen, bis wir in Genova eingetroffen sind, Sir Stanley?«

»Selbstverständlich, Meisterhexer.«

»Danke schön. Ich werde jetzt meinen Reisesack wieder zurückbringen.«

13

Der Hexer setzte seinen symbolverzierten Reisesack auf dem Boden ab, während sein Abteilgefährte hinter sich die Tür schloß.

»Also das nenne ich ›in der Rolle bleiben‹, My Lord«, sagte Sean O Lochlainn, Oberster Gerichtshexer Seiner Königlichen Hoheit, des Herzogs der Normandie.

»Wie? Ach so, Ihr meint wohl mein Angebot, die letzten Sakramente zu spenden?« Lord Darcy, Chefinspektor des Herzogs, lächelte. »Das hätte jeder richtige Geistliche getan, und ich wußte doch, daß Ihr mir schon aus der Klemme helfen würdet.« Wenn er seine Rolle nicht mehr spielte, sah er trotz des tarnenden weißen Haars und seines Barts plötzlich viel jünger aus.

»Na ja, ich habe getan, was ich konnte, My Lord. Nun können wir wohl nichts anderes tun als abzuwarten, bis wir in Genova einlaufen, damit die italienischen Behörden die Sache klären.«

Seine Lordschaft furchte die Stirn. »Ich fürchte, wir werden etwas mehr tun müssen als abzuwarten, mein lieber Sean. Die Zeit ist kostbar. Wir *müssen* dieses Seeabkommen unbedingt rechtzeitig nach Athen bringen. Das bedeutet, daß wir heute abend bis zehn Uhr in Brindisi sein müssen. Was wiederum heißt, daß wir den Nahverkehrszug von Napoli nach Brindisi *unbedingt* bekommen müssen, und der fährt eine Viertelstunde später ab, nachdem der Napoliexpreß in den Bahnhof einläuft. Ich weiß zwar nicht, was die Behörden in Genova unternehmen werden, aber wenn man uns dort nicht aufhält, wird man es mit Sicherheit in

Rom tun. Sie werden den Wagen abhängen und uns alle in Gewahrsam nehmen, bis sie den Fall tatsächlich gelöst haben. Selbst wenn wir uns an die richtigen Stellen wenden und nachweisen, wer wir in Wirklichkeit sind und in welcher Sache wir unterwegs sind, wird das trotzdem soviel Zeit verschlingen, daß wir den Zug verpassen.«

Nun blickte Master Sean besorgt drein. »Und was wollen wir tun, wenn wir den Fall bis dahin *nicht* gelöst bekommen, was immer wir auch versuchen mögen?«

Lord Darcy machte eine ausdruckslose Miene. »In diesem Fall bin ich gezwungen, Euch zu verlassen. Dann würde ›Father Armand Brun‹ plötzlich verschwinden, sich den römischen Wachmännern entziehen und zu einem Flüchtigen werden – den man zweifellos des Mordes an einem gewissen John Peabody zeihen wird. Ich müßte auf dem Untergrundwege nach Brindisi, was extrem schwierig wäre, weil die Italiener bei der Aufdeckung solcher Aktivitäten äußerst gewitzt sind.«

»Ich wurde schon bei Euch bleiben, My Lord«, sagte Master Sean entschieden.

Lord Darcy schüttelte den Kopf. »Nein. Was für einen schon schwierig wäre, wäre für zwei geradezu unmöglich, vor allem wenn bekannt würde, daß sie gemeinsam geflohen sind. ›Master Seamus Kilpadraeg‹ ist ein echter Hexer mit echten Papieren des Herzogs der Normandie und schlußendlich des Königs selbst. Der 'Father Armand' dagegen ist eine völlige Fälschung. Ihr könnt es durchstehen, ich nicht. Es sei denn, natürlich, daß ich unsere ganze Mission torpedieren würde.«

»Dann, My Lord, müssen wir den Fall lösen«, erwiderte der Magier schlicht. »Womit fangen wir an?«

Seine Lordschaft lächelte, seufzte und setzte sich auf die Kante des unteren Kabinenbetts. »So gefällt mir das schon besser, mein guter Sean. Wir fangen bei der Frage an, was wir alles über Peabody wissen. Wann habt Ihr ihn zum ersten Mal bemerkt?«

»Als ich den Zug bestieg, My Lord. Ich sah den Spazierstock, den er bei sich hatte. Ein gewöhnlicher Spazierstock besitzt etwa zwei Zoll unterhalb des Knaufs einen dekorativen Silberring. Der Ring auf seinem Stock befand sich gute vier Zoll unterhalb des Knaufs, also die perfekte Länge für einen Degengriff. Direkt oberhalb des Rings befindet sich ein unauffälliger schwarzer Knopf, den man mit dem Daumen drückt, um den Griff von der Scheide zu lösen.«

Lord Darcy nickte schweigend. Auch ihm war die Waffe aufgefallen.

»Dann war da noch sein Hinken«, fuhr Master Sean fort. »Ein Mann, der wirklich hinkt, hinkt auch die ganze Zeit auf dieselbe Weise. Er übertreibt es nicht, während er langsam geht, um es dann fast völlig zu verlieren, wenn er es plötzlich sehr eilig hat.«

»Aha! Das ist mir gar nicht aufgefallen!« gestand Seine Lordschaft. »Es ist schwierig, das Hinken eines Menschen zu beurteilen, wenn er sich in einem schaukelnden Zugwaggon bewegt, und das war die einzige Gelegenheit, wo ich ihn wahrnehmen konnte. Sehr gut! Und was habt Ihr daraus geschlußfolgert?«

»Daß das Hinken ein Vorwand war, den Stock zu tragen.«

»Und ich möchte wetten, daß Ihr recht habt. Daß er diesen Stock als Waffe benötigte oder zu benötigen glaubte und daß er es nicht gewohnt war, damit umzugehen.«

Master Sean legte die Stirn in Falten. »Wie dies, My Lord?«

»Sonst hätte er sein Hinken entweder vervollkommnet oder es überhaupt nicht erst vorgetäuscht.« Lord Darcy hielt inne. Dann: »Noch etwas?«

»Nur daß er seinen kleinen Koffer zum Mittagessen mitgenommen und im Aufenthaltsraum immer auf der ersten Sitzbank Platz genommen hat, von wo aus er die Tür zu seinem Abteil stets im Auge behalten konnte«, berichtete Master Sean. »Ich glaube, er hatte Angst, daß ihm jemand seinen Koffer stehlen würde, My Lord.«

»Oder etwas, das er darin aufbewahrte«, verbesserte ihn Lord Darcy.

»Was hätte sein können, My Lord?«

»Wenn wir das wüßten, mein lieber Sean, wären wir der Lösung dieses Problems ein gutes Stück näher als wir es im Augenblick sind. Wir ...« Plötzlich brach er ab und legte den Finger auf die Lippen. Wieder waren Schritte im Gang zu hören. Diesmal waren sie nicht so laut wie vorher, weil die Männer anstelle von Stiefeln Pantoffeln trugen, doch war das Öffnen und Schließen der Türen deutlich zu hören.

»Ich schätze, der Kongreß hat wieder begonnen«, sagte Lord Darcy leise. Er schritt zur Tür hinüber. Bis er sie vorsichtig geöffnet hatte, sah er auch schon wieder ganz wie der ältere Geistliche aus, der zu sein er vorgab. Es gelang ihm, die Tür fast lautlos aufzusperren.

Sir Stanley stand, mit dem Gesicht zum Aufenthaltsraum gewandt, im Gang, Lord Darcy den Rücken zukehrend. Durch die Fenster vor ihm jagte die Landschaft Liguriens in der Dunkelheit vorüber.

»Haltet Ihr Wache, Sir Stanley?« fragte Lord Darcy milde.

Sir Stanley drehte sich um. »Wache? O nein, Father. Wir anderen wollen in den Aufenthaltsraum gehen, um diese Angelegenheit zu besprechen. Würdet Ihr und Master Seamus Euch vielleicht zu uns gesellen?«

»Gerne. Und Ihr, Meisterhexer?«

Master Sean zwinkerte kurz und sagte nach kurzer Pause: »Aber gewiß doch, Father.«

14

»Seid Ihr absolut sicher, daß es Mord war?« Gwiliam Hausers Stimme klang schroff.

Master Sean O Lochlainn lehnte sich auf seiner Bank zurück und blickte Hauser mit verengten Augen an. *»Absolut* sicher? Nein, mein Herr. Könnt Ihr mir wohl mal verraten, mein Herr, wie ein Mann dazu kommt, daß ihm der gesamte Vorderkopf eingeschlagen wird, während er auf der unteren Liege liegt? *Wenn nicht durch Mord?* Dann kann ich meine Erklärung insofern revidieren, als ich behaupten kann mir *einigermaßen* sicher zu sein, daß es Mord war, weil die Vernunft dafür spricht.«

Hauser strich sich durch seinen weißen Bart mit den dunklen Strähnen. »Ich verstehe. Ich danke Euch, Meisterhexer.« Mit scharfen Augen musterte er die anderen im Aufenthaltsraum. »Hat einer von Euch – *irgendeiner* von Euch – letzte Nacht irgend etwas Verdächtiges gesehen?«

»Oder etwas Verdächtiges *gehört?*« fügte Lord Darcy hinzu.

Hauser warf ihm einen kurzen Blick zu. »Ja. Oder etwas gehört.«

Die anderen sahen sich an. Niemand sagte auch nur ein Wort.

Schließlich lehnte sich der allzu gutaussehende Mac Kay in seinem Sessel an dem Tisch in der Nähe der Theke zurück und sagte: »Äh, Father, Ihr und der Meisterhexer hattet doch das Abteil neben dem von Peabody. Habt Ihr denn nichts gehört?«

»Doch, das haben wir«, erwiderte Lord Darcy milde. »Wir haben sogar miteinander darüber gesprochen.«

Nun richteten sich alle Augen auf ihn – mit Ausnahme von Master Sean, denn der Hexer beobachtete die anderen.

»Ungefähr ab zwanzig nach zehn gestern abend«, fuhr Lord Darcy in derselben milden Stimme fort, »fand etwa eineinhalb Stunden lang draußen im Gang eine regelrechte Parade von Schritten statt, die den Gang auf und ab gingen. Es wurde viel gesprochen und viel und leise an Türen geklopft. An Peabodys Abteiltür wurde über ein dutzendmal geklopft. Davon abgesehen habe ich nichts Außergewöhnliches gehört.«

Drei Sekunden lang herrschte Schweigen, bis Sir Stanley das Wort ergriff. »Wir sind nur auf und ab gegangen und haben uns unterhalten. Haben einander besucht, versteht Ihr?«

Zeisler war an der Theke und trank Caffe. Master Sean hatte es diesmal zwar nicht mit eigenen Augen gesehen, war sich aber sicher, daß Tonio die Tasse wieder gespickt hatte. »Das stimmt«, sagte Zeisler plötzlich. »Unterhalten.

Ich konnte nicht schlafen. Hatte heute nachmittag ein Nikkerchen gemacht. Hab' Leute besucht. Anscheinend konnte keiner richtig schlafen.«

Boothroyd nickte. »Ich konnte auch nicht schlafen. Ist ein verdammt lauter Zug.«

Nun meldeten sich auch die anderen zu Wort. Sie benutzten zwar unterschiedliche Formulierungen, doch die Aussagen waren die gleichen.

»Und Peabody konnte auch nicht schlafen?« Lord Darcys Stimme klang gütig und höflich.

»Nein, konnte er nicht«, erwiderte Sir Stanley knurrig.

»Ich wußte gar nicht, daß einer von Euch den Gentleman kannte.« Lord Darcy sprach leise, seine Augen blickten milde drein, sein Gebahren war von Sanftheit geprägt. »Mir ist nämlich aufgefallen, daß keiner von Euch am Tag mit ihm ein Wort gewechselt hat.«

»Ich habe ihn wiedererkannt«, sagte Zeisler. Der Ouiskie schien seine Gehirntätigkeit nicht sonderlich zu hemmen. »War'n Bursche, den ich mal kannte. Hab' seinen Namen nicht verstanden und ihn auch nicht gleich erkannt, von wegen dem Bart und so. Hat nämlich früher keinen Bart getragen, versteht Ihr? Also hab' ich ihn angesprochen, von wegen alte Bekanntschaft wieder auffrischen und so, Ihr wißt schon. War'n bißchen zurückhaltend am Anfang, aber wir sind schon zurechtgekommen. Wollte auch mit den anderen Knaben sprechen, also ...« Er machte eine Handgeste und beendete den Satz nicht.

»Ich verstehe.« Seine Lordschaft lächelte gütig. »Wer von Euch hat ihn denn dann als letzter am Leben gesehen?«

Hauser sah zu Jason Quinte hinüber. »Wart Ihr das, Quinte?«

»Ich? Nein, ich glaube das war Val.«

»Nein, Mac hat noch nach mir mit ihm gesprochen.«

»Aber nach mir ist Sharpie noch einmal hineingegangen, nicht wahr, Sharpie?«

»Ja, aber ich dachte, Simon wäre noch ...«

Und so ging es immer weiter. Lord Darcy hörte mit einem traurigen, aber gütigen Gesichtsausdruck zu. Nach fünf Minuten war es offensichtlich, daß sie sich nicht darauf einigen konnten, wer Peabody als letzter am Leben gesehen hatte und daß keiner zugeben wollte, es selbst gewesen zu sein.

Schließlich erhob sich Gavin Tailleur von seinem Sitzplatz auf der hinteren Bank. Sein Gesicht wirkte blasser als sonst, wodurch die Narbe noch stärker hervortrat. »Ich weiß ja nicht, wie die anderen das sehen, aber für mich ist es offensichtlich, daß *ich* heute nacht wohl keinen Schlaf mehr bekommen werde. Ich bin es leid, in meiner Schlafkleidung herumzuwandern. Also gehe ich jetzt zurück in mein Abteil und ziehe mich an.«

Valentine Herrick, dessen leuchtend rotes Haar ziemlich zerzaust aussah, sagte: »Na ja, ich würde schon ganz gerne noch ein bißchen schlafen, aber …«

Mit einer Stimme, die immer noch sanft, aber doch auch bestimmt klang, sagte Lord Darcy: »Es spielt keine Rolle, was wir jetzt noch tun, denn nachdem wir in Genova eingelaufen sind, werden wir sowieso nicht mehr schlafen, also könnten wir uns ruhig gleich darauf vorbereiten.«

15

Master Sean wollte mit Lord Darcy unter vier Augen sprechen. Zunächst einmal wollte er wissen, weshalb Seine Lordschaft es zugelassen hatte, daß alle Passagiere sich versammelten, um ihre Aussagen miteinander vergleichen zu können, wo es doch eigentlich richtiger gewesen wäre, sie allein und getrennt voneinander zu verhören. Gewiß, hier in Italien verfügte Lord Darcy über keinerlei Ermittlungsbefugnisse; gewiß auch, daß er die Rolle eines Geistlichen spielte, aber – verdammt! – er hätte doch irgend etwas *unternehmen* müssen!

Aber nein, er saß einfach nur auf der vorderen Sitzbank und lächelte, beobachtete, lauschte und sagte wenig, während die anderen Passagiere herumsaßen und redeten oder tranken oder beides taten.

Es wurde eine Menge Caffe konsumiert, aber der Ouiskie, der Brandy, der Wein und das Bier wurden auch nicht gerade vernachlässigt. Master Sean und Lord Darcy hielten sich an Caffe.

Tonio schien das alles nichts auszumachen. Er mußte ohnehin die ganze Nacht aufbleiben, und so war es wenigstens nicht langweilig.

Kurz vor Genova kehrte der Waggonchef zurück. Er nahm den Hut ab und bat die Gentlemen um ihre Aufmerksamkeit.

»Meine Herren, wir nähern uns Genova. Unter normalen Umständen könntet Ihr, solltet Ihr wach sein, den einstündigen Aufenthalt dazu nutzen, um das Bahnhofsrestaurant oder die Wirtschaft aufzusuchen, obwohl die meisten Passagiere während dieses Halts zu schlafen pflegen.

Ich fürchte jedoch, daß ich diesmal darauf bestehen muß, daß Ihr alle an Bord bleibt, bis die Behörden eingetroffen sind. Die Türen werden erst bei ihrem Eintreffen geöffnet werden. Ich bedauere, Euch diese Umstände machen zu müssen, aber es läßt sich nicht vermeiden, es ist mein Pflicht, dies zu tun.«

Manche der Männer murrten leise vor sich hin, doch widersprach niemand offen seiner Anordnung.

»Ich danke Euch, Gentlemen«, sagte der Waggonchef. »Ich werde mein Bestes tun, um dafür zu sorgen, daß die Beamten ihre Arbeit so schnell wie möglich erledigen.« Er setzte die Dienstmütze wieder auf und verschwand.

»Technisch gesehen«, sagte Boothroyd, »sind wir damit wohl alle verhaftet.«

»Nein«, widersprach Hauser knurrend, »wir werden lediglich zur Befragung festgehalten. Das ist nicht ganz dasselbe. Wir sind nur als Zeugen hier.«

Einer von uns nicht, dachte Master Sean. Und er fragte sich, wie viele der anderen dasselbe denken mochten. Doch keiner sagte etwas.

Die genovesischen Wachmänner kamen erstaunlich

schnell. Knappe fünfzehn Minuten, nachdem die Bremsen des Zugs ihr letztes zischendes Seufzen ausgestoßen hatten, erschienen ein Wachmeister, ein Wachsergeant und vier Wachmänner in Uniform.

Dies war nur die Voruntersuchung. Die Personalien wurden festgestellt, und der Wachmeister protokollierte zusammen mit dem Sergeanten, der anscheinend der einzige der sieben war, der halbwegs fließend Anglo-Französisch sprach, die kurzen Aussagen der Anwesenden. Master Sean und Lord Darcy sprachen zwar beide auch Italienisch, verrieten dies jedoch nicht. Es gab schließlich keinen Grund, ungefragt Informationen preiszugeben.

Während der Voruntersuchung stellten die beiden normannischen Justizoffiziere fest, wo jeder der zwölf anderen untergebracht war:

Abteil Nr. 3 – Maurice Zeisler; Sidney Charpentier;
Abteil Nr. 4 – Martyn Boothroyd; Gavin Tailleur;
Abteil Nr. 5 – Simon Lamar; Arthur Mac Kay;
Abteil Nr. 6 – Valentine Herrick; Charles Jamieson;
Abteil Nr. 7 – Jason Quinte; Lyman Vanderpole;
Abteil Nr. 8 – Sir Stanley Galbraith; Gwiliam Hauser.

Im Abteil Nr. 2 reisten natürlich »Armand Brun« und »Seamus Kilpadraeg«, während John Peabody allein in Nr. 1 gewesen war.

Der uniformierte Wachmeister verneigte sich knapp und höflich vor Master Sean. Da er seinen Degen am Gürtel trug, nahm er die Mütze nicht ab. »Meisterhexer, ich glaube, Ihr wart es, der so freundlich war, den Vermeidungszauber und den Konservierungszauber über den Verblichenen zu verhängen?«

»Aye, Wachmeister, das war ich.«

»Dann muß ich Euch bitten, den Vermeidungszauber nun zu beseitigen, wenn es Euch genehm ist. Ich muß den Leichnam inspizieren, um festzustellen, daß der Tod auch wirklich eingetreten ist.«

»Oh, gewiß doch, gewiß. Mein Reisesack steht in meinem Abteil. Dauert keine Minute.«

Als sie den Gang hinunterschritten, sah Master Sean den

Waggonchef Edmund geduldig neben dem Abteil Nummer eins stehen, den Schlüssel in der Hand. Der Hexer wußte, welches Problem der Wachmann hatte. Man hatte ihm zwar einen Tod gemeldet, doch bisher hatte er keine wirklichen Beweise dafür zu sehen bekommen. Selbst wenn der Waggonchef die Kabine aufgeschlossen hätte, hätte der Zauber die beiden Männer davon abgehalten, das Abteil zu betreten, ja, er hätte sie sogar daran gehindert, auch nur hineinzuschauen.

Master Sean holte seinen symbolverzierten Reisesack aus dem Abteil Nummer zwei und sagte zu Waggonchef Edmund: »Schließt die Tür auf, Waggonchef – und dann macht mir ein wenig Platz, damit ich arbeiten kann.«

Der Waggonchef schloß zwar auf, öffnete die Tür aber nicht. Zusammen mit dem Wachmeister blieb er in gebührendem Abstand vor dem Abteil Nummer drei stehen. Master Sean stellte mit Befriedigung fest, daß am anderen Ende des Gangs ein Wachmann vor Nummer acht stand, mit dem Gesicht zum Aufenthaltsraum, und den Durchgang versperrte.

Da er gegen seinen eigenen Vermeidungszauber immun war, blickte sich Master Sean im ganzen Abteil um. Alles war noch genauso, wie er es hinterlassen hatte. Er sah auf den Leichnam herab. Das Blut sah immer noch frisch aus, was darauf hinwies, daß der Konservierungszauber ordentlich verhängt worden war. Nicht daß der stämmige kleine irische Hexer jemals daran gezweifelt hätte, aber es war immer ratsam, derlei Dinge noch einmal zu überprüfen.

Er musterte den Boden neben seinen Füßen. Das Blut, das in den Gang hinausgesickert war, war dunkel und eingetrocknet. Seit Tonio hineingetreten war, hatte es niemand mehr berührt, stellte er fest. Gut.

Master Sean setzte seinen Reisesack vorsichtig auf den Boden und holte einen kleinen Bronzebrenner auf einem Dreifuß hervor. Er legte drei Klumpen Weidenholzkohle hinein, stellte den Brenner im Türrahmen auf den Boden und entzündete vorsichtig die Holzkohle. Als sie rot glühte, nahm er eine Prise Pulver aus einem kleinen Glasfläschchen und sprenkelte es auf die Kohle. Eine duftende Rauchwolke stieg spiralförmig in die Höhe. Lautlos bewegte der Magier die Lippen.

Dann nahm er ein weißes Papierquadrat von vier Zoll Kantenlänge aus seinem Sack und faltete es auf seltsame, sehr komplizierte Weise zusammen. Leise murmelnd warf er es auf die Kohlen, wo es in einer orangefarbenen Stichflamme aufging und zu grauer Asche zerfiel.

Einen Augenblick später entnahm er seinem Zubehör einen Bronzedeckel, den er auf dem Brenner befestigte, um die Kohle zu ersticken. Dann nahm er den Brenner an einem Fuß auf, stellte ihn beiseite, erhob sich und blickte den Wachmann an. »So, Wachmeister. Jetzt gehört das Abteil ganz Euch.« Er zeigte auf den Boden. »Paßt bitte auf den Blutfleck hier auf und auch auf den Brenner, der ist nämlich noch heiß.«

Der Wachmeister trat ein, musterte die sterblichen Reste des John Peabody und berührte die Leiche am Handgelenk. Er trug etwas in ein Notizbuch ein. Dann kam er wieder aus der Kabine. »Schließt das Abteil wieder ab, Waggonchef. Jetzt kann ich berichten, daß ein als John Peabody identifizierter Mann tot ist und daß Grund zu der Annahme besteht, daß ein Kapitalverbrechen stattgefunden hat.«

Der Waggonchef sah ihn überrascht an. »Ist das alles?«

»Vorläufig«, erwiderte der Wachmann. »Schließt ab und gebt mir den Schlüssel.«

Der Waggonchef verschloß das Abteil und sagte dabei: »Einen Zweitschlüssel kann ich Euch nicht geben. Wir haben keine, aus Sicherheitsgründen. Wenn ein Passagier einen Schlüssel verliert ...« Er nahm den Schlüssel aus dem Schloß. »... bekommen wir entweder aus dem Büro in Paris oder in Napoli einen Ersatzschlüssel. Ich muß Euch also einen meiner Passepartouts geben. Und dafür möchte ich eine Empfangsbestätigung haben.«

»Natürlich. Wie viele Passepartouts habt Ihr insgesamt?«

»Für diesen Waggon? Zwei. Diesen hier und den einen, der vorne in meinem Büro eingeschlossen ist, für Notfälle.«

»Dann sorgt dafür, daß er eingeschlossen bleibt. Dann ist

dies hier also nur ein Passepartout für diesen Waggon, ja?«

»Genau. Jeder Wagen hat einen separaten Satz von Schlössern. Was tut Ihr da, Meisterhexer?« Der Waggonchef sah ihn verwirrt an.

Master Sean kniete vor der Tür, die Finger der rechten Hand auf das Schloß gelegt, die Augen geschlossen. »Ich überprüfe etwas.« Der Hexer erhob sich. »Ich habe Euren Schloßzauber auf meinem eigenen Abteilschloß bemerkt, als ich meinen Schlüssel zum erstenmal benutzt habe. Ein kommerzieller Zauber, aber sehr dicht und eng verzahnt. Kein Wunder, daß Ihr keine Duplikate an Bord lagert. Nicht einmal ein exaktes Duplikat würde hier funktionieren, wenn es nicht auf den Zauber geeicht ist. Darf ich den Passepartout mal sehen, Wachmeister? Danke. Hmmm. Ja. Nochmals, vielen Dank.« Er gab den Schlüssel zurück.

»Was habt Ihr da gerade überprüft?« wollte der Waggonchef wissen.

»Ich wollte nachsehen, ob jemand an dem Zauber herummanipuliert hat«, erklärte Master Sean. »Das ist nicht der Fall gewesen.«

»Ich danke Euch, Meisterhexer«, sagte der Wachmeister und schrieb etwas in sein Notizbuch. »Und Euch ebenfalls, Waggonchef. Das wär's fürs erste.«

Zu dritt schritten sie in den Aufenthaltsraum zurück.

Neben Lord Darcy, der immer noch die Rolle des Father Armand spielte, war ein Platz auf der Sitzbank frei, so daß Master Sean sich neben ihn setzte.

»Wie läuft es, Father?« fragte er in leisem Unterhaltungston. In der relativen Stille des stehenden Bahnwaggons fiel es leichter, leise zu sprechen, ohne den Anschein des Flüsterns zu erwecken.

»Interessant«, murmelte Lord Darcy. »Natürlich habe ich nicht alles mitbekommen, aber ich habe ja auch nicht immer zugehört. Anscheinend sind sie jetzt fertig.«

In diesem Augenblick sagte einer der Wachmänner auf italienisch: »Wachmeister, der Präfekt kommt!«

Master Sean wandte, wie der Wachmeister auch, den

Kopf zum Fenster, um hinauszusehen. Dann wandte er ihn hastig wieder ab.

»Jetzt ist die Birne geschält«, sagte er ganz leise zu Lord Darcy. »Schaut mal, wer da kommt.«

»Das habe ich bereits. Ich kenne ihn nicht.«

»Ich schon. Das ist Cesare Sarto. Und der kennt auch *mich.*«

16

Die römische Polizeipräfektur kannte im ganzen Reich nicht ihresgleichen. Wie anderswo auch, besaß jedes Herzogtum seine eigene Wachmannschaftsorganisation, die innerhalb seiner Grenzen dem Gesetz zur Geltung verhalf. Die römische Präfektur war jedoch ein Organ des italienischen Parlaments, welches die Arbeit dieser Organisationen koordinieren sollte.

Die Macht der Präfekten war beschränkt. Nicht einmal im Fürstentum Latinum, in dem sich Rom befand, besaßen sie Polizeibefugnisse, wenn sie nicht von den örtlichen Behörden ausdrücklich zu Hilfe gerufen worden waren, wenngleich eine »Verhaftung nach dem Jedermann-Paragraphen« weitaus mehr Gewicht hatte, wenn sie von einem Präfekten durchgeführt wurde, als wenn ein gewöhnlicher Bürger dies tat.

Die Präfekten trugen keine Uniform. Ihr einziges offizielles Erkennungsmerkmal war eine Karte und ein kleines goldenes Wappen mit den Buchstaben SPQR über einem Flachrelief der kapitolinischen Wölfin und der Seriennummer sowie dem Wort *Polizeipräfektur* darunter.

Ihre Erfolgsstatistik aufgeklärter Fälle und gerichtlicher Überführungen war hoch, ihr Gewalteinsatz minimal. Diese Tatsachen sowie das stets höfliche Verhalten der Präfekten hatten dazu geführt, daß die Mitarbeiter der römischen Polizeipräfektur zu den ruhmreichsten und angesehensten Ermittlungsbeamten der Welt zählten.

Im Gaslicht des Bahnsteigs stand Cesare Sarto wartend vor dem Wagen, als der Wachmeister herauskam und ihn begrüßte. Master Sean hielt das Gesicht abgewendet, doch Lord Darcy beobachtete alles aufs sorgfältigste.

Sarto war ein Mann von mittlerer Größe, mit dunklem Haar und ebensolchen Augen, sowie einem sorgfältig gestutzten Schnurrbart. Er war von durchschnittlicher Statur, hielt sich aber wie ein Athlet. Sein muskulöser Körper verfügte über Kraft und Schnelligkeit. Sein Gesicht war zwar nicht unbedingt attraktiv zu nennen, doch besaß es markante Züge, die von Charakterfestigkeit und Intelligenz zeugten.

Wenge Minuten später betrat er den Waggon. Er trug einen Koffer in der einen Hand und ein Notizbuch in der anderen. Den Koffer stellte er auf dem Boden ab und musterte die vierzehn im Aufenthaltsraum versammelten Passagiere, die ihn erwartungsvoll und abwartend anblickten.

Als sein Blick über Master Seans Gesicht schweifte, verrieten seine Augen nicht einmal durch leises Flackern, ob er ihn erkannt hatte.

Dann sagte er: »Gentlemen, ich bin Cesare Sarto, Agent der römischen Polizeipräfektur. Der Chief der Wachmannschaften von Genova hat mich um die Übernahme dieses Falls gebeten – zumindest so lange, bis wir in Rom eingetroffen sind.« Sein Anglo-Französisch war beinahe völlig akzentfrei.

»Formal«, fuhr er fort, »gibt es nur eine Möglichkeit, die Angelegenheit zu behandeln. John Peabody wurde anscheinend ermordet, aber wir wissen noch nicht, ob das in der Provençe oder in Ligurien geschah, und bevor wir das tun, wissen wir auch nicht, wer die Rechtshoheit über diesen Fall besitzt.

Im Augenblick müssen wir davon ausgehen, daß Peabody gestorben ist, *nachdem* dieser Zug die italienische Grenze überquert hat. Folglich wird der Zug auch bis Rom weiterfahren. Wenn wir bis dahin nicht genau festgestellt haben, was vorgefallen ist, wird man diesen Waggon abkoppeln und dort die Ermittlungen fortsetzen. Diejenigen unter Euch, die ohne jeden Zweifel von allem Verdacht befreit werden können, dürfen dann nach Napoli weiterreisen. Die anderen werden, fürchte ich, in Gewahrsam bleiben müssen.«

»Soll das heißen«, unterbrach Sir Stanley ihn, »daß Ihr einen von *uns* verdächtigt?«

»Keinen von Euch persönlich, nein. Noch nicht. Aber Euch alle als Kollektiv, ja. Es muß doch wohl einleuchten, mein Herr, daß Peabody, da er in diesem Wagen ermordet wurde, auch das Opfer eines Reisenden aus diesem Wagen geworden ist. Darf ich Euch um Euren Namen bitten, mein Herr?«

»Sir Stanley Galbraith«, erwiderte der grauhaarige Mann ziemlich barsch.

Präfekt Cesare blickte in sein Notizbuch. »Ah, ja. Danke, Sir Stanley.« Er sah in die Runde. »Ich habe hier eine Liste Eurer Namen, wie sie der Wachmeister festgehalten hat. Damit ich Euch einzeln besser kennenlerne, bitte ich darum, daß sich jeder mit Handzeichen meldet, wenn sein Name aufgerufen wird.«

Als er die Namen aufrief, wurde es offensichtlich, daß er sich bei jedem Handzeichen Namen und Gesicht ein für alle Male einprägte.

Als «Seamus Kilpadraeg« an die Reihe kam, musterte er den Hexer auf genau die gleiche Weise wie alle anderen, um danach zum nächsten Namen überzugehen.

Nachdem er damit fertig war, sagte er: »Und nun, Gentlemen, muß ich Euch bitten, Eure Abteile aufzusuchen und dort zu bleiben, bis ich Euch rufen lasse. Die Abfahrt Richtung Rom erfolgt in ...« Er blickte auf seine Armbanduhr. »...achtzehn Minuten. Ich danke Euch.«

Gehorsam kehrten Master Sean und Lord Darcy in ihre Kabine zurück.

»Präfekt Cesare«, sagte Lord Darcy, »ist nicht nur hochintelligent, sondern auch von schneller Auffassungsgabe.«

»Woraus folgert Ihr das, My Lord?«

»Ihr habt gesagt, daß er Euch kennt, und doch hat er sich

das nicht anmerken lassen. Es ist offensichtlich, daß er davon ausgeht, daß Ihr wohl einen guten Grund haben müßt, wenn Ihr unter einem falschen Namen reist. Und bei Eurer Stellung ist es ihm auch klar, daß die ein legitimer Grund sein dürfte. Anstatt Euch öffentlich zu enttarnen, hat er sich entschlossen, abzuwarten, bis er mit Euch allein sprechen kann. Wenn er das tut, dann teilt ihm mit, daß Father Armand Euer Vertrauter und enger Freund ist. Verbürgt Euch für mich, aber gebt meine Identität nicht preis.«

»Ich schätze, er wird in drei Minuten dasein.«

Da klopfte es an der Tür.

Master Sean öffnete die Tür, und das Gesicht des Präfekten Cesare Sarto erschien in der Öffnung. »Kommt herein, Präfekt«, sagte der Hexer. »Wir haben Euch schon erwartet.«

»Ach ja?« Sarto hob die Augenbraue. »Ich würde gerne mit Euch unter vier Augen sprechen, Master Seamus.«

Master Sean flüsterte beinahe, als er sagte: »Tretet ein, Cesare. Father Armand weiß, wer ich bin.«

Der Präfekt kam ins Abteil, und Master Sean schloß die Tür hinter ihm. »Sean O Lochlainn, zu Euren Diensten, Präfekt Cesare«, sagte er grinsend.

»Sean!« Der Präfekt packte ihn an beiden Schultern. »Es ist lange her! Ihr solltet öfter schreiben!« Dann wandte er sich an Lord Darcy. »Verzeiht, Padre, aber ich habe meinen Freund hier nicht mehr gesehen, seit wir vor fünf Jahren an der Universität Milano dasselbe Seminar besucht haben. ›Die Zulässigkeit gewisser mit magischen Mitteln beschaffter Beweismittel in der Kriminaljurisprudenz‹ war sein Thema.«

»Das ist schon in Ordnung«, meinte Lord Darcy. »Ich freue mich für Euch beide.«

Der Präfekt blickte einen Augenblick lang den weißhaarigen, graubärtigen Mann mit den gesenkten Schultern an, der ihn über goldgeränderte Halbgläser hinweg gütig anschaute. Dann wandte er sich wieder Master Sean zu. »Ihr sagt, daß Ihr den Padre kennt?«

»Sehr gut, schon seit Jahren«, entgegnete Master Sean.

»Alles, was Ihr mir sagt, könnt Ihr auch in Gegenwart von Father Armand sagen. Ihr könnt ihm ebensosehr vertrauen wie mir.«

»Das hatte ich nicht gemeint ...« Sarto unterbrach sich selbst und drehte sich zu Lord Darcy um. »Hochwürden, ich wollte damit keineswegs andeuten, daß man einem Mitglied der heiligen Geistlichkeit nicht vertrauen könne. Aber hier geht es um einen Mordfall, und die sind immer etwas heikel. Versteht Ihr etwas von Kriminologie?«

»Ich habe oft mit Kriminellen zu tun gehabt und ihre Beichte hören müssen«, sagte Lord Darcy, ohne die Miene zu verziehen. »Ich glaube, ich kann durchaus behaupten, den kriminellen Verstand ein wenig zu begreifen.«

Mit ebensolcher unbewegter Miene sagte Master Sean: »Ich darf wohl sagen, daß es eine ganze Reihe von Fällen gab, die Lord Darcy ohne die Hilfe dieses Mannes nicht gelöst hätte.«

Der Präfekt entspannte sich. »So! Na, dann ist ja alles in Ordnung. Sean, geht es mich etwas an, weshalb Ihr unter falschem Namen reist?«

»Ich erledige einen kleinen Botendienst für Prinz Richard. Das hat nichts das geringste mit John Peabody zu tun, so daß es Euch strenggenommen nichts angeht. Ich kann mir aber vorstellen, daß Seine Hoheit mir erlauben würde, es Euch anzuvertrauen, wenn Ihr es wissen müßtet und bevor es zu einem Prozeß käme.«

»Na gut, dann lassen wir das erst einmal. Ich muß Euch auch noch andere Fragen stellen.«

Die Befragung ergab, daß weder Master Sean noch »Father Armand« Peabody jemals zuvor gesehen oder von ihm gehört hatten, daß beide nicht ein Wort mit ihm gewechselt hatten und daß jeder von ihnen ein Alibi für die letzte Nacht besaß. Als er ihnen die Frage direkt stellte, gaben sie auch die feierliche Erklärung ab, daß keiner von ihnen Peabody getötet hatte.

»Nun gut«, sagte der Präfekt schließlich. »Dann werde ich als Arbeitshypothese davon ausgehen, daß Ihr beide unschuldig seid. Nun habe ich ein kleines Problem, und ich möchte, daß Ihr mir dabei helft.«

»Ihr meint doch den Mord, nicht wahr?« fragte Master Sean.

»Gewissermaßen, ja. Seht Ihr, es ist so: Ich habe bisher noch nie einen Mordfall behandelte. Mein Gebiet sind Betrugs- und Unterschlagungsdelikte. Ich bin eigentlich ein Buchhalter und kein Wachmann im strengeren Sinne. Ich war nur zufällig in Genova, um einen anderen Fall abzuwickeln. Ich wollte ohnehin mit diesem Zug nach Rom fahren. Also hat man mir aus Rom per Teleklang Weisung gegeben, die Sache bis dahin zu übernehmen. Rom erwartet von mir nicht, daß ich den Fall löse. Rom will mich nur als Aufpasser haben, der die Fäden in der Hand behält, bis die Experten den Fall übernehmen.«

Er schwieg einen Augenblick, dann überzog ein blitzendes, schelmisches Grinsen sein Gesicht. »Aber sobald ich Euch erkannte, hatte ich einen Einfall. Mit Eurer Hilfe könnten wir den Fall vielleicht doch noch aufklären, *bevor* wir in Rom sind! Das würde sich gut auf meiner Erfolgsliste ausmachen, andererseits gäbe es keine Minuspunkte, wenn es nicht gelänge. Ich kann einfach nichts dabei verlieren, versteht Ihr? Der Chef der Mordkommission, Angelo Ratti, wird uns in Rom am Bahnsteig erwarten, und ich würde glatt ein halbes Jahreseinkommen dafür geben, wenn ich sein Gesicht sehen könnte, wenn ich ihm den Mörder beim Aussteigen fertig verpackt überreiche!«

Master Sean traute seinen Ohren nicht. Dann fand er die Sprache wieder. »Ihr meint, wir sollten Euch dabei helfen, den Mörder ausfindig zu machen, *bevor* wir in Rom einlaufen?«

»Genau.«

»Ich finde, das ist eine prächtige Idee«, meinte Lord Darcy.

17

Der Napoliexpreß fuhr gen Rapello, auf dem Weg nach Rom. In einer knappen Stunde würde es dämmern. Um vier Minuten vor zwölf Uhr mittag würde der Zug in Rom ankommen.

Als erstes stand eine Durchsuchung des Leichnams und des Abteils, in dem er lag, auf dem Programm. Peabodys Koffer befand sich im Schließfach der unteren Liege, doch der Schlüssel steckte im Schloß, so daß es keine Schwierigkeit machte, ihn hervorzuholen. Er enthielt nichts Ungewöhnliches – nur Kleidung und Toilettenartikel. Peabody selbst hatte ebenfalls nichts Ungewöhnliches am Leib getragen – nur der Spazierstock mit dem versteckten Degen war etwas Besonderes. Er hatte etwas Wechselgeld bei sich, einen goldenen und zwei silberne Sovereigns sowie fünf Goldsovereign-Noten. Es fanden sich auch einige Schlüssel, die wahrscheinlich zu irgendwelchen Schlössern seines Heims oder seines Büros paßten. Eine Karte wies ihn als Commander a. D. John Wycliffe Peabody, Reichsmarine, aus.

»Nichts von Interesse zu sehen«, bemerkte Präfekt Cesare.

»Von Interesse ist eher, was *nicht* hier ist«, sagte Lord Darcy.

Der Präfekt nickte. »Genau. Wo ist der Schlüssel zu seinem Abteil?«

»Mir scheint«, meinte Lord Darcy, »daß der Mörder hereinkam, Peabody umgebracht hat, den Schlüssel entwendete und die Kabine abgeschlossen hat, damit die Leiche nicht so bald entdeckt wird.«

»Das glaube ich auch«, sagte Cesare.

»Dann könnte der Mörder den Schlüssel also immer noch bei sich tragen«, warf Master Sean ein.

»Möglich.« Der Präfekt Cesare sah düster drein. »Aber wahrscheinlicher ist, daß er irgendwo zwischen hier und Provençe auf oder neben den Bahnschienen liegt.«

»Das wäre auf jeden Fall das Intelligenteste, was er damit hätte machen können«, meinte Lord Darcy. »Sollen wir trotzdem danach suchen?«

»Noch nicht, meine ich. Wenn er ihn behalten hat, dann wird er ihn jetzt auch nicht wegwerfen. Und wenn nicht, dann finden wir ihn sowieso nicht.«

Lord Darcy gefiel die Antwort des Präfekten. Hätte er hier das Sagen gehabt, er hätte dasselbe erwidert. Es war ziemlich irritierend, die Ermittlungen nicht selbst leiten zu können, doch wenigstens wußte Cesare Sarto, was er tat.

»Der Mörder«, fuhr der Präfekt fort, »konnte nicht wissen, daß das Blut aus Peabodys zertrümmertem Schädel unter der Tür in den Gang hinaussickern würde. Nehmen wir einmal an, das wäre nicht passiert. Wann hätte man den Leichnam dann entdeckt?«

»Wahrscheinlich nicht vor zehn Uhr morgens«, erwiderte Master Sean mit Entschiedenheit. »Ich bin schon einmal in diesem Zug gefahren, wenn auch nicht mit derselben Besatzung. Der Mann von der Tagschicht, bei uns hier also Fred, kommt um neun. Er macht die Betten der Passagiere, die bereits auf sind, aber er weckt die anderen nicht vor zehn. Es hätte durchaus bis halb elf dauern können, bis man Peabody gefunden hätte.«

»Verstehe«, meinte Präfekt Cesare. »Ich sehe zwar noch nicht, inwieweit uns das weiterbringt, aber wir wollen es immerhin im Auge behalten. Nun können wir natürlich die Leiche keiner Autopsie unterziehen, aber ich möchte doch ganz gerne etwas mehr über diese Hiebe und die Tatwaffe erfahren.«

»Ich glaube, damit kann ich dienen, Präfekt«, sagte Master Sean.

Der Hexer untersuchte sorgfältig den Spazierstock mit seiner verborgenen Klinge. »Das hier werden wir als erstes überprüfen. Das geht am leichtesten und könnte uns Hinweise darauf geben, was wir uns als nächstes vornehmen sollten.«

Er holte ein säuberlich zusammengefaltetes Wachstuch aus seinem Reisesack und breitete es über ein Tischchen. »Ist das erste Mal, daß ich so etwas in der Bahn mache«, brummte er, halb zu sich selbst. »Muß aufpassen, daß ich nicht das Gleichgewicht verliere.«

Die beiden anderen erwiderten nichts.

Er entnahm dem Sack eine dünne, leicht konkave Goldscheibe von drei Zoll Durchmesser, eine Pinzette, einen kleinen Einbläser und einen acht Zoll langen, metallisch aussehenden, blaugrauen Stab mit kristallenen Saphirspitzen.

Mit der Pinzette nahm er zwei Haare auf, eines von dem Leichnam, ein anderes von dem Silberknauf des Stocks. Er legte sie vorsichtig parallel zueinander mit eineinhalb Zoll Zwischenraum auf das Wachstuch. Dann berührte er jedes davon mit dem Stab und murmelte halblaut feierliche Spondäen der Kraft vor sich hin. Dann erhob er sich, weit zurückgebeugt und ohne zu atmen.

Langsam, wie zwei winzige Holzpflöcke, die aufeinander zurollten, bewegten sich die Haare, immer noch parallel liegend aufeinander zu.

»Das ist tatsächlich sein Haar auf dem Knauf«, meinte Master Sean. »Und jetzt schauen wir uns mal das Blut an.«

Das einzige Geräusch in der Kabine außer dem Rumpeln der Bahn war das kaum hörbare Kratzen des Schreibstifts, mit dem Sarto sich Notizen machte.

Eine ähnliche Beschwörung, diesmal mit Hilfe des kleinen Goldtellers durchgeführt, führte bei dem Blut zum selben Ergebnis.

»Jetzt wird es ein wenig komplizierter«, sagte Master Sean. »Da die Wunden sich zum überwiegenden Teil am Vorderkopf befinden, muß ich ihn umdrehen und flach auf den Rücken legen. Geht das?« Er blickte den Präfekten fragend an.

»Natürlich«, erwiderte Präfekt Cesare. »Ich habe alle

erforderlichen Aufzeichnungen und Skizzen über die Lage der Leiche, als sie gefunden wurde. Kommt, ich will Euch dabei helfen.«

Es war nicht eben leicht, einen zweihundert Pfund schweren Leichnam in einem kleinen Abteil umzudrehen, doch wäre es noch schwieriger gewesen, hätte Master Seans Konservierungszauber nicht wenigstens die Leichenstarre verhindert.

»So. So ist es gut, ja. Danke«, sagte der rundliche kleine Hexer. »Möchte einer von Euch die Wunden auch optisch inspizieren?«

Das wollten beide, und so wurde Master Seans starke Lupe herumgereicht.

»Ordentlich eingeschlagen«, murmelte Sarto.

»Gründliche Arbeit«, pflichtete Lord Darcy ihm bei. »Aber nicht effizient. Zwei oder drei dieser Hiebe hätten genügt, um ihn zu töten, und es müssen mindestens ein Dutzend gewesen sein. Merkwürdig.«

»Und nun, meine Herren«, verkündete der Hexer, »wollen wir mal sehen, ob dieser Stock auch wirklich die Mordwaffe war.«

Das war ein sehr wichtiger Test. Es war schon öfter vorgekommen, daß man Haare und Blut auf einen harmlosen Gegenstand praktiziert hatte. Die thaumaturgische Wissenschaft würde ihnen verraten, ob das diesmal auch der Fall gewesen war.

Master Sean zerstäubte eine Wolke aus Pulver mit dem Einbläser über die Wunden und den Silberknauf des Stocks. Es war nur sehr wenig Pulver, und es war so fein, daß die überschüssige Menge wie Rauch davongepustet wurde.

»Wenn Ihr nun bitte diese Lampe dort kleiner drehen würdet ...«

Im trüben gelben Schein der gedämpften Wandlampe waren so gut wie keine Einzelheiten zu erkennen. Alles war von Schatten bedeckt. Nur die glitzernden Spitzen des schnell hin und her huschenden Stabs von Master Sean leuchteten in einem eigenen blauen Licht.

Dann, völlig unverhofft, schienen Tausende winziger weißer Glühwürmchen über den oberen Teil des Gesichts des Toten zu tänzeln – wie auch über den Knauf des Spazierstocks. Zwischen Gesicht und Knauf waren dünne, glitzernde Fäden der winzigen Funken zu sehen.

Einige Sekunden später ruckte Master Sean den Stab mit einer schnellen, schnappenden Bewegung aus dem Handgelenk beiseite, und die winzigen Funken verschwanden.

»Das war's. Macht das Licht bitte wieder an. Der Stock war mit Sicherheit die Mordwaffe.«

Präfekt Cesare Sarto nickte bedächtig. »Also gut. Was tun wir nun?« Er überlegte. »Was würde Lord Darcy wohl jetzt als nächstes tun?«

Seine Lordschaft stand ein Stückchen links hinter dem Italiener, und als Master Sean die beiden anschaute, zog Darcy gerade mit dem Zeigefinger ein Fragezeichen in die Luft.

»Nun, My Lords nächster Schritt«, sagte der Hexer, als hätte er es schon die ganze Zeit gewußt, »würde darin bestehen, die Verdächtigen erneut zu befragen. Und zwar diesmal etwas gründlicher.« Lord Darcy hob den Zeigefinger, und Master Sean fügte hinzu: »Natürlich immer nur einen auf einmal.«

»Das klingt vernünftig«, meinte Sarto, »und ich kann Eure Gegenwart immer damit erklären, daß Ihr bei dieser Ermittlung als amtierender Gerichtshexer fungiert, während Ihr, Hochwürden, als Repräsentant der Heiligen Mutter Kirche ein *amicus curiae* seid. Ach, übrigens, Father, seid Ihr eigentlich ein Sensitiver?«

»Nein, bedauerlicherweise nicht.«

»Ein Jammer. Na schön, das brauchen wir ihnen ja nicht auf die Nase zu binden. Gut, was sollen wir für Fragen stelllen? Gebt mir einen Fall von Verdacht auf Steuerhinterziehung, und ich kann Euch eine beeindruckende Liste von Fragen herunterrasseln, die man den Beteiligten stellen sollte, aber hier bin ich nicht gerade in meinem Element.«

»Nun, was das anbelangt«, begann Lord Darcy …

18

»Sie lügen«, sagte der Präfekt Cesare drei Stunden später knapp. »Alle und jeder, jeder einzelne von diesen Bastarden lügt.«

»Und noch nicht einmal besonders geschickt«, fügte Master Sean hinzu.

»Nun, dann wollen wir mal sehen, was wir hier haben«, sagte Lord Darcy und nahm seine Aufzeichnungen auf.

Sie saßen am hinteren Tisch des Aufenthaltsraums; außer ihnen war niemand sonst im Wagen. Es war nicht schwierig, die Verdächtigen voneinander zu trennen. Der Waggonchef hatte den Speisewagen früh aufgeschlossen, und der Genoveser Wachmeister, den Sarto mitgebracht hatte, bewachte ihn. Man hatte die Männer einen nach dem anderen aus ihren Abteilen geholt und verhört. Damit hatten sie verhindert, daß sie sich mit den anderen besprachen, die noch nicht verhört worden waren.

Tonio, der Mann von der Nachtschicht, wurde als erster vernommen. Danach wurde ihm befohlen, den Wagen zu verlassen und nicht wiederzukommen. Er hatte nichts dagegen, weil er genau wußte, daß an diesem Morgen ohnehin kein großer Umsatz und keine Trinkgelder zu erwarten waren.

Der Waggonchef hatte im hinteren Teil des Speisewagens Caffe servieren lassen, und Lord Darcy hatte den drei Ermittlern hinter der Bar ebenfalls eine Kanne gebraut.

Um acht hatten die Stewards damit begonnen, im Speisewagen das Frühstsück zu servieren. Inzwischen war es kurz vor neun.

Noch knappe drei Stunden bis Rom.

Lord Darcy ging soeben seine Mitschrift der Vernehmungsprotokolle durch, als der römische Präfekt fragte:

»Erkennt Ihr, was an dieser Gruppe auffällt? Daß sie sich nämlich kennen?«

»Na ja, *einige* von ihnen kennen sich«, warf Master Sean ein.

»Nein, der Präfekt hat völlig recht«, widersprach Lord Darcy, ohne den Kopf zu heben. »Sie kennen einander *alle* – und zwar gut.«

»Und doch«, fuhr Cesare Sarto fort, »sind sie anscheinend ängstlich darauf bedacht, uns das zu verheimlichen. Sie sind aus einem bestimmten Grund zusammengekommen, aber diesen Grund geben sie nicht preis.«

»Master Sean«, sagte Lord Darcy, »offensichtlich habt Ihr nicht die Marsailler Zeitung gelesen, die ich gestern abend auf Eure Liege gelegt habe.«

»Nein, Father. Ich war müde. Und da wir schon dabei sind – das bin ich immer noch. Ihr meint den Nachruf?«

»Ja, den meinte ich.« Lord Darcy sah Cesare Sarto an. »Vielleicht stand es auch in den Genoveser Zeitungen. Morgen soll in Napoli die Beisetzung eines gewissen Nicholas Jourdan stattfinden.«

»Ich habe davon gehört«, erwiderte Präfekt Cesare. »Und meine Kollegen haben mir noch mehr erzählt, als in der Zeitung stand. Kapitän a.D. Nicholas Jourdan, Reichsmarine, soll angeblich an einer Lebensmittelvergiftung gestorben sein, aber es gibt Hinweise, daß es sich dabei in Wirklichkeit um einen gut vorbereiteten Selbstmord handeln könnte. Wenn es *tatsächlich* Selbstmord war, haben die napolitanischen Behörden die Ermittlungen wahrscheinlich eingestellt. Wir gehen solchen Vorkommnissen nur ungern weiter nach, solange kein Verbrechen vorliegt, weil es hinterher meistens soviel Ärger wegen der Beerdigung gibt. Wie Ihr ja wohl selbst sehr gut wißt.«

»Hm«, machte Lord Darcy. »Von diesem Selbstmordaspekt der Angelegenheit wußte ich nichts. Gibt es auch Hinweise, daß er unter Depressionen litt?«

»Wie ich gehört habe, ja, aber es wurden keine Ursachen genannt. Vielleicht gesundheitliche Gründe.«

»Ich weiß einen anderen Grund«, sagte Lord Darcy.

»Oder zumindest einen *möglichen* anderen Grund. Vor ungefähr drei Jahren wurde Kapitän Jourdan pensioniert. Es war eine recht frühe Pensionierung, denn für einen Kapitän der Reichsmarine war er noch ziemlich jung. Damals war von gesundheitlichen Gründen die Rede.

Tatsächlich wurde er vor die Wahl einer zwangsweisen Pensionierung oder eines recht unangenehmen Kriegsgerichtsverfahrens gestellt.

Anscheinend hatte er eine recht stürmische Liebesaffäre mit einer jungen Sizilianerin aus Messina, die er in einer Etagenwohnung in Napoli aushielt. Normalerweise kümmert sich die Marine nicht weiter um solche Dinge, aber es stellte sich heraus, daß diese junge Dame zufällig eine Agentin Seiner Slavischen Majestät Casimirs von Polen war.«

»A*ha!* Da streckt also die Spionage ihr häßliches Haupt empor!« sagte der Präfekt.

»Ganz genau. Damals befehligte Kapitän Jourdan die S.K.H.S. *Bucht von Helgoland* und war ein sehr beliebter Kommandant, sowohl bei seinen Offizieren, als auch bei seinen Mannschaften. Offensichtlich hielt die Admiralität ebenfalls eine ganze Menge von ihm, sonst hätte man ihm wohl kaum eines der wichtigsten Schlachtschiffe anvertraut.

Aber die Entdeckung, daß seine Geliebte eine Spionin war, warf ein etwas anderes Licht auf die Sache. Es stellte sich heraus, daß man ihm nicht nachweisen konnte, daß er davon wußte, und ebensowenig, daß er ihr militärische Geheimnisse verraten hatte. Aber der Verdacht blieb nach wie vor an ihm hängen, und so stellte man ihn eben vor die besagte Wahl.

Ein Kriegsgerichtsverfahren hätte seiner Marinekarriere natürlich den endgültigen Todesstoß versetzt. Man hätte ihn freigesprochen, und danach hätte man ihn auf irgendeine winzige kalte Insel vor der Südküste Neufrankreichs abkommandiert, wo er nichts zu tun gehabt hätte, als Pinguine zu zählen. Also entschied er sich natürlich für die Pensionierung.

Wenn es, wie Ihr sagt, wirklich Selbstmord war, dann könnten diese drei Jahre der Ächtung dafür verantwortlich gewesen sein.«

Der Präfekt Cesare Sarto nickte bedächtig. Er sah zufrieden aus. »Das hätte ich sehen müssen. Die Art, wie diese zwölf Männer sich verhalten, wie sie sich untereinander Ehrenbezeugungen erweisen ... Das sind Offiziere von der *Bucht von Helgoland!* Und das muß Peabody natürlich auch gewesen sein.«

»Das glaube ich auch, ja«, stimmte Lord Darcy ihm zu.

»Das Problem ist«, sagte Sarto, »daß wir immer noch kein Motiv haben. Wir müssen einen von ihnen dazu bringen, auszupacken. Ihr beide kennt sie besser als ich: Wen schlagt Ihr vor?«

Master Sean meinte: »Ich würde sagen, der junge Jamieson. Father?«

»Ja, Master Sean, einverstanden. Er hat zugegeben, daß er noch einmal zurückgegangen ist, um mit Peabody zu sprechen, aber ich hatte das Gefühl, daß er das gar nicht wollte, daß er Peabody nicht mochte. Vielleicht könntet Ihr ihn etwas unter Druck setzen, mein lieber Präfekt.«

So wurde der blonde, rosagesichtige junge Charles Jamieson zur erneuten Vernehmung zitiert.

Nervös nahm er Platz. Für einen jungen Mann liegt es nahe, nervös zu werden, wenn ihm drei ältere Männer mit strengem Gesicht gegenübersitzen – ein Priester, ein mächtiger Hexer und ein Beamter der gefürchteten Polizeipräfektur von Rom. Noch schlimmer wird die Sache, wenn er auch noch in einen Mordfall verwickelt ist.

Cesare Sarto sah grimmig aus, die Lippen bildeten eine schmale harte Linie, seine Augen wirkten kalt. Der Mann, nach dem man ihn benannt hatte, Gaius Julius, mußte ähnlich ausgesehen haben, wenn er vor über zweitausend Jahren mit einem jungen Zenturio konfrontiert wurde, der etwas Schlimmes ausgefressen hatte.

»Junger Mann, seid Ihr Euch eigentlich der Tatsache bewußt, daß die Behinderung der Ermittlungsarbeiten in einem Fall von Kapitalverbrechen durch unwahre Behauptungen nicht nur zivilrechtlich strafbar ist, sondern daß ich Euch auch noch vor das Kriegsgericht der Reichsmarine bringen kann, so daß man Euch möglicherweise unehrenhaft entläßt?«

Jamiesons rosa Gesicht wurde beinahe kreidebleich vor Schreck. Er sperrte den Mund auf, brachte jedoch kein Wort hervor.

»Ich bin mir darüber im klaren«, fuhr der Präfekt gnadenlos fort, »daß einer oder mehrere Eurer Vorgesetzten dort draußen im Speisewagen Euch möglicherweise den Befehl gegeben haben mögen, zu tun, was Ihr getan habt, aber derlei Befehle sind illegitim und stellen selbst bereits einen kriegsgerichtsrelevanten Gesetzesverstoß dar.«

Der junge Mann rang immer noch nach Worten, als der gütige alte Father Armand das Wort ergriff. »Na, na, Präfekt, wir wollen nicht zu hart mit dem armen Jungen umspringen. Ich bin sicher, daß er nun die Verwerflichkeit seines Verhaltens einsieht. Warum erzählt Ihr uns nicht einfach alles, mein Sohn? Ich bin überzeugt davon, daß der Präfekt von einer Strafverfolgung in voller Härte des Gesetzes absehen wird, wenn Ihr uns nun bei der Aufklärung behilflich seid.«

Sarto nickte langsam, doch sein Gesichtsausdruck blieb unverändert, als gebe er diesem Verzicht nur sehr ungern statt.

»Schön, mein Sohn, fangen wir noch einmal von vorne an. Sagt uns Euren Namen und Dienstgrad, und dann erzählt uns, was Ihr und Eure Offizierskameraden letzte Nacht getan habt.«

Jamieson nahm wieder Gesichtsfarbe an. Er holte tief Luft. »Charles James Jamieson, Leutnant zur See der Reichsmarine, Königlich Britische Flotte, gegenwärtig Dritter Versorgungsoffizier an Bord Seiner Kaiserlichen Majestät Schiff *Bucht von Helgoland*, Sie! Äh, das heißt natürlich – *Father!*« Um ein Haar hätte er salutiert.

»Immer mit der Ruhe, mein Sohn. Ich bin kein Marineoffizier. Fahrt fort. Beginnt damit, wieso Ihr und die anderen

Euch an Bord dieses Zugs befindet und nicht auf Euren militärischen Posten.«

»Nun, Sir, die *Bucht* ist gerade auf Trockendock, so daß wir alle mehr oder weniger Urlaub haben, obwohl wir uns in Portsmouth oder Umgebung aufhalten mußten. Da erfuhren wir vor einer Woche, daß unser alter Kapitän, der vor drei Jahren seinen Abschied genommen hat, gestorben ist und in Napoli beerdigt werden soll. Also haben wir uns zusammengetan und eine Gruppe zusammengestellt, die dort hinreisen sollte, um ihm die letzte Ehre zu erweisen. Das ist alles, wirklich, Father!«

»Gehörte Commander Peabody zu Eurer Gruppe?« fragte der Präfekt in scharfem Ton.

»Nein, Sir. Er hat kurz nach unserem Kapitän den Dienst quittiert. Bis gestern hatte keiner von uns ihn wiedergesehen, seit drei Jahren nicht.«

»Ihr alter Kapitän war, glaube ich, der verstorbene Nicholas Jourdan?« fragte Sarto.

»Jawohl, Sir.«

»Warum habt Ihr Commander Peabody nicht gemocht?« fauchte der Präfekt.

Jamiesons Gesicht spielte plötzlich noch mehr ins Rosafarbene. »Gab keinen besonderen Grund, Sir. Ich habe ihn nicht gemocht, das stimmt schon, aber das war eben einfach so. Manche Leute passen eben nicht zusammen.«

»Ihr habt ihn genug verabscheut, um ihn umzubringen«, sagte Präfekt Cesare geradeheraus.

Es sah aus, als wäre Jamieson darauf vorbereitet gewesen. Er zuckte nicht einmal mit den Augenlidern. »Nein, Sir. Er war mir unsympathisch, ja. Aber ich habe ihn nicht getötet.« Es war, als hätte er die Antwort einstudiert.

»Wer war es dann?«

»Ich glaube, Sir, daß während der zehn Minuten, die wir an der italienischen Grenze hielten, eine unbekannte Person in den Zug gestiegen ist, den Commander umgebracht hat und danach wieder verschwunden ist.« Auch diese Antwort klang einstudiert.

»Schön«, sagte der Präfekt. »Das genügt erst einmal.

Kehrt in Eure Kabine zurück und haltet Euch dort bereit, bis Ihr wieder gerufen werdet.«

Jamieson gehorchte.

»Nun, was meint Ihr, Father?« fragte Cesare Sarto.

»Dasselbe wie Ihr. Er hat uns zwar einen Teil der Wahrheit genannt, aber lügen tut er immer noch.« Lord Darcy überlegte. »Versuchen wir es doch mal mit einer anderen Taktik. Wir könnten ...«

Er brach ab. Ein Mann in einer rotblauen Uniform kam gerade den Gang entlang auf sie zu. Es war Edelmann Fred, der Mann von der Tagschicht.

Vor ihrem Tisch blieb er stehen. »Bitte um Verzeihung, Gentlemen. Ich habe natürlich von den Ermittlungen gehört. Der Waggonchef hat mir aufgetragen, mich bei Euch zu melden, bevor ich meinen Dienst antrete.« Er sah etwas verunsichert aus. »Ich weiß nicht so recht, was ich unter diesen Umständen zu tun habe.«

Bevor Sarto etwas erwidern konnte, fragte Lord Darcy: »Was würdet Ihr denn normalerweise tun?«

»Mich um die Bar kümmern und die Betten machen.«

»Nun, um die Bar braucht Ihr Euch jetzt noch nicht zu kümmern, aber die Betten könnt Ihr ruhig schon machen.«

Freds Miene hellte sich auf. »Danke, Father, Präfekt.« Er schritt in den Gang zurück.

»Ihr wolltet gerade etwas über eine neue Taktik sagen«, erinnerte der Präfekt Lord Darcy.

»Ach ja«, sagte Seine Lordschaft. Und erklärte es ihm.

19

Die lange Pause seit seinem letzten Drink hatte nicht dazu beigetragen, Zeislers Aussehen zu verbessern. Er wirkte ausgemergelt und alt.

Sidney Charpentier war zwar in besserer Verfassung, doch selbst er sah müde aus.

Die beiden Männer saßen in freigebliebenen Sesseln am hinteren Tisch vor den drei Ermittlern.

Master Sean sagte: »Edelmann Sidney Charpentier, Ihr habt mir, glaube ich, erzählt, daß Ihr ein lizenzierter Laienheiler seid. Zeigt mir bitte Eure Lizenz.« Es war keine wirkliche Bitte, sondern ein Befehl: Ein Meister der Gilde sprach mit einem ihrer Lehrlinge.

Der andere reagierte zwar langsam, doch nicht zögerlich. »Gewiß doch, Master.« Charpentier holte die Karte hervor.

Master Sean las sie sorgfältig durch. »Aha. Unterschrieben von My Lord de Bischof von Wexford. Ich kenne Seine Lordschaft sehr gut. Ist Admiralitätskaplan der Reichsmarine. Welchen Dienstgrad habt Ihr inne, mein Herr?«

Zeislers Augen blitzten in ihren Tränensäcken plötzlich beunruhigt auf, doch er sagte nichts. Charpentier erwiderte: »Oberleutnant zur See, Master Seamus.«

Der Hexer sah Zeisler an. »Und Ihr?«

Zeisler warf Charpentier einen wehmütigen Blick zu und lächelte schiefmäulig. »Keine Sorge, Sharpy. Der junge Jamie muß es ihnen gesagt haben. Ist nicht Eure Schuld.« Dann, zu Master Sean gewandt: »Korvettenkapitän Maurice Edwy Zeisler, zu Euren Diensten, Master Seamus.«

»Ganz meinerseits, Kapitän. Nun sollten wir erst einmal die Dienstgradfrage klären. Fangen wir mit Sir Stanley an.«

Die Liste war beeindruckend:

Kapitän zur See Sir Stanley Galbraith
Commander Gwiliam Hauser
Korvettenkapitän Martyn Boothroyd
Korvettenkapitän Gavin Tailleur
Korvettenkapitän Maurice Zeisler
Oberleutnant z.S. Sidney Charpentier
Oberleutnant z.S. Simon Lamar
Oberleutnant z.S. Arthur Mac Kay
Oberleutnant z.S. Jason Quinte
Leutnant z.S. Lyman Vanderpole
Leutnant z.S. Valentine Herrick
Leutnant z.S. Charles Jamieson

»Ich gehe doch wohl recht in der Annahme«, sagte Lord Darcy und wählte seine Worte mit Bedacht, »daß es wahrscheinlich nicht sehr opportun gewesen wäre, Euch Herrschaften allen auf einmal Urlaub zu gewähren, wenn die *Bucht von Helgoland* nicht gerade im Trockendock liegen würde, eh?«

Zeisler gab ein Geräusch von sich, das eine Mischung aus Husten und Lachen darstellte. »Nicht sehr opportun, Father? *Unmöglich!*«

»Dennoch«, fuhr Lord Darcy ruhig fort, »ist es doch wohl etwas ungewöhnlich, daß so viele von Euch zur selben Zeit das Schiff verlassen, nicht wahr? Was ist der Grund dafür?«

»Kapitän Jourdan ist gestorben«, erwiderte Zeisler kühl.

»Viele Menschen sterben«, warf Lord Darcy ein. »Was ist denn an *seinem* Tod so besonders?« Seine Stimme war genauso kalt wie die Zeislers.

Charpentier öffnete den Mund, um etwas zu sagen, doch Zeisler schnitt ihm das Wort ab. »Weil Kapitän Nicholas Jourdan einer der besten Marineoffiziere war, die es je gegeben hat.«

Präfekt Cesare sagte: »Dann wolltet Ihr alle also zur Beisetzung Jourdans – eingeschlossen der verstorbene Commander Peabody?«

»So ist es, Präfekt«, antwortete Charpentier. »Aber Peabody gehörte eigentlich nicht zu unserer Gruppe. Wir waren ursprünglich sechzehn, denn wir wollten den Wagen für uns allein haben, versteht Ihr? Doch die anderen vier konnten nicht mitkommen, weil man ihnen im letzten Augenblick den Urlaub gestrichen hat. So haben Peabody, der gute Father hier und der Meisterhexer überhaupt einen Platz an Bord bekommen.«

»Dann wußtet Ihr also nicht vorher, daß Peabody dabei sein würde?«

»Überhaupt nicht. Wir hatten ihn alle seit drei Jahren nicht mehr gesehen«, gab Charpentier zur Antwort.

»Hätte ihn fast nicht erkannt«, warf Zeisler ein. »Der Bart, müßt Ihr wissen. Den hatte er beim letzten Mal noch nicht. Aber ich habe seinen Degenstock wiedererkannt und mir daraufhin sein Gesicht genauer angesehen. Habe ihn dann tatsächlich wiedererkannt. Commander Hauser auch.« Er kicherte. »Na, das sah dem alten Hauser natürlich ähnlich!«

»Warum?« wollte der Präfekt wissen.

»Weil er Schiffssicherungsoffizier ist. Er war mal Peabodys unmittelbarer Vorgesetzter.«

»Kommen wir noch einmal auf diesen Degenstock zurück«, sagte Lord Darcy. »Ihr habt gesagt, Ihr hättet ihn wiedererkannt. Hat das außer Euch noch jemand getan?«

Zeisler sah Charpentier an. »Ihr vielleicht?«

»Ich habe eigentlich nicht drauf geachtet, bis Ihr mich darauf hingewiesen habt. Natürlich wußten wir alle, daß er ihn besaß. Hat ihn vor vier, fünf Jahren in Lissabon gekauft. Aber ich hatte seit drei Jahren nicht mehr an den Stock – und auch nicht an Peabody – gedacht.«

»Erzählt uns mehr über Peabody«, sagte Lord Darcy. »Was war er für ein Mensch?«

Charpentier rieb sich mit einem dicken Zeigefinger die große Nase. »Anständig. Zuverlässig. Guter Offizier. Nicht wahr, Maury?«

»O ja«, stimmte Zeisler ihm zu. »War auch 'n netter Kumpan zum Feiern. Ich erinnere mich, wie wir einmal in einer kleinen griechischen Wirtschaft in Alexandria in wenigen Stunden einen ganzen Liter Ouzo weggekippt haben, und als ein paar ägyptische Banditen uns danach auf der Straße überfallen wollten, hat er sie beide ordentlich verprügelt, während ich noch damit beschäftigt war, mich von ihrem ersten Ansturm zu erholen und aufzustehen. Damals konnte er wirklich noch etwas vertragen. Was da nur passiert sein mag?«

»Wie meint Ihr das?« fragte Lord Darcy.

»Na ja, gestern hat er doch nur ein paar Drinks gehabt, aber am Abend war er schon ziemlich daneben. Ist weggedriftet, noch während ich mit ihm sprach.«

Auf dieses Stichwort reagierte der Präfekt prompt. »Dann wart *Ihr* es also, der ihn zuletzt gesehen hat?«

Zeisler blinzelte. »Das weiß ich nicht. Ich meine, nach

mir wäre noch mal jemand zu ihm gegangen, um nachzusehen, ob er in Ordnung war, aber ich kann mich nicht mehr daran erinnern, wer es war.«

Präfekt Cesare seufzte. »Also gut, Gentlemen. Danke. Kehrt in Eure Kabinen zurück. Ich werde Euch später noch einmal holen lassen.«

»Eine Frage noch, wenn es gestattet ist«, sagte Lord Darcy in mildem Ton. »Kapitän Zeisler, Ihr habt gesagt, daß der verstorbene Peabody in der Schiffssicherungsabteilung gearbeitet hat. Er war, glaube ich, der Offizier, der Kapitän Jourdans ... äh ... Verbindung zu einer gewissen übelbeleumdeten jungen Frau aus Messina gemeldet hat, nicht wahr, womit er seine Karriere zerstörte?« Es war ein blinder Versuch, und das wußte Darcy auch, aber seine Intuition sagte ihm, daß er im Recht war.

Zeisler kniff die Lippen zusammen. Er sagte nichts.

»Kommt schon, Korvettenkapitän. Wir können es auch jederzeit in den Akten nachlesen, wißt Ihr?«

»Ja«, sagte Zeisler nach kurzer Pause. »Es stimmt.«

»Danke. Das genügt erst mal.«

Als sie gegangen waren, sackte Präfekt Cesare Sarto in seinem Sitz zusammen. »Na, sieht ganz so aus, als würde Präfekt Angelo Ratti doch noch zu der Ehre kommen, die Verhaftung selbst durchzuführen.«

»Dann gebt Ihr diesen Fall schon jetzt als ungelöst auf?« wollte Lord Darcy wissen.

»O nein, ganz und gar nicht. Der Fall ist schon gelöst, Hochwürden. Aber ich kann niemanden verhaften.«

»Ich fürchte, ich kann Euch nicht folgen, mein lieber Präfekt.«

Die Augen des Italieners begannen recht sarkastisch zu funkeln. »Ach, dann seht Ihr die Lösung unseres Problems noch immer nicht? Ihr seht nicht, wie aus dem Commander Peabody der *verstorbene* Commander Peabody wurde?«

»Ich bin nicht der leitende Ermittlungsbeamte«, wandte Lord Darcy ein. »Das seid Ihr. Was ist denn Eurer Meinung nach geschehen?«

»Nun«, sagte Cesare ernst, »was haben wir denn hier?

Wir haben zwölf Marineoffiziere, die zur Beerdigung eines beliebten verstorbenen Kapitäns reisen. Und einen dreizehnten – den Mann, der diesen Kapitän verraten und ihn in Ungnade und Schmach gestürzt hat. Einen Judas.

Wir wissen, daß sie lügen, wenn sie behaupten, daß ihre Unterhaltung mit ihm völlig belanglos war. Sie hätten sich jederzeit tagsüber mit ihm unterhalten können, doch das hat keiner von ihnen getan. Sie haben bis zur Nacht gewartet. Dann ist jeder von ihnen, einer nach dem anderen, in seine Kabine gegangen, um ihn zu besuchen. Warum? Dafür wird uns kein Grund genannt. Angeblich nur, um sich nett zu unterhalten. Um diese Uhrzeit? Nachdem jeder von ihnen schon seit den frühen Morgenstunden auf den Beinen war? Eine nette, belanglose Unterhaltung, daß ich nicht lache! Glaubt *Ihr* das etwa, Hochwürden?«

Lord Darcy schüttelte bedächtig den Kopf. »Nein. Das wissen wir beide besser. Jeder von ihnen hat gelogen – und lügt noch immer.«

»Na schön. Weshalb lügen sie denn nun? Was wollen sie verbergen? Einen Mord natürlich!«

»Aber wer von ihnen hat es denn getan?« fragte Master Sean.

»Ja, seht Ihr das denn nicht?« Die Stimme des Präfekten war leise und angespannt. »Seht Ihr es wirklich nicht? *Alle* waren es!«

»Was?« Master Sean starrte ihn fassungslos an. »Aber ...«

»Laßt ihn mal, Master Sean«, sagte Lord Darcy. »Ich glaube, ich sehe, worauf er hinauswill. Fahrt doch bitte fort, Präfekt Cesare.«

»Ah, Ihr versteht es also, Father!« sagte der Präfekt. »Diese Männer sehen darin wahrscheinlich überhaupt keinen Mord. Für sie war das eine Hinrichtung nach einem Schnellprozeß vor dem Standgericht. Einem von ihnen – wir wissen nicht, wer es war – ist es gelungen, Peabody dazu zu überreden, ihn in die Kabine zu lassen. Dann, als sich die Gelegenheit dazu anbot, hat er zugeschlagen. Peabody verlor das Bewußtsein. Danach ist jeder einzelne von ihnen hineingegangen und hat ebenfalls zugeschlagen. Ein Dutzend Männer, ein Dutzend Hiebe. Die Tat wurde vollbracht, aber nicht einer von ihnen hat es allein getan. Es war eine Hinrichtung durch ein Komitee – oder, eher, durch eine Jury.

Sie behaupten, daß sie nicht wußten, daß Peabody mitreisen würde. Aber hat das auch Hand und Fuß? War er nur zufällig auf diesem Zug? Das hieße doch, den Begriff ›Zufall‹ reichlich zu strapazieren, meine ich!«

»Der Meinung bin ich auch«, meinte Lord Darcy ruhig. »Das war kein Zufall, was ihn in diesem Zug mitreisen ließ. Das ist höchst sorgfältig eingefädelt worden.«

»Genau, genau! Versteht Ihr jetzt, Master Sean?« Dann verdüsterte sich Sartos Miene wieder. »Was geschehen ist, ist offensichtlich, aber wir haben keine konkreten Beweise. Dazu bleiben sie zu geschickt bei ihrer Geschichte. Wir brauchen *Beweise,* aber die haben wir nicht.«

»Ich glaube kaum, daß Ihr auch nur aus einem einzigen von ihnen ein Geständnis herauspressen könnt«, sagte Lord Darcy. »Was meint Ihr, Master Sean?«

»Nein«, erwiderte der Hexer. »Keine Chance.«

»Was wir brauchen«, fuhr Lord Darcy fort, »das sind *handfeste, greifbare* Beweise. Und die finden wir nur im Abteil Nummer eins.«

»Aber das haben wir doch schon durchsucht«, wandte der Präfekt ein.

»Dann laßt es uns noch einmal durchsuchen.«

20

Diesmal untersuchte Lord Darcy den Leichnam sehr sorgfältig, mit schlanken, kräftigen Fingern, die alles abtasteten und befühlten. Er prüfte das Futter des Jacketts und preßte an allen Stellen die Fingerspitzen zusammen, auf der Suche nach Klumpen oder knisterndem Papier. Nichts. Er nahm dem Toten den breiten Gürtel ab und durchsuchte diesen nach verborgenen Taschen. Nichts. Er überprüfte die Stiefelsohlen. Nichts.

Schließlich zog er der Leiche die wadenhohen Stiefel selbst aus.

Und holte mit einem befriedigten Murmeln einen Gegenstand aus einer flachen Innentasche des rechten Stiefels hervor.

Es war ein flaches, leicht gewölbtes silbernes Abzeichen mit dem doppelköpfigen Reichsadler. Es war in etwas gefaßt, das wie ein stumpfes, durchsichtig-graues Stück Glas im Cabouchonschliff aussah. Doch die drei Männer wußten, daß es, hätte der lebende Peabody es berührt, wie ein Feuerrubin aufgeleuchtet hätte.

»Ein Bote des Königs«, sagte der Präfekt leise.

Niemand anders hätte das Geschmeide durch seine Berührung zum Leuchten bringen können. Dieser Zauber, der schon in den dreißiger Jahren von Meisterhexer Sir Edward Elmer erfunden worden war, war niemals erfolgreich analysiert worden, und niemand wußte, welchem Hexer im Augenblick die Aufgabe zukam, dieses Geheimnis zu hüten und die königlichen Abzeichen herzustellen.

Dieses Abzeichen würde nie wieder leuchten.

»Das stimmt«, sagte Lord Darcy. »Jetzt wissen wir, was Commander Peabody gemacht hat, seit er den Marinedienst quittierte. Und es erklärt auch, wieso er in einem solch frühen Alter ehrenvoll in den Ruhestand gehen konnte.«

»Ob seine Schiffskameraden das wissen?« fragte Sarto.

»Wahrscheinlich nicht«, meinte Lord Darcy. »Wer Bote des Königs ist, hängt das nicht an die große Glocke.«

»Nein. Aber ich meine nicht, daß uns seine Identifikation sehr viel weiterbringt.«

»Noch haben wir den Rest der Kabine nicht gründlich untersucht.«

Zwanzig Minuten später sagte Präfekt Cesare Sarto: »Nichts. Absolut nichts. Und wir haben alles durchsucht. Was genau wollt Ihr eigentlich finden?«

»Ich weiß es selbst nicht so recht«, gestand Lord Darcy,

»aber ich weiß, daß es existiert. Gut, es könnte zusammen mit dem Abteilschlüssel auch auf den Bahngleisen geendet sein. Hmmm.« Mit scharfem Blick musterte er das Abteil. Dann hielt er inne und starrte auf die Stelle unmittelbar über der Liege, auf der der Leichnam lag. »Natürlich«, sagte er ganz leise, »das obere Bett.«

Das obere Bett war gegen die Wand geklappt und fest eingerastet, was den Raum im Abteil vergrößerte, da Matratze und Bettwäsche keinen Platz wegnahmen.

»Holt Fred«, sagte Lord Darcy. »Der hat einen Schlüssel.«

Fred hatte in der Tat einen Schlüssel, und den hatte er die ganze Zeit auch benutzt. In den anderen Abteilen waren die Betten alle gemacht – die oberen fest hochgeklappt, und die unteren als Tagesliegen ausgerichtet.

Er konnte zwar nicht verstehen, weshalb die Herren von ihm verlangten, daß er die obere Liege aufschloß, aber er widersprach nicht. Er griff empor, steckte den Schlüssel ins Schloß, drehte ihn und ließ die Pritsche in die Horizontale herunter, wobei er sich Mühe gab, die Augen von dem Ding abzuwenden, das auf der unteren Liege lag.

»Aha! Was haben wir denn hier?« Lord Darcy klang erfreut, als er das große Lederetui aufnahm, das auf der oberen Liege ruhte. Dann wandte er sich an Fred. »Das war's erst einmal, Fred. Wir werden Euch rufen, wenn Ihr wieder abschließen sollt.«

»Selbstverständlich, Father.« Er machte sich wieder an seine Routinearbeit.

Erst nachdem er gegangen war, drehte Seine Lordschaft den Umschlag, der das Format siebzehn mal zwölf mal drei hatte, um. Er trug das königliche Siegel, in Gold gestempelt, unmittelbar unterhalb der Lasche.

»Oh!« machte Master Sean. »Das ist ja mehr, als wir erwartet haben.« Er warf Lord Darcy einen Blick zu. »Oder habt Ihr einen Umschlag mit Diplomateninhalt erwartet, Father?«

»Eigentlich nicht. Einen Umschlag oder ein Etui schon, denn königliche Boten befördern meistens Botschaften, und es war wahrscheinlich, daß es keine rein mündliche Nachricht sein würde. Aber dieses Etui ist schwer, es muß an die fünf oder sechs Pfund wiegen. Die Lasche ist aufgeschlossen und nicht wieder verschlossen worden. Ich wette, daß auf den Bahngleisen somit also *zwei* Schlüssel liegen.« Er öffnete das Etui, holte ein schweres Manuskript hervor und blätterte es durch.

»Was ist das?« fragte Cesare Sarto.

»Ein Abkommen. In Griechisch, Lateinisch und Anglo-Französisch. Zwischen Roumeleia und dem Reich.« Seine Stimme klang abgehackt.

Master Sean öffnete die Lippen, um etwas zu sagen, schloß sie jedoch sofort wieder.

Lord Darcy schob das Manuskript wieder in seine große Lederumhüllung und schloß die Lasche. »Das ist nicht für unsere Augen bestimmt, Gentlemen. Aber nun haben wir unseren Beweis. Ich kann Euch nun genau sagen, wie John Peabody starb, und ich kann es auch beweisen. Ihr könnt Eure Verhaftung schon sehr bald vornehmen, Präfekt.«

21

Als der Napoliexpreß in südöstlicher Richtung dahinrumpelte, an der Küste des Tyrrhenischen Meeres entlang, der Tibermündung entgegen, befanden sich siebzehn Männer im Aussichtswaggon.

Außer den zwölf Marineoffizieren waren ferner anwesend: Präfekt Cesare Sarto, Master Sean, Lord Darcy sowie Fred, der Tagesdiensthabende, und Waggonchef Edmund. Letzteren hatte man dazugebeten, weil es schließlich um seinen Zug ging die Sache und folglich auch seiner Verantwortung oblag.

Präfekt Sarto stand neben der verschlossenen Tür zur Aussichtsplattform im hinteren Teil des Waggons und musterte die sechzehn Augenpaare, die sich alle auf ihn gerichtet hatten. Wie ein Schauspieler auf der Bühne kannte der Präfekt nicht nur den Handlungshergang, sondern auch seine Einsätze und Pausen.

Father Armand saß zu seiner Linken am Ende der Sitzbank. Fred stand hinter der Theke. Der Waggonchef saß am Gangende der Theke. Master Sean stand am Gangeingang. Die Marineleute saßen alle. Die Bühne war bereit.

»Gentlemen«, fing der Präfekt an, »wir haben viele Stunden darauf verwandt zu versuchen, die Tatsachen zu sichten und zu gewichten, die sich um den Tod Eures ehemaligen Schiffskameraden Commander John Peabody rankten. O ja, Kapitän Sir Stanley, ich weiß, wer Ihr alle seid. Ihr und Eure Offizierskameraden haben mich zwar unentwegt angelogen und die Wahrheit verschleiert, womit sie die Lösung dieses tödlichen Puzzlespiels hinausgezögert haben. Aber jetzt wissen wir es dennoch.

Als erstes wissen wir, daß der verstorbene Commander ein offizieller Bote seiner Kaiserlichen Majestät John von England war. Zweitens wissen wir, daß er der Mann war, der seinen vorgesetzten Stellen einst meldete, was er über die Geliebte des verstorbenen Nicholas Jourdan wußte; Tatsachen, die er im Rahmen seiner Tätigkeit als Schiffssicherungsoffizier ans Licht des Tages hatte bringen können. Diese Tatsachen führten zur zwangsweisen Pensionierung Jourdans und, möglicherweise, schließlich auch zu seinem Tod.«

Forschend betrachtete er ihre Gesichter. Sie verhielten sich alle abwartend, und in ihrem Ausdruck war ein feindseliger Unterton zu bemerken.

»Drittens wissen wir, wie John Peabody getötet wurde, und wir wissen auch, von wem. Eure Verschleierungsaktion war erfolglos, Gentlemen. Soll ich Euch verraten, was letzte Nacht geschah?«

Abwartend sahen sie ihn mit festem Blick an.

»John Peabody war ein Mann, der enorm viel Alkohol vertrug, und doch hat er letzte Nacht die Besinnung verloren. Nicht wegen des Alkohols, sondern weil jemand ihm Drogen in einen seiner Drinks applizierte. Doch selbst diesen konnte er länger als erwartet widerstehen.

Dann, als Peabody ohnmächtig geworden war, schlich sich ein Mann lautlos in Peabodys Abteil. Er hatte nicht vor, ihn umzubringen; er war nicht einmal bewaffnet. Er wollte vielmehr einige äußerst wichtige Papiere entwenden, die Peabody in seiner Eigenschaft als Bote des Königs bei sich führte.

Aber es ging etwas schief. Peabody wachte aus seiner Betäubung auf, zumindest wurde er wach genug, um zu begreifen, was los war. Er griff nach seinem Spazierstock mit dem silbernen Knauf. Doch der Eindringling packte den Stock als erster.

Nun war Peabody ein kräftiger Mann und ein geschickter Kämpfer, sogar im betrunkenen Zustand, wie die meisten von Euch wissen. In dem einsetzenden Handgemenge benutzte der Eindringling den Stock als Hiebwaffe und schlug immer und immer wieder auf Peabody ein. Betäubt und zerschunden, wehrte sich der zähe, tapfere Mann bis zum Schluß.

Keiner von beiden hat geschrien: Peabody nicht, weil es nicht seine Art war, um Hilfe zu rufen; der Eindringling nicht, weil er kein Aufsehen erregen wollte.

Endlich forderten die Hiebe ihren Preis: Peabody brach mit eingeschlagenem Schädel zusammen. Er lag im Sterben.

Der Eindringling horchte. Niemand war aufmerksam geworden. Er hatte noch Zeit. Er fand das schwere Diplomatenetui mit den wichtigen Dokumenten. Doch was sollte er damit tun? Er konnte nicht stehenbleiben und sie durchlesen, weil Tonio, der Nachtschichtmann, schon bald zurückkehren würde. Mitnehmen konnte er sie auch nicht, weil die Mappe viel zu groß war, als daß er sie am Leib hätte verstecken können, und wenn Tonio ihn damit gesehen hätte, hätte er das später gemeldet, nachdem er die Leiche gefunden hatte.

Also versteckte er die Papiere in der oberen Liege von Peabodys Abteil, in der Absicht, sie später an sich zu nehmen. Dann nahm er Peabodys Schlüssel, verschloß das Abteil, warf den Schlüssel aus dem Zug und machte sich davon. Er hoffte, daß er noch hinreichend Zeit haben würde, weil der Leichnam normalerweise erst jetzt, vor ungefähr einer Stunde, gefunden worden wäre.

Aber wenn er auch im Sterben lag, war Peabody doch noch nicht tot. Schädelwunden bluten oft sehr heftig, und das war hier auch der Fall. Das Blut tropfte auf den Boden und sickerte unter der Tür durch.

Tonio entdeckte das Blut – und den Rest kennt Ihr.

Nein, Gentlemen, das war kein Rachemord, wie wir zuerst glaubten. Dieser Mord wurde von jemandem begangen, von dem wir annehmen, daß er ein Agent der *Serka,* des polnischen Geheimdienstes ist – oder der zumindest in ihrem Sold steht.«

Nun blickten sie nicht mehr auf Cesare Sarto sondern sahen einander an.

Sarto schüttelte den Kopf. »Nein, wieder falsch, meine Herren. *Nur ein Mann besaß gestern nacht den Schlüssel zu der oberen Liege!«* Er sah zur Bar hinüber. »Waggonchef Edmund Norton«, sagte er kalt, »Ihr seid verhaftet!«

Der Waggonchef war bereits aufgesprungen und drehte sich, um in den Gang hinauszulaufen. Wenn er die Tür erreichen und diese Männer einsperren könnte …

Doch der stämmige kleine Master Sean O Lochlainn versperrte ihm den Weg.

Norton war größer und kräftiger als der Hexer, doch hatte er nur Sekunden Zeit, was für einen Kampf nicht ausreichte. Plötzlich hatte er ein Messer mit einer Sechszollklinge gezückt und ließ es heimtückisch hervorschnellen.

Master Seans Rechte machte eine einzige, komplizierte Geste.

Norton versteinerte, für eine lange Sekunde völlig gelähmt.

Dann sackte er wie ein rotblauer feuchter Mehlsack zu Boden. Master Sean riß ihm noch im Fall das Messer aus den leblosen Händen.

»Wollte nicht, daß er auf das Messer stürzt und sich verletzt«, sagte er beinahe entschuldigend. »Wenn ich den Zauber von ihm nehme, kommt er schon wieder zu sich.«

Die Marineleute waren ausnahmslos aufgesprungen und starrten Master Sean an.

Commander Hauser befingerte seinen Bart. »Ich wußte gar nicht, daß ein Hexer so etwas kann«, sagte er mit eingeschüchterter, fast ängstlicher Stimme.

»Das geht auch nur, wenn ein Hexer angegriffen wird«, erklärte Master Sean. »Mein Zauber hat seine eigene geistige Kraft lediglich auf ihn zurückgeworfen. Hat seinem Nervensystem einen fürchterlichen Schock verpaßt, als der Fluß plötzlich gewaltsam umgelenkt wurde. Es ist etwas Ähnliches wie bei manchen Formen der unbewaffneten Selbstverteidigung, wo man die Kraft des Gegners gegen ihn selbst richtet. Wenn er einen nicht angreift, kann man nicht viel machen.«

Der römische Präfekt schritt zu dem Waggonchef hinüber, holte ein Paar Handschellen hervor und fesselte Nortons Handgelenke damit hinter seinem Rücken. »Fred, Ihr solltet jetzt besser den Stellvertretenden Waggonchef holen, der muß hier ab jetzt übernehmen. Und sagt dem Wachmeister, der am Ende des Gangs wartet, er soll hereinkommen. Ich will, daß er den Gefangenen jetzt übernimmt. Kapitän Sir Stanley, Korvettenkapitän Hauser, würde es Euch etwas ausmachen, wenn wir, bis wir in Rom sind, Euer Abteil benutzen? Danke. Dann helft mir bitte, ihn dorthin zu bringen.«

Der Stellvertretende Waggonchef kam mit Fred zurück, und der Präfekt erklärte ihm die Sachlage. Er wirkte etwas benommen, übernahm dann aber durchaus kompetent die Aufgaben seines Vorgängers.

Fred, der wieder hinter der Theke stand, wirkte immer noch schockiert. »Na, na, Fred«, sagte der Präfekt, »Ihr braucht etwas zu tun. Gebt jedem, der möchte, etwas zu trinken, und schenkt Euch selbst auch einen guten, steifen Schluck ein.«

»Woher wußtet Ihr denn, daß nicht *ich* es war, der gestern abend diese obere Liege aufgeschlossen hat?« fragte Fred flüsternd.

»Aus dem gleichen Grund, aus dem ich wußte, daß es

niemand aus den anderen Waggons war«, erwiderte Cesare Sarto, ebenfalls flüsternd. »Der Speisewagen war abgeschlossen, und Ihr habt keinen Schlüssel dazu. Tonio schon, aber der hatte keinen Schlüssel zu den Liegen. Nur der Waggonchef besitzt *sämtliche* Schlüssel dieses Waggons. Nun macht endlich diese Drinks.«

Es galt, sechzehn Personen zu bedienen, und so machte sich Fred an die Arbeit.

Boothroyd strich sich das weiße Haar glatt. »Wann hat der Waggonchef Peabodys Drink denn mit Drogen versetzt?«

Master Sean nahm die Frage auf. »Gestern abend, nachdem wir Marsaille verließen, als Norton Tonio wegschickte, um etwas zu besorgen. Er bat Tonio, ein paar Handtücher zu holen, doch wären die erst am Morgen gebraucht worden. Tonio hätte immer noch genügend Zeit gehabt, sie zu holen, nachdem wir alle schlafen gegangen waren. Aber Peabody trank gerade etwas, und Norton wollte sich die Gelegenheit nicht entgehen lassen, ihn zu betäuben. Ich habe selbst gesehen, wie leicht es für einen Barkeeper sein kann, unbemerkt etwas in einen Drink zu schmuggeln.« Er vermied es, Zeisler dabei anzusehen.

Sir Stanley räusperte sich. »Ihr habt gesagt, daß wir alle gelogen hätten, Präfekt, daß unsere Verschleierungsaktion erfolglos war. Was meint Ihr damit?«

Lord Darcy hatte Sarto bereits aufgetragen, den ganzen Ruhm für die Aufklärung des Falls auf sich zu nehmen, weil es «für einen Geistlichen nicht geziemend« sei, in »derlei Dinge« verwickelt zu werden. So war Cesare Sarto so klug, nicht zu erwähnen, *wessen* Schlußfolgerungen er nun referierte.

»Ihr wißt ganz genau, was ich damit meine, Kapitän. Ihr und Eure Männer seid *nicht* einer nach dem anderen in Peabodys Abteil gegangen, um Euch mit ihm ›freundschaftlich zu unterhalten‹. Ihr wolltet ihm, jeder einzelne von euch, etwas ganz Bestimmtes mitteilen, dem Mann, der Kapitän Jourdan beruflich das Genick gebrochen hat. Wollt Ihr mir nun verraten, was das war?«

»Sollten wir eigentlich, nicht wahr? Na schön. Wir waren uns ziemlich sicher, daß er uns mied, weil er glaubte, daß wir ihn hassen würden. Haben wir aber nicht. War schließlich nicht seine Schuld, nicht wahr? Hat nur seine Pflicht erfüllt, als er meldete, was er über diese Sizilianerin wußte. Hätte jeder von uns auch getan. Stimmt's, Commander?«

»Da habt Ihr aber verdammt recht«, brummte Commander Hauser. »Hätt' ich auch gemacht. Einige von uns älteren Offizieren haben den Kapitän von Anfang an gewarnt, daß sie nichts taugt, aber er wollte ja nicht hören. Wenn ihm irgend etwas das Herz gebrochen hat, dann nur die Tatsache, daß sie ihn zum Narren gehalten hat, da sollte man sich mal nichts vormachen.«

Kapitän Sir Stanley nahm den Faden wieder auf. »Deshalb sind wir also einzeln zu ihm gegangen. Um ihm zu sagen, daß wir es ihm nicht nachtragen. Selbst Leutnant Jamieson, nicht wahr, mein Sohn?«

»Aye, aye, Sir. Ich mochte ihn zwar nicht, aber nicht aus diesem Grund.«

Der Präfekt nickte. »Ich glaube Euch. Aber genau da kam auch das Tarnungsmanöver ins Spiel. *Denn jeder von Euch hat geglaubt, daß einer von Eurer Gruppe Peabody getötet hat!!!*«

Schweigen. Das Schweigen stummer Zustimmung.

»Ich habe Euch beobachtet, habe Euch zugehört«, fuhr der Präfekt fort. »Jeder von Euch ist im Geiste alle elf anderen durchgegangen und gelangte jedesmal zu dem Urteil ›Unschuldig‹. Aber der nagende Zweifel blieb bestehen. Und Ihr habt befürchtet, daß ich in dem, was Peabody vor drei Jahren getan hat, ein hinreichendes Mordmotiv erblikken würde. Also habt Ihr mir nichts erzählt. Ich muß zugeben, daß ich zu einem gewissen Zeitpunkt aufgrund dieses ausweichenden Verhaltens, wegen dieser Lügen Euch alle im Verdacht hatte.«

»Beim Heilg'n Georg! Wieso ist denn dann Euer Verdacht überhaupt auf Norton gefallen, Sir?« fragte Leutnant Valentine Herrick.

»Weil mir gemeldet wurde, daß der Waggonchef schon eine halbe Minute später auftauchte, nachdem Tonio das

Blut entdeckt hatte. Norton war seit drei Uhr morgens des Vortags auf den Beinen gewesen. Was hatte er also dann heute um ein Uhr morgens in voller Uniform hier zu suchen? Warum hatte er den Dienst nicht, wie üblich, an den Stellvertretenden Waggonchef übergeben? Als ich das hörte, wurde ich nachdenklich.«

Leutant Lyman Vanderpole fuhr sich mit dem Finger über sein Bindfadenbärtchen. »Aber bevor Ihr diese Mappe gefunden hattet, konntet Ihr Euch nicht sicher sein, nicht wahr, mein Herr?«

»Nein, natürlich nicht. Aber wenn einer von Euch vorsätzlich an Bord gekommen wäre, um einen Mord zu begehen, dann hätte er doch wahrscheinlich seine eigene Waffe mitgebracht. Oder wenn er diesen Degenstock hätte benutzen wollen, hätte er doch wohl die Klinge benutzt, schließlich wußtet Ihr ja alle davon. Norton freilich nicht, versteht Ihr?«

Oberleutnant Simon Lamar blickte »Father Armand« an. »Es wundert mich, Hochwürden, daß Ihr bei dem Handgemenge nebenan nicht wachgeworden seid.«

»Das wäre ich auch sehr wahrscheinlich«, erwiderte Lord Darcy. »Auf diese Weise konnten wir auch den genauen Zeitpunkt bestimmen. Tonio hat gegen Mitternacht den Wagen verlassen, um nach vorne zu gehen. Um diese Zeit befanden Master Seamus und ich uns auf der hinteren Plattform. Ich rauchte eine Pfeife, und er leistete mir dabei Gesellschaft. Um zwanzig nach zwölf sind wir in unser Abteil zurückgekehrt. Norton wußte natürlich nicht, daß wir dort draußen waren, aber der Mord muß während dieser zwanzig Minuten geschehen sein. Was wiederum bedeutet, daß der Mord stattfand, *bevor* wir die italienische Grenze überquerten, so daß Norton an das Herzogtum Provençe ausgeliefert werden muß.«

Fred begann die Drinks zu servieren, die er gemixt hatte, doch bevor irgend jemand einen Schluck nehmen konnte, sagte Kapitän Sir Stanley Galbraith: »Einen Augenblick bitte, Gentlemen. Ich möchte einen Trinkspruch darbieten. Vergeßt nicht, daß wir nach der Beerdigung in Napoli noch an einem zweiten Begräbnis werden teilnehmen müssen.«

Als Fred das letzte Getränk serviert hatte, blieb er respektvoll abseits stehen, sein eigenes Glas in der Hand. Die anderen erhoben sich.

»Gentlemen«, sagte der Kapitän. »Auf Commander John Wycliffe Peabody, der seine Pflicht tat, wie er sie verstand, und ehrenvoll im Dienste seines Königs starb.«

Schweigend tranken sie auf das Andenken des Verstorbenen.

22

Um zwanzig nach eins hatte der Napoliexpreß Rom bereits zwölf Meilen hinter sich gelassen und befand sich auf dem letzten Reiseabschnitt Richtung Napoli.

Lord Darcy und Master Sean waren in ihrem Abteil und ruhten sich nach einem ausgezeichneten Mittagessen aus.

»My Lord«, sagte der Hexer, »seid Ihr sicher, daß es richtig war, diese Vertragskopien der Polizeipräfektur zur Weiterreichung an den Marinegeheimdienst zu überlassen?«

»Das stellte nicht das geringste Risiko dar.«

»Gut, aber wozu sollen wir unsere Exemplare dann nach Athen bringen?«

»Mein guter Sean, das Zeug, das Peabody mit sich führte, war alles gefälscht. Ich habe es mir sehr sorgfältig angesehen. Eine der Klauseln besagte zum Beispiel, daß ein gemeinsamer anglo-fanzösisch-griechischer Marinestützpunkt auf 29 Grad 51 Minuten Nord, 12 Grad 10 Minuten Ost errichtet werden soll.«

»Was ist denn daran auszusetzen, My Lord?«

»Nichts, nur daß das mitten in der der Sahara liegt.«

»Oh.«

»Kyrils Unterschrift war gefälscht. Sie bestand aus lateinischen Buchstaben, obwohl der Basileus nur Griechisch liest und schreibt. Die griechischen und lateinischen Texte stimmten nicht miteinander überein, und mit der anglo-französischen Fassung auch nicht. An einer Stelle im griechischen Text wird Konstantinopel als Hauptstadt Englands bezeichnet, während Paris darin die Hauptstadt Griechenlands sein soll. Ich könnte pausenlos so fortfahren. Das ganze Ding war nichts als ein Haufen Unsinn.«

»Aber – *warum das?«*

»Da kann man natürlich nur spekulieren. Ich vermute, es war ein Ablenkungsmanöver. Überlegt doch mal. Sechzehn Männer, die zu einer Beisetzung reisen, und in letzter Minute wird vieren von ihnen der Urlaub gestrichen. Warum? Ich wittere die Handschrift Seiner Majestät darin. Ich glaube, damit sollte sichergestellt werden, daß Peabody zusammen mit seinen Offizierskameraden an Bord gelangte. Es sollte wie ein Tarnmanöver aussehen, so als ob er ebenfalls zu Jourdans Beisetzung wollte.

Ich nehme an, es ist folgendes geschehen: Seine Majestät hat erfahren, daß die *Serka* irgendwie Wind von unserem Seeabkommen mit Roumeleia bekommen hat. Aber sie wußten nicht, daß es von Prinz Richard als Stellverteter in Rouen unterzeichnet wurde, so daß sie bereits in London Jagd darauf machten. Also hat Seine Majestät diesen absolut unsinnigen Pseudovertrag aufsetzen und von Peabody befördern lassen. Er war nur ein Köder.«

»Hat Peabody davon gewußt?« fragte Master Sean.

»Sehr unwahrscheinlich. Wenn jemand weiß, daß es nur ein Ablenkungsmanöver ist, dann wird er auch dazu neigen, sich entsprechend zu verhalten, was das ganze Kartengebäude zum Einsturz bringt. Nein, das wußte er nicht. Hätte er sich wohl bis zum Tod gewehrt, um ein gefälschtes Dokument zu retten? Natürlich hat er als Offizier von Ehre das Etui, nachdem es erst einmal verschlossen worden war, nicht mehr geöffnet, so daß er seinen Inhalt nicht kannte.«

»Aber My Lord! Wenn er nur ein Köder gewesen sein soll, wenn er die Agenten der *Serka* auf die falsche Spur lokken sollte, während Ihr und ich den echten Text nach Athen bringen – *warum hat man uns diesen Lockvogel dann praktisch in den Schoß geworfen?«*

»Ich glaube«, sagte Seine Lordschaft mit vorsichtig

gewählten Worten, »daß wir irgendwo eine Verbindung verpaßt haben. Vielleicht hat man – nein, *bestimmt* hat man irgendwo noch ein anderes Transportmittel für uns bereitgehalten. Aber es muß irgend etwas schiefgelaufen sein.

Dennoch wird alles zum Besten ausgehen, mein guter Sean. Ein Mord an Bord des Napoliexpreß wird mit Sicherheit Schlagzeilen machen, aber die Geschichte wird derart konfus erscheinen, daß die *Serka* die richtigen Zusammenhänge erst begreifen wird, wenn es schon zu spät ist.«

»Es wäre noch konfuser geworden, wenn Cesare seine Verschwörungstheorie vorgebracht hätte«, meinte der Magier. »Auf seinem Gebiet ist er ein sehr guter Mann, aber er hat keine Menschenkenntnis.«

»Sein Problem«, entgegnete Lord Darcy, »ist, daß er ein Meister des Papierkriegs ist. Auf dem Papier kann er eine Verschwörung auf zwanzig Meilen wittern. Aber Geschriebenes vermittelt eben nicht dieselben Nuancen wie das gesprochene Wort. Eine Verschwörung läßt sich leicht anzetteln, solange es nur um Schreibarbeit dabei geht, und um sie zu enttarnen, bedarf es eines Experten. Aber Ihr als Hexer und ich als Kriminalinspektor wissen genau, daß eine Gruppe von Menschen eine Verschwörung nicht so lange aufrechterhalten kann.«

»Aye, My Lord«, stimmte der rundliche kleine Ire ihm zu. »Ich bin froh, daß Ihr mich gebremst habt. Ich hätte Cesare beinahe ins Gesicht gesagt, daß seine Theorie närrisch war. Dieser Haufen hätte doch bereits alles schon verraten, noch bevor sie überhaupt fertig gewesen wären. Könnt Ihr Euch vorstellen, daß Zeisler eine solche Sache für sich behalten könnte? Oder daß der junge Jamieson nicht zusammengebrochen wäre?«

Lord Darcy schüttelte den Kopf. »Die Gruppe konnte ja nicht einmal die Tatsache erfolgreich verbergen, daß sie etwas so Harmloses getan hatten wie einem alten Kameraden zu versichern, daß sie nicht schlecht von ihm dachten. Noch lächerlicher ist die Vorstellung, daß eine derartige Gruppe, egal welcher Art, sich ausgerechnet einen Zug aussuchen würde, um einen Mord zu begehen, einen Tatort also, an dem sie für Stunden in der Falle sitzen würden. Diese Männer sind nicht dumm, es sind ausgebildete Marineoffiziere. Die hätten Peabody entweder in Paris umgebracht oder bis Napoli abgewartet. Dann hätten sie zwar immer noch nicht dichthalten können, aber sie hätten wahrscheinlich geglaubt, daß sie dann eine bessere Chance hätten.«

»Aber trotz allem«, sagte Master Sean treu, »ist Cesare Sarto ein guter Ermittlungsbeamter.«

»Dem muß ich zustimmen«, meinte Lord Darcy. »Er besitzt die Fähigkeit, selbst dann noch Antworten zu finden, wenn man es gar nicht haben will.«

»Wie meint Ihr das, My Lord?«

»Als er und Präfekt Angelo Norton abführten, gab er mir die Hand und bedankte sich. Ich habe die üblichen Floskeln vorgebracht. Ich sagte, daß ich hoffte, ihn einmal wiederzusehen. Er hat den Kopf geschüttelt und gesagt: »Ich fürchte, Father Armand Brun werde ich wohl nie wiedersehen. Aber ich hoffe, eines Tages einmal Lord Darcy kennenzulernen.«

Master Sean nickte stumm.

Der Zug fuhr weiter in Richtung Napoli.

Ende